KIRSATTEN
GNOM-
FLUSS
MARKRESKES
HÜTTE
O
N
S
W

Alles gute zum 18.

Es kann nur einen geben

Möge die Macht mit Dir sein mein Freund

Dein Diemo

Amadeus Firgau

Sorla Schlangenei

Ein phantastischer Roman

Stendel

Titelillustration: Peter Tannrath

Illustrationen: Michael Soder, Peter Tannrath

Herstellung: Windhueter, Schorndorf

1. Auflage September 1995

ISBN 3-926789-10-7

Die Macht des Knüppels

Wie der Junge den Wildwechsel durch das verschneite Unterholz entlangrannte, geriet er mit dem Fuß unter einen Knüppel, der ihm unvermutet im Weg lag, und er schlug hin. Der Knüppel hat sich bewegt, er hat mich stolpern lassen, dachte Sorla noch im Hinfallen. Als er sich hochrappelte, stand eine alte Frau vor ihm, hager und häßlich. Der Gestank von saurem Schweiß wehte herüber.

„Soso! Ein kleiner, ein feiner Junge! Woher, wohin, mein Büblein?"

Sorla starrte sie an und zupfte sich Rindenstückchen von den aufgeschürften Händen.

„Ist das dein Stock?" fragte er böse.

Die Alte kicherte und streckte einen dürren Arm unter dem Umhang hervor, da schnellte der Knüppel vom Weg hoch und in ihre Hand. Sie winkte Sorla.

„Komm, mein Bürschlein, komm mit!"

Sorla wandte sich um, sprang querab ins Gebüsch und rannte den Abhang hinunter. Etwas schlug ihm schmerzhaft gegen die Schienbeine – der Knüppel! – er stolperte und wälzte sich im Laub. Da sah er die Alte auf sich zukommen, in weiten Sätzen, daß die Röcke wehten.

„Bleib, mein Junge, so bleib doch! Mir kommst du nicht aus!"

Sorla packte ein Grauen, und er rannte los. Diesmal sah er den Knüppel rechtzeitig und sprang darüber hinweg. Der aber wirbelte herum und schlug Sorla die Beine weg, daß er ächzend liegenblieb.

Auch ohne hochzublicken, wußte Sorla, wo die Alte stand; der saure Schweißgeruch, gemischt mit stechenden Dünsten alten Urins, war erschreckend nahe.

„Steh auf, mein Büblein, steh auf! Laß die alte Markreske nicht warten!"

Zwei Atemzüge später – Sorla hatte sich nicht geregt – traf ihn der Knüppel ins Kreuz. Sorla sprang auf die Füße. Er hatte begriffen.

„Kluges Bürschlein, soso! Komm jetzt, komm!" Die Alte eilte den Wildwechsel hinab, ohne sich umzusehen. Sorla zögerte, rannte aber dann eingeschüchtert hinter der Alten her, daß der Schnee stob. An einem Eichenstamm lehnte schwer ein großer Sack.

„Nimm ihn, mein Büblein, nimm ihn auf!"

Durch dichteres Unterholz ging es nun; Sorla peitschten die Zweige ins Gesicht. Unvermutet prallte er gegen die Alte, die stehengebliebben war. Doppelzackige Hufspuren kreuzten den Pfad; gelegentlich war der Schnee in Mulden aufgewühlt, mit Laub und Erde ringsum vermischt. Aus dem Unterholz schob sich klobig, grauborstig eine Bache. Sie witterte, schnaufte und stellte sich drohend in den Weg. Hinter ihr wimmelte eine Schar vorjähriger Jungschweine. Markreske kicherte, ihre knorrige Hand schwang den Knüppel. Die Muttersau schreckte zurück und grunzte, worauf die Jungen den Pfad hinab davonhasteten, eines hinter dem Schwänzchen des anderen. Doch der Knüppel fuhr über die Sau hinweg und traf das letzte Junge im Genick; ein trockenes Knacken, das Tier brach zusammen. Die Bache fuhr herum, beschnüffelte das Junge, schubste es mit dem Rüssel, aber vergeblich. Da galoppierte sie hinter den anderen her, und schon war die Rotte im Unterholz verschwunden. Markreske hob das erschlagene Ferkel an den Hinterläufen hoch und legte es quer über den Sack, den Sorla trug.

Voraus ertönten Axthiebe. Sorla atmete auf: Dies mußten Menschen sein, Holzfäller, und sie konnten ihm gegen diese entsetzliche Alte helfen. Auf einer Lichtung waren drei Männer dabei, Äste von einem gefällten Eichenstamm abzuhauen. Ein wolfsähnliches Tier mit braunweißem Fell saß daneben, den Schwanz friedlich um die Vorderpfoten gelegt. Als die Holzfäller die Alte erblickten, ließen sie ihre Äxte sinken und wichen zurück. Das Tier kroch winselnd zu den Männern.

„Helft …“, keuchte Sorla; weiter kam er nicht, denn der Knüppel hatte ihm über den Mund geschlagen.

„Ruhig, mein Bürschlein, schön ruhig! Mach die alte Markreske nicht wütend, nicht wahr?“ Sie ging über die Lichtung, Sorla wankte hinterher, und niemand half ihm. Markreske kicherte.

„Angst haben sie, mein Büblein, Angst. Selbst der Hund kneift den Schwanz ein!“

Sie erreichten den Waldrand. Vor Sorla öffnete sich eine weite Schneefläche mit Zäunen. Geradeaus führte der Weg nach Stutenhof. Zu jenem befestigten Dorf hatte er gewollt, als er den Abhang des Pelkoll herabgelaufen kam. Denn dort hoffte er etwas über seine Mutter zu erfahren, die seit vielen Jahren verschollen war.

Markreske aber bog links ab, quer über den verschneiten Hang zum Gnomfluß hinüber. Sie schritt rasch, obwohl sie fast bis zu den Knien einbrach. Sorla versuchte in ihren Fußstapfen zu bleiben, um nicht im Schnee zu versinken. Manchmal stolperte er, und das erschlagene Ferkel fiel vom Sack herunter, oder der Sack rutschte ihm von der Schulter. Doch wenn Markreske sich dann zurückwandte, biß Sorla die Zähne zusammen, lud sich den Sack wieder auf und zerrte den toten Frischling am Vorderlauf durch den Schnee.

Über den Gnomfluß führte ein einfacher Holzsteg, in der Mitte des Flusses auf einen aus dem Wasser ragenden Felsen gestützt. Am anderen Ufer stießen sie auf einen tief in den Schnee getretenen Pfad und folgten ihm flußabwärts. Sehnsüchtig blickte Sorla über den Fluß zurück auf die Palisaden, hinter denen sich Stutenhof verbarg.

Ein Mädchen stand dort drüben. Auf ihrer ausgestreckten Hand saß eine Elster, die, vielleicht vom Anblick Markreskes jenseits des schmalen Flusses beunruhigt, aufflatterte und zu einem der Uferbäume davonflog. Nun schaute das Mädchen herüber. Sorla sah ihr zartes Gesicht, ihre langen braunroten Haare ... Ihre Blicke trafen sich. Zornig hob das Mädchen die Faust gegen die Alte und ließ sie machtlos wieder sinken.

„Hurtig, mein Büblein, hurtig!" rief Markreske, und Sorla wankte benommen weiter. Als er sich ein letztes Mal umwandte, waren Stutenhof und Mädchen hinter einer Flußbiegung verschwunden.

❡

Hier mündet der Gnomfluß in den Eldran, der, nach links strömend, mächtig vor ihnen lag. Sie standen auf einer Landzunge aus Geröll, welches der Gnomfluß abgelagert hatte. Links von der Landzunge hatte sich eine Einbuchtung, fast schon ein toter Seitenarm gebildet, wo das Wasser in träger Gegenströmung kreiste, bevor es wieder in die Mitte des Eldran geriet und befreit davoneilte.

In dieser Bucht stand auf Pfählen eine Hütte. Ein langer Steg verband sie mit dem Ufer. Dorthin schritt Markreske durch den Schnee, und Sorla mühte sich, vom Knüppel bedroht, hinter ihr zu bleiben. Der Steg war schmal, nur aus einzelnen Brettern gebaut, die auf morschen Pfählen knarrten. Sorla, durch Sack und Frischling behindert, kämpfte um sein Gleichgewicht, während Markreske schon das nächste Brett betrat.

Drei Bretter weiter brach der Steg ab. Der jenseitige Pfahl, wo der Steg weiterführte, war zu weit, um ihn mit einem Sprung zu erreichen. Markreske aber winkte; da legte sich der Knüppel über das kaltgraue Wasser und schwebte dort, von unsichtbarer Kraft gehalten. Doch war er zu kurz, um die Kluft von Pfahl zu Pfahl zu schließen; vor ihm und hinter ihm klafften Lücken. Markreske ging hinüber, als sei sie den Weg gewohnt, und gelangte auf das nächste Brett. Sorla aber scheute zurück vor dem Knüppel, der ihn geschlagen hatte und der, rund und kaum armdick, keinen sicheren Halt versprach.

„Komm herüber, mein Büblein, komm rüber!" rief die Alte. „Süßes Brot habe ich in der Hütte, ja, und Honig, hihi!" Sorla glaubte ihr kein Wort, doch davonzulaufen wagte er nicht. Er atmete tief ein, und mit zwei gewagten Sprüngen war er drüben. Der Knüppel schnellte in Markreskes Hand zurück.

Noch zehn Schritte waren es bis zur Pfahlhütte. Finster sah sie aus, alt und aus dicken Brettern gefügt. Um die Tür zu öffnen, trat Markreske zwei Schritte auf dem schmalen Steg zurück und stieß gegen Sorla, der fast ins Wasser fiel.

„Hüte dich, Büblein!" schrie sie und schlug ihm mit knochiger Hand über das Gesicht. „Was stehst du mir im Weg?" Sorla stand erstarrt, seine Nase blutete. Aber schon war die Alte in der Hütte verschwunden, und Sorla, vom Knüppel gestoßen, stolperte hinterdrein. Die Tür schlug zu.

Irgendwo im Dunkeln stöberte Markreske keifend und klappernd herum, dann hatten sich Sorlas Augen an das trübe Licht gewöhnt, das durch eine kleine, mit einer Schweinsblase bespannte Luke sickerte. Inmitten eines tollen Durcheinanders von Töpfen, umgeworfenen Schemeln, Lumpen und abgenagten Knochen hockten ein paar fette Ratten und beäugten Sorla mit feindseligen Knopfaugen. Markreske, mit gerafften Röcken über Getier und Gerümpel zur Feuerstelle springend, schrie:

„Gefällt dir die Hütte, Bürschlein, gefällt sie dir? Hier wirst du wohnen und putzen und der alten Markreske zur Hand gehen, hihi!"

Sie packte den Frischling, den Sorla auf den Bretterboden fallen gelassen hatte, hob ihn mit der Linken am Nacken hoch und riß ihm mit dem gekrümmten Zeigefinger der Rechten den Bauch auf. Die Gedärme quollen bläulich hervor. Markreskes Hand fuhr in die Bauchhöhle hinein und wühlte alles heraus, daß es in nassen Schlingen zu Boden klatschte. Die Ratten fiepten, ihre Schnurrhaare zitterten.

„Kommt, meine Kinderchen, kommt naschen!" rief Markreske. Da wimmelten die Ratten herbei. Kichernd beugte sich die Alte hinab und kramte zwischen ihnen herum. Eine Ratte kam ihr in die Quere und flog quiekend in die Ecke. Markreske riß die Leber von dem herumliegenden Gekröse des Frischlings los und begann sie zu kauen. Sorla stand erstarrt.

„Was stehst du rum, du Nichtsnutz? Was meinst du, weshalb du hier bist? Arbeite!" Markreske warf ihm einen Kehrichteimer zu, daß Sorla zurücktaumelte und ihn fallen ließ, so schwer und voll war er. Die Dreckbrühe schwappte über den Boden.

„Narr du! Wisch auf, oder du sollst mich kennenlernen!" Sorlas Gesicht glühte vor Zorn. War die Alte nicht selbst schuld, wenn der Eimer auskippte?

„Wisch doch selbst, du Hexe!" schrie er. Und schon traf ihn ein Schlag am Kopf, daß er bewußtlos zusammenbrach.

❡

Mit schmerzendem Schädel erwachte Sorla und schaute umher. Er erinnerte sich. Die alte Markreske war nicht zu sehen. Er sprang hoch, war mit zwei Schritten bei der Tür und stieß sie auf. Frische Luft strömte herein, das Sonnenlicht blendete ihn. Nur fort über den Steg!

Doch wie er durch die offene Tür wollte, prallte er zurück, von einem Schmerz getroffen, der ihm die Luft raubte. Er blickte sich um, doch war da nichts – kein Knüppel, nicht die Alte, weit und breit niemand. Wieder ging er durch die Tür – derselbe Schmerz warf ihn zurück. Ein weiteres, letztes Mal, dann hatte er begriffen: Durch diese Tür, mit welchem Bann auch immer behaftet, war ihm das Entrinnen verwehrt.

Während er noch über den Steg starrte, kam Markreske das Ufer entlang. Sie eilte über den Steg und schüttelte Sorla: „So! Ausreißen wolltest du, was? Ausreißen! Du bist nicht der erste, der das versucht!“ Sie kicherte. „Der Junge, der vor dir hier war, um der alten Markreske zu helfen, hat's versucht. Er war dumm. Aber du, mein Jungchen, du willst doch nicht verrecken, oder?“ Sorla schüttelte den Kopf, die Augen angstgeweitet.

Er mußte aufräumen, fegen, kochen; doch wie sehr er sich bemühte, Markreske fand stets einen Grund, ihn zu beschimpfen und zu strafen: „Wieso ist die Feuerstelle nicht gefegt? Du hast die Kohlen nicht aus der Asche gelesen, du erbärmlicher Taugenichts!“ Dabei hatte Sorla das Feuer eben erst angemacht! Also ließ er die Arbeit ganz bleiben und blickte trotzig zu Markreske hoch.

„Du Nichtsnutz! Ich warne dich! Du tust deine Arbeit schlecht, und du bist dumm. Aber noch lasse ich dich leben, wenn du sie tust.“ Da beeilte sich Sorla, die Holzkohlen aufzuschichten und die Asche wegzufegen.

Die kleine Luke, in welche die Schweinsblase eingespannt war, um die kalte Luft abzuhalten, ließ sich nicht öffnen, und nur wenig trübes Licht sickerte hindurch. So war der Raum düster und feuchtmuffig, und es stank. Im Bretterboden war eine Falltür eingelassen, breit genug für Sorla, und er machte sich Hoffnungen, wie er bei nächster Gelegenheit fliehen wollte. Als er aber den Kehricht und faulige Fleischreste durch die Falltür hinaus scharrte, schäumte unten das Wasser auf; ein riesiges Fischmaul tauchte auf und schnappte die Brocken weg. Jetzt wußte Sorla, daß auch dieser Fluchtweg nicht taugte.

❡

Daß er hier sterben würde, glaubte Sorla nicht; er war lebensfroh und vertraute auf Atne, die Göttin des Glücks. Aber es war schrecklich hier. „Schlimm!“ flüsterte er, und um seinen Kummer jemandem klagen zu können, sah er hinab in den halbvollen Wassereimer, aus dem ihm das Gesicht eines Elf-, Zwölfjährigen entgegenstarrte, und wiederholte: „Schlimm ist's hier, du Armer!“ Er schüttelte seine blonden Strähnen, die über das Wasser und Sorlas zitterndes Spiegelbild wischten.

So hatte er sich auch früher oft betrachtet, als er in der Wildnis am Gnomfluß lebte, bei Laschre, dem Flußtrollweib. Seine Mutter war da schon verschwunden, wer weiß wohin. Später, bei den Gnomen im Pelkoll, hatte er es auch nicht schlecht getroffen; er lernte viel, was Laschre ihm nicht beibringen konnte. Die Gnome hatten ihm den Glygi geschenkt – den Gnomenstein mit seinen seltsamen Kräften.

Kaum dachte Sorla an ihn, schwebte der Glygi vor ihm, zartblau schimmernd, und verschwand wieder. Markreske hatte nichts bemerkt, doch Sorla fühlte sich etwas getröstet – ganz alleine war er nun doch nicht. Aber es schien, als würde er lange hier ausharren müssen. Dabei hatte er den Pelkoll verlassen, um nach Stutenhof zu gehen, dort nach seiner Mutter zu fragen ... warum mußte ihm Atne, Herrin über Glück und Unglück, jene böse Alte in den Weg schikken? Sein Handel mit Atne fiel ihm ein. Als Gwimlin, sein kleiner Gnomenfreund, in Lebensgefahr schwebte, hatte Sorla ein Stoßgebet zu ihr gesandt: Ein Jahr lang wollte er auf Glück verzichten, wenn sie ihm jetzt hülfe. Ein Jahr lang Unglück – falls Atne ihn nun beim Wort nahm, er hatte es selbst gewollt.

❡

Schlimm waren die Ratten. Solange Markreske da war, saßen sie in den Ecken, blinzelten, beobachteten. Als die Alte das erste Mal fortging – „Paß gut auf meine Lieblinge auf!“ hatte sie ihn noch ermahnt – krochen sie hervor. Die erste war die „Fette“, wie Sorla sie nannte, ein riesiges, plumpes Tier. Sie sprang ein Stück, trippelte näher, streckte die altersgraue Schnauze zuckend vor und griff an. Sorla hatte schon einen Ast vom Feuerplatz gepackt und stieß ihn der Ratte entgegen, daß sie quiekend zurückwich. Jetzt sprangen aber schon andere Ratten von rechts und links herbei, und Sorla wußte, daß sie auch von hinten kamen. Er schlug mit dem Ast um sich und wich an die Stubenwand zurück. Dort stand er nun und beobachtete die Ratten, die im Halbkreis hockten und ihn belauerten. Zwischen ihnen summten ein paar Fliegen.

So aber wurde keine Arbeit erledigt, und Markreske mochte bald zurückkehren. Sorla bückte sich vorsichtig, hob einen Knochen auf und warf ihn in die gegenüberliegende Ecke. Die Ratten fuhren herum. In diesem Moment sprang Sorla zur Feuerstelle hinüber. Die Ratten scharten sich erneut um ihn, blieben aber außer Reichweite. So konnte Sorla die Asche fegen, das Feuerholz stapeln, den Kessel scheuern; alles mit einer Hand, die andere schwenkte den Ast gegen die Ratten.

Zwei Tage später verließ Markreske wieder die Hütte, und die Ratten kamen hervor. Einen Ast, um sie abzuwehren, hatte Sorla nicht zur Hand. Die Feuerstelle war nicht mit einem Sprung erreichbar. Von einem in die andere Stubenecke geworfenen Holzstück ließen sie sich nicht irreführen. Nicht einmal die Ohren zuckten, während sie gespannt auf Sorla sahen und nähertrippelten. Gelb schimmerten die Nagezähne in den halbgeöffneten Mäulern. Was hatte Sorla am Fluß und bei den Gnomen gelernt, das ihm jetzt helfen konnte? Spuren verwischen, sich verstecken, davonlaufen, klettern? Nutzlos. Mit dem Schwert kämpfen, Pfeile verschießen? Alles nichts. Fische blitzschnell greifen? Zielsicher Steine werfen? Einen Holznapf hatte er zwar, aber zu viele Ratten krochen heran. Die vorderste war die „Fette“, auf sie achtete Sorla besonders. Das machte eine der anderen Ratten, die seitlich heranschlichen, mutig, und sie griff an. Der Holznapf traf sie im Sprung, und sie blieb quiekend mit zuckenden Beinen liegen. Die „Fette“ sah Sorlas leere Hände, pfiff hämisch und sprang ihn mit offenem Maul an. Der trat zur Seite und packte den Nacken der Ratte im Flug, als fange er eine Forelle aus dem Bach. Schon hatte er sie weggeschleudert, bevor sie ans Kratzen oder Beißen nur dachte; hilflos mit den Beinen rudernd, flog die „Fette“ quer durch die Stube in die Feuerstelle. Schreiend sprang sie aus der Glut, daß die Funken stoben, rannte im Zickzack durch den Raum und verkroch sich in einer Ecke. Es stank nach verbranntem Fell. Die Ratten zogen sich langsam zurück. Sorla lachte.

Sorla gewöhnte sich an, sich selber zu streicheln. Wenn Markreske schlief oder ihn gerade nicht beachtete, lag er oft unter der Bank und strich sich über die Wangen. „Du armer, kleiner Sorla“, flüsterte er sich zu. Oft fühlte er in der Tasche nach dem Gnomenstein. Unsichtbar blieb dieser, wenn Markreske im Raum war, sonst aber erglomm er in hellblauem Schimmer und erinnerte Sorla an die behütete Zeit im Pelkoll. Er stellte sich vor, wie Gilse, die Gnomin, ihn mütterlich in den Arm nahm. Dann fiel ihm seine verschollene Mutter ein – die schöne Taina – und er nestelte das im Unterkittel versteckte Amulett hervor, das ihr einst gehörte. „Ich werde dich wiederfinden", flüsterte er, „sobald ich hier herauskomme. Wir werden tanzen und uns umarmen, und ich werde dein heldenhafter Sohn sein!" Er malte sich aus, wie er für seine Mutter große Taten vollführte und sie sich dann über ihn beugte, um ihn zu küssen, und ihre langen, blonden Haare ihn umflossen. Nur so war sie ihm in Erinnerung; ihr Gesicht konnte er sich nicht mehr vorstellen. „Aber finden werde ich dich", murmelte er, „und wenn ich von Meer zu Meer wandern muß!"

Am geborgensten aber fühlte er sich, wenn er sich zu Laschre zurückträumte, dem Flußtrollweib, deren riesige Arme die Wölfe verjagten und ihn sicher und warm umschlossen. Dann seufzte er und schlief ein, unter der Bank zusammengerollt auf den harten Dielen.

❡

Markreske blieb die ganze Nacht zu Hause und braute irgendeine üble Brühe in ihrem riesigen Kessel. Sorla mußte das Feuer in Gang halten und Schaum abschöpfen – er hatte Mühe, sich über den Rand zu beugen, so groß war der Kessel und stand obendrein noch auf Steinen über der Feuerstelle. Die Alte ließ den Knüppel das Zeug umrühren, bis es im Morgengrauen zu einem zähflüssigen Rest zusammengekocht war. Diesen Bodensatz füllte sie vorsichtig in kleine Tontiegel ein und versiegelte sie.

„Was kochst du?" fragte Sorla.

„Seit wann ist dir erlaubt, mich anzureden, Dummkopf?" schrie Markreske und schlug ihm ins Gesicht. Plötzlich aber veränderte sich ihre Miene. „Etwas sehr Schönes ist es, etwas Süßes. Hier leck das ab, hihi!" Damit strich sie ein wenig von dem schaumigen Rückstand, der am Knüppel haftete, auf ihren Zeigefinger und hielt ihn Sorla unter die Nase. Sorla zögerte, da griff Markreskes Linke nach seinen Backen und preßte die Kiefer auseinander. „Leck ab!" zischte sie und rammte ihm ihren Finger in den Mund. Sorla bekam von dem Zeug, das tatsächlich süß schmeckte, etwas auf die Zunge. Die Alte kicherte und stieß ihn in die Ecke.

Da merkte Sorla, daß ihm seine Beine nicht gehorchten. Sie knickten ein, auch die Arme wurden taub, und er fiel hilflos zu Boden. Sein Mund hing offen, selbst die Augen konnte er nicht bewegen. So lag er da, reglos an die Decke starrend, und mit plötzlicher Beklemmung spürte er, daß er nicht mehr atmete. Das Blut hämmerte und brauste in seinem Kopf. Sorla wollte schreien und konnte nicht, er wollte um sich schlagen, aber er konnte nicht. Er sah noch, wie Markreske sich mit einem kleinen, dunklen Fläschchen über ihn beugte. Dann schwanden ihm die Sinne.

Er erwachte von einem stechenden Geruch, schlug um sich, schnappte verzweifelt nach Luft, hustete, atmete gierig und kam allmählich zur Besinnung. Markreske verstöpselte ihre kleine Flasche und stellte sie weg.

„Erzähle Jungchen, was hast du erlebt, sag es!" rief sie aufgeregt. Sorla japste noch immer, schließlich brachte er ein „Was … erlebt?" heraus. Markreske kreischte. Sie hob ihn hoch und schüttelte ihn.

„Sage, Nichtsnutz, wie war es im Reich der Toten?"

„Ich … weiß nichts. Ich … bin bloß … erstickt."

Die Alte schleuderte ihn von sich: „Alles umsonst!"

Trotz dieses Mißerfolgs begann Markreske nun, Tränke und andere Mixturen an Sorla auszuprobieren; in Mengen, die er gerade noch überlebte, oder mit einem Gegengift in der Hand, um ihn rechtzeitig zurückzuholen, damit er für weitere Versuche erhalten blieb. Manchmal wurde ihm speiübel, und er mußte sich stundenlang übergeben. Manchmal wurde ihm schwindelig, oder er verlor die Besinnung. Einmal litt er unter entsetzlichem Juckreiz, und Markreske kicherte aufgeregt, als er versuchte, sich die Haut abzukratzen. Das Schlimmste aber war, daß sie bei dieser Gelegenheit seinen silbernen Anhänger fand, das Amulett seiner Mutter, das er unter seiner Kleidung verborgen getragen hatte. Sie riß es ihm über den Kopf, lachte geringschätzig und warf es zwischen die Tiegel und Kästchen auf ein Regal.

¶

18

Sorla erwachte vom schabenden Geräusch der Türangeln, die aus Weidenruten geflochten, sich am Türpfosten drehten; Markreske kam schwerbeladen herein.

„Mach Licht, Dummkopf, beeil dich!" Während sich Sorla über die Feuerstelle beugte, Holz nachlegte und die Glut vorsichtig wieder anfachte, hörte er, wie Markreske ihre Last zu Boden warf.

„Was trödelst du rum, Schwachkopf?" Aber Sorla nahm die Beschimpfung kaum wahr; mit offenem Mund sah er, wie Markreske aus ihrem Sack ein Kind kippte, kaum zwei Jahre alt. Es regte sich nicht.

„Gaffe nicht, arbeite!" keifte Markreske, während sie die Falltür öffnete.

„Das Kind ...!" rief Sorla und wollte dazwischentreten. Da schnellte der Knüppel ihm unters Kinn, drängte ihn zurück und preßte seinen Hals gegen die Stubenwand, daß Sorla Mühe hatte, Luft zu schöpfen.

Durch die offene Falltür hörte man den Fluß rauschen, doch zu sehen war nur die viereckig finstere Öffnung. Sorla schlug vor Angst und Atemnot um sich, doch rührte sich der Knüppel nicht, und je verzweifelter Sorla sich wehrte, desto weniger reichte der Atem. In seinem Kopf rauschte und dröhnte es, vor den Augen wurde ihm schwarz. Da glaubte er fliehen zu können, an den Fluß seiner Kindheit, in die Sonne; und er sah sich neben Laschre bei den glitzernden Wellen sitzen und Elritzen fangen. Halbe Tage hatte er bewegungslos gelauert wie ein kleiner Fels! Er verhielt sich ruhig, wie er es am Fluß geübt hatte, kam wieder zu sich und erkannte, daß er mit weniger Luft auskam, wenn er sich ruhig hielt; und indem er sich zur Ruhe zwang, dämmte er die Angst ein.

Er beobachtete. Das Kind war schon länger tot, Markreske stieg achtlos über den kleinen Körper hinweg, um andere Dinge aus ihrem Sack hervorzukramen: eine Geldbörse, einen toten Fuchs, eine Decke. Die Decke warf sie auf ihr Lager, die Geldbörse verbarg sie hinter den Balken, den Fuchs warf sie den Ratten vor, die schon hervorgekrochen waren und gierig blinzelten, sich aber nicht in die Nähe Markreskes wagten, die hin und her ging und schließlich, als fiele es ihr jetzt erst ein, beiläufig mit dem Fuß das tote Kind über den Rand der offenen Falltür schob.

Sorla hörte, wie das Wasser aufrauschte und das Fischmaul zuschnappte.

❡

In dieser Nacht träumte Sorla. Er stand zwischen hohen Binsen im Mondlicht. Silberne Nebelschwaden bedeckten den Boden bis zum fernen Wald. Seine Füße spürten feuchten Lehm und die harten Blätter des Riedgrases, und er wußte, dies waren die Auen des Norfell-Flusses.

Mit Girsu dem Dunklen, dem Pelkoll-Gnom, hatte er dort einst bei Regen und Kälte übernachtet. Jener hatte sich in seine Decke gehüllt. Sorla aber verkroch sich unter ein Stück dünnen Leders, das er im Unterholz gefunden hatte; wie Schlangenhaut, wäre es nicht so riesig gewesen. Und während Girsu schlief, erschien Sorla die Große Schlange zum ersten Male. Das war lange her, aber in Träumen hatte er sie seither mehrfach gesehen.

Sorla lächelte in Gedanken daran. „Schlange!" wisperte er.

Aus dem Nebel tauchte der riesige Schlangenkopf ins Mondlicht empor. „Nun, kleines Ei?" Von vorn wirkte das scharfkantige Maul böse nach unten verzogen, von der Seite aber schienen die hochgezogenen Mundwinkel zu lächeln. Doch die Große Schlange tat keines von beidem; mit ihrem riesigen, hartschuppigen Schädel sah sie auf Sorla herab.

„Oh Schlange, ich bin schlimm dran!"

„Winde dich und warte. Beobachte, sei klug."

„Aber Markreske ist fürchterlich! Sie tötet Kinder und ..." Doch die Schlange tauchte weg, die Nebelschwaden wirbelten zur Seite, und Sorla sah nur einige große Kreise auf dem Wasser, die sich ausbreiteten und unter den Nebelschwaden verschwanden.

„Faulpelz!" Ein Tritt traf ihn in den Bauch. „Putz den Dreck weg!" Und Sorla taumelte hoch, öffnete die Falltür und kehrte die Reste des Fuchses in die Dunkelheit hinunter.

Während er mit einem nassen Fetzen den Tisch aufwischte, dachte er an seinen Traum. Was die Schlange sagte, war ihm eigentlich schon klar. Solange er Markreske nützlich blieb, ließ sie ihn leben. Er durfte nicht auffallen und keinesfalls ihren Zorn erregen. Zugleich mußte er herausfinden, wie er ihr schaden und sich retten konnte. Die nötige Geduld wollte er aufbringen.

❡

Als Markreske wieder fortging, ließ Sorla den Aufwischlappen fallen, den er gerade auswringen wollte, stellte einen Hocker auf den Tisch, kletterte hoch und begann die oberen Regale zu untersuchen. Etwas mußte sich doch finden lassen, zu Markreskes Schaden und seinem Nutzen! Er öffnete einen Holzkasten. Drin lag zusammengefaltet Kleidung: eine kleine Hose, ein Jäckchen, eine Mütze, alles aus schwarzem Stoff genäht und mit einem silbernen Schuppenmuster geschmückt. Wenn das für ein Kind sein soll, dachte Sorla, muß das ja aussehen wie ein Fisch, und klappte den Kastendeckel wieder zu. Für ihn, Sorla, war es jedenfalls zu klein. Wozu Markreske sowas aufbewahrte? Weiter drüben, noch in Reichweite, lag ein Buch, mit Staub und Spinnweben dick überzogen. Sorla hob den Buchdeckel vorsichtig an, um keine verräterischen Spuren auf der Staubschicht zu hinterlassen, und blickte seitlich hinein. Er sah Reihen seltsamer Zeichen und Skizzen: weder Menschenschrift, wie er sie bei den Gnomen lernte, noch Gnomenschrift, die er gesehen hatte, aber nicht lernen durfte; dies war etwas völlig anderes, Fremdes. Ein widerlich süßer und doch beißender Geruch ging von den Seiten aus, daß ihm die Augen tränten. Angewidert schob er das Buch zurück ins Regal. Zwischen den Dachbalken versteckt klemmte eine Kiste. Dort – so hatte er beobachtet – bewahrte Markreske ihre Schätze auf. Doch als Sorla versuchte, sie zu öffnen, durchfuhr ihn ein so brennender Schmerz, daß er schreiend zu Boden fiel. Davon wollte er besser die Finger lassen! Nun mußte er den Hocker weiterrücken, um andere Gegenstände zu erreichen. Da war vor allem der Beutel, der ihm wegen seiner roten Kordel oft schon ins Auge gestochen hatte.

Die Tür sprang auf, Markreske stand da. „Was treibst du, Doreckskerl?“ schrie sie und ging auf Sorla los. Sorla sprang vom Tisch, doch der Knüppel fuhr ihm zwischen die Beine, daß er stolperte; und schon hielt Markreske ihn am linken Arm gepackt. Sie hob ihn hoch und schüttelte ihn wie einen Lappen. Dabei schrie sie ihn an, mit stinkendem Atem, ihre Augen glühten, und die Finger gruben sich tiefer und tiefer ins Fleisch, bis Sorla die Besinnung verlor.

Markreskes dürre Finger hatten Sorlas Oberarm durchbohrt. Der Muskel selbst war heil geblieben, doch schwoll der Arm aufs Doppelte an und schmerzte bei jeder Berührung entsetzlich. Sorla glühte vor Fieber und wälzte sich in Alpträumen. Wenn er erwachte, kroch er zum Trinkeimer, der meist leer war, denn Markreske füllte ihn nicht. Dann ließ er mit dem unverletzten Arm den Eimer am Strick durch die Falltür in den Fluß hinab und zog ihn halbvoll hoch. Hatte Sorla den Eimer schließlich wieder oben, war er oft so erschöpft, daß er, ohne getrunken zu haben, in Ohnmacht fiel. Eine Zeitlang – wieviele Tage es waren, wußte Sorla nicht – ließ Markreske ihn in Ruhe. Schließlich weckte sie ihn mit einem Fußtritt:

„Was glaubst du elender Nichtsnutz, weshalb du hier bist? Putz den Dreck weg und mach Feuer!“

Der Arm war noch immer geschwollen und pochte in dumpfem Schmerz, aus den Wunden sickerte Eiter. Es sah nicht so aus, als wäre der Arm je wieder zu gebrauchen. Sorla knotete aus einem Lappen eine Schlinge, in die er den kranken Arm legte, und versuchte, mit nur einer Hand und trotz aller Schmerzen die gleiche Arbeit wie zuvor zu verrichten, denn er wußte, davon hing sein Leben ab.

Ein paar Nächte später wachte Sorla auf, als die Türriemen quietschten. Der Riegel schob sich von außen vor, denn Markreske war in die Nacht verschwunden. Durch die Schweinsblase schimmerte jedoch ein Licht, und als Sorla die Falltür öffnete, um zu pinkeln, sah er, daß sich im Flußwasser der Vollmond spiegelte. Er spürte, wie die Luft warm vom Fluß aufstieg. Sorla seufzte. Es war Sommer geworden, und er hatte es nicht gemerkt!

Er stützte sich mit der rechten Hand auf und wollte mit der linken die Falltür schließen, doch hinderte ihn die Armbinde. Erst jetzt bemerkte er, daß sein Arm nicht mehr schmerzte. Sorla riß die Schlinge weg: Die Schwellung war verschwunden, die Wunden geschlossen! Doch als er vorsichtig über den Arm strich, fand er die Narben mit winzigen Schuppen bedeckt, wie von einer Schlangenhaut. Rasch wickelte er den Arm in den Lappen, und während er sich wieder schlafen legte, dachte er daran, daß schon einmal eine Verletzung auf dieselbe seltsame Weise geheilt war.

Als er am nächsten Morgen aufwachte, waren die Narben samt Schlangenhaut verschwunden.

Markreskes Geschäfte

„Markreske!" rief jemand vom Ufer.

Markreske ging zur Tür. „Wer ruft mich? Der sollte einen guten Grund haben!"

Sorla blickte an der Alten vorbei. Der wolkenlose Sommertag blendete ihn – zu sehr waren seine Augen an das trübe Licht der Pfahlhütte gewöhnt – nur undeutlich sah er am Ufer eine Frau und einen Mann.

„Ich bin Ketelik aus Stutenhof! Wir suchen unser Kind!" rief der Mann über das Wasser.

„Und? Stehle ich vielleicht Kinder?"

„Nein, Markreske!" Der Mann hob beschwichtigend die Hände. Die Frau neben ihm schwieg. „Kannst du uns helfen?"

„Was gebt ihr?"

„Geben?"

„Kommt wieder, wenn ihr Geld habt."

„Halt, Markreske!" rief Ketelik und hielt eine Münze hoch: „Sieh! Ein halber Kerosi!"

Markreske lachte geringschätzig. „Wirf ihn rüber!" Der Mann zögerte erst, dann warf er die Silbermünze über die Lücke im Steg. Markreske fing sie auf und ließ sie in die Schürzentasche gleiten.

„Was wollt ihr also?"

„Unser Kind verschwand vor vier Wochen. Es ist unser einziges." Es hörte sich an, als habe der Mann dies schon oft erzählt. Die Frau neben ihm blickte steinern. „Ich brachte die Pferde auf die Koppel, und meine Frau …", er sah sie an, sie blickte geradeaus, „sie schnitt junge Brennesseln für die Suppe. Das Kind saß bei ihr, und dann war es einfach weg."

Markreske kicherte. „Wieso habt ihr nicht die alte Kräuter-Liska gefragt? Sie soll doch so klug sein."

„Wir waren bei ihr. Sie sagt, du wüßtest hier besser Bescheid."

„So, sagt sie? Das alte Luder. Aber vielleicht kann ich euch helfen. Ich werde Erkundigungen einziehen. Das kostet Geld."

„Du hast doch schon …"

„Bringt sechs Kerosi, dann will ich sehen, was sich tun läßt." Damit schloß Markreske die Tür.

Am nächsten Morgen war der Mann wieder da: „Markreske!"

„Wo sind die Kerosi?"

„Laß dir erklären! Du kriegst sie gleich nach dem Pferdemarkt. Wir müssen Pferde verkaufen."

„Wann ist das?"

„Übermorgen. Aber kannst du nicht jetzt ..."

„Nein." Markreske schlug die Türe zu. Sorla überlegte, ob das Kind jenes war, das Markreske angeschleppt und dem fischmäuligen Ungeheuer geopfert hatte. Dann waren die Eltern doppelt zu bedauern, wenn sie ihr Geld Markreske nachwarfen.

Abends rief ein anderer Mann nach Markreske. Sie öffnete die Tür und warf den Knüppel hinaus, damit er die Lücke im Steg schloß. Sorla mußte unter die Bank kriechen und einen Sack über sich breiten, konnte aber einiges sehen. Dieser Mann war ähnlich wie der Vater des Kindes gekleidet, mit ledernen Hosen, Stiefeln bis übers Knie und einem Umhang, was wohl die hiesige Tracht war. Der kurzgeschorene Bart war grau. Am linken Zeigefinger trug der Fremde einen Ring aus Silber.

„Nun, Markreske?"

„Ketelik war da. Er muß jetzt Pferde verkaufen."

„Das reicht nicht. Er soll alles verlieren."

„Ich weiß."

„Ich will auch das Haus, vergiß nicht."

Markreske winkte ab, als sei das längst eingeplant. Der Mann nickte: „Und die Hälfte des Geldes für mich, wie besprochen."

„Ein Drittel."

„Was, du alte ..." Aber schon hatte sich ihm der Knüppel unters Kinn gerammt. Der Mann wurde bleich. „Gut, ein Drittel", brachte er zwischen den Zähnen hervor, „laß mich frei." Der Knüppel stellte sich in die Ecke. Aber Markreske deutete mit gestrecktem Mittelfinger auf den Mann, der wimmernd zurückwich.

„Tleresek!" zischte Markreske. „Vergiß nie, wer ich bin!" Der Mann nickte und tastete sich langsam zur Tür.

„Nichts für ungut, Markreske. Laß mich jetzt gehen."

Markreske nickte, der Mann öffnete die Tür, und der Knüppel schloß wieder die Lücke im Steg.

❡

Zwei Tage später war der Vater – Ketelik, wie Sorla sich erinnerte – wieder da. Diesmal wurde er in die Hütte gewiesen, und Sorla, unter seiner Bank versteckt, erkannte an dem dunkelblonden Bart, daß er jünger als Tleresek war. Ketelik trug ebenfalls einen silbernen Ring, allerdings am rechten Mittelfinger. Er sah übermüdet aus. Jetzt kramte er einen Lederbeutel hervor.

„Hier sind die sechs Kerosi, Markreske."

Markreske ließ den Beutel in ihrer Schürze verschwinden. „Ich werde meine Boten losschicken", sagte sie. „In zwei Tagen kannst du erfahren, was sie fanden. Und bring mehr Geld."

„Mehr Geld? Sind sechseinhalb Kerosi kein Geld? Ich habe drei Pferde verkauft!"

„Die Boten sind teuer. Vielleicht ist dein Kind in großer Gefahr? Willst du da zögern?"

Ketelik fuhr sich über die Stirn. „In zwei Tagen also", murmelte er und ging. Sorla überlegte, wo sein eigener Vater wohl sei, von dem er kaum etwas wußte, oder seine Mutter, die er noch immer zu finden hoffte. Ob sie sich um ihn ebenso sorgten wie Ketelik um sein Kind? Wem überhaupt war er wichtig?

Als Ketelik wiederkam, empfing ihn Markreske mit schrecklichen Nachrichten. Das Kind sei von Chrebil verschleppt worden und befinde sich unter jämmerlichsten Bedingungen in einer Höhle im Chrebilwald. Für dreißig Kerosi („Dreißig Kerosi!" stöhnte Ketelik) würden die Chrebil das Kind herausgeben, und Markreske wolle baldmöglichst einen Boten mit dem Lösegeld hinschicken, wobei aber Unkosten von weiteren drei Kerosi entstünden.

„Das kann ich nicht zahlen", flüsterte Ketelik. Markreske zuckte die Achseln. Es sei nicht ihr Kind, und wenn er sich ihre Hilfe nicht leisten könne, solle er ihre kostbare Zeit nicht stehlen.

„Ich müßte alle meine Pferde verkaufen und Schulden machen!"

Markreske entgegnete höhnisch, er könne ja wiederkommen, wenn er es sich anders überlegt habe. Damit deutete sie zur Tür.

Tatsächlich kam Ketelik am nächsten Tag mit dreiunddreißig Kerosi. Ein Nachbar namens Tleresek habe ihm die Summe auf Jahresfrist geliehen.

„Wenn ich die Pferde nächstes Jahr gut verkaufe und nur die Fohlen und fünf Stuten behalte, dann kann ich das Geld zurückzahlen.

Wenn aber etwas dazwischenkommt, bin ich ruiniert."

„Was geht's mich an?" entgegnete Markreske. „Mein Bote bringt noch heute nacht das Geld zu den Chrebil. Übermorgen kann dein Kind bei dir in Stutenhof sein." Ketelik stammelte ein paar Dankesworte und ging.

Vier Tage später kam Ketelik wieder. Sein Kind war gegen Markreskes Zusicherung nicht in Stutenhof aufgetaucht. Markreske konnte dies mit neuen Schreckensmeldungen erklären. Ihr Bote, behauptete sie, sei auf dem Rückweg mit dem Kind von Sklavenhändlern überfallen worden. Das Kind sei jetzt unterwegs nach Ailat-Stadt und werde dort wohl verkauft.

„Bei Frenas Güte! Mein Kind! Was soll ich tun?"

Markreske zuckte die Achseln. Er könne es doch selber kaufen, wenn er nur rechtzeitig auf dem Sklavenmarkt in Ailat-Stadt sei und wenigstens ein Dutzend Kerosi dabei habe. „Gerade solch kleine Kinder erzielen oft hohe Preise, da sie für ganz ausgesuchte Vergnügungen herhalten müssen, hihi."

Ketelik bedankte sich erschüttert für den Rat. „Ich werde hinreisen, bei Atne!" rief er. „Ich werde mein Kind loskaufen, und wenn es mein Haus und den Rest meiner Pferde kostet!" Markreske lachte, daß es Sorla fror.

❡

Mehrere Wochen fragte niemand nach Markreske. Sie konnte ungestört ihre Versuche an Sorla wieder aufnehmen. Diesmal erprobte sie keine Tränke an ihm, sondern sie erforschte, wie sie murmelte, „das Geheimnis der jungen Haut". Sie kniff ihn und untersuchte die blauen Flecke, schnitt ihm ins Bein, um Blut zu zapfen, ließ ihn tagelang nichts trinken und schaute, ob er wohl schrumple wie ein alter Apfel. Am schlimmsten war, wenn ihre knochige Hand in seine Hose fuhr und ihn befühlte, wo er am empfindlichsten war. Sie kicherte aufgeregt, er stand festgefroren vor Furcht und Ekel.

Dann, an einem nebligen Herbstabend, rief jemand. Es war Tleresek, Keteliks böser Nachbar, und Sorla war zum erstenmal froh, seine Stimme zu hören. Markreske nahm widerstrebend ihre Finger von Sorla, öffnete, während Sorla sich unter der Bank verstecken mußte, die Tür und ließ Tleresek herein.

„Ketelik mußte mir sein Haus verkaufen, wie du es versprachst, Markreske. Jetzt will ich meinen Anteil vom Geld haben."

Markreske antwortete nicht, sondern goß einen kleinen Tonbecher voll, und Sorla merkte sich die bläulich lasierte Flasche.

„Hier, trink. Auf unseren Erfolg!"

„Was ist das?"

„Traumsaft. Tut gut."

„Ich hab davon gehört", grinste Tleresek und leerte den Becher.

Er hatte kaum den Becher abgestellt, als er vom Stuhl kippte. „Wo ist der Stuhl?" brummte Tleresek benommen. In seinem Versteck sah Sorla seine Hand, die sich am Boden abstützen wollte, in der Luft verkrampfte und ziellos herumtastete. Er hörte den Mann stöhnen und stammeln, sich wälzen, um sich schlagen. Sorla glaubte zunächst, Tleresek leide Schmerzen, dann fiel ihm auf, wie lustvoll das Stöhnen war, wie verlangend es sich steigerte, schneller, lauter, zu einem atemlos verzögerten Höhepunkt. Der Mann seufzte und atmete schwer, dann fing das Stöhnen erneut an, er schrie vor Gier, schlug auf dem Boden um sich, wieder steigerte sich das Keuchen, einem dritten, vierten, fünften fast unerträglichen Gipfel der Lust entgegen.

Markreske aber hatte sofort ihre Röcke hochgerafft und versuchte, wie es Sorla schien, auf dem besinnungslos keuchenden Mann zu reiten. Tleresek wälzte sich jedoch in solch ekstatischen Krämpfen hin und her, daß es ihr kaum gelang, oben zu bleiben. Als die Wirkung des Traumsaftes nachließ und Tleresek ruhiger wurde, flößte sie ihm einen zweiten Becher ein. „Weiter!" schrie sie. Sorla wandte sich ab. Das Stöhnen der Alten verfolgte ihn die ganze Nacht. Nie erreichte sie, worum sie sich so verzweifelt bemühte. Im Morgengrauen erhob sie sich fluchend von Tleresek und ordnete ihre Röcke.

„Wach auf!" keifte sie und schüttelte ihn.

Der Mann kam nur langsam zu sich. Er konnte vor Schwäche kaum stehen. „Was ist geschehen?"

„Eine schwarze Hochzeit hast du gefeiert!" kicherte sie.

¶

29

Der Herbststurm fegte über den Fluß und pfiff durch die Ritzen der Pfahlhütte. Asche wirbelte von der kalten Herdstelle auf und in Sorlas Augen. Markreske hatte vor fünf Tagen die Hütte verlassen, und das Feuerholz war längst verbraucht. Die Ratten, mürrisch aufgeplustert, sahen ihn vorwurfsvoll an, weil er nicht heizte. Sorla rieb sich die kalten Hände. Die Stube war aufgeräumt, gefegt, gewischt; schon seit gestern gab es beim besten Willen nichts mehr zu tun. So saß er herum – hungrig, denn den letzten vergammelten Kohlstrunk hatte er vorgestern gegessen, und was Markreske von ihrem kürzlich erlegten Rehkitz den Ratten vorgeworfen hatte und diese verschmähten, hatte er spätestens gestern blankgenagt.

Ihm fiel auf, daß er kalte Füße hatte. Er kramte hinter der leeren Kiste, in der sonst das Feuerholz gestapelt war, seine Stiefel hervor, ein Geschenk der Pelkoll-Gnome und fein gearbeitet. Den ganzen Sommer hatte er sie nicht getragen. Auch wären die Zehennägel in den Stiefeln nur krumm gewachsen. Früher nämlich, am Fluß, als er nichts anderes wußte als barfuß zu gehen, waren die Zehennägel immer kurz gewesen, und im Pelkoll waren die Gnomfrauen fürsorglich bemüht, sie mit einer kleinen Schere zu stutzen. Jetzt aber wuchsen sie ungehindert, und seit Sorla bei Markreske gefangen war, mußte er sie alle handvoll Tage abbeißen, auch im Sommer, als er bloßfüßig auf den Dielenbrettern herumging, denn unangenehm war es, wenn die langen Nägel gegen etwas stießen und sich bogen.

Nun also war es Zeit, die Stiefel wieder anzuziehen. Sorla steckte einen Fuß hinein und kam nicht weit: Der Stiefel war zu klein. So war er gewachsen, und er hatte es nicht gemerkt. Dies waren Kinderstiefel. Sorlas Herz zog sich seltsam zusammen, als er sie wieder hinter der Kiste versteckte.

Erneut überlegte er, wie er Markreske entkommen möge. Er hatte keine Waffen. Es gab keine Axt, denn Markreske zerbrach das Feuerholz mit ihren Händen. Das Messer, das ihm die Gnome geschenkt hatten, steckte längst in Markreskes Gürtel. Sie benützte es nur für kleinere Arbeiten, wie Hautstücke kleinzuschneiden, während sie etwa erbeutetes Wild mit bloßen Händen auszuweiden pflegte. Es machte ihr auch keine Mühe, das rohe Fleisch von den Knochen zu reißen, daß die Sehnen zerfetzten, oder dicke Markknochen zu zerbrechen, um sie auszusaugen. Wie also sollte Sorla sich ohne Waffen gegen Markreskes grauenhafte Kräfte wehren?

Er versuchte noch einmal, durch die Tür zu entkommen, nur um schmerzhaft belehrt zu werden; der Zauber warf ihn zurück, daß er sich keuchend auf den Brettern wand. Unter der Falltür aber lauerte das riesige Fischungetüm.

Da kam ihm der Gedanke, den Fisch zu vergiften. Er kannte sich ja aus in Markreskes Bestand von Flaschen, Kisten und Töpfchen. Aus eigener böser Erfahrung unterschied er eine Reihe von Giften nach Geruch und Aussehen und wußte, wo die Alte sie aufbewahrte. Er hatte längst das Versteck für den Traumsaft herausgefunden und wußte, was die meisten anderen Behältnisse enthielten: stinkende Salben, Haarbüschel, präparierte und mit seltsamen Zeichen bemalte Hautstücke, getrocknete Würmer, eine Kiste mit seltsam geknoteten Schnüren und ähnlichem Kram. Jetzt aber suchte er zusammen, was wohl taugte – von allem ein bißchen, von nichts auffällig viel, denn wenn der Versuch mißlang und Markreske herausfand, was er getan hatte, wehe ihm!

Eine halbe Kanne voll übler Essenzen sammelte er so – immer auf dem Sprung, alles zu vertuschen, falls Markreske am Ufer erscheinen sollte – öffnete die Falltür, warf als Köder einen der abgenagten Knochen hinunter und goß die Brühe hinterher. Das schwarze Maul tauchte auf, schnappte den Knochen, erhaschte in der Luft auch die Brühe ... und spie alles wieder aus.

Nun ja, dachte Sorla enttäuscht. Da hob sich der Kopf des Fischungeheuers aus dem Wasser, weiter als je zuvor, bis dicht unter die Bretter der Pfahlhütte, und preßte ein riesiges Auge an die Falltür, daß die Hütte bebte. Sorla fuhr zurück. Jetzt schob sich durch die Falltür etwas Schwarzes, halb Flosse, halb Hand, und tastete umher. Sorla drückte sich in den äußersten Winkel und wartete angstzitternd, bis die Flossenhand sich wieder zurückzog.

Lange, nachdem er sich wieder gefaßt hatte und die Falltür schloß, ging ihm dieser Vorfall noch durch den Kopf. So also war dem Ungeheuer nicht beizukommen, oder er hatte etwas Wichtiges nicht bedacht. Er mußte vorläufig abwarten.

Zweimal in den letzten Tagen hatte jemand vom Ufer nach Markreske gerufen. Es war ein jüngerer Mann, der, in Pelzmantel und Pelzmütze gehüllt, einen Stock schwenkte. Wäre es Ketelik gewesen, dann hätte Sorla um Hilfe gerufen. Aber vielleicht war dieser Fremde mit Markreske im Bunde? Auch ohne daß er Markreskes Zorn sonderlich erregte, mochte sie ihre Haltung gegen ihn jederzeit ändern und ihn dem Fischungetüm opfern.

Nachdenklich zupfte er sich an den Ohren. Diese waren oben nicht ganz so rund wie die anderer Menschen; das kam, weil seine Mutter eine Sidh war und Elfenblut in sich hatte. Von ihr hatte er auch die „Elfensicht" geerbt, die Gabe, im Dunkeln besser zu sehen als jeder Mensch. Doch was half das jetzt?

„Aus dem Weg, Nichtsnutz!"

Markreske war zurückgekommen. Sie warf einen Stapel Feuerholz in die Ecke und einen toten Auerhahn neben den Kessel. Hinter ihr drängten sich fünf seltsame Gestalten, halb menschengroß, mit tierischen Fratzen – Chrebil! Sie waren bewaffnet. Ihre dunkelhäutigen, graugrünen Fratzen mit den gebleckten gelben Zähnen erinnerten an die von mageren, bösartigen Affen. Die Augen glühten rot. Kaum größer als zwölfjährige Kinder waren sie, liefen aber vornübergebeugt und winkelten ihre langen Arme an, damit diese nicht am Boden schleiften. Eben zerrten sie ein verschnürtes, längliches Bündel über die Schwelle und ließen es auf die Dielen fallen. Markreske gab ihnen ein paar Münzen aus ihrer Schürzentasche. Die grauhäutigen Schnauzen verzogen sich zu zähnebleckendem Grinsen, das vielleicht Genugtuung ausdrückte. Dann verschwanden sie über den Steg in die Nacht.

Markreske löste die Riemen und rollte das Bündel auseinander: Ein Mädchen lag benommen da, ungefähr in Sorlas Größe, mit langen weißblonden Locken und bräunlicher Haut. Sorlas Herz zog sich zusammen, so schön war sie. Wie das Mädchen sich aufrichtete und den Kopf wandte, traten zwischen den Locken die Ohren hervor, bräunlich und überraschend spitz. Eine Elfin! Mit ihrem braunen Kindergesicht unter den flachsblonden Haaren sah sie jünger aus als Sorla, aber er wußte, daß Elfen sehr langlebig sind und dieses Mädchen sicher schon zwanzig Jahre oder mehr in ihrem Elfenwald gelebt hatte, bevor es hierher verschleppt wurde.

„Gaff nicht, Dummkopf!“ schrie Markreske und warf einen Schemel nach Sorla. Dieser duckte sich, der Schemel traf das Wandregal und riß eine Menge Kram herunter.

„Idiot, was bückst du dich?“ Der zweite Schemel traf den Eimer, daß er umschlug und alles voll Wasser lief, der dritte schlug in die Feuerstelle und sprengte Holzkohle und Asche auseinander. Sorla traten Tränen des Zorns in die Augen: Alles war durcheinander und verdreckt, er hatte für Stunden zu arbeiten! Und nach Markreskes Kichern zu urteilen, war das ihre Absicht.

Die kleine Elfin saß jetzt aufrecht, wirkte aber halb betäubt und schien ihre Umgebung nicht wahrzunehmen. Markreske hob sie auf den Tisch, zog sie hastig aus und betastete aufgeregt kichernd den nackten Mädchenkörper. Sie wendete die schlanken Arme und Beine hin und her, kniff prüfend in die bräunliche Haut und befühlte die kleine Brust.

Aus der Stubenecke sah Sorla zu. Was hatte Markreske Übles vor? Wie gerne hätte er das Mädchen befreit und aus den grünen Elfenaugen einen dankbaren Blick erhascht!

Markreske aber begann in ihren Kisten zu kramen. Sorla hatte sie noch nie in solcher Unruhe gesehen: Sie kippte alles aus, befühlte es, warf es wütend beiseite, rannte zur nächsten Kiste und suchte dort. Schließlich blieb sie mitten im angerichteten Chaos stehen.

„Ein großer Zauber muß es sein!“ murmelte sie. „Vielleicht die Cheruchtquale ... wenn sie ein Opfer ...“ Ihre Blicke streiften Sorla. Sie packte den Knüppel und stürmte aus der Hütte. Sorla mußte sich gegen die Wand lehnen, der Angstschweiß stand kalt auf seiner Stirn.

Plötzlich wurde die Tür wieder aufgerissen. Markreske stand schwer atmend da. „Räum die Stube auf! Wehe, wenn du meine Sachen anrührst!“ Die Tür knallte zu, der Riegel wurde vorgeschoben. Markreske war endlich fort.

Sorla hatte die kleine Elfin mit einem leeren Sack zugedeckt, denn sie anzuziehen wagte er nicht. Nun schlief sie. Er grübelte darüber nach, wie er Markreskes widersprüchlichen Anweisungen genügen konnte. So oder so, sie würde einen Grund haben, ihn halbtot zu schlagen, ob er ihre Sachen nun anfaßte, um sie aufzuräumen, oder unordentlich liegen ließ.

Zunächst kehrte er die Asche zusammen, schichtete das Holz in der Feuerstelle und machte sich an die mühselige Aufgabe, mit Feuerstein und Zunder eine neue Glut zu entfachen und das Feuer in Gang zu bringen. Dann stellte er die Schemel hin, hängte das Regal wieder gerade, räumte das restliche Feuerholz in die Kiste. Wie aber sollte er Ordnung schaffen, wo Markreske all ihren Kram herausgewühlt hatte? Manches davon erblickte er heute zum erstenmal, und er besah es sich nachdenklich. Es gab Frauen- und Männerkleidung, wohl von Markreskes früheren Opfern. In einem durchsichtigen Fläschchen schwammen zwei kleine Hautlappen. Es dauerte lange, bis Sorla darauf kam, daß es abgeschnittene Ohrspitzen waren; so, als seien Elfenohren auf menschliches Maß zurechtgestutzt worden. Dann lag da ein kleiner Metallspiegel, völlig verdreckt und lange nicht benutzt. Im Handgriff waren verschnörkelte Schriftzeichen eingraviert. Sorla, der die Menschenschrift zu entziffern gelernt hatte, las:

„Schau mich an, holde Markreske du,
und die Morgenröte lächelt dir zu."

Das schien unpassend. Sorla lachte verbittert. Er griff nach dem darunter liegenden Gegenstand: dem Beutel mit der auffällig roten Schnur. Schnell löste er den Knoten und blickte hinein auf eine bauchig gedrechselte Holzbüchse. Der Deckel war mit gewachsten Schnüren fest auf das Gefäß gebunden. Auf dem Bauch der Büchse war ein Zeichen roh eingekerbt, über das Sorla sich schon oft Gedanken gemacht hatte, da er es an Markreskes Knüppel gesehen hatte: ein Herz. Hastig steckte Sorla die Büchse zurück, verknotete die rote Schnur und legte den Beutel an seinen Platz.

Was mochte das Herz bedeuten? Nachdenklich hängte er den Kessel in den Dreifuß über dem Feuer und füllte ihn mit Wasser. Dann begann er den Auerhahn, den Markreske mitgebracht hatte, zu rupfen. Ausnehmen konnte er ihn ohne Messer nicht, also mußte er mit dem Kochen auf Markreske warten.

Ein Geräusch ließ Sorla herumfahren. Das Elfenmädchen saß auf dem Tisch und hielt den leeren Sack an sich gepreßt. Ihre grünen Augen blitzten ihn haßerfüllt an.

„Was fällt dir ein!" zischte sie.

Sorla starrte sie mit offenem Munde an: „Wa … wa … wieso …?“

„Diese Frechheit wird geahndet werden!“ Sie schüttelte zornig ihre blonden Locken.

„A … aber …“

„Gib meine Kleider, Mensch!“

„Dort … gleich neben dir. Aber wenn du denkst …“

„Dreh dich um, Mensch!“

Sorla wandte sich ab und stammelte, er habe sie weder hergebracht noch entkleidet. Aber er erhielt keine Antwort. Stattdessen hörte er, wie sie vom Tisch sprang, zur Tür lief und zurückprallte: „Was soll das, Mensch! Nimm den Bann von der Tür!“

Sorla drehte sich ihr zu. Sie war bekleidet mit einem grünen Kapuzenmantel und hirschledernen Hosen. Nun stand sie an der Tür und zitterte vor Wut.

„Das kann ich nicht“, sagte er hilflos. „Die alte Hexe …“

In diesem Moment wurde die Tür aufgerissen; Markreske stand da. Sie hielt ein Bärenjunges am Nacken, dem die Tatzen zusammengebunden waren. Das warf sie auf den Boden und wandte sich zum Elfenmädchen.

„Soso, bist du aufgewacht, mein Schätzchen, hast du gut geruht?“ Mit einem Schritt war sie bei der Elfin, um sie zu packen. Die wich katzengleich zur Seite. Schon stolperte sie über den Knüppel – Sorla hatte es vorausgesehen – und bevor sie wieder hochkam, hatte Markreske sie an der Kehle gepackt und preßte sie gegen die Wand.

„Langsam, mein Täubchen!“ kicherte sie. „Ich habe Pläne mit dir, mein Süßes, Pläne!“

Das Elfenmädchen trat und schlug um sich. Da hob Markreske sie hoch und schmetterte sie gegen die Wand, daß das Mädchen betäubt zu Boden sank.

„Kleines Miststück! Du hast Glück, daß ich dich noch brauche!“ Sie wandte sich Sorla zu: „Wo ist der Auerhahn, Drecksbalg?“ Sorla zeigte auf den gerupften Vogel, der neben dem Kessel mit brodelndem Wasser lag. Sie schlug ihm übers Gesicht, aber mehr aus Gewohnheit; ihre Gedanken schienen woanders:

„Dummkopf! Hast du gedacht, du kriegst eine Suppe?“ Den Auerhahn warf sie den Ratten in der Ecke zu, die quiekend darüber herfielen. Sorla sah hungrig zu.

Das Bärenjunge mühte sich brummend und maunzend, seine Fesseln aufzubeißen. Es preßte seine Zähne so dicht an die Riemen, daß sich die Schnauze hochstülpte. Und wenn es sich vorbeugte, um die Hinterbeine zu erreichen, kugelte es zur Seite. Dann hielt es kurz inne, um sich mit kleinen, rotgeränderten Augen umzusehen. Da ihm aber trotz seines Schniefens und Brummens niemand half, mühte es sich aufs neue. Schließlich stellte es seine fruchtlosen Bemühungen ein und begnügte sich damit, leise schniefend seine Tatzen innen abzulecken; die eng geschnürten Riemen schienen es zu schmerzen. Sorla traute sich nicht, ihm zu helfen.

Den restlichen Tag ging Markreske unruhig hin und her. Sorla fragte sich, worauf sie wartete. Es wurde dunkel, ohne daß jemand kam. Eben die Dunkelheit schien sie jedoch erwartet zu haben, denn nun traf sie seltsame Vorbereitungen. Sie zerrte das Bärenjunge über den Boden bis neben die Falltüre, kramte aus ihrer Schürzentasche eine Schnur und legte sie in weitem Bogen um die Falltür und das Tier. Die beiden Enden der Schnur verknotete sie, so daß ein geschlossener Kreis entstand. In diesen Kreis trat sie nun, öffnete die Falltür und rief:

„Mächtige Cheruchtquale, kommt heraus,
seid geladen in Markreskes Haus!"

Damit wich sie schnell aus dem Kreis zurück und wartete ab. Doch nichts geschah, so schien es Sorla, der aus seiner Ecke die finstere Öffnung der Falltüre still beobachtete. Auf einmal aber kroch in ihm eine Angst hoch, wie er sie nie erlebt hatte. Sein Herz verkrampfte sich. Zu sehen war nichts, allenfalls schien das Feuer von der Herdstelle her schwächer zu glühen und schließlich fast zu erlöschen, als ersticke es unter einer sich ausbreitenden Dunkelheit. Im letzten trüben Schimmer aber schien es Sorla, als kröche etwas noch Dunkleres durch die Falltür herauf und waberte innerhalb des Kreises umher. Doch war er sich nicht sicher. Das Bärenjunge begann zu wimmern und unruhig zu zucken, als wolle es etwas von sich abstreifen, habe aber nicht die Kraft dazu. Dann wurde es still und fiel vornüber. Kaum aber war das Bärenjunge tot zusammengesunken, zog Markreske das Elfenmädchen, die zu benommen war, um sich zu sträuben, zu sich in den Kreis und rief:

„Gab euch Cheruchtqualen frisches Leben,
müßt ihr mir auch ihre Schönheit geben!“

Noch dichter waberte die Dunkelheit aus der Falltür hoch; sie hüllte die beiden Frauen ein und verschluckte dann alles innerhalb der kreisförmig gelegten Schnur. In der übrigen Stube breitete sich lähmendes Grauen aus; die Ratten hockten zitternd in den hintersten Winkeln.

Sorla versuchte mit entsetzten Augen die Finsternis zu durchdringen, doch erst als das Herdfeuer wieder aufflackerte und die Dunkelheit sich verzog, sah er, daß Markreskes Gestalt sich verändert hatte. Noch waren ihre Umrisse verschwommen, aber sie schien breiter geworden zu sein, geradezu plump – und jetzt sah Sorla deutlich eine riesige Bärin im Raum stehen, in deren Pranken schlaff das Elfenmädchen hing.

Die Bärin ließ das Mädchen fallen. Sie schaute auf ihre Tatzen … stutzte … fuhr mit den Pranken über den pelzigen Bauch, zog die Luft scharf ein, und plötzlich reckte sie sich hoch und brüllte, daß Sorlas Ohren dröhnten. Es war Bärengebrüll, und doch hörte Sorla Menschenworte heraus:

„Betrogen bin ich! Das Mädchen wollte ich sein!“ Sie ließ sich wieder auf alle Viere fallen und tappte mit zornig wiegendem Schädel umher; dabei stieß sie auf das tote Bärenjunge.

„Dir hab ich's zu verdanken!“ brummte sie. „Ein Weibchen warst du, so?“ Mit einem Prankenhieb wischte sie das Bärenjunge durch die Falltür in die Dunkelheit. Sorla hörte das Wasser aufrauschen und das große Fischmaul zuschnappen.

In dieser Nacht wagte Sorla nicht zu schlafen. Zu zornig wanderte Markreske in Bärengestalt auf und ab. Er war voller Furcht und Schadenfreude zugleich; Markreske machte also Fehler! Sie hatte nicht bedacht, daß ein weibliches Bärenjunges den Zauber entwertete. Es war Sorla klar, daß Markreske ihren Wunsch an die Cheruchtquale bei nächster Gelegenheit wiederholen würde, weniger mißverständlich natürlich, und daß sie dafür ein neues Opfer benötigte. Vielleicht konnte man den Cheruchtqualen nur einmal pro Nacht eine Bitte stellen, oder einmal im Monat, dann war momentan die größte Gefahr vorüber. Aber er war sich nicht sicher.

Als der Morgen graute und ein wenig Licht durch die Luke sickerte – das Herdfeuer war nahezu erloschen – sah Sorla, daß die Bärengestalt merkwürdig verschwommen war. Einmal glaubte er, durch den Bärenkörper Markreske auf allen Vieren kriechen zu sehen, dann wieder war da nur das riesige Tier. Aber nach und nach wurde das tierische Aussehen – erst an einzelnen Stellen, dann schließlich überall – durchscheinender, und zuletzt, wie der Tag heller heraufkam, war da nur noch Markreske, die abscheuliche Hexe, wie Sorla sie kannte. Sie erhob sich, blickte wild umher, griff nach dem Knüppel und verschwand.

„Andhsi Sinf-holoi madhilo!" hauchte eine Mädchenstimme. Die Elfin war also schon länger wach.

„Wie bitte?" fragte Sorla.

„Störe mich nicht, Mensch, wenn ich Sinf-holoi danke!" kam es brüsk zurück.

„Wer ist Sinf-holoi?" Diesmal wollte sich Sorla nicht einschüchtern lassen.

„Kümmere dich nicht um Götter der Elfenheit, Mensch!"

„Ich habe einen Namen, damit du es weißt. Ich heiße Sorle-a-glach! Meine Freunde nennen mich Sorla, und jeder am Gnomfluß weiß, wer ich bin!"

Aber das Elfenmädchen hörte nicht zu. Sie ging zur Luke und rüttelte einige Male vergeblich daran.

„Es stinkt nach Mensch hier!" murmelte sie. Nun öffnete sie die Falltür und blickte hinunter auf den Fluß. Kurz entschlossen hockte sie sich hin, schwang die Beine über den Rand und wollte sich hindurchgleiten lassen.

„Nein!" schrie Sorla. „Nicht!"

„Du kannst mich nicht zurückhalten, Mensch!" fauchte sie ihn verächtlich an.

„Nein ... der große Fisch ... er frißt dich!"

Die Elfin stutzte, dann warf sie die Haare zurück. „Fische sind Freunde." Sie beugte sich vornüber und sang ein kleines Lied, dessen Worte Sorla nicht verstand. Die Melodie aber war so schön und die Stimme so lieblich, daß Sorla ein wenig weinte. Ansonsten geschah nichts.

„Da ist kein Fisch, Mensch. Du lügst."

„Ich lüge nicht. Aber du bist unhöflich, auch wenn du noch so schön singst. Und da ist doch ein Fisch, so groß, daß er dich schluckt." Sorla holte aus der Ecke den abgenagten Kopf des Auerhahns und warf ihn durch die Falltür: „Jetzt schau!" Und das Wasser rauschte, das riesige Fischmaul tauchte schwarzglänzend auf und schnappte den Happen im Fluge. Die Elfin zog rasch die Beine hoch und trat zurück.

„Was für ein Ort ist dies, wo meine Lieder nicht wirken?" Als sie Sorlas Gesicht sah, in dem der Stolz der Bestätigung glühte, fuhr sie ihn an: „Mich – eine Elfin – festzuhalten! Ihr werdet es noch bereuen, du und die Alte!"

„So höre doch, ich kann nichts dafür!" stammelte Sorla, zurückgeworfen in die vorige Verschüchterung. Das Elfenmädchen schüttelte verächtlich die blonden Locken und wandte sich ab. Sorla setzte noch ein, zwei Male an, alles zu erklären, aber umsonst. Also wischte er den Boden auf, und was die Ratten vom Vogelkadaver verschmäht hatten, aß er. Der Blick der Elfin streifte ihn angewidert.

¶

Markreske kam zurück. Sie warf ein totes Rehkitz in die Ecke, daß die Ratten quiekend auseinanderflitzten, und rief: „Versteckt euch, ihr Bälger! Es kommt jemand!"

Sorla verkroch sich wie gewohnt, das Elfenmädchen aber rief mit blitzenden Augen: „Wer nennt mich ...?" Weiter kam sie nicht, denn der Knüppel schlug sie an den Kopf, daß sie betäubt zusammensank. Die Alte packte sie und warf sie zu Sorla hinter die Kiste: „Versteck sie, und wehe, man sieht euch!"

Es war der jüngere Mann im Pelz, der jetzt eintrat. Der Stock, den er trug, war aus dunklem Holz und mit einem silbernen Knauf verziert.

„Nun, Gerdolnek?"

„Ich habe wieder eine Bestellung, Markreske." Der Mann setzte sich und legte die Pelzmütze ab. „Es handelt sich um Pitrak, meinen Schwiegervater. Er scheint mir nicht mehr zu trauen, und ..."

„Der Grund deiner Bestellung interessiert mich nicht. Hast du das Geld?"

Gerdolnek holte eine Börse hervor, die an seinem Gürtel hing, und zählte eine große und zwei kleinere Silbermünzen auf den Tisch: „Hier, zwei Kerosi, wie immer."

„Drei." Der Mann sah hoch, zuckte die Achseln und legte noch zwei kleinere Silbermünzen dazu: „Da sind noch zwei halbe Kerosi. Zufrieden?"

„Und was hast du von ihm dabei?"

Gerdolnek wickelte einen kleinen Stofflappen auseinander: „Hier habe ich ein Haarbüschel. Sein Bart wurde getrimmt, und da ..."

„Das reicht. Ab morgen beginnen die Schmerzen, in fünf Tagen ist er tot."

„Das wäre mir angenehm. Da ich nicht in der Nähe bin, ist mir auch nichts nachzuweisen. Und, Markreske ..."

„Ja?"

„Hast du noch von dem Traumsaft?"

„Ein Kerosi." Gerdolnek nickte und legte noch zwei kleinere Münzen auf den Tisch. Die Alte kicherte und holte die Flasche hervor. Was sich nun abspielte, war Sorla nur allzu vertraut, und er versuchte, an etwas anderes zu denken. Wie war zu verstehen, daß Menschen so heimtückisch, ehrlos und raffgierig waren? Strafte sie kein Gott? Waren alle Menschen so? Hatten also die Gnome recht, wenn sie vor den Menschen warnten? Er, Sorla, wollte so nie werden! Das Elfenmädchen hatte kein Recht, ihn zu verachten!

Da kam ihm eine Idee. Sie durchzuführen war wahnwitzig und gefährlich, aber es schien ihm jetzt das Richtige zu sein. Er hob vorsichtig den Kopf. Der Mann lag auf dem Boden und keuchte in seinem trügerischen Glück; von ihm drohte keine Gefahr. Markreske beugte sich über das tote Rehkitz und weidete es aus, wie üblich mit bloßen Händen. Sie hatte Sorla den Rücken zugedreht. Blitzschnell streckte Sorla den Arm hinter seiner Kiste hervor, riß dem Mann ein Büschel Haare aus dem Bart – Gerdolnek stöhnte so oder so – und war schon wieder verschwunden. Markreske wühlte in dem aufgebrochenen Kitz und merkte nichts. Also huschte Sorla zum Tisch, schüttelte den Stofflappen aus, daß die Barthaare des Schwiegervaters durch die Luft tanzten, und legte das neue Haarbüschel hinein. Einen Atemzug später saß er wieder im Versteck.

Sein Herz klopfte, aber er grinste vor Stolz. Und als der Mann endlich wieder zu sich kam und würdelos taumelnd die Hütte verließ, grinste Sorla noch immer so sehr, daß die Mundwinkel schmerzten und er sich ganz tief über seine Arbeit ducken mußte, um nicht aufzufallen. Sollte er wirklich einmal Glück gehabt haben? Das Leben gewann an Farbe, und er machte großspurige Pläne, während er die abgenagten Knochen des Kitzes aufsammelte und durch die Falltüre warf. An einigen war noch Fleisch, das er begierig abriß und kaute. Im Brustkorb des Kitzes hatte sich die „Fette" eingenistet, und als Sorla sie übermütig herausschüttelte, sprang sie wütend pfeifend auf den Tisch. Markreske fuhr herum; sie sah gerade noch, wie die Ratte beim Herunterspringen den Stofflappen mitriß. Das Büschel Barthaare tanzte durch die Luft und verteilte sich über die Dielenbretter.

„Heb sie auf, du Idiot! Sammle die Haare auf!" kreischte Markreske.

„Haare? Welche Haare?" stammelte Sorla. Dafür trat ihm die Alte in den Rücken, daß er mit dem Gesicht über den Boden rutschte. Wenn er gehofft hatte, die Barthaare des Schurken von denen seines Opfers trennen zu können – jetzt war alles durcheinander geraten. Während er sich in Schmerzen wand, beugte sich Markreske vor, wischte mit der Hand ein Häufchen Haare zusammen, steckte es in ihre Schürze und verließ die Hütte.

„Andhsi Sinf-holoi madhilo!" hauchte die kleine Elfin. Sie kam – noch taumelnd – aus dem Versteck hinter der Kiste hervor und lehnte sich gegen die Wand. Ihre Augen spiegelten Verblüffung: Wie konnte ihr – einer Elfin – so etwas widerfahren? Auf ihrer Stirn hatte sich eine große Beule gebildet. Dennoch: wie schön war sie! dachte Sorla. Wenn sie ihn nur auch wahrnähme!

„Höre, Mensch!"

Sorla fuhr herum, strahlte: „Ja?"

„Bereite mir ein Bad."

„Ein was?"

„Ich möchte mich waschen. Bei Elfen ist das üblich." Ihre Verachtung streifte ihn eisig. Ihm fiel ein, wie die Gnome ihn ab und zu in einen Holzzuber mit warmem Wasser stellten und mit Seife und Bürste traktierten. Seit Markreske ihn gefangenhielt, war seinem Körper derlei erspart geblieben. Wenn das Elfenmädchen aber baden wollte, bitte! Er füllte den großen Kessel zu einem Viertel mit Flußwasser und brachte es zum Kochen. Dann wuchtete er den Kessel vom Feuerhaken und stellte ihn in die Mitte der Stube. Vier Eimer kalten Wassers mußte er dazu gießen, bis der Kessel halbwegs voll und das Wasser nicht mehr zu heiß war.

„Dreh dich weg, Mensch!“ Sorla kannte das schon; er hatte auch nicht erwartet, daß sie ihm danken würde. Während sie hinter ihm behaglich plätscherte und er seiner Arbeit nachging (halb getrockneten Rattenkot von Boden, Tisch und Schemeln abkratzen), fand er den alten Spiegel Markreskes wieder. Er hauchte ihn an und rieb eine Stelle so lange mit dem Ellbogen, bis sie glänzte. Als er hineinsah, erblickte er das zitternde Abbild des goldbraunen Rückens, eines erhobenen Arms, einer zierlichen Brust … Hastig legte er den Spiegel weg und schrubbte weiter den Tisch.

„Danke!“ hörte Sorla flüstern.

„Oh bitte!“ sagte er und drehte sich um. Doch die Elfin plätscherte noch immer im Kessel, und Sorla wandte sich mit rotem Gesicht wieder ab.

„Tu es bitte noch mal!“ flüsterte es erneut. Er sollte sich wieder umdrehen, oder was? Als er sich aber vorsichtig der Elfin zuwandte, hatte sie gerade den Kopf ins Wasser getaucht und wusch ihre Haare.

„Hier bin ich“, flüsterte es vom Tisch. Dort lag der kleine Metallspiegel. Sorla berührte ihn mißtrauisch.

„Was ist? Was soll ich tun?“

„Etwas Schönes in mir spiegeln“, flüsterte es, „und mich putzen; ich weiß nicht, was angenehmer ist!“ Ein zart wohliges Seufzen klang nach.

„Wenn ich dich putze, merkt es die Alte.“

„Oh, so lange wurde ich nicht geputzt, so viele Hunderte von Jahren!“

„Ich kriege Prügel, wenn ich das tue.“

„Ach bitte! Oder spiegle noch mal das hübsche Mädchen, ja?“

Da war Sorla eher einverstanden. Er hob den Spiegel an, da …

„Gib mir ein Handtuch, Mensch!“

Der Spiegel klapperte auf den Tisch. „Ein Handtuch?“ fragte er verlegen.

„Vergiß es, Mensch."

Es platschte und schwappte hinter seinem Rücken, und bald sah er die Elfin, wieder bekleidet, an sich vorbei zur Herdstelle gehen. Ihren Umhang hielt sie in spitzen Fingern weit von sich, denn er war naß. Sorla eilte hinzu:

„Ich hänge ihn zum Trocknen auf!"

Die Elfin zog den Mantel angeekelt zurück: „Weg mit den Händen, Mensch!" In weitem Bogen drückte sie sich an Sorla vorbei zur Feuerstelle, wo sie den Mantel über zwei Schemel zum Trocknen aufhängte. Danach zog sie sich in die entfernteste Ecke zurück, und Sorla sah, wie sie, als sie an ihm vorüberkam, die Nase zuhielt.

War es so schlimm? Einem raschen Entschluß gehorchend, zog er sich aus. Wie er seinen Körper betrachtete, erschrak er. Unter dem Schmutz war die Haut bleich geworden und übersät mit kleinen rötlichen Pickeln. Ein Gestank von altem Kot wehte von der abgelegten Kleidung hoch: so roch auch Markreske, und wie sehr hatte er sich damals vor ihr geekelt, als sie ihm in den Wäldern des Pelkoll entgegentrat! Konnte man sich an solchen Gestank gewöhnen?

Er stieg in den Kessel. Das Badewasser der Elfin duftete nach Blumen und Gras. In Sorla tauchten Bilder auf von Waldlichtungen, auf denen sich Glockenblumen wiegten, glitzernd von Sonne und Tautropfen ... Ach, im Wald, am Fluß zu leben! Er schluckte trokken. Vorsichtig rubbelte er den Dreck zwischen den Zehen hervor, tunkte auch den Kopf ins Wasser und rieb sich das Gesicht. Als er wieder hochsah, stand Markreske in der Stube.

„So! Macht man sich ein feines Leben, wie?"

Sorla kletterte angstbebend aus dem Kessel, doch schon sprang die Alte mit zornentstelltem Gesicht auf ihn zu und packte ihn am Hals.

„Du Balg drückst dich vor der Arbeit, wie?" zischte sie. „Der Kleinen willst du gefallen, was?" Damit stieß sie ihn zu Boden: „Aufräumen, Idiot!" und Sorla raffte seine Kleider zusammen (wie sie stanken!), stieg tropfnaß und angstschlotternd in die Hose und machte sich daran, den Kessel eimerweise zu leeren und das Wasser durch die Falltür zu gießen. Es duftete jetzt aber nicht mehr.

❡

Also war Markreske viele hundert Jahre alt, dachte Sorla beim Schöpfen. Denn es war ihr Spiegel. Also war sie kein normaler Mensch. Was aber dann? Elfen werden so alt. Waren es Markreskes Ohrspitzen, die in der Flasche schwammen, und weshalb diese Verstümmelung? Er wollte bei Gelegenheit den Spiegel befragen.

In dem Sack, den Markreske auf den Tisch geworfen hatte, tobte es. Jetzt griff sie hinein und hielt eine Wildkatze am Hals, die wand sich, spuckte und fauchte. Die Krallen rissen blutige Striemen in Markreskes Hand. Doch die Alte hielt fest.

„Sachte, mein Katerchen, sachte!" kicherte sie. Mit der anderen Hand holte sie einen Riemen aus der Schürzentasche, schnürte die vier Pfoten des Kuders zusammen – er biß sie, doch was half das! – und warf ihn auf den Boden, wo er sich hilflos fauchend wand.

Markreske langte wieder in den Sack und holte einen Batzen Lehm hervor. Daraus knetete sie eine grobgeformte kleine Figur. Kopf und vier walzenförmige Gliedmaßen waren erkennbar; das mochte einen Menschen darstellen oder auch nicht. Mit dem Daumen drückte sie ein Loch in den Leib, vertiefte es zu einer Höhlung und schüttelte die Barthaare aus dem Lappen hinein. Dabei kicherte sie und murmelte vor sich hin, lief zwischendurch zu ihren Kisten und Schachteln, um kleine Scherben, Nadeln und dergleichen dazuzufügen. Noch war sie aber nicht zufrieden, sie blickte um sich und sah die Wildkatze am Boden.

„Ja, kratzen sollst du, mein Katerchen, kratzen!" Damit packte sie das Tier am Nackenfell und biß ihm eine Pfote ab. Unbekümmert ließ sie den Kuder wieder auf die Dielen fallen, wo er sich als braunschwarz getigertes Bündel kreischend umherwälzte. Die gespreizte Pfote aber packte sie in die Lehmfigur. Zuletzt träufelte sie etwas aus einer brenzlig stinkenden Flasche hinein und knetete die Figur wieder zusammen.

„Nun, Pitrak", kicherte sie, „Leibschmerzen wirst du haben!" Sie legte die Figur beiseite, holte eine Schnur und legte den gewohnten Kreis um die offene Falltür. Den Kuder warf sie in den Kreis und stellte sich darüber.

„Trinkt, oh Cheruchtquale, Lebenssaft!" rief sie, und:

„Gebt mir Kraft, die Pein von ferne schafft!"

Der Raum verdunkelte sich. Sorla sah, daß die kleine Elfin zitternd in der Ecke saß, die Fingerknöchel im Mund, die Augen aufgerissen. Nun, sie würde sich daran gewöhnen müssen, so wie er.

Viel interessanter war, daß die Alte über der Falltür stehenblieb, statt schnell aus dem Kreis zu springen und von außen zuzusehen. War sie gefeit gegen die Gier der Cheruchtquale?

Noch fauchte und kreischte die Wildkatze, zerrte an den drei gebündelten Pfoten, warf sich hin und her, und die Alte stand als schwarzer Schatten über ihr. Dann aber – nach und nach – versickerten Wildheit und Kraft, verstummten die Schreie, erlahmten die zornigen Versuche. Und jetzt dehnte sich die Finsternis höher aus, umschmiegte die Beine der Alten, kroch höher … und Markreske stolperte benommen aus dem Kreis, taumelte gegen den Tisch und packte die Lehmfigur.

„Du," flüsterte sie, „spürst du mich? Spürst du die Schmerzen? An deinem Leben sauge ich, gib mir rasch von deiner Kraft!" Ihr Kopf fiel vornüber, doch die Faust hielt die Lehmpuppe fest. Ihr Atem rasselte laut und langsam. Noch nie hatte Sorla die Alte schlafend gesehen, und er trat näher. Da sah er, daß ihre Augen ihn anstierten.

„Nein, mein Jungchen", zischte sie, „ich schlafe nicht."

Sorla machte sich erschrocken an seine Arbeit. Er warf die tote Wildkatze in den Fluß – Pech für die Ratten, dachte er höhnisch – und schöpfte dann weiter den Kessel aus. Markreske war also keineswegs allmächtig, auch ihre Kraft kannte Grenzen.

Die Fahrt auf dem Eldran

Es schneite seit Tagen; schwere, nasse Flocken, die sich außen an die gespannte Schweinsblase setzten und die letzte Tageshelligkeit schluckten. Auch das Herdfeuer brachte wenig Licht; es qualmte mißmutig vor sich hin, denn der klumpige Schnee hatte den Rauchabzug verstopft.

Sorla fiel auf, daß er zwar häufig nachdachte, wie er fliehen könnte, ohne dies aber ernsthaft zu wollen, seit die kleine Elfin in Markreskes Hütte gekommen war. Er würde sie auch nicht allein hier zurücklassen wollen.

Mit den Plänen ging es daher nicht recht voran, und die Gelegenheit, den Spiegel über Markreske zu befragen, bot sich vorläufig auch nicht, weil diese immer nur kurz die Pfahlhütte verließ, um zu jagen, und Sorla nie mit der Arbeit fertig wurde, bevor sie zurückkehrte. Das Elfenmädchen saß meist stumm in einer Ecke. Daß er wiederholt badete, machte sie ihm gegenüber nicht aufgeschlossener. Und daß er einmal sogar, in einen Lappen gehüllt, all seine Kleidungsstücke in den Kessel warf, um Gestank und Schmutz aus ihnen herauszukochen, bemerkte sie womöglich gar nicht, denn ihre Blicke waren in ferne Gegenden jenseits der Stubenwände gerichtet. Wenn Sorla das auflas, was die Ratten verschmähten, verzog sie die Mundwinkel. Sie aß nichts und kümmerte dahin. Schließlich hatte sie kaum noch die Kraft, über der offenen Falltür zu hocken, wenn sie sich erleichtern mußte.

Markreske fiel dies erst auf, als sie wieder ein Opfer für die Cheruchtquale vorbereitete. Der Kreis war schon gezogen, ein Biber zum Bündel geschnürt und neben die offene Falltür gelegt. Nun näherte sich Markreske der Elfin.

„So, mein Süßes“, kicherte sie, „es ist Zeit. Deine Schönheit soll auch meine Schönheit sein, hihi!“ Damit krallte sie dem Elfenmädchen in den Hintern und erstarrte.

„Wo ist dein Arsch geblieben?“ Sie riß der Elfin die Kleider herunter. „Wie siehst du aus!“

Wirklich, mit ihren steckendürren Armen und Beinen, den herausstechenden Rippen, der schwächlich vornüber gebeugten Haltung wirkte die Elfin erbärmlich. Selbst die Haare hatten ihre Schönheit verloren, glanzlos und wirr standen sie ihr um den Kopf.

„Idiot!“ kreischte sie Sorla an. „Wieso hast du nicht aufgepaßt?

Wieso hast du ihr nichts zu essen gegeben?"

„I-ich ...", begann Sorla.

„Halt's Maul! Koch eine Brühe, los!" Damit zeigte sie auf den Biber. Der aber hatte seine Fesseln durchgebissen und hastete unter den Tisch, von wo aus er mit gelblich gebleckten Nagezähnen hervordrohte. Die Alte schrie vor Wut, ihr Knüppel wirbelte unter den Tisch und versetzte dem Biber einen Schlag, daß er hervorkugelte. Der Biber rappelte sich auf, klatschte den breiten Schwanz auf die Dielen und stürzte sich durch die offene Falltüre hinab. Schon war er verschlungen und das dunkle Ungeheuer zurück ins Wasser gesunken.

Markreske zog die Luft scharf ein und eilte mit Knüppel und Sack in den Schnee hinaus. Die Elfin zog sich an und hockte sich in die Ecke, von wo sie auf die Wand starrte.

„Du wirst noch sterben, wenn du so weiter machst", sagte Sorla. Keine Antwort.

„Ich überlege, wie wir hier rauskommen", versuchte er es erneut. Keine Antwort.

„Du hast einmal so wunderschön gesungen. Wieso singst du nicht mehr?"

Da blickte sie ihn zornglitzernd an: „Schweige, Mensch. Du lebst wie eine Ratte, und so denkst du auch." Damit wandte sie sich weg, schwer atmend von der Anstrengung der heftigen Rede. Sorla zuckte die Achseln und kramte den kleinen Spiegel aus einer der Kisten vor.

„He, Spiegel!" flüsterte er. Keine Antwort. Da hauchte er auf die glatte Fläche und rieb eine kleine Stelle blank.

„Na, Spiegel?"

„Danke sehr!" flüsterte es zurück.

„Sag mal, Spiegel, wem gehörst du?"

„Mai-arkharesg der Schönen!"

„Nicht Markreske?"

„Markreske sagen die Menschen. Oh so schön ist sie!"

„Wer ist Markreske denn?"

„Putze mich noch ein bißchen, ja?" Also hauchte und rieb Sorla eine zweite kleine Stelle blank.

„Danke sehr!"

„Wer ist Markreske?“

„Die schöne Markreske, alle bewundern sie! Als Ndwhiarre sie besuchte, verneigte er sich vor ihrem Glanz!“

„Ndwhiarre?“

„Der Elfenfürst von Aedh-Hiloiadh! Und er wählte sie zur Geliebten!“

„Also ist sie eine Elfin?“

„Nein, ein Mensch, doch an Schönheit überstrahlt sie die Töchter derer von Aedh-Hiloiadh wie die Sonne den Mond!“

Ein silberhelles Lachen erklang hinter Sorlas Rücken. Das Elfenmädchen stand da.

„Der Spiegel ist dumm“, sagte sie. „Er kann dir nichts sagen.“

„Und du?“ fragte Sorla. „Was weißt du?“

„Ich wußte nicht, daß es die Alte ist. Wie kann sie noch immer am Leben sein! Doch die Geschichte von Mai-arkharesg der Schönen ist in unserem Volke bekannt.“

❡

Markreske war die Tochter eines Fürsten, der über ein kleines Gebiet in der Bucht von Rodnag herrschte, westlich der Elfenwälder von Aedh-Hiloiadh. Dies liegt lange zurück; das Fürstentum wurde vor Hunderten von Jahren zerstört, und sein Name ist bei den Menschen vergessen. Auch Markreskes ursprünglicher Name ist nicht überliefert, denn als die Kunde ihrer Schönheit zu den Elfen drang, nannten sie das Mädchen „Mai-arkharesg“, das heißt „die Sternstrahlende“. Dies verstanden die Menschen als Markreske und nannten sie so, gebläht von mitmenschlichem Stolz.

Ndwhiarre, der Elfenfürst von Aedh-Hiloiadh, baute ihr einen Palast in den Wäldern bei seinem Volk. Die Ältesten schlugen die Hände an ihre Stirnen und sangen ihre Bedenken in mahnenden Liedern: Er scheine zu vergessen, wes Volkes er sei; auch unter den Elfen fänden sich Mädchen von strahlender Schönheit; und was habe Markreske außer Schönheit zu bieten? Was wisse sie von elfischen Dingen? Nie könne sie ihm wahrhaft Freundin und Beraterin sein. Auch sei ein Menschenleben bald dahin, wie sollte eine solche Liebe Bestand haben? Herbe Akkorde schlugen die Ältesten auf ihren Harfen, um Ndwhiarres Ohren zu erreichen.

Die Elfentöchter dagegen blieben gelassen. In zwanzig, dreißig Jahren schon werde man sehen, wer wahrhaft schöner sei, lachten sie und vertrieben sich die Zeit mit Tänzen auf monderhellten Blumenwiesen.

Ndwhiarre wußte all dies, und es stimmte ihn traurig. Er saß zu Füßen Markreskes und sang zur Harfe, die Vergänglichkeit menschlicher Schönheit beklagend. Markreske aber hörte seine Lieder mit Unmut. Als die schönste Frau begehrt zu werden nützte also wenig, sie mußte dazu das lange Leben einer Elfin haben. Und sie sann, wie dies zu gewinnen sei. Ndwhiarre spürte ihre Unzufriedenheit und überhäufte sie mit Geschenken und Liedern. Sie jedoch sandte ihren Bruder aus, der sollte erkunden, was ihr nützen könne.

In die Bucht von Ailat ragt von Osten eine gebirgige Halbinsel kahl und düster. Dies war das Reich des Großen Kasnatro, und vielleicht lebt er, gerühmt und gefürchtet seiner Künste wegen, noch heute im Schwarzen Turm, den er sich auf dem höchsten Gipfel errichtete. Dorthin fuhr Markreskes Bruder vier Tage über See und wanderte vier Tage über die Berge, bis er an das Tor klopfte. Der Große Kasnatro wußte von der Schönheit Markreskes, darum bestrafte er ihn nicht für die Frechheit, ihn zu stören, sondern gab ihm einen Brief an seine Schwester.

So kam es, daß eines Nachts sich Markreske aus Ndwhiarres Palast wegstahl und, von ihrem Bruder begleitet, zum Schwarzen Turm reiste. Viele Jahrdutzende lebte sie dort und war dem Großen Kasnatro zu Willen. Er lehrte sie aber die dunklen Künste, wie ein langes Leben zu gewinnen sei. Nicht alles verstand sie, nicht alles gelang ihr. Ihr Bruder überlistete eine Elfin, die ihn als Freund derer von Aedh-Hiloiadh kannte, er nahm sie gefangen und schleppte sie zum Schwarzen Turm. Dort wirkte Markreske ihre üblen Zauber, und die elfische Lebenskraft ging auf Markreske über. Auch ihren Bruder opferte sie bösen Mächten und vermehrte so ihre Macht. Um aber ganz zur Elfin zu werden, schnitt sie der Elfin die Ohrspitzen ab und wollte sich selbst damit schmücken. Doch wuchsen die Spitzen nicht an, und der Große Kasnatro half ihr nicht, so sehr sie flehte. Er hatte sie satt, denn obschon sie nach dreißig Jahren gewaltige Kräfte und fast die Unsterblichkeit besaß, war ihre Schönheit dahin.

Dies berichtete die Elfin, die, für tot vor den Turm geworfen, zu ihrem Volk heimfand, wo sie wenig später starb. Das Lied von Maiarkharesg der Schönen aber singen den Elfentöchtern die besorgten Mütter vor, als Warnung vor Eitelkeit und Selbstsucht nicht nur der Menschen.

❡

Markreske hatte eine ausgewachsene Wildsau angeschleppt und einen Sack voll Zwiebeln, Wurzeln und Kohl. Sorla fragte sich, auf welche Weise sie den Bauern diese Wintervorräte abgenommen hatte. Er mußte den Kessel halb mit Wasser füllen und zum Kochen bringen. Die Alte schüttete das Gemüse ungeputzt und unzerkleinert hinein, riß der toten Sau eine Hinterkeule vom Leib, fetzte den Pelz herunter und warf das Fleisch samt Huf und Knochen in das siedende Wasser, daß es spritzte.

„So, meine Süße", sagte sie zur Elfin, die sich in die Ecke verkrochen hatte, „das soll dich mästen, daß dir wieder Titten wachsen, hihi!"

„Diesen Gefallen werde ich dir nicht tun, Mai-arkharesg!" flüsterte das Elfenmädchen. „Von meiner Schönheit sollst du keinen Nutzen haben!"

„So, bequemt sich das Gänschen, mit mir zu reden! Aber du wirst das Zeug fressen, und wenn ich es dir ins Maul rammen muß, wie man Gänse stopft!"

Die Tür wurde aufgerissen, etwas Längliches flog durch den Raum, prallte gegen die Wand, und klappernd fiel der Speer neben Markreske zu Boden. Im gleichen Moment erschien ein Mann im Türrahmen, das Messer blitzend in der erhobenen Rechten: Ketelik, der betrogene Vater. Er wollte hereinstürzen, prallte zurück vor dem Bann, der auf der Türschwelle lag, und sprang mit verzweifeltem Schrei seitab ins Leere.

Markreske brüllte, hob im Hinausrennen den Speer vom Boden, zerbrach ihn und warf – da stand sie schon auf dem Steg – die Teile in den Fluß. Sorla war ihr bis zur Tür nachgehuscht und blinzelte in den hellen Wintertag. Weit und breit war nichts von Ketelik zu sehen. So war er, dachte Sorla, dem Fischungeheuer ins Maul gesprungen, hatte sein Leben geopfert und das Kind nicht gerächt.

Sorla ließ den Blick flußabwärts schweifen, den verschneiten Eisschollen folgend, die, dem trägen Kreisen in dieser Bucht entronnen, hinaus auf den freien Fluß trieben, auf den kaltgrau hüpfenden Wellen in irgendeine ferne Erlösung. Da sah er weiter unten das Boot eben hinter einer Biegung verschwinden – Markreske aber starrte unverwandt mit geballten Fäusten hinab ins Wasser unter der Hütte! Sorla wandte sich schnell ab, um sein Grinsen zu verbergen. Als die Alte in die Stube zurückkam, schob er neues Feuerholz unter den Kessel, daß die Funken sprühten.

„Mich zu überfallen!" zischte Markreske. „In meinem eigenen Haus!" Sie schlug mit der Faust auf den Tisch, daß die Hütte bebte. Die Haare fielen ihr in wilden Zotteln ins Gesicht. Sorla duckte sich hinter den Holzstapel, aber Markreske starrte ins Leere. „Schade, daß er tot ist!" flüsterte sie. „In Stücke hätte ich ihn gerissen!" Sie hob die tote Wildsau hoch, grub ihre Hände hinein, fetzte sie auseinander: „So … und so … und so!" Dann ließ sie alles zu Boden fallen und murmelte: „Seine Leber hätte ich gefressen." Ihr Blick streifte das Elfenmädchen. „Was starrst du mich an?" Sie streckte die bluttriefenden Arme vor: „Gefallen dir meine Hände nicht?"

Die Elfin schwieg. Ein Windstoß trieb Schnee über den Boden und erinnerte, daß die Tür noch offen stand. Die Alte sah auf. „Seine Frau lebt noch!" zischte sie. „Die soll's büßen!" Damit packte sie den Knüppel und trat auf den Steg hinaus.

Als sie sich zur Pfahlhütte zurückwandte, um die Türe zu schließen, schrie sie auf. Ein Pfeil war vom Ufer herangeschwirrt und stak in ihrem Bein. Auch Sorla hatte den Schützen nicht gesehen, denn es wuchs viel Gebüsch am Ufer, und der Bergwald dahinter war im Schneegestöber verschwunden. Markreske aber brüllte vor Wut, so fürchterlich, daß Sorla bleich in den hintersten Winkel der Hütte zurückwich.

„Umorgotham!" schrie sie gellend. „Umorgotham!" Da rauschte das Wasser unter der Hütte, etwas stieß gegen die Stützpfosten, daß die Bodenbretter zitterten, und dann sah Sorla das dunkle Fischmaul, es tauchte neben dem Steg aus dem Wasser, stieg höher, war doch kein Fisch, war etwas anderes und Fürchterliches mit plumpen, schwarzglänzenden Armen, einem riesigen fetten Leib; so watete das Ungeheuer dem Ufer zu, wuchtete sich auf mächtigen Flossenbeinen hinauf, das Gebüsch unter sich zermalmend, und verschwand im Schneegestöber.

Auf ihren Knüppel gestützt, sah Markreske ihm nach. „Mein Sohn", flüsterte sie. Mit einem Ruck riß sie sich den Pfeil aus dem Fleisch, zerbrach ihn und schleuderte die Reste ins Wasser. Dann humpelte sie in die Hütte zurück. Das Blut lief ihr den Schenkel entlang, doch kümmerte es sie nicht.

Ein dunkler Schatten verdeckte die offene Tür; Umorgotham stand da, bis zu den Schultern im Fluß, in der Flossenpranke hielt er, wie einen Strauß welker Blumen, den reglosen Körper Keteliks.

„Gib her", herrschte ihn Markreske an, „und verschwinde, wo du hingehörst!" Das Ungeheuer klappte stumm sein Maul auf und zu. Die Fischaugen blinkten riesig. Seine Pranke kam durch die Tür und öffnete sich, der Mann polterte auf die Bretter. Dann wurde es wieder hell vor der Tür, und Sorla hörte, wie das Wasser über dem Ungeheuer zusammenschlug. Markreske schloß die Tür.

Ketelik war auf die Knie gekommen, doch schon wirbelte der Knüppel herbei und schlug ihn vor die Stirn, daß er zusammenbrach. Markreske trat ihn heftig in den Leib, er war benommen und stöhnte leise. Da packte sie ihn am Fußgelenk, hob ihn hoch und rammte ihm sein eigenes Messer durch die Wade in einen der Stützbalken, daß er kopfüber festgenagelt hing. Er riß die Augen auf. Blut quoll aus seinem Mund übers Gesicht und tropfte auf die Dielenbretter.

„Ein schlechter Einfall war das", zischte Markreske, „ein sehr schlechter Einfall!" Sie wollte ein zweites Mal zutreten, hielt aber in der Bewegung inne. „Hast du schon einmal deine Leber gesehen?"

Ketelik schüttelte abwehrend den Kopf, Blut sickerte zwischen den Lippen hervor.

Markreske kicherte. „Ich zeige sie dir!" Sie fetzte ihm die Kleider vom Körper, rammte den Finger durch seine Bauchdecke und riß sie auf: „Schau her!" Aber Ketelik achtete nicht mehr darauf; seine Augen waren halbgeschlossen, seine Arme zuckten ein wenig und hingen dann schlaff herunter.

Enttäuscht lehnte sich Markreske an den Tisch, dabei streifte ihr Blick Sorla.

„Na, hast du gesehen, du Balg, hast du alles gesehen? So geht es auch dir, wenn du auf dumme Einfälle kommst! Und jetzt räume den Dreck weg, Taugenichts!"

Sorla sagte nichts, und er hielt sein Gesicht ganz still. Sie sollte nicht merken, was er dachte: Sie war verwundbar! Man mußte es nur richtig anfangen! Als Markreske wegsah, warf er der kleinen Elfin einen Blick zu, doch die war angesichts des zerfetzten Ketelik damit beschäftigt, sich zu übergeben.

Sorla zog vorsichtig den Dolch heraus, der Keteliks Wade an den Balken nagelte, so daß die Leiche zu Boden polterte. Während Sorla den toten Ketelik zur Falltür schleifte, hielt er das Messer im Ärmel versteckt, und als er den Körper in den Fluß fallen ließ, streckte er den Arm durch die Falltür und rammte den Dolch von unten gegen den Hüttenboden. Das riesige Fischmaul schnappte den Körper, bevor er das Wasser berührte. Was an Eingeweiden heraushing, trieb einige Augenblicke im Wasser und verschwand dann ruckweise in der Tiefe.

„Wo ist das Messer, du Idiot?" rief die Alte.

„Ich habe es in den Fluß geworfen", flüsterte Sorla und zeigte die leeren Hände.

❡

„Nicht schlecht hast du dich gehalten."

„Ja, ich habe ein Messer!"

„Und hast du gesehen, gelernt?"

„Was ich gelernt habe?" Doch bevor sich Sorla eine Antwort überlegen konnte, waren die Nebelschwaden hochgeweht, und Sorla schlief traumlos weiter.

❡

Die Eintöpfe aus Fleisch und Wurzeln nutzten Sorla mehr als der kleinen Elfin. Freiwillig aß sie nichts, und was Markreske in sie hineinzwang, brach sie in der Regel wieder hervor. Sorla aber entwikkelte einen Heißhunger, wie er ihn noch nie erlebt hatte, und stopfte, wenn Markreske nicht da war, Knollen, Wurzeln, Fleisch und Knorpel in sich hinein, daß das Elfenmädchen bei seinem Anblick sich vor Ekel schüttelte.

„Du bist dumm, du wirst sterben", sagte er einmal zur Elfin. „Du brauchst Kraft, wenn du hier überleben und zu deinem Volk zurück willst. Sieh mich an."

„Ich sehe dich", stieß die Elfin mit kraftloser Stimme hervor. „Und du hast viel Rattenhaftes. Du hast zu lange hier gelebt."

„Ich werde hier wegkommen, da bin ich sicher. Ich habe schon einen Plan."

„Ein schöner Plan. Glaubst du, mit dem Dolch, den du da unten versteckt hast, kannst du Markreske etwas anhaben?"

Sorla sah sie überrascht an. „Es gibt auch andere Wege", sagte er dann. „In den Flaschen ist genug Gift, um das Fischungeheuer dort unten aus dem Weg zu schaffen. Dann können wir wegschwimmen."

„Gift?" wiederholte die Elfin in einem Ton, der Sorla begreifen ließ, was sie von seinem Plan hielt. Sie sprach kein weiteres Wort mit ihm. Dennoch mußte der Wortwechsel etwas in ihr bewirkt haben, denn einige Zeit später ging sie mit einem Holznapf zum Kessel und schöpfte sich Brühe heraus. Am folgenden Morgen aß sie wieder von der Brühe, und als Markreske zurückkehrte und sie gewaltsam füttern wollte, sagte sie, sie könne schon selber essen, und tat es.

„Soso, meine Süße, hat der Hunger deinen Trotz gebrochen?"

Die Elfin schlug die Augen nieder und entgegnete nichts. Als die Alte wieder fortging, begann sie leise zu singen, aber ihre Stimme war noch zu schwach und zittrig. Da wurde sie wütend und befahl Sorla, ihr ein Bad zu richten.

„Aber im Kessel ist das Essen!"

„Laß dir was einfallen, Mensch!"

Sorla füllte zwei größere Holznäpfe und einen kleinen Zuber mit dem Eintopf und kippte den Rest durch die Falltür. Dann wusch er den Kessel und rieb ihn mit einem Lappen aus, so daß er nun sauberes Wasser erhitzen konnte. An der Art, wie die Elfin das Bad genoß, merkte Sorla, daß ihr Lebensmut wiedergekehrt war.

„Hast du eine Schere, Mensch?“ fragte sie, als sie wieder angezogen war.

„Schere?“

„Ich möchte meine Fußnägel schneiden.“

„Hier gibt's keine Schere. Man muß die Fußnägel abbeißen.“

„Wie soll ich meine Fußnägel abbeißen?“ Sie wirkte empört und ratlos zugleich.

„Ich könnte sie dir ja ...“

Die Elfin rümpfte die Nase und wandte sich ab. Sorla aber nutzte die Gelegenheit, daß der Kessel voll warmen Wassers war, und badete gleichfalls. Ein wenig duftete das Bad nach Blumen, doch lange nicht so süß wie beim ersten Mal. Als er fertig war und den Kessel geleert hatte, um wieder den Eintopf zurückzufüllen, hörte er die Elfin:

„Ich habe es mir überlegt, Mensch. Aber bilde dir nichts ein.“

„Was überlegt? Was einbilden?“ fragte Sorla, indem er näher trat. Er merkte, daß er auf sie herabblicken konnte. Das Elfenmädchen blitzte ihn von unten her an und deutete zu Boden:

„Du darfst meine Fußnägel kürzen.“

Also kniete Sorla nieder, und sie streckte ihm einen Fuß entgegen. Er nahm ihn in die Hand. Wie zierlich er war! Wie klein die Zehen! Behutsam biß er die Zehennägel kurz, angefangen vom großen Zeh bis zum kleinen. Dann hielt sie ihm den anderen Fuß hin, und während er auch diesen vorsichtig behandelte, spürte er, wie ein immer süßerer Duft von der kleinen Elfin ausging. Er sah zu ihrem Gesicht auf, aber sie funkelte ihn wütend an. Sie dankte ihm nicht, als er fertig war, und redete auch sonst kein Wort mit ihm.

Mit einem kleinen silbernen Kamm, der in ihrem Kapuzenmantel verwahrt war, strählte sie ihr Haar. Ein wenig von dem früheren Schimmer zeigte sich wieder. Nun öffnete sie die Falltür und begann ein Lied zu summen. Es war sehr schön, auch wenn Sorla die Worte nicht verstand. Doch war ihm unklar, weshalb sie zum Singen die Falltür öffnete, und als sie geendet hatte, sagte er dies.

„Ich singe für Umorgotham.“

„Aber das hast du schon früher versucht, und es war umsonst.“

„Du verstehst nicht viel, Mensch. Ich weiß jetzt, was er ist. Ich singe also kein Fischlied für ihn, sondern das Lied vom Glück auch für die Wesen der Dunkelheit."

„Markreske hat ihn ihren Sohn genannt. Wie kann das sein?"

„Was gehen mich Mai-arkharesgs Verirrungen an?" Damit wandte sich die kleine Elfin ab und kämmte ihr Haar.

Sie nützte jetzt jede Stunde, die Markreske abwesend war, um Umorgotham ihr Lied vorzusingen. Ihre Stimme wurde klarer und weicher, die Melodie süßer und verlockender, und als sie ein paar Wochen später beim Schließen der Falltür leise kicherte, ahnte Sorla, daß sie ihr Ziel erreicht hatte.

„Nun?" fragte er.

„Was heißt nun, Mensch?"

„Hat dein Lied genützt?"

Sie würdigte ihn keiner Antwort.

¶

Die kleine Elfin badete häufiger, aß erstaunliche Mengen und kämmte ihr Haar von früh bis spät. Nach wie vor sang sie dem Fischungeheuer ihr Lied, und Sorla beobachtete, daß, wann immer sie die Falltür öffnete, Umorgotham bereits den Kopf aus dem Wasser streckte.

„Will er dich fressen?"

„Das Lied will er. Es macht ihn froh, und was hat er sonst, um glücklich zu sein?"

Auch ihre Kleidung brachte sie in Ordnung; sie wusch alles, und was zerschlissen oder von den Ratten angefressen war, stopfte sie mit einer kleinen goldenen Nadel. Die Schuhe aber waren unrettbar zernagt, und das Elfenmädchen wandte sie ratlos hin und her.

„Du kannst ja meine haben", bot Sorla an.

„Du bist barfuß, Mensch", ließ sie sich herab zu bemerken.

Aber Sorla kramte hinter dem Holzstapel seine Gnomenstiefel aus Kindertagen hervor: „Die müßten dir passen."

Die Elfin warf einen geringschätzigen Blick darauf, einen zweiten, genaueren und staunte: „Dies ist kein Menschenwerk. Wie kommst du an Gnomenstiefel?"

„Ich lebte bei den Pelkoll-Gnomen. Du hörtest mir ja nicht zu, als ich von mir erzählte. Magst du die Stiefel haben?"

„Wenn sie passen, ja. Du darfst sie mir anprobieren."

Wieder kniete Sorla vor der Elfin nieder, sie streckte ihm ihren zierlichen Fuß entgegen, und er streifte eines der Stiefelchen darüber. Es paßte wie für Elfinnenfüße gemacht.

„Den zweiten auch, bitte", sagte die Elfin und wackelte fröhlich mit den Zehen. Und danach sagte sie: „Danke. Dies ist ein schönes Geschenk." Sorla fiel fast hintüber vor Überraschung. Es kam aber noch besser. Sie fragte: „Wie, sagtest du, ist dein Name?"

„Sorla", flüsterte er und wurde rot.

In den nächsten Wochen blühte die Elfin wieder auf, und ihre Schönheit nahm Sorla den Atem. Doch nicht nur ihre äußere Erscheinung war es, sondern in ihr vibrierte eine neue Kraft des Zorns und der Verachtung gegen Markreske und ließ ihre grünen Augen stärker strahlen.

„So gefällst du mir, meine Süße", sagte Markreske. Die Elfin schüttelte ihre blonden Locken. Ein feines, seltsames Lächeln kräuselte ihre Lippen.

„Ich kann in die Zukunft sehen", sagte sie.

„So? Erzähle, mein Kind, erzähle!"

Doch das Elfenmädchen wandte sich wortlos ab, und Sorla sah, wie ihre Augen in siegessicherem Hohn blitzten.

Die Alte verließ kurz darauf die Hütte. Die Elfin, die bis dahin ruhig in ihrer Ecke gesessen hatte, sprang auf, raffte ihren Kapuzenmantel an sich und sagte: „Ich gehe jetzt."

„Was … wie …?"

„Wenn Mai-arkharesg heute abend wiederkommt, wird sie ein Opfer für die Cheruchtquale veranstalten wollen, um mir die Schönheit zu rauben."

„Aber wie willst du gehen? Die Tür ist verschlossen!"

Die Elfin klappte die Falltür zurück.

„Noch einmal danke für die Stiefel, Sorla. Und meinen Namen will ich zum Abschied nennen: Ich bin Nofheli aus den Wäldern von Aedh-Hiloiadh."

Nun beugte sie sich vor, öffnete die Falltür und lockte mit zarter Stimme: „Umorgotham, trage mich!" Sie setzte sich auf den Rand der offenen Falltür und ließ die Beine baumeln.

„Halt!" rief Sorla. „Und ich?"

„Du wirst zurechtkommen, Sorla. Ein ganzes Jahr hast du hier gelebt und bist gewachsen dabei. Lebe wohl." Damit verschwand Nofheli in der Luke. Sorla lief hin und steckte den Kopf hindurch. Er sah in einiger Entfernung, zur Mitte des Flusses hin, eine riesige schwarze Hand aus dem Wasser ragen, flach ausgestreckt. Darauf saß das Elfenmädchen und winkte vergnügt.

❡

Sorla verkrampfte die Hände. Weh ihm, wenn Markreske heimkehrte! Ihre ganze Wut würde er spüren müssen! Dann aber erkannte er, daß ja auch ihm der Weg zur Flucht freigeworden war; niemand mehr hockte unter der Falltür, um sie zu bewachen! Andererseits: das Wasser war eiskalt, er würde das Ufer kaum lebend erreichen. Und wenn dann dort Markreske stünde …

Markreske! Sie durfte ihn nicht überraschen! Sorla drückte die Tür einen Spalt auf, vorsichtig, seitlich neben dem Türrahmen stehend, um nicht in die unsichtbare Quelle jenes Schmerzes zu geraten, der es unmöglich machte, gegen Markreskes Willen die Tür zu durchqueren.

Oft hatte er sich, im Dunklen wach liegend, ausgemalt, wie die Flucht zu bewerkstelligen sei. Als einzige, doch allzu verzweifelte Möglichkeit war ihm der Einfall erschienen, durchs riedgedeckte Dach ein Loch zu bohren, von da auf den Steg zu springen und dann – ja, wie weiter? Wie er die Lücke im Steg überwinden könnte, hatte er nicht mehr ernsthaft erwogen, denn bereits der erste Teil des Plans war zu gewagt: viel zu lange dauerte all das, Markreske würde zurückkommen und ihn ertappen, wie er das Dach ihrer Hütte zerstörte! Dann wäre sein Schicksal besiegelt!

Aber jetzt war der verzweifeltste Versuch besser als abzuwarten. Sorla stellte zwei Schemel neben der Tür übereinander, kletterte von da auf einen Querbalken und konnte sich an einem Regalbrett unsicher festhalten, während die andere Hand oberhalb der Tür einen neuen Halt in einer Bretterritze fand. Nun zog er das Knie nach, um es auf dem Türsturz abzustützen. Das Knie rutschte ab, so dick lag dort der Staub. Sorla blies, hustete, konnte inmitten der aufgewirbelten Wolken zunächst nichts erkennen, schaute dann wieder hin und sah, wo der Staub verschwunden war, winzig eingeritzte Schriftzeichen, die den Türsturz bedeckten.

Sorla wollte eilig weiterklettern, denn das Dach war nah, und Keteliks Messer hatte er mitgenommen, um die Riedbündel aufzuschneiden, da fiel ihm aus den Kindertagen im Pelkoll ein, was der gelehrte Gnom Golbi erklärte: Schrift tauge zu mehr, als Wissen festzuhalten; sie sei recht eigentlich Zauberei. Sollte hier die Quelle des geheimnisvollen Schmerzes liegen? Sorla packte das Messer, schnitt mit großen Bewegungen kreuz und quer über die Zeichen, daß die Holzsplitter flogen, sprang hinunter auf den Hüttenboden – holte tief Luft und trat durch die Türe ins Freie.

Der Himmel strahlte blau, und der Schnee glitzerte weiß in der Sonne. Die Luft roch nach Tauwetter. Sorla wich geblendet tiefer in die Dunkelheit der Pfahlhütte zurück, doch sein Herz klopfte vor Sehnsucht.

Es blieb der Steg. Sorla wußte schon lange, daß die Weidenruten, welche die Dielenbretter kreuzweise auf den Querbalken verschnürten, halb vermodert und zum Teil zerfallen waren, so daß einige Bretter lose auflagen. Hastig lockerte er eines, schleppte es auf den Steg hinaus und packte das kurze Ende mit beiden Händen, um das andere Brettende jenseits der Lücke auf den Steg zu legen. Er konnte es aber nicht gerade halten; trotz zähneknirschender Anstrengung war es zu schwer und hing schräg hinab in den Fluß. Nun klemmte er das Ende unter seine Achsel und versuchte mit beiden Händen, das Brett hochzuwuchten, doch umsonst. Ihm brach der Schweiß aus. Wenn ihn Markreske sah! Am Hals würde sie ihn packen wie einen jungen Hasen! Gegen die Wand würde sie ihn schleudern!

Schleudern! Das war es! Er begann das Brett neben dem Steg hin und her zu schwingen, höher und höher, und dann – mit einem Ruck – schleuderte er es vollends hinüber, daß das freie Ende auf dem Steg jenseits aufprallte. Aber es rutschte ab und fiel zurück. Noch einmal versuchte er es, ein weiteres Mal, und schließlich blieb es oben. Behutsam legte er sein Ende des Brettes ab: Die Lücke war geschlossen, der Weg ans Ufer frei!

Da fiel ihm ein: Tainas Amulett mußte er mitnehmen, den silbernen Anhänger seiner Mutter, den Markreske ihm weggenommen hatte. Achtlos auf ein Regal geworfen lag es, er mußte es nur holen. Und so eilte er in die Hütte zurück, kletterte auf den Tisch, erreichte von da aus das Regal und hängte sich das kleine Amulett wieder um. Und jetzt? Sollte er nicht noch schnell ein paar andere Dinge mitnehmen? Eine solche Gelegenheit bot sich nie wieder! Er kippte Wurzeln und Zwiebeln aus dem Gemüsesack und steckte die bläulich lasierte Flasche mit dem Traumsaft hinein. Keteliks Messer legte er dazu, um die Hände frei zu haben. Was noch? Den kleinen Spiegel, der immerhin reden konnte. Zwei Fläschchen mit Gift, dann das Tiegelchen mit der Salbe, die den schlimmen Juckreiz verursachte. Dabei kam ihm das Holzgefäß mit dem eingeritzten Herz in die Finger. Wozu diente es? Schwer war es auch. Er hielt es ans Ohr und schüttelte es, daß es gluckste.

„Was? Die Tür ist auf?“ kreischte es vom Ufer.

Markreske! Wie nahe war sie schon? Konnte Sorla noch über den Steg entkommen? Er rannte hinaus, aber die Alte kam in riesigen Sätzen über den Steg gesprungen, schwang ihren Knüppel und brüllte. Und er selbst hatte ihr die Brücke bereitet! Er war verloren, wenn sie ihn in die Krallen bekam! Da stieß er mit dem Fuß das lose Brett vom Steg, gerade als Markreske darauf sprang. Sie schrie auf, griff wild um sich, und im Fallen packte Markreske das Ende des festen Stegs hinter sich. Einen Moment nur zappelte sie, dann zog sie sich mühelos hoch und stand jenseits der Lücke auf dem Steg.

„Weh dir, Bürschlein!“ schrie sie. Schon kam der Knüppel herangewirbelt. Sorla wich in die Hütte zurück und riß die Arme hoch. Noch immer hielt er – panisch verkrampft – das Holzgefäß, und der Knüppel traf und schlug es ihm aus den Händen, daß es quer durch die Stube in die Feuerstelle stürzte. Der Knüppel wirbelte erneut herum, wurde plötzlich langsamer und hielt in der Luft inne.

Es wurde seltsam still. Sorla hörte nur, wie das Holzgefäß in der Glut leise knackte. Die gewachsten Schnüre waren schon verkohlt, das Siegelwachs am Pfropfen warf zischende Blasen und löste sich auf, und zwischen Flaschenhals und dem schwelenden Pfropfen entwich wimmernd ein Gas, das sich entzündete und mit grüngelber Flamme brannte. Der Knüppel prasselte zu Boden und blieb liegen.

„Was hast du meinem Knüppel getan, du Balg?" kreischte Markreske von jenseits der Steglücke. „Wie soll ich in mein Haus kommen?"

Sorla grinste verwundert. Wieder knackte das Holzgefäß und zerbarst der Länge nach. Eine Stichflamme schoß hoch auf und leckte gegen das Dach. Das Dachstroh fing prasselnd Feuer, schon fielen Stücke herab und brannten auf den Dielenbrettern weiter.

„Ha! Rösten sollst du Balg, rösten!" schrie die Alte. Sorla blickte verzweifelt um sich. Auch die Ratten rannten jetzt in Panik von einer Ecke in die andere und quiekten entsetzt, wenn neben ihnen glostende Schilfstücke herabfielen und die Funken stoben. Ein brenzliger Geruch breitete sich aus. Markreske hatte recht: Bald würde er samt den Ratten bei lebendigem Leibe verbrennen.

Das wollte er nicht abwarten. Dann schon lieber erfrieren im Fluß! Er rannte zur Falltür. Da sah er das riesige Fischmaul im Wasser lauern; Umorgotham war zurückgekehrt! Einen Augenblick wollte Sorla weinen vor Verzweiflung, auch vor Wut über sich selbst, denn die Gelegenheiten waren günstig gewesen, und er hatte sie sämtlich verstreichen lassen. Wozu mußte er in Markreskes Giftfläschchen herumkramen und kostbare Zeit vertun! Jetzt war es zu spät, und er machte sich einen verzweifelten Spaß daraus, die Ratten, wie sie vorbeirannten, zu packen und in die hochauf prasselnde Feuerstelle zu werfen, wo sie kreischend verendeten. So zahlte er ihnen ein Jahr Rattenstreiche heim, bevor auch er sterben mußte! Und als nahe der Feuerstelle ein Dielenbrett funkensprühend durchbrach, so daß ein neues Loch im Boden gähnte, lachte er verzweifelt: im Feuer verbrennen, von Umorgotham verschlungen zu werden – er hatte die Wahl.

Wieder brach ein verkohltes Dielenbrett entzwei, und der Kessel hing fast zur Hälfte über den Rand hinaus. Wenig fehlte, und er würde hinabfallen ins Wasser und davontreiben wie ein … wie ein Boot! Sorla stockte der Atem bei dieser Vorstellung, seine Gedanken rasten.

„Dank, Atne!" flüsterte er; und dies war sein erstes Gebet an die Glücksgöttin seit einem Jahr. Im selben Moment hatte er die „Fette" am Kragen. Statt sie ins Feuer zu schleudern, kramte er mit der freien Hand ein Giftfläschchen aus dem Sack, brach den Hals an der

Tischkante ab und flößte der Ratte das Zeug gewaltsam ein. Auch das zweite Fläschchen wurde in die schon schwächer zappelnde Ratte gefüllt, und zum Schluß holte Sorla die Traumsaftflasche, zog den Stöpsel mit den Zähnen heraus und rammte die Flasche, den Hals voran, der „Fetten" in den Schlund.

Unter der Falltür lauerte noch immer Umorgotham. Sorla warf das zuckende Bündel hinunter. Das schwarze Maul schoß hoch und schnappte zu.

Jetzt wurde der Qualm unerträglich. Sorla wankte hustend vor die Tür. Durch tränende Augen sah er jenseits der Lücke Markreske stehen.

„Ist das der Dank?" schrie sie. „Ein Jahr habe ich dich durchgefüttert, und du brennst mein Haus ab!" Sie fuchtelte mit den Armen. Sorla lachte laut.

„Was lachst du Balg? Zerreißen werde ich dich, zerreißen!"

Aber Sorlas Aufmerksamkeit war auf das Flußwasser unter der brennenden Pfahlhütte gerichtet. Und tatsächlich: eine riesige Flossenhand ragte hoch, zuckend, zitternd, und sank zurück. Wellen schwappten zur Seite, als sich der ungeheure Leib im Wasser wälzte.

„Umorgotham! Was ist mit dir, mein Sohn?"

„Er stirbt, Markreske", rief Sorla und lachte wie irre. „Dein Sohn verreckt! Ihm hat dein Gift nicht geschmeckt!"

Da brüllte die Alte auf und stampfte mit den Füßen, aber es nützte nichts. Sie rang die Hände und fiel auf die Knie.

„Umorgotham!" jammerte sie. „Hörst du mich?" Doch die Wellen hatten sich verlaufen, und nichts war zu sehen.

Darauf hatte Sorla gewartet. Er eilte in die Hütte zurück. Dicht über dem Boden kroch er entlang – so waren Hitze und Qualm auszu halten. Der halbe Hüttenboden fehlte. Vom Fluß brauste eiskalte Luft hoch in die Flammen, an Sorla vorbei. Nun kroch er zum Kessel, aber der stand leer neben der prasselnden Herdstelle und war glühend heiß. Sorla langte sich das Rührscheit, und ächzend schob und hebelte er das schwere Gefäß vollends über den Rand und ließ es durch die Öffnung in den Fluß plumpsen. Der Kessel schlug schräg auf, es zischte und dampfte kurz auf, Wasser schwappte hinein. Doch dann wippte er wieder hoch und begann langsam zwischen den Pfählen wegzutreiben. Sorla konnte gerade noch das

Rührscheit und den vorbereiteten Sack packen und hinterhersprin-gen.

Er fiel ins Wasser. Sofort war er fast gelähmt vor Eiseskälte. Die Luft blieb ihm weg. Doch mit einer Hand bekam er den Kesselrand zu fassen; der war noch heiß, und Sorla zuckte zurück. Aber da war keine Wahl. Sorla legte den Sack auf den Rand des Kessels, um sich nicht zu verbrennen, zog sich hoch und kroch in das Gefäß hinein. So trieb er in die Mitte des Flusses hinaus. Als er zurückschaute, sah er die rauchenden Trümmer der Pfahlhütte weit hinter sich. Er hörte Markreske schreien und glaubte, einen schwarzen Arm aus dem Fluß auftauchen zu sehen. Aber dann war er schon zu weit flußabwärts getrieben.

¶

Die Pfütze im Kessel war knöcheltief und warm. Dies war für Sorlas nackte Füße sehr angenehm, während er seine Kleidung der Reihe nach auszog, auswand und wieder überstreifte. Noch immer strahlte der Kessel Wärme aus, so daß Sorla seine gelungene Flucht zu genießen begann. Ärgerlich war nur, daß das Gefäß bald von der Mitte des Flusses in seitliche Stromschnellen geriet und dort anfing zu kreiseln und zu schaukeln. Er hatte einige Mühe, das Rührscheit als Ruder gebrauchend, sein Fahrzeug zu stabilisieren.

Die Fahrt ging am Kirsatten vorbei, der sich mit bewaldeten Steilhängen vor das heimatliche Bild des Pelkoll schob. Doch dann öffnete sich die Landschaft zu beiden Seiten. Der Schnee war hier schon weitgehend geschmolzen, und vorjährig graues Gras ragte struppig in die Sonne. Sorla sah links die weite Ebene, in der vor zweieinhalb Jahren – wie lange schien das her! – das nächtliche Gefecht irregeleiteter Gnome gegeneinander stattfand und tags darauf Hauptmann Grestes Kampf gegen die Krähen. Sorla suchte ängstlich den Himmel ab; ganz wohl war ihm nicht, so frei allen Blicken ausgesetzt dahinzutreiben, war er doch ein Jahr in einer dumpfen Stube eingesperrt gewesen und hatte davor lange in den Höhlen des Pelkoll gelebt. Er duckte sich tiefer in den Kessel.

Rechts vom Flusse Eldran dehnten sich sanfte Hügel, durchsetzt mit Buschwerk und kleinen Wäldchen, doch zeigten sich auch auf dieser Seite keine menschlichen Behausungen. Gleich neben dem Fluß aber ging die Straße entlang, und einmal sah Sorla eine Schar Reiter, die zu ihm herüber deuteten und lachten.

Sorla wagte nicht, sein Fahrzeug zum Ufer zu lenken. Beim ersten Versuch war es in Untiefen geraten, wo es sofort zu schwanken begann, gegen Felsen stieß und umzukippen drohte. Auch ragten flußabwärts neue Berge auf, drängten rechts und links des Flusses enger zusammen, so daß das Wasser mit vermehrter Kraft dahinströmte. Sorla bekam alle Hände voll zu tun, den Stromschnellen auszuweichen, die Richtung zu bedenken, zugleich das rückwärts ragende Rührscheit zu betätigen. Plötzlich erstarrte er. Weit hinten, dort wo der Fluß noch über die freie Ebene strömte, bewegte sich eine schwarze Gestalt. Sie mußte riesig sein, wenn er sie von hier erkennen konnte; es war Umorgotham!

Das Ungeheuer rannte am Ufer entlang und kam rasch näher. Jetzt konnte Sorla erkennen, daß auf seinen Schultern Markreske ritt und drohend die Fäuste hob. Und nun waren sie da, am Ufer dicht neben ihm, und Markreske schien etwas zu rufen, das ging unter im Brausen des Flusses. Aber ihr Gesicht war verzerrt vor Rachsucht, da bedurfte es keiner Worte.

Umorgotham sprang in den Fluß, um nach Sorla zu greifen. Doch wie er tiefer watete, wurde er langsamer und blieb, obwohl er mit beiden Armen sich durch die Wassermassen wühlte, bald weit hinter Sorlas Kessel zurück, der, von der Strömung mitgerissen, über die Wellen tanzte.

Das Ungeheuer arbeitete sich zum Ufer zurück und rannte erneut hinter Sorla her, überholte Sorlas Kessel und eilte in großen Sätzen vorbei, weiter flußabwärts. Markreskes Gesicht war hohnlachend verzerrt. Was sie bezweckte, war Sorla bald klar. Er sah weit unterhalb die schwarze Gestalt mitten im Fluß stehen, beide Arme seitlich ausgestreckt. Dort war kein Durchkommen mehr, und Sorla sah sich entsetzt um.

Das Ufer war näher als geahnt. Es war mit Weidengebüsch bestanden, und kaum hatte er darauf zugesteuert, so peitschten ihm die herabhängenden Zweige ins Gesicht. Er griff danach, doch der Kessel war zu schwer, die Fahrt zu schnell! Wieder packte er zu, und die Ruten rissen sich aus seinen Händen los und hinterließen glühenden Schmerz. Da hing ein Weidenknorren schräg übers Wasser, und der Kessel rammte dagegen. Sorla wurde vornüber geschleudert, hielt sich fest, zog sich hoch ohne Bedenken, griff auch noch den Sack, und schon war unter ihm der Kessel in die Schräge gewuchtet vom nachströmenden Wasser, lief voll bis zum Rand und ging unter.

Sorla zwängte sich durch abgestorbenes Schilf. Nur fort! Und wie er anfing, Hoffnung zu fassen, kam er wieder ans Wasser. Also war er auf einer Insel und erneut gefangen, denn wie sollte er fortkommen ohne den Kessel? Durch den eisigen Fluß schwimmen und erfrieren?

Er wollte nachsehen, was seine Verfolger planten. Vorsichtig zwängte er sich durch das Schilf bis zum unteren Ende der Insel. Hinter einem knorrigen Weidenstamm richtete er sich auf und lugte hervor. Was er sah, war wie befürchtet: Umorgotham schritt langsam und riesig flußaufwärts, Markreske auf seinen Schultern wandte den Kopf suchend hin und her. Hier gab es kein Entkommen mehr. Sorla fiel auf die Knie.

„Große Atne", flüsterte er, „lang hast du mich mißachtet. Ich beklag mich nicht, denn ich wollte es selbst, um Gwimlin zu retten. Du weißt es! Heut früh dachte ich, du lächelst gnädig und gönnst mir die Freiheit. Aber sieh! Ich brauch jetzt mehr Glück als den ganzen Tag heute zusammen, und ich weiß, das war schon viel. Wenn ich nur etwas hätte ..." Aber alles, was er im Sack mitgenommen hatte, schien ihm plötzlich wertlos; er glaubte nicht, daß er Atne mit einem Giftfläschchen oder Keteliks rostigem Messer als Opfer hätte beeindrucken können.

Aber das Amulett! Er nestelte es heraus. Wie schön es in der Sonne glänzte! Weit holte er aus, denn im hohen Bogen ... Da packte jemand sein Handgelenk.

„Halt, schmeiß das nicht weg!"

Sorla fuhr herum. Hinter ihm stand ein Mann und lachte. Stämmig war er und wunderlich in Pelze gehüllt, auch steckten blauweiße Federn von Eichelhähern in seinem Bart. Er nahm das Amulett sanft aus Sorlas Hand und gab es ihm zurück.

„Hier, Sorla. Häng es um."

„Kennst du mich?"

Der Mann schlug sich auf die Knie vor Lachen: „Ich kenn dich, was? Ich seh dich vor paar Jahren. Im Herbst, mit Minzen-Muhme. Du und Girsu, ihr badet im Fluß.“

„Flasse!“

„Ja, das bin ich. Flasse der Berühmte, Flasse der Weise!“ Er klopfte sich zufrieden auf den Magen. „Ich sag, besuch mich, Sorla, und Sorla besucht mich! Hast du aber Glück, daß ich da bin. Gerade komm ich, und da bist du schon.“ Er schlug Sorla froh auf die Schulter, daß dieser taumelte. Den Fischspeer, an dem zwei Forellen staken, bemerkte Sorla erst, als Flasse ihm eine davon vors Gesicht hielt: „Hier, iß! Fisch ist gut!“

Aber Sorla packte ihn bei der Hand. „Schnell, wir müssen fliehen!“

„Fliehen?“ Flasse biß ein Stück aus der Forelle.

„Sieh doch!“ Sorla zeigte über das Schilf; Umorgotham war kaum zwei Steinwürfe entfernt. Die Wellen schäumten gegen seine Schenkel, während er langsam und riesig den Fluß heraufstapfte.

„Der macht dir Angst, was?“ Flasse steckte den Fischspeer samt Forellen in den Sand. Dann wischte er den Mund am Handrücken und die Hände am Pelz ab. Umorgotham war auf eine Steinwurflänge herangekommen. Da plötzlich richtete sich Markreske mit einem Ruck auf und zeigte herüber: Sie hatte Sorla entdeckt. Der wich zitternd zurück und stieß gegen Flasse, dieser trat beiseite, und Sorla taumelte in die Binsen.

„Hab keine Angst, Sorla. Ich bin Flasse der Jäger!“

Damit holte er hinter seinem Rücken einen Bogen hervor und zog irgendwo aus seiner Pelzbekleidung einen Pfeil. Jetzt war das Fischungeheuer kaum noch zwei Dutzend Schritte entfernt. Seine Reiterin hatte sich halb aufgerichtet, ihre Arme streckten sich voll Rachsucht nach Sorla. Mit einer gleitenden Bewegung legte Flasse an und schoß. Umorgotham zuckte zusammen, seine Flossenhand tastete nach dem Pfeil, der winzig, so winzig in seiner Brust stak. Sein Fischmaul klappte weit auf, aber er blieb stumm, und lautlos sank er in die Wellen.

Flasse streichelte seine Waffe.

„Einen feinen Bogen habe ich. Bald dreizehn Jahre ist es nun her, da sitzt dein Vater hier. Er gibt mir den Bogen.“ Er lachte in sich hinein, eingedenk einer alten Erinnerung.

Markreske kreischte auf, als das Wasser ihr näher und näher kam. Dann mußte sie schwimmen, und Sorla wußte, wie kalt das Flußwasser war. Aber sie schlug um sich und kämpfte sich gegen die Wellen heran, näher und näher. Ihr Gesicht war verzerrt vor Haß.

„Schnell, Flasse!" schrie Sorla und zog ihn am Ärmel. „Schieß!"

„Auf eine Frau?" Flasse wackelte nachdrücklich mit dem Zeigefinger. „Auf eine Frau schieß ich nicht, Sorla."

„Aber …", stammelte Sorla hilflos. Wieso mußte Flasse so begriffsstutzig sein! Wie sollte er selber, ein schwaches Kind, gegen dieses Ungeheuer von Weib kämpfen? Schon hatte Markreske Grund unter den Füßen; sie ruderte kraftvoll mit ihren Armen gegen die Strömung, und Sorla hörte sie brüllen, wie sie ihm gleich die Leber herausreißen wolle.

Das Messer! Sorla wühlte, ohne den Blick von Markreske zu nehmen, die näher und näher kam, nach Keteliks Messer im Sack. Seine Finger umschlossen den Griff. Markreske hatte einen Weidenast gepackt, zog sich hoch und stand schon in den Binsen am Ufer, zum Sprung geduckt – da riß er das Messer heraus und hielt es vor sich.

Es war nicht das Messer. Was er hervorgekramt hatte, war Markreskes kleiner Spiegel, und jetzt war alles vorbei. Sorla stand da, den Arm mit dem Spiegel sinnlos vorgereckt, versteinert vor Entsetzen.

Aber auch Markreske bewegte sich nicht. Sie hatte die Arme halb sinken lassen und starrte herüber.

„Das ist mein Spiegel, Bürschlein", zischte sie. Sorla schluckte nur trocken, denn da gab es nichts zu antworten. Aber eine andere, feine Stimme ertönte:

„Bin ich dein Spiegel? Ich bin geputzt worden, und ich sehe dich gut, und Mai-arkharesg die Schöne bist du nicht."

„Schweig, dummer Spiegel", schrie Markreske.

Aber der Spiegel beharrte: „Du bist alt und häßlich. Doch Mai-arkharesg überstrahlt an Schönheit die Töchter derer von Aedh-Hiloiadh wie die Sonne den Mond!"

„Sei still, Spiegel", knurrte die Alte heiser. „Was weißt du schon."

„Ich kann es dir zeigen! Ich habe ihre Schönheit bewahrt."

„Ich will es nicht sehen!" kreischte Markreske. Sie stampfte mit dem Fuß auf und wandte Sorla den Rücken zu. Sie zitterte am ganzen Körper. Da spürte Sorla, wie ihm Flasse auf die Schulter tippte und ein Zeichen gab, leise zu verschwinden. Sorla nickte und hob den Sack auf. Doch einen Blick wollte er in den Spiegel werfen. Und da blickte ihn Mai-arkharesg die Schöne an.

Es war nicht das herrlich wallende Haar, nicht der feingeschwungene Mund, auch nicht die strahlenden Augen waren es, die Sorla den Atem nahmen; es war das vollkommene Ebenmaß des Gesichtes. Er hatte gedacht, Nofheli, die kleine Elfin aus den Wäldern von Aedh-Hiloiadh, sei wahrhaft schön, aber sie war bloß hübsch, gemessen an dieser Frau. Und doch war da etwas, das Sorla störte: die Art, wie sie lächelte. So mußte sie vor Hunderten von Jahren sich im Spiegel betrachtet haben: mit einem kleinen kalten Lächeln, wissend, daß neben ihr keine Frau bestehen konnte.

„Gib her!" schrie Markreske und riß Sorla den Spiegel aus der Hand. „Es ist meins!"

Sorla taumelte rücklings in die Binsen, froh, am Leben zu sein, denn er hatte sie nicht kommen hören. Die Alte aber starrte in den Spiegel.

„Schön war ich", flüsterte sie und richtete sich stolz auf, „die Schönste von allen."

Dann aber zuckte sie zurück, tastete krallenfingrig auf der Metallfläche herum und fuhr sich ins Gesicht. „Wieso verschwindet das? Die Lippen ... die Haare ... was sind das für Haare?" Sie riß sich büschelweise die struppig grauen Strähnen aus. „Was sind das für Falten?" schrie sie. „Weg damit!" Damit zerkratzte sie sich das Gesicht, daß die Haut in blutigen Fetzen hing. Wieder starrte sie in den Spiegel und schleuderte ihn dann von sich.

„Pfui, das garstige Weib!" kreischte sie in wahnsinnigem Ekel. Sie riß an ihrem faltigen Hals, und Blut quoll hervor. Das steigerte nur ihr Grausen; sie fetzte sich die Kleider vom Leib, und mit hohen Schreien des Ekels krallte sie sich in die Beine, die Arme, die Brüste, bis sie rot überströmt dastand. Nun brach sie in die Knie, aber noch im Fallen riß sie ihren Bauch auseinander.

Flasse kam näher und legte seinen Arm um Sorlas Schulter. Der aber weinte und konnte gar nicht aufhören.

„Das ist ein schlimmes Weib", sagte Flasse. „Ich denk erst, warum hat Sorla Angst. Dann seh ich die Alte und denk, die kann doch kaum laufen. Aber dann seh ich die Kraft und den Haß. Ich kenn viele Leute, aber sowas noch nicht. Ich mag die auch nicht auf meiner Insel haben."

Damit packte er Markreskes Arm und schleifte die Leiche zum Ufer. Mit einem Ruck zerrte er sie vollends ins Wasser, wo sie von der Strömung mitgerissen wurde und verschwand.

Lange starrte Sorla dorthin, wo die Wellen spielten und in der Sonne glitzerten, als hätte es keine Markreske gegeben und keinen Umorgotham, jenes willfährige Werkzeug dieser schrecklichen Mutter.

Er seufzte. Flasse streichelte ihm übers Haar und hielt ihm wieder die Forelle vors Gesicht. Sorla nahm sie, biß hinein, und mit vollem Mund sagte er: „Danke, Flasse." Der wehrte ab.

„Weißt du was Komisches, Sorla? Du willst das Messer rausziehen und hast den Spiegel." Flasse brüllte vor Lachen und klatschte sich auf die Schenkel. „Und dann bringt der Spiegel die Alte um, und du bist fein raus." Er schlug Sorla auf die Schulter, daß der sich verschluckte.

„Du hast Glück, Sorla."

Ein Geschenk für Atne

Der Kessel war dicht am Ufer untergegangen, doch Sorla hatte ihn mit Flasses Hilfe herausgezogen. Jetzt durchkramte Flasse den Sack. Die Jucksalbe warf er angewidert in den Fluß. Keteliks Messer betrachtete er abschätzend und half Sorla, mit Ufersand den Rost abzuschmirgeln. Schließlich stöberte er so lange im Schilf herum, bis er den Spiegel wiederfand, den Markreske von sich geschleudert hatte.

„Das ist ein feiner Spiegel." Flasse streichelte ihn.

„Willst du ihn haben?" fragte Sorla verdutzt.

„Ich hab ihn schon." Flasse lachte freudig. „Ich bin Flasse der Einsame. Der kleine Spiegel kann reden. Ich mag, wenn einer mit mir redet." Damit steckte er ihn ein.

Der Kessel aber mußte wieder als Fahrzeug für Sorla dienen. Denn Flasse war in einem winzigen Rindenboot auf die Insel gekommen, das nur eine Person trug. Und so hielt sich Sorla, im Kessel sitzend, am Heck des Bootes fest, während Flasse, schräg gegen die Strömung paddelnd, versuchte, sich aus dem Weidengestrüpp zu lösen. Sobald sie im freien Wasser waren, ließen sie sich treiben, denn sie wollten nach Fellmtal zum Markt.

Flasse hatte wie üblich den Winter in den Grauen Bergen verbracht, als Gast der kleinen Hochland-Ombina, die in den Hohen Auen bei der Norfell-Quelle leben – in niedrigen, runden Behausungen, deren grasbewachsene Erddächer bis zum Boden reichen, so daß sich in einer Ansammlung unverdächtiger Hügel ein ganzes Ombinadorf verstecken kann. Flasse war in Muck Rotbocks Halle, der einzigen Hügelhütte, deren Decke hoch genug war, daß er wenigstens auf Knien darin herumkriechen konnte, ein Lager bereitet worden. Mit den Hochland-Ombina war er seit vielen Jahren auf vertrautem Fuß, verstand ihre Sprache, und sie hatten ihn zum Ehren-Igel ernannt – eine beachtliche Auszeichnung, wenn man die ombinischen Ansichten über Igel (ihre „kleinen Brüder"), sich selbst („Ombi" ist das ombinische Wort für Igel) und vor allem den Großen Igel, der über allen schützend seine Stacheln sträubt, bedenkt.

So hatten die Ombina jemanden, der Fleisch heranschaffte und die Wölfe vertrieb, und Flasse verbrachte den Winter warm und gemütlich, lauschte ihren Geschichten und genoß die Gesellschaft, die er im Sommer entbehrte. Er pflegte sich daher zu seiner Weideninsel im Flusse Eldran nicht vor der Zeit der Kirschblüte aufzumachen und hatte sich auch für dieses Jahr nichts anderes vorgestellt, doch war ihm vor zehn Tagen auf der Jagd etwas Seltsames zugestoßen: Als er auf ein Wildschaf anlegte, traf er nicht. In all den Jahren, die er den Bogen besaß, war ihm das nicht vorgekommen. Und während er verdutzt dastand, flog eine Elster vorbei, seinen Pfeil im Schnabel. Sie sah ihn, ließ erschreckt den Pfeil fallen – ihm direkt vor die Füße – und flatterte davon.

Als abends die Ombina im Hügel von Muck Rotbock („Muck" bedeutet Clan-Ältester oder „Der-für-andere-geradesteht") gemütlich beisammen saßen, um, Beerenwein nippend, Geschichten zu erzählen, gab Flasse sein Erlebnis zum besten.

„He, großer Flasse", schrie Muck Rotbock und blinzelte aus faltigem Gesicht zu ihm hoch, „war der Holunderschnaps beim Frühstück so lecker?" Alle lachten, und Flasse mit ihnen.

„Oder hast du geträumt?" rief Zapfenheld, ein anderer Ombi. „Mir träumte neulich, jemand sänge in meinem Bienenkorb, und als ich nachsah, flogen lauter Rotkehlchen heraus!"

„Das erinnert mich, wie ich von dem Igel träumte, der in einen Hirschkäfer verliebt war", meldete sich die kleine Raupenschön. „Aber er fraß ihn doch."

„Er hatte ihn eben zum Fressen lieb!" schrie Schneckenhirt. Jeder brachte nun seine Träume vor, und Flasses Erlebnis schien vergessen.

Am nächsten Tag spürte Flasse einen Bären auf, der, vom Hunger vorzeitig aus dem Winterschlaf erwacht, am Norfell-Bach Forellen fing. Der Bär flüchtete, einen großen Fisch quer im Maul, die Böschung hoch. Flasse legte einen Pfeil auf den Bogen und schoß. Wieder verfehlte er sein Ziel; der Bär verschwand im Unterholz, und als Flasse hinging, um seinen Pfeil zu suchen, fand er, daß dieser mitten in der Forelle stak.

„Du magst doch Fisch, oder?" rief Muck Rotbock abends. „Ich würde das als Glück bezeichnen!"

„Eine Forelle ist auch leichter heimzutragen als ein Bär", lachte Minzen-Muhme. „Das war klug von dir!"

„Und falls du doch einen Bären heimbringen willst, lieber Ehren-Igel", schrie Heckenschreck, „dann ziele auf eine Forelle. Vielleicht hat sie einen Bären im Maul!" Er wischte mit seiner haarigen Hand den Rest Fischsuppe aus dem Napf und schleckte sie ab, jeden Stummelfinger einzeln.

„Das erinnert mich daran, wie ich im Herbst Haselnüsse schüttelte", hub Zapfenheld an.

„Und dann? Erzähle!" klang es von allen Seiten.

„Nur ein Eichhörnchen fiel herunter, das biß mich in den Finger. Aber als ich ein Moospolster hochhob, um es gegen die Wunde zu drücken, lag darunter ein ganzer Haufen von Nüssen!"

Andere Ombina erzählten andere Geschichten; Flasses Mißgeschick schien vergessen.

Am folgenden Tag ließ Flasse seinen Bogen im Hügel. Stattdessen schnitzte er sich Fischspeere aus Haselschößlingen, lud einen Kessel auf den Rücken, um darin den Fang heimzutragen, und ging zum Bach. In kurzer Zeit speerte er ein gutes Dutzend großer Forellen, so daß der Kessel bald voll neben ihm stand. Da hörte er seinen Namen rufen. Er packte den Henkel des Kessels und erklomm die Uferböschung, um sich umzusehen. Nicht weit entfernt stapfte die kleine Raupenschön durch den Schnee und winkte ihm zu.

„Hallo, Flasse! Darf ich beim Fischen zugucken?"

Den Luchs hinter einer der niedrigen Tannen sah sie nicht. Nur die Ohrenpinsel zuckten ein wenig, während er dem näherkommenden Ombi-Kind auflauerte.

„Vorsicht!" schrie Flasse. Weshalb mußte er nur seinen Bogen daheimlassen! Er ließ den Kessel fallen, rannte in langen Sätzen den Abhang hinab – brach im Schnee ein und schlug hin. Als er sich hochmühte, sah er, wie der Kessel an ihm vorbei den Schneehang hinabrutschte, schneller wurde, über einen kleinen Hügel fegte und mit rasender Geschwindigkeit den Luchs mitten im Ansprung traf. Raupenschön schrie auf, der Kessel stürzte um, die Forellen fielen heraus. Und während der Luchs benommen davonhumpelte, glitten die zappelnden Forellen langsam über den Schnee und verschwanden weiter unten im Bach.

Diesmal war keiner der Ombina zu Späßen aufgelegt. Raupenschön hatte Flasse als Held hingestellt, und alle Ombina umtanzten ihn jubelnd, bis er ihnen endlich erklären konnte, daß Raupenschöns Rettung nicht ihm, sondern einer Verkettung höchst merkwürdiger Umstände zu verdanken war.

„Bei der stachligen Fürsorge des Großen Igels", meinte Muck Rotbock, „dies ist die beste Geschichte, die ich seit langem hörte."

„Es ist mehr als eine Geschichte", schaltete sich Minzen-Muhme ein. „Wir sollten Altmutter Grauknolle befragen."

So rannten alle zu Altmutter Grauknolles Hügelhütte und verlangsamten erst kurz vor dem Eingangsloch den Schritt, um die notwendige Achtung und Rücksicht zu zeigen, denn Altmutter Grauknolle lag seit Ombinagedenken alterssiech im Bett. Alles drängte sich leise in ihre Stube, und Flasse gelang es wenigstens, den Kopf hineinzustecken. Als es still geworden war, räusperte sich Muck Rotbock und wollte loslegen. Aber Honigseim, die Altmutter Grauknolle pflegte und ihre Eigenarten kannte, hob die Hand.

„Altmutter Grauknolle hat ihren Abendtee noch nicht getrunken. Vorher wird sie nicht zuhören."

Nun standen alle dabei und wagten kaum zu atmen, während Honigseim holzlöffelchenweise der alten Ombi gesüßten Minzentee mit Ziegenmilch einflößte. Vieles ging daneben, weil Altmutter Grauknolle ihre Augen geschlossen hielt, den eingeflößten Tee über die Lippen rinnen ließ und manchmal überraschend mit den zahnlosen Kiefern auf das Holzlöffelchen biß. Deshalb mußte noch ein zweites Töpfchen Abendtee zubereitet und Altmutter Grauknolle eingeflößt werden. Die Anwesenden wurden schon vom Zusehen nervös und bewunderten Honigseims unendliche Geduld.

„So", sagte diese endlich und wischte mit einem bunten Tuch der alten Ombi den letzten Tropfen Abendtee vom Kinn und sich den Schweiß von der Stirn, „nun hört sie euch vielleicht zu."

Muck, der seine pelzigen Füße schon länger nicht mehr stillhalten konnte, trat aufatmend vor:

„Verehrte Altmutter Grauknolle ..."

„Sprich lauter", unterbrach ihn Honigseim, „sie ist fast taub!"

„Verehrte Altmutter Grauknolle!" schrie Muck Rotbock gehorsam und begann die Geschichte von den drei Erlebnissen Flasses ausführlich zu erzählen. Das dauerte lang, und zwischendurch mußten Raupenschön und die anderen kleinen Ombina von Lattichblüte in den Kinder-Hügel gebracht werden, weil sie ständig einschliefen und zu schnarchen begannen. Als die Geschichte zu Ende geschrien war, trat Muck Rotbock erwartungsvoll zurück. In Altmutter Grauknolles verhutzeltem Gesicht regte sich nichts. Die Augen waren noch immer geschlossen, der Atem ging regelmäßig und leise.

„Sie schläft ja“, flüsterte Muck Rotbock enttäuscht. Er war ganz heiser geworden. Honigseim zuckte die Schultern und schickte alle fort.

Am nächsten Morgen wollte Muck Rotbock wieder bei Altmutter Grauknolle vorsprechen, aber Honigseim wies ihn ab mit den Worten, er habe die alte Ombi gestern genug angeschrien, sie brauche ihre Ruhe.

Flasse ging nicht zur Jagd, sondern ließ sich von Muck Rotbock mit Beerenwein bewirten und von Raupenschön die Geschichte vom Großen Igel Ischi erzählen, die jedes Ombinakind kennt.

Man hockte gemütlich beisammen, reichte Krüge mit Beerenwein herum und redete immer lauter durcheinander. Da wurde das Türfell beiseite gehoben, und Minzen-Muhme stand im Eingang.

„Honigseim läßt ausrichten, Flasse, daß Altmutter Grauknolle dich sprechen will.“

„Auf, Flasse!“ schrie Muck Rotbock. „Bevor sie wieder einschläft!“ Doch der Beerenwein machte Flasse einige Mühe.

Altmutter Grauknolle lag reglos im Bett wie zuvor, die Augen geschlossen. Nur die linke Hand zupfte an der Decke herum. Flasse und die Ombina sahen lange respektvoll zu, dann räusperte sich Muck Rotbock.

„Ehrwürdige Altmutter Grauknolle ...“

„Sprich lauter“, unterbrach ihn Honigseim, „sie ist fast taub!“

„Ehrwürdige Altmutter Grauknolle. Ehren-Igel Flasse ist hier, um deine Weisheit zu vernehmen.“

Der Unterkiefer der Alten zitterte etwas. Honigseim stand mit einem kleinen Tuch bereit, um den rinnenden Speichel abzutupfen.

„Flasse“, wisperte Altmutter Grauknolle, „geh weg von hier. Atne will es.“

Flasse sah sich ratlos um, aber die Ombina waren genauso betroffen.

„Kein Jagdglück hier", fuhr Altmutter Grauknolle mühsam fort, „... die Elster und die Fische ... durch sie redet Atne. Geh ins Tal ... folge dem Bach, dem Fluß ... zur Weideninsel ..." Ihr Unterkiefer zitterte so stark, daß die Stimme versagte. Flasse, der nur den Kopf zur Tür hereinstecken konnte, glaubte aber noch etwas zu hören wie: „ ... finde den Kessel ... Fisch ... Kind ..." Das ergab aber keinen Sinn, und die Ombina konnten es ihm auch nicht erklären, so lange sie in dieser Nacht auch noch daran herumrätselten.

Im Morgengrauen stapfte Flasse los, sein Gepäck und Heckenschrecks kleines Rindenboot auf dem Rücken, denn einen halben Tagesmarsch talabwärts war der Bach schon tief genug dafür.

Bei Fellmtal strömen die drei Flüsse der Grauen Berge zusammen. Aus dem Nordwesten kommt breit und stark der Fluß Eldran, fließt an Seedorf vorbei und an Stutenhof, umspült auch Flasses Weideninsel und nahm die Leichen Markreskes und ihres ungeheuren Sohnes mit, wer weiß wohin. Der Fluß Fregnas fließt aus dem Nordosten herbei; wo er entspringt, kann niemand sagen, denn düstere Wälder durchquert er, wo Chrebil und andere schlimme Wesen hausen. Sein Wasser ist trüb und braun und schmeckt bitter. Der mittlere Fluß ist der Norfell. Er entspringt in den Hohen Auen; ihn kam Flasse im Rindenboot herab durch rauschende Stromschnellen, dann gemächlicher die Ebenen südlich der Gnomlande querend, in Flußschlingen durch saftige Auen sich windend bis hin zu den schrecklichen Sümpfen, die keiner nachts durchqueren darf. Doch Flasse kannte den Fluß, erreichte in vier Tagen Fellmtal, wo das graue Wasser des Norfell sich mit dem grünen des Eldran mischt, und fand einen Händler mit Maultiergespann, der ihn und sein Rindenboot auf der Alten Straße den Eldran flußaufwärts bis zur Weideninsel mitnahm.

❡

Das alte Fellmtal ist ein befestigtes Dorf, dessen Bauern die fruchtbaren Äcker der Gegend bewirtschaften, und liegt auf der Landzunge zwischen den Flüssen Eldran und Norfell. Wichtig ist die Alte Straße am Westufer des Flusses Eldran: Hier ziehen Händler vorbei, Pelztierjäger, manchmal die Soldaten von Ailat und scharenweise

Leute, die im nördlichen Grenzland ihr Glück machen wollen. Hier, eingezwängt zwischen Fluß und dem Elbenwald, der sich tagelang nach Westen erstreckt, ist das neue Fellmtal entstanden, der größte Ort weit und breit, mit Pferdemarkt, Stadtwache und drei Gasthöfen. Hier trifft sich alles, ob Händler oder Bauer, Köhler oder Dieb, Mensch oder Gnom.

„Gefällt mir nicht", brummte Flasse düster.

„Was?" fragte Sorla. Sie hatten den Kessel aus dem Fluß gewuchtet und schauten schwer atmend auf die Siedlung vor sich.

„Viele Leute. Ich bin Flasse der Einsame. Ich mag nicht so viele Leute."

Flasse lud sich sein Gepäck und das Rindenboot auf den Rücken, dann kippten sie den Kessel auf die Seite und rollten ihn auf der Straße vor sich her auf Fellmtal zu. Das rumpelte und dröhnte, und einfach zu steuern war der Kessel auch nicht.

„Wozu schleppen wir das Ding mit, Flasse?"

„Ich denke, wir machen Atne ein Geschenk."

„Hä?"

Flasse begann, an den Fingern der linken Hand aufzuzählen:

„Atne ist gnädig, du kannst fliehen. Atne gibt mir Zeichen, ich komme mit meinem feinen Bogen und schieße den Fisch. Atne gibt dir den Spiegel in die Hand, die Alte ärgert sich tot." Nachdrücklich reckte er Sorla die drei Finger entgegen.

„Aber wieso der Kessel?"

„Was sonst? Das ist ein feiner Kessel. Atne mag Kessel. Ich bin Flasse der Weise, ich weiß das!"

„Na, ich weiß nicht." Sorla dachte bei sich, ein Gefäß, in dem Markreske ihre scheußlichen Brühen angerührt hatte, sei wohl nichts für die Göttin des Glücks. Aber er schwieg und kollerte weiter den Kessel vor sich her. So kamen sie nach Neu-Fellmtal. Sorla hielt sich dicht an Flasse. Er war Ansammlungen gewohnt, denn lange Zeit hatte er bei den Gnomen gelebt und in deren Großer Versammlungshalle gegessen. Doch hier, auf der morastigen Straße zwischen richtigen Häusern aus Holz und unter den unfreundlichen Blicken großer Menschen, war es anders. Auch schienen sie aufzufallen, Flasse mit dem Boot auf dem Rücken und Sorla mit seinem rumpelnden Kessel. Von allen Seiten flogen ihnen spöttische Zurufe entgegen.

Aus einer Seitenstraße kamen drei Männer zu Pferd. Das vorderste Tier scheute, als der Kessel auf es zu kollerte, und der Reiter konnte sich nur mit Mühe im Sattel halten.

„Was soll das, ihr Idioten?“ schrie er. In der Hand hielt er plötzlich eine lange geflochtene Peitsche; sie schnellte vor und wickelte sich um Flasses Knöchel. Mit einem Ruck wurden die Füße weggerissen, und Flasse fiel rücklings in den Schmutz. Sorla sah, starr vor hilfloser Wut, wie die Männer hohnlachend die Straße hinunterritten. Flasse richtete sich auf; das Rindenboot war zerbrochen. Er wandte es traurig hin und her und nahm es schließlich doch mit.

„Sind alle Menschen so, Flasse?“

„Ich freu mich auf meine Weideninsel.“

„Du hättest ihn doch erschießen können.“

„Das geht nicht.“

„Ist dein Bogen auch kaputt?“

„Nein, es ist ein feiner Bogen. Aber man darf es nicht tun.“

„Wer sagt das?“

Flasse versuchte ihm zu erklären, was Mord und was eine Stadtwache sei, aber Sorla war nicht beeindruckt. Den kahlrasierten Schädel des Anführers würde er nicht vergessen, und irgendwann würde Sorla es ihm heimzahlen!

Vorläufig beschäftigte ihn noch eine andere Frage:

„Wo treffen wir Atne, daß wir ihr den Kessel schenken können?“

„Sie hat hier ein Haus ...“

„Sie wohnt hier?“

Flasse lachte und schlug Sorla auf die Schulter, daß er einknickte.

„Das ist ein Tempel, ein ganz feines Haus. Bloß die Priester wohnen da.“

Stadtwache, Priester, Tempel, lauter neue Wörter! Aber Sorla hatte gewußt, daß er viel Neues lernen würde, wenn er zu den Menschen ging. Mit frischer Zuversicht schaute er sich um. Und er sah weiter vorne, vielleicht hundert Schritte die Straße hinunter, den glattrasierten Kahlkopf inmitten einer Gruppe von Männern, die dann alle in einem Haus verschwanden.

Flasse bog in eine schmale Gasse ein, und Sorla hatte Mühe genug, seinen Kessel zum Halten zu bringen und zwischen den engen Hauswänden hindurchzubugsieren.

Die Gasse endete an einer Bretterwand. Hier öffnete Flasse eine kleine Pforte und winkte Sorla zu kommen. Der Geruch von Pferden, Heu und Leder wehte ihm entgegen. Dies war ein großer Raum, von zwei winzigen Fenstern kaum erhellt, in dem in langen Reihen die dunklen Umrisse der Pferde sich sachte regten. Sie hoben den Kessel über die Schwelle und schlossen die Pforte hinter sich. Irgendwo hinter einer halbhohen Bretterwand knurrte ein großes Tier. Flasse lachte.

„Flasse, komm her!" rief er. Sorla sah ihn verdutzt an. Da bog ein riesiges wolfsähnliches Vieh um die Ecke und sprang Flasse an, daß dieser unter dem Gewicht zusammenbrach. Sorla sah sich nach einer Waffe um, einem Stock, einem Messer … Da merkte er, daß Flasse noch immer lachte, während er vom Boden hochzukommen suchte, und daß dieses Ungeheuer – ein sogenannter Hund, erinnerte sich Sorla – weiter nichts tat, als laut bellend um Flasse herumzuspringen und ihm immer wieder mit seiner Zunge quer übers Gesicht zu schlappen. Dabei rempelte er Sorla an, daß dieser über den Kesselrand stolperte und hineinfiel.

In einer der hinteren Ecken knarrte eine Tür.

„Flasse, was gibt's?" schrie eine Männerstimme. „Hast du einen gepackt?" Schwere Schritte kamen näher, und aus dem Dunkel zwischen den Pferdeleibern trat massig und breitschultrig ein Mann. Er hielt einen Schmiedehammer in beiden Fäusten und blickte mißtrauisch auf das Gewimmel.

„Kelgin!" lachte Flasse unter dem Hund hervor. „Ich bin es!"

„Flasse, du!" Der Mann warf den Hammer beiseite und griff mit beiden Armen in das Gewühl. „Hau ab, Flasse!" Damit schob er den Hund beiseite, daß dieser gegen die Bretterwand polterte. „Komm, mein lieber Flasse!" Er riß Flasse vom Boden hoch und drückte ihn an seine breite Brust. Sein Blick fiel auf den Kessel mit Sorla darin. „Hast du einen Sohn, Flasse?"

„Nun, so halb. Er heißt Sorla."

„Dann kommt mit. Das Essen steht auf dem Tisch."

❡

„Gut und schlecht", antwortete Kelgin auf die Frage Flasses, wie es ihm gehe. „Ich verkaufe doppelt so viele Pferde wie früher, jede Woche mindestens drei. In der Schmiede mußte ich einen Gesellen einstellen, der meinem Sohn hilft, die Pferde zu beschlagen und neue Eisenreifen auf die Wagenräder zu ziehen. Und die Kunden zahlen für ein Hufeisen soviel wie früher für vier!"

Die sieben Kinder starrten Sorla an, wie er verlegen an einem Brotfladen kaute. Alle waren stämmig gebaut, selbst das jüngste – kaum vier Jahre alt – hatte schon größere und derbere Fäuste als Sorla. Und als er sich verschluckte, kicherten sie und stießen sich unter dem Tisch an. Nur der älteste Sohn, vielleicht vierzehn Jahre alt, aber in den Schultern schon fast breiter als Kelgin, war über solche Kindereien erhaben. Er nickte bedächtig zu den Worten seines Vaters. In seinen gewaltigen Fäusten verschwand der irdene Napf, aus dem er die Suppe schlürfte.

„Schlecht ist aber", fuhr Kelgin fort, „was für Strolche sich hier zunehmend herumtreiben. Schuld daran ist das Spielhaus, das die drei Atne-Priester eingerichtet haben."

„Was?" schaltete sich Flasse ein. „Es gibt nur einen Priester! Das ist mein Freund Uglamesk."

„Der alte Uglamesk starb vor zwei Jahren an einer schlimmen Krankheit", sagte die Frau des Schmiedes, die gerade mit einem Stapel frischer Brotfladen aus der Küche kam. „Das war in Ailat-Stadt, glaube ich."

„Ja", nickte Kelgin, „die neuen Priester sagten es uns. Und sie wiesen Uglamesks Machtstab vor, als Zeichen, daß sie den Tempel hier übernehmen."

„Ich glaub das nicht!" rief Flasse. „Mein Freund Uglamesk ist alt, aber sehr gesund. Ich bin Flasse der Heiler, ich weiß das!"

Der Schmied sah ihn nachdenklich an. „Man muß den Atne-Priestern wohl glauben."

„Vor allem, wenn sie den Machtstab haben", fügte die Frau spitz hinzu.

„Ein feiner Stab", nickte Flasse. „Sehr gefährlich!"

„Wieso gefährlich?" fragte Sorla, und die Kinder stießen einander mit den Ellbogen an, weil er sich ins Gespräch der Erwachsenen eingemischt hatte. Sorla wurde rot. Aber Flasse wandte sich ihm zu und zählte an seinen Fingern auf:

„Der Stab sagt dir, ob jemand dich angreifen will. Sogar wenn du schläfst, weckt er dich rechtzeitig. Und dann kannst du denjenigen in eine Maus verwandeln. Ein feiner Stab!“ Stolz hielt Flasse drei gespreizte Finger vor Sorlas Augen.

„Nicht so fein, wenn man ihn zum Beispiel gegen mich richtet“, brummte Kelgin.

„Ja“, schrie Flasse begeistert, „du als Maus!“ Er schlug Kelgin lachend auf die Schenkel, aber dieser fand es nicht komisch.

„Die beiden anderen Priester, die keinen Machtstab haben, sind auch nicht zu verachten. Wem sie schaden wollen, dem können sie mit einem Wort die Schwäche in den Leib schicken, daß er bloß noch zittert. Daher wird keiner etwas gegen die neuen Priester unternehmen“, murrte er. „Sie haben hier die Macht.“

Gegen Abend machten sich Flasse und Sorla auf, den Kessel zum Atne-Tempel zu bringen. Sie rollten ihn durch die Schmiede zur Vorderseite von Kelgins Haus. Kelgin, der dort gerade Hufeisen-Rohlinge sortierte, ging, froh um die Abwechslung, gleich mit. Der Kessel rumpelte durch die Straße, und Kelgins riesiger Hund umsprang ihn und bellte wie toll.

„Sei ruhig, Flasse!“ rief Kelgin.

„Wieso heißt der Hund wie du, Flasse?“ fragte Sorla.

Flasse lachte: „Arme Frau kommt mal zu mir, hat viele Schmerzen im Rücken. Die Leute kennen mich, ich bin Flasse der Heiler. Ich heile den Rücken, und die Frau will mir was schenken. Aber sie hat nichts, bloß den kleinen Hund. Soo klein!“ Flasse hielt die Hände aneinander, so daß kaum ein Bilch hineingepaßt hätte. „Aber ich seh bald, der Hund wächst und wächst!“ Flasse prustete vor Lachen: „Er wächst und wächst!“

„Und?“

„Ich fang ihm einen Fisch, er will zwei Fische. Ich fang ihm zwei Fische, er will vier Fische. Der Fluß hat nicht so viele Fische, wie der Hund frißt!“

„Und?“

„Ich bring den Hund nach Fellmtal auf den Markt. Ich will ihn verkaufen, verstehst du? Alle sagen, nein, der Hund ist zu groß. Da kommt Kelgin, groß und breit, verstehst du, und er sagt, so ein hübscher kleiner Hund!“ Flasse mußte sich vor Lachen auf Sorla stützen.

„Und?“

„Was, und?“

„Und wieso heißt der Hund Flasse?“

„Der Hund heißt Flasse“, schaltete sich Kelgin ein, „denn er frißt am liebsten rohen Fisch! Hohoho!“

Sorla rollte insgeheim die Augen. Er selbst hatte in seinen ersten Lebensjahren fast nur rohen Fisch gegessen! Was war daran komisch?

Weiter vorne flog eine Tür auf, ein Schwall von lärmenden Stimmen erfüllte die Straße. Zwei Männer torkelten schimpfend die Stufen zur Straße hinab und entfernten sich in die andere Richtung.

„Dort ist das Spielhaus“, erklärte Kelgin.

„Ich denk, der Andachtsraum vom Atne-Tempel?“ wunderte sich Flasse.

„Die neuen Priester haben erklärt, die beste Andacht für die Göttin des Glücks sei das Glücksspiel.“

„Gut, daß sie den Machtstab haben“, meinte Flasse ahnungsvoll. „Da glaubt man eher, was sie sagen.“

Kelgin brummte mißmutig etwas in seinen Bart, räusperte sich und sagte dann: „Schaut's euch an. Ihr wollt ja sowieso den Kessel abgeben.“ Damit packte er den Kessel am Henkel und zerrte ihn hinter sich her zu den drei Holzstufen, die zum Eingang hochführten, da, wie bei den meisten Häusern hier am Fluß, Eingang und Zimmerboden einen Klafter über der Erde lagen, eine Vorsichtsmaßnahme gegen Überschwemmungen und streunende Schweine.

Flasse öffnete die Tür. Sorla drängte sich hinter ihm und sah einen hellerleuchteten Raum, in dem viele Männer auf Holzbänken saßen. An der Rückwand war ein riesiges Rad aufgestellt, an dem sich ein Mann in weißem Gewand zu schaffen machte.

„Auf dem Apfelmonat ist noch kein Einsatz, meine Herren“, hörte Sorla ihn rufen. Drei Hände mit Münzen reckten sich ihm entgegen. „Das nenne ich Atne dienen, meine Herren! Und wieder dreht sich das Jahresrad! Wer wird der Gewinner sein?" Damit setzte die weiße Gestalt das Rad in flirrenden Schwung. Keiner achtete auf Flasse und Sorla, die den Raum betraten und ebenfalls zusahen, wie das Jahresrad wieder langsamer und langsamer wurde. Doch als Kelgin versuchte, den Kessel rumpelnd durch den Türrahmen zu wuchten, daß die Wände wackelten, fuhren sie alle herum. Sorla sah, wie die weiße Gestalt rasch an das Jahresrad herantrat.

„Meine Herren, wieder hat das Rad gesprochen! Und welchen Monat zeigt es an?" Er schlug überrascht die Hände zusammen: „Es ist der Tag zwischen den Jahren, meine Herren! Der Tempel hat gewonnen und dankt für eure Spende!"

„Das ist Betrug!" schrie jemand und sprang auf. „Ich hab's gesehen! Der Priester hat das Rad angehalten!"

„Meine Herren!" Der Mann in Weiß hob die Arme. In der Rechten hielt er einen dunkel glänzenden Stab. Alle machten sich ganz klein auf ihren Bänken. „Zweifelt hier jemand am ordentlichen Ablauf des Spiels, das wir zu Ehren Atnes aufführen?"

Der Mann, der noch eben geschrien hatte, sah sich unbehaglich um und sank leise auf seine Bank zurück.

„Du da!" fuhr ihn der Priester an. „Was wolltest du sagen? Sprich frei heraus!"

„Nein, nichts", stammelte der Mann, „ich wollte nichts sagen."

„Dies ist der Tempel Atnes!" rief der Priester und reckte den Stab gegen den zitternden Mann. „Und niemand darf unsere liebe Göttin in den Schmutz ziehen!"

„Aber ich habe doch nicht ..." wimmerte der Mann mit aschfahlem Gesicht. Weiter kam er nicht, denn ein Brausen erfüllte den Raum, der Boden bebte, und alle Fackeln wurden so trübe, als wollten sie erlöschen. Die Männer ächzten vor Angst. Nach drei Atemzügen aber wurde es ruhig, die Lichter glommen wieder auf, und der Mann lag seltsam flach am Boden. Dann jedoch sah Sorla, daß dies nur seine Kleider waren. Der Mann selber fehlte. Und wie Sorla noch starrte, huschte aus dem leeren Hosenbein ein verschrecktes Mäuschen quer über die Dielenbretter, rannte hin und her und verschwand in einem Loch.

„Seht, ihr Herren!" rief der Priester. „So geht es allen, die unsere liebe Göttin und ihre ehrlichen Diener schmähen!" Er blickte sich mit gewinnendem Lächeln um. „Dieser Tempel will sich nicht an fremdem Gut bereichern, wie jener Dummkopf behauptete; daher soll alles, was er hinterließ, euch gehören!"

Im nächsten Moment sprang alles auf, die Bänke fielen um, und die Männer warfen sich raufend und fluchend über den Kleiderhaufen. Der Mann schien einiges Glück im Spiel gehabt zu haben, oder er war mit genug Geld gekommen, jedenfalls klimperten viele Münzen auf den Boden, als die Männer seine Kleider auseinanderrissen. Zwei weitere weißgewandete Männer kamen nun durch eine Tür in der hinteren Wand; sie sahen sich kurz um und füllten einen Haufen Münzen – offensichtlich die Gewinne des Tempels – in einen Ledersack, den sie verschnürten und wegtrugen. Der Priester mit dem Machtstab aber wandte sich Flasse und seinen Begleitern zu, die noch immer in der Tür standen.

„Nun, meine Herren, nicht so schüchtern. Jeder kann mitspielen zu Ehren Atnes, sofern er Geld hat."

„Wir spielen nicht", entgegnete Flasse, und es war das erstemal, daß Sorla nicht jenen belustigten Ton in seiner Stimme mitschwingen hörte. „Wir bringen den Kessel hier. Es ist ein Geschenk für Atne und meinen Freund Uglamesk."

Der Priester sah Flasse an und drehte nachdenklich den Machtstab in seinen Fingern hin und her. „Uglamesk ist tot. Eine heimtükkische Krankheit."

„Ich glaub's nicht recht", sagte Flasse.

„Wollt ihr Ärger?" Der Machtstab zeigte auf Flasse.

Kelgin stieß Flasse von hinten an, der schüttelte den Kopf: „Nein, gewiß nicht."

„Dann verlaßt schnell diesen Tempel!" Kelgin war schon auf der Straße. „Und euren schmutzigen Kessel könnt ihr mitnehmen!" Der Priester wandte sich zu den Plündernden und rief: „Meine Herren, geleitet doch diese Spielverderber zur Tür!"

Grinsend schoben sich die Männer am Priester vorbei und packten Flasse an Armen und Beinen, schwangen ihn hin und her und warfen ihn mit Gegröle durch die offene Tür. Kelgin fing ihn auf. Nun wollten sie Sorla packen, aber der drehte und duckte sich so geschwind, daß die Männer gegeneinander rannten, und als der Priester seinen Machtstab benutzen wollte, war das Gewühl vor ihm zu groß und Sorla längst um die Straßenecke verschwunden. Von dort aus sah er, wie der Kessel auf die Straße polterte, gegen Kelgin rollte und ihn samt Flasse in den Dreck stieß.

¶

Flasse und Sorla saßen mit Kelgin am Eichentisch in der Wohnstube. Auch Kurfis, des Schmieds ältester Sohn, hatte seinen Hocker herangezogen. Die kleineren Kinder und die Frau des Schmieds schliefen schon. Die Talgkerze flackerte trüb, und trüb war die Stimmung.

„Man wird gedemütigt und kann nichts tun", preßte der Schmied zwischen den Zähnen hervor. Sein Sohn wiegte verständnisvoll den breiten Kopf.

„Bloß Sorla, der ist schnell", meinte Flasse. „Keiner kriegt ihn."

Kelgin nickte.

„Stimmt. Noch nie sah ich einen, der so flink war wie du, Sorla."

Kurfis sah Sorla mit neuem Interesse an, und dieser strich sich verlegen die Strähnen aus dem Gesicht.

„Ich hab's am Fluß gelernt, als Kind. Da fing ich Elritzen mit der Hand."

„Mit der Hand?" staunten Kelgin und Kurfis zweistimmig, und Kurfis ergänzte: „Das würde ich gern sehen. Aber jetzt ist's zu dunkel."

„Fängst du eben Fledermäuse", lachte Flasse und schlug Sorla auf die Schulter.

„Im Ernst? Sowas könntest du?" Kurfis' Augen staunten hoffnungsvoll unter seinem Kraushaar hervor. Sorla wurde rot vor Stolz.

„Klar, jederzeit!" Er lächelte geringschätzig. Es war ein herrlich warmes Gefühl im Bauch, bewundert zu werden, noch dazu von einem Jungen wie Kurfis. Doch gab er zu bedenken, daß Fledermäuse nur magere Happen seien, was neues Staunen erregte.

„Wer ißt denn Fledermäuse?" Kurfis schüttelte sich. Sorla schwieg und dachte an seine Kindheit am Fluß. Dann stand er auf und winkte Kurfis zu kommen.

Der Mond war von Wolken verdeckt, so daß man die Straße kaum sah. Kurfis übernahm die Führung, denn er kannte die größten Pfützen und wußte, wo in der Nähe eine leerstehende Scheune stand, unter deren Dach Dutzende von Fledermäusen hingen. Erst als sie ankamen, fiel ihnen ein, daß die Fledermäuse noch ihren Winterschlaf hielten. Während sie sich noch ihrer Dummheit wegen beschämt-belustigt in die Augen sahen, hörten sie, wie Schritte näherkamen und zwei Männer sich flüsternd unterhielten. Sorla erkannte die Stimme des Kahlkopfs mit der Lederpeitsche, der Flasse in den Straßendreck geworfen hatte, und zog Kurfis am Ärmel hinter die Scheunenecke.

„Es muß wie ein Einbruch aussehen, Oltop, vergiß es nicht", sagte der andere, den Sorla nicht kannte. „Es wäre schlimm, wenn meine Partner mich verdächtigten."

Oltop! Dieser Kahlköpfige war Oltop, der Sorlas Vater einst gefangenhielt und mißhandelte! Schon, als Flasse ihm davon erzählte, hatte sich Sorla gewünscht, er könne es diesem Oltop heimzahlen. Jetzt wirbelte ihm der Kopf.

„Klar, ich schicke Chiels, wie gesagt." Das war die verhaßte Stimme. „Das Geld holst du in Ailat ab, du weißt wo."

„Erst im Herbst. Ich hoffe, es ist dann noch da!"

„Vertrau mir, Vlanesh." Oltop lachte.

Aber der andere beharrte: „Für dich hoffe ich es, Oltop! Du weißt, welche ..." Der Rest war nicht mehr zu verstehen, denn die beiden Männer waren zu weit entfernt. Sorla und Kurfis sahen sich an.

„Hast du irgendwas begriffen, Sorla?"

„Nein. Aber ich kenne den einen." Das zischte so haßerfüllt aus Sorlas Mund, daß es Kurfis erschreckte.

Als sie heimkamen, wurden sie schon erwartet. Flasse und Kelgin hatten eine Flasche Spakjo-Wein – ein gewürzter Süßwein, den man nur vorsichtig genießen sollte – geleert und waren nun zu dem Entschluß gekommen, den Priestern ein Schnippchen zu schlagen.

„W-wir tun, was wir w-wollen!" verkündete Flasse mit schwerer Zunge.

„Jawohl!" rief Kelgin, warf einen schuldbewußten Blick auf die Wand, hinter der die Familie schlief, und sprach leise weiter: „Wenn

Flasse vorhat, Atne einen Kessel zu schenken, dann bekommt sie den Kessel!"

„W-wir tun, was wir w-wollen!" nickte Flasse strahlend.

Kelgin erhob sich, fast ohne zu schwanken, schärfte seinem Sohn mit wichtiger Miene ein, gut auf die Familie aufzupassen, dann schulterte er den riesigen Kessel, als ob es nichts wäre, und bedeutete Sorla und Flasse, ihm zu folgen. Als Flasse ins Freie trat, mußte Sorla ihn am Arm führen, um ihn davor zu bewahren, gegen Hausecken zu taumeln und in Pfützen zu stolpern. Kelgin führte sie durch kleinere Gassen zur Rückseite des Atne-Tempels. Dort war, wie Sorla im Mondlicht sah, eine Art Rampe aus Erde aufgeschichtet, die zu einer Tür im Obergeschoß hinaufführte. Die Erdrampe war mit Gestrüpp überwuchert und offensichtlich seit vielen Jahren nicht benutzt worden.

Kelgin wies mit der freien Hand dorthin, und sie bahnten sich durch Ranken und Holunderschößlinge den Weg zur Tür hoch. Die Tür war massiv, aber als Kelgin zwei derbe Finger zwischen Kante und Rahmen schob und versuchsweise zog, sprang sie klaffend auf.

„Alles morsch", murmelte Kelgin verächtlich.

Hinter der Tür war es stockdunkel. Kelgin und Flasse sahen einander betroffen an, denn sie hatten die Laterne vergessen. Da glomm ein freundlich hellblaues Licht auf; Sorla hielt seinen Glygi hoch und lächelte stolz.

„Bei Hemuls Hammer!" flüsterte Kelgin, und Flasse schlug Sorla kichernd auf die Schulter.

Sie traten durch die Tür und zogen sie hinter sich zu. Im Schein des Glygi sahen sie, daß sie auf einer schmalen Empore standen. Einen Schritt weiter, und sie wären tief gefallen, bis hinab ins Erdgeschoß. Sorla beugte sich vorsichtig vor und sah dort unten einen kleinen, mit allerhand Gerümpel übersäten Raum, von dem eine Tür hinausführte, vermutlich in den vorderen Teil des Hauses.

„Und jetzt?" flüsterte Kelgin.

„D-da ...", setzte Flasse an, atmete tief und fuhr fort: „ ... da muß der Kessel hin." Er zeigte hinunter, und Kelgin hielt ihn besorgt fest.

Sorla sah den kleinen Altar in einer Wandnische, doch fehlte jeder Schmuck, und auf dem Boden daneben lag die hölzerne Figur einer Frau – vermutlich das Bildnis Atnes.

„Und wie?" fragte Kelgin. Denn von der Empore führte zwar eine Leiter hinunter, die das Gewicht eines Erwachsenen aushalten mochte, aber bestimmt nicht, wenn dieser gleichzeitig den riesigen Kessel trug.

Wenige Schritte neben ihnen stand eine große Holzkiste auf der Empore. Sie hatte an jedem Rand eine Schlaufe, daran war ein Seil befestigt, das nach oben führte. Als sie hochsahen, bemerkten sie unter dem Giebel eine Rolle, über die das Seil gelegt war und in den Raum bis zum Dielenboden hinabhing, wo es in Schlingen zwischen dem übrigen Gerümpel lag. Kelgin löste das Seil von der Kiste und band es am Henkel des Kessels fest. Danach kletterte er die Leiter hinunter und griff nach dem lose hängenden Seilende.

„Schiebt den Kessel über den Rand!" flüsterte er zu Sorla und Flasse hoch.

„Hau ruck!" rief Flasse begeistert. Der Kessel pendelte frei am Seil und schlug dröhnend gegen die Empore. Da erlosch das Licht des Glygi, und im Dunkeln hörte Sorla Schritte. Die Tür im unteren Raum öffnete sich. Im Licht seiner Laterne stand da ein weißgewandeter Priester.

„Was soll der Lärm, Chiels?" flüsterte er, dann sah er Kelgin, der das Seil hielt. „Kelgin der Schmied! Beim Zorn des Schwarzen Woul, was treibst du hier? Laß das Seil los!"

„Aber ...", stammelte Kelgin.

„Du gehorchst nicht?" zischte der Priester und streckte drei Finger seiner rechten Hand beschwörend gegen Kelgin: „Wouls Schwäche über dich!"

Kelgins Kinnlade sackte herab, seine Hände ließen das Seil fahren, und er brach zusammen. Im nächsten Moment raste der Kessel herab und begrub den Priester unter sich. Die Laterne fiel zu Boden, und das auslaufende Öl flammte in breiter Fläche auf.

Sorla und Flasse kletterten, so rasch sie konnten, die Leiter hinunter. Zuerst stellten sie die Laterne des Priesters aufrecht hin, ein Stück von den Flammen entfernt, und löschten sie. Dann warfen sie Kelgins Umhang über die Flammen und traten darauf herum, bis das Feuer erstickt war. Im einbrechenden Dunkel glomm der Glygi auf. Flasse beugte sich, schlagartig ernüchtert, über Kelgin und untersuchte ihn. Dieser atmete flach und unruhig; er war ohne Besinnung. Flasse machte ein bedenkliches Gesicht, konnte aber nicht weiter helfen. Nun rollten er und Sorla den Kessel zur Seite; da lag im blutbefleckten Gewand der erschlagene Priester.

Der Glygi erlosch. Zwei Atemzüge später zeichneten sich hoch über ihnen, in der offenen Tür auf der Empore, die Umrisse eines Mannes gegen den Nachthimmel ab.

„Alles klar?“ flüsterte er herab. Sorla und Flasse verharrten erschrocken im Dunkel. Als keine Antwort kam, machte sich der Mann auf der Empore zu schaffen. „Wieso ist die Kiste losgebunden?“ murmelte er vor sich hin. „Wo ist das verdammte Seil?“ Ein schmaler Lichtstrahl zuckte durch den dunklen Raum, als der Mann seine abgeblendete Laterne suchend hin und her bewegte, und fiel auf das Seilende, das Kelgin losgelassen hatte. Der Mann knotete es an der Kiste fest, hielt das hinter der Rolle ins Dunkel herabhängende Seil mit beiden Händen gepackt und schob mit einem Fuß die Kiste über den Rand der Empore. Nun begann er Hand über Hand Seil nachzulassen, so daß die Kiste langsam in die Tiefe schwebte. Nach kaum einem Klafter aber stockte sie, denn das Seil blieb hartnäckig gespannt – es hing ja unten fest am Kessel. Der Mann kratzte sich am Kopf und stieg die Leiter hinunter, um nachzusehen. Sorla und Flasse huschten in eine dunkle Ecke und verhielten sich still.

Unten angekommen, leuchtete der Mann mit seiner Blendlaterne suchend umher. Der Lichtstrahl fiel auf die Leiche des Priesters.

„Vlanesh!“

Er bückte sich und sah, daß der Priester tot war. „Umso besser“, murmelte er. Zwei Schritte weiter fand er das Seil am Kessel angebunden, so straff gespannt und festgezurrt, daß er den Knoten nicht lösen konnte. Nach kurzem Überlegen ging er auf eine Ecke des Raumes zu (Atne sei Dank, Flasses und Sorlas Versteck gegenüber), wo drei kleine Ledersäcke gestapelt waren. Diese schleppte er einzeln zum Kessel und lud sie hinein. Nun kletterte er wieder die Leiter hoch und begann an dem Seilende zu ziehen, an dem die leere Kiste als Gegengewicht hing. Unter Ächzen und Keuchen wuchtete er den Kessel samt den drei Ledersäcken höher und höher. In der Mitte trafen Kessel und Kiste aufeinander, prallten voneinander ab, pendelten umeinander herum und schlugen mit Getöse wieder zusammen. Der Mann fluchte und zerrte hektisch weiter. Dann aber kam die Kiste auf dem Boden auf und nützte nicht mehr als Gegengewicht. Der Kessel rieb pendelnd an der Empore entlang, doch fehlte eine Handbreit, um ihn vollends hinaufzuwuchten.

Die Tür im unteren Raum öffnete sich, und im Licht seiner Laterne stand da ein weißgewandeter Priester. Er sah die leere Kiste auf dem Boden vor sich stehen, blickte zur Empore hoch und entdeckte gegen den Nachthimmel in der offenen Tür den Eindringling.

„Beim Zorn des Schwarzen Woul, was treibst du dort oben? Komm herunter!"

„Aber ...", stammelte der Mann.

„Du gehorchst nicht?" zischte der Priester und streckte drei Finger seiner rechten Hand beschwörend gegen die Empore: „Wouls Schwäche über dich!"

Aus seiner Ecke sah Sorla, wie der Mann das Seil losließ und zusammenbrach. Im nächsten Moment raste der Kessel herab und begrub den Priester unter sich. Die Laterne fiel zu Boden, kollerte ein paar Schritte weiter und erlosch.

„Atne sei Dank, daß es nicht wieder brennt!" flüsterte Flasse im Dunkeln.

Der Glygi glomm hellblau auf, und die beiden sahen etwas Seltsames: Der Kessel mit seinen Säcken schwebte wieder langsam in die Höhe! Sie blickten hoch. Der Mann war verschwunden. Die Kiste aber kam langsam herabgependelt, streifte dröhnend den entgegenkommenden Kessel und setzte auf dem Boden auf. In der Kiste lag der bewußtlose Mann. Er mußte hineingefallen sein und hatte so der Kiste das notwendige Gewicht verliehen.

Da erlosch das Licht des Glygi, und im Dunkeln hörte Sorla Schritte. Die Tür im unteren Raum öffnete sich. Im Licht seiner Laterne stand da ein weißgewandeter Priester; der mit dem Machtstab, welcher sie so schmachvoll aus dem Spielhaus werfen ließ.

„Vlanesh, Bortil, wo bleibt ..." Da fiel sein Blick auf ihre Leichen. „Was?" schrie er und blickte wild um sich. „Und die Geldsäcke?" Dann sah er den Mann in der Kiste.

„Mörder!" schrie er und trat näher. „Wo ist das Geld?"

Der Mann stierte regungslos vor sich hin.

„Beim Zorn des Schwarzen Woul, antworte!"

Keine Antwort. Der Priester stampfte vor Wut und richtete den Machtstab auf ihn. Ein Brausen erfüllte den Raum, der Boden bebte, und die Laterne leuchtete so trübe, als wollten sie erlöschen. Nach drei Atemzügen aber wurde es ruhig, das Licht glomm wieder auf, und der Mann lag seltsam flach in der Kiste. Aber Sorla wußte, daß dies nur die Kleider waren. Und schon huschte aus dem leeren Hosenbein ein verschrecktes Mäuschen quer über den Kistenboden. Da setzte sich die Kiste, vom Gewicht des Männerkörpers befreit, in Bewegung, schwebte rasch und rascher nach oben, und wie der Priester ihr noch nachstarrte, schmetterte der Kessel auf ihn herab, durchbrach krachend den Boden und raste bis in den Keller hinab.

Im selben Moment schlug die Kiste splitternd gegen die Decke, und ihre Trümmer regneten herab. Das Mäuslein fiel heraus und rannte ziellos über den Boden, bis es durch das Loch in den Dielenbrettern verschwand.

Mit gerunzelter Stirn kam Flasse von Kelgin zurück; der Zustand des Schmieds hatte sich nicht gebessert. Als Flasses Blick aber auf das Loch im Boden fiel, verzog sich sein Gesicht zu breitem Grinsen: „Schön, wie der Kessel aufräumt."

„Und immer auf die gleiche Art", sagte Sorla. „Man wußte schon vorher, was passiert."

„Ja!" Flasse schlug Sorla lachend auf die Schulter. Da hörten sie ein Stöhnen aus dem Dunkeln. Sie eilten zu Kelgin, der aber nur leise schnarchte. Wieder stöhnte es.

„Von unten kommt es", flüsterte Sorla. „Aus dem Loch dort."

„Vielleicht lebt ein Priester noch?" Flasse sah enttäuscht aus. „Ich muß hinunter, ihn heilen, aber Spaß macht es nicht." Er fand jedoch nichts, das als Leiter dienen konnte.

Sorla fiel, als er sich ebenfalls umsah, eine viereckige Einlassung im Bretterboden auf. Sie erinnerte ihn an Markreskes Pfahlhütte. „Hier, Flasse!"

Dieser nickte, und gemeinsam hoben sie die Falltür an. Darunter führten steile Holzstufen ins Dunkle. Nun hörten sie das Stöhnen ganz nahe. Als Sorlas Glygi den Keller erhellte, sahen sie den riesigen Kessel, unter dem die Beine und Arme der erschlagenen Priester hervorragten.

„Hierher!“ stöhnte es von der Wand gegenüber. Sorla fuhr herum; dort kauerte eine kümmerliche Gestalt in Lumpen, ein Arm an der Wand festgekettet.

„Uglamesk!“ schrie Flasse und rannte bedenkenlos über die Leichen der falschen Priester, um seinen alten Freund zu umarmen.

¶

In Kriteis, jenem berühmten und altehrwürdigen Seehafen der hernostischen Provinz Kratos, waren drei aufstrebende Atne-Priester ihrer Göttin abtrünnig geworden und hatten sich dem Kult des Schwarzen Woul zugewandt. Zwar versuchten sie dies geheimzuhalten, wurden aber bald überführt, aus dem Orden der „Kleinen Bewunderer des Rades“ ausgeschlossen und schimpflich des Landes verwiesen. Dies hinderte sie nicht, sich in Ailat als wandernde Atne-Priester auszugeben, so daß sie die Achtung und Spenden der Bevölkerung genossen, insgeheim aber auch die Machtmittel, die ihnen der Schwarze Woul gewährte.

Es gelang ihnen, den alten Uglamesk zu täuschen und ihm den Machtstab zu entlocken, den sie brauchten, um sich als Nachfolger des alten Priesters auszuweisen. Töten konnten sie Uglamesk nicht, da nur durch ihn der Machtstab seine Kraft gewann.

All dies berichtete der Alte drei Tage nach seiner Befreiung – dank Flasses Bemühungen weitgehend zu Kräften gekommen – den staunend vor dem Atne-Tempel versammelten Einwohnern aus Neu- und Alt-Fellmtal.

„Atne sei Dank! Sie sandte meinen Freund, Flasse den Heiler, und den jungen Sorla hierher, um mit Kelgin dem Schmied uns von den falschen Priestern zu befreien. Hätten sie aber einen solchen Plan gefaßt gehabt, sie wären vernichtet worden. Das Wunder bestand darin, die Betrüger zu zerschmettern, indem man gerade dies nicht wollte; und es gelang, da Atne – gelobt sei sie! – den Zufall in seltsame Bahnen lenkte.“

Uglamesk hob die weißgewandeten Arme. „Hört und seht nun das eigentliche Wunder! Denn was ist meine Rettung, wenn es um Atnes Verehrung geht!“

Alle sahen ihn verständnislos an; kaum aber hatte er die Arme sinken lassen, da dröhnte es metallen aus dem Atne-Tempel. Alle zuckten zusammen. Sorla aber erkannte den Klang und suchte Flasses Augen, der grinste zurück. Die kleine Tür an der Rückwand des Tempels öffnete sich, heraus trat Kelgin. Er schien die Schwäche Wouls recht gut überwunden zu haben, denn er hielt den Kessel mit einem Arm hoch und stellte ihn seitlich so auf die Erdrampe, daß man den Boden sehen konnte.

„Seht den Kessel Atnes!" rief Uglamesk. Alle erkannten auf dem Boden des Kessels – von Ruß befreit und blank geputzt – Atnes fünfzackigen Stern. Mit erhobenen Armen beruhigte der alte Priester das überraschte Gemurmel.

„Wer unter euch Fellmtalern erinnert sich dieses Kessels?" Vier, fünf Hände gingen hoch; es waren alte Bauern aus Alt-Fellmtal, sie nickten und grinsten aus zahnlosen Mündern.

„Auch ich", rief Uglamesk, „war noch recht jung, ein unerfahrener Priester, als vor fünfundsechzig Jahren jene ungeheuerliche Entführung von Atnes Kessel sich zutrug! Der alte Pulnsik soll die Geschichte vortragen."

Ein greiser Alt-Fellmtaler tappte, auf seinen Stock gestützt, vor zu Uglamesk, schüttelte dessen Hand und setzte sich auf den Boden. Die vorderen Umstehenden setzten sich ebenfalls, damit die hinteren besser sehen und hören konnten. Inzwischen hatte der alte Pulnsik aus seinem Rucksack eine kleine tiefbauchige Trommel gezogen. Versuchsweise schlug er sie mit einem Hakenstab und zog mit der anderen Hand zwei Spannschnüre zusammen, so daß die Tonhöhe auf- und niederglitt. Dies ergab eine seltsam näselnde Melodie, und als der Alte den Mund öffnete, um seinen Vortrag zu beginnen, wußte man nicht, wer wen nachahmte, der Mann die Trommel oder umgekehrt:

„Im Jahre Zweimalhundertdrei,
ich war als junger Mann dabei,
Uglamesk wohnte einsam hier
und überm Flusse lebten wir;
da holte man aus Atnes Haus
zum letztenmal den Kessel raus.
Dies mußte ja im Frühjahr sein,
denn Atne sollte huldvoll sein.

Vier junge Männer ächzten sehr
und trugen an dem Kessel schwer.
Der erste war der starke Samlek,
der zweite war der große Howslek,
der dritte war Kubarn der Schmied,
der vierte ich, den man hier sieht.
Wir trugen Atnes Kessel munter
die Rampe bis zum Fluß hinunter.

Ins Wasser senkten wir das Gefäß,
althergebrachter Art gemäß,
und zogen es mit einem Seil
an unser Ufer in großer Eil.
Uglamesk saß betend drin,
denn so nur macht das ganze Sinn.
Bei Fellmtal stieg er dann an Land,
wo er uns voll Erwartung fand.

Er wollte nun nach alten Sitten
Atnes Huld fürs Jahr erbitten.
Er wollte Felder, Hof und Stall,
das Vieh und auch die Menschen all
mit Wasser aus dem Kessel weihen
und Atnes Segen uns verleihen.
Zwei Männer sangen feierlich;
Er und Pulnsik, das bin ich.

Doch kaum erklang der Lobgesang,
da ward uns allen herzensbang;
denn aus dem Flusse sahen wir
auftauchen ein entsetzlich Tier.
Es war ganz schwarz, halb Fisch, halb Riese.
Nun stieg es auf die Uferwiese
und packte mit der Riesenhand
den Kessel, den es bei uns fand.

Die meisten fielen aufs Gesicht,
nur drei besonders Tapfre nicht;
das waren Uglamesk, Samlek
und ich; wir standen starr vor Schreck.
Ein altes Weib erblickten wir,
das ritt auf jenem schwarzen Tier.
Es schwamm mit seinem Raub nach Norden;
wir wissen nicht, was draus geworden.

Der greise Pulnsik verbeugte sich und wischte seinen Mund am Ärmel. Alle riefen ihm freundliches Lob zu. Sorla hörte aber hinter sich jemanden fragen: „Ich erinnere mich nicht an einen Howslek, du vielleicht?“ Und die Antwort war: „Er meinte Howslen, doch es sollte sich reimen.“

Uglamesk hob wieder die Arme: „Hört, ihr Bewohner aus Alt- und Neu-Fellmtal! Nach fünfundsechzig Jahren kann Atnes Frühlingsweihe wieder in alter Form gefeiert werden! Morgen ist der festgesetzte Tag, seid bereit. Möge uns Atne ein Jahr des Glücks gewähren!“

Neue und alte Bekanntschaften

Flasse stimmte Kelgin zu, daß Sorla in dessen Familie gut aufgehoben sei. Kurfis' Mutter hatte nichts dagegen, sondern machte sich daran, ihm die Haare kurz zu schneiden, ihn zu kämmen und zu entlausen, auch verbrannte sie seine alten Fetzen und kleidete ihn in Sachen, aus denen Kurfis herausgewachsen war.

„Aber meine Mutter?" wandte Sorla ein. „Ich muß doch weiter und sie finden!"

„Wer weiß, wo sie ist", brummte Kelgin. „Hier hast du Freunde. Und in Fellmtal trifft sich alles, da wirst du am ehesten was über deine Mutter erfahren."

Flasse nickte, Sorla schwieg, und so war es abgemacht.

Es kam jedoch etwas dazwischen. Nach der Frühlingsfeier in Alt-Fellmtal brachte die Fähre Sorla und die anderen aus Neu-Fellmtal über den Fluß zurück. Sie wollte gerade anlegen, da fiel Sorla ein Kahlkopf in der Menge auf: Oltop, der inmitten seiner Männer am Ufer wartete, die Hand am Griff seiner Peitsche.

„Da seid ihr!" knurrte Oltop. „Ihr habt Chiels getötet!"

Kurfis lachte und spuckte verächtlich aus. Oltops Hand zuckte hoch, die Peitsche schlug zu, quer über das Wasser hinweg. Noch schneller aber hatte Sorla die heranzischende Peitschenschnur gepackt: ein kräftiger Ruck, und Oltop, weit über den Rand des Stegs gebeugt, fiel in den Fluß. Die Zuschauer lachten, nur Oltops Männer blickten finster, konnten aber, da sie zu wenige waren, nichts ausrichten. Sie liefen den Fluß entlang, Oltop nach, der von der Strömung abgetrieben wurde. Am selben Abend noch verschwanden sie aus dem Ort.

„Sorla muß hier weg", sagte Flasse, als sie um die Abendsuppe beisammen saßen.

„In diesem Haus rührt keiner Sorla an." Kelgin ballte die mächtige Faust.

„Flasse hat recht, Kelgin", mischte sich die Frau ein. „Was nützt deine Kraft gegen Oltops Hinterlist? Soll sich Sorla ewig im Hause verstecken?"

„Eigentlich wollte ich immer nach Stutenhof", meldete sich dieser. „Dort lebte meine Mutter lange Zeit."

So machte sich Sorla zwei Tage später auf, begleitet von Kurfis, der sich verantwortlich fühlte („Die Peitsche galt mir!"), und Flasse. Dessen Rindenboot, inzwischen instand gesetzt, und weiteres Gepäck wurden auf ein Maultier aus Kelgins Stall geladen. Am Tor schlossen sich ihnen drei weitere Reisende an, die sich nicht allein auf die unsichere Straße wagten; ein wandernder Vogelsteller, beladen mit Käfigen und allerhand Gerätschaften, sowie ein Blinder mit seiner halbwüchsigen Tochter. Sie war hübsch, mit braunen Locken und lustigen Augen. Sorla und Kurfis konnten die Blicke kaum von ihr wenden.

„Sind diese Männer genügend bewaffnet, meine Tochter?" Der Blinde starrte ins Leere.

„Bloß ein Mann ist da, Vater. Er hat einen Bogen."

„Ein feiner Bogen. Flasse der Bogenschütze, das bin ich!"

„Und die anderen, meine Tochter?"

„Zwei Jungen in meinem Alter, der eine trägt einen Hammer auf der Schulter und sieht sehr kräftig aus."

Kurfis grinste und wurde rot.

„Und der andere?"

„Ein Junge eben. Recht hübsch." Sie zwinkerte Sorla zu, dem ganz heiß wurde.

„Er hat keine Waffen?"

„Bloß ein Messer, nichts Besonderes."

„Aber", schaltete sich Sorla ein, „ich kann mit vielen Waffen gut umgehen!"

„Ach ja?" Sie schien ihn nicht ernstzunehmen.

„Das habe ich bei den Gnomen gelernt!"

„So? Bei den Gnomen?" spottete das Mädchen. Sorla ärgerte sich und schwieg.

Den ganzen Vormittag wanderten sie nach Norden, ohne daß sich viel ereignete. Die Alte Straße führte zwischen Waldrand und Flußaue am Eldran entlang. Sorla hing seinen Gedanken nach; ihm wurde klar, daß kaum jemand seine Geschichten von den Gnomen glauben würde.

Am frühen Nachmittag begann das Maultier zu schnauben und wollte nicht weiter. Kurfis zog am Strick, doch stemmte es die Beine störrisch dagegen. Den Grund fand der Vogelsteller: einen leblosen Mann in den Büschen nahe dem Straßenrand. Als sie sich umsahen, fanden sie drei weitere Leichen.

„Weshalb halten wir an, meine Tochter?"

„Hier geschah ein Überfall, Vater. Vier Männer wurden getötet, drei mit dem Schwert, einer mit dem Dolch, vielleicht war es ein Wurfmesser."

„Besteht Gefahr für uns?"

„Nein, Vater. Ich denke, der Überfall fand letzte Nacht statt. Jetzt aber ist es hell, und niemand ist da außer uns."

„Wie sehen sie aus?"

„Gut gekleidet, sie wurden aber geplündert."

Während dieses Gesprächs hatte Flasse die vier Körper näher untersucht und sich von drei Leichen seufzend wieder abgewandt. Als er sich nun mit dem einzelnen Körper befaßte, der näher bei der Straße lag, stutzte er, horchte, prüfte und begann zu strahlen.

„Dieser Mann ist nicht ganz tot. Ich bin Flasse der Heiler! Ich mach ihn lebendig!"

Was das für die Reisegruppe bedeutete, wurde rasch klar; zwei Tage würde er benötigen, erklärte Flasse, solange müßten sie versteckt lagern. Der Vogelsteller zog ein besorgtes Gesicht: „Da werde ich den Markt in Seedorf verpassen." Auch der Blinde hatte Einwände: „Ist es klug, wegen eines Unbekannten die Sicherheit der Reisegruppe zu gefährden?"

„Müßt ihr eben allein weiter", grinste Flasse, im übrigen nur noch mit seinem Verwundeten beschäftigt. Kurfis und Sorla durchstreiften die Umgebung nach einem geeigneten Lagerplatz. Endlich fühlte sich Sorla wieder in seinem Element, und er fand eine Anhöhe nahe einem Bach, von wo aus man, hinter einigen Büschen versteckt, die Straße beobachten konnte.

Die drei Fremden waren doch dageblieben. Der Vogelsteller legte Leimruten aus und fing schon am gleichen Tag mehrere Finken und eine Nachtigall. Der Blinde saß im Schatten eines Schlehenbusches und drehte gedankenverloren den Wanderstab zwischen den Händen, seine Tochter sah Sorla am Bach beim Fischefangen zu.

„Du bist wirklich flink", lobte sie, als er die dritte Forelle mit der Hand fing. Stolz holte er unter einem Stein als Zugabe noch einen Krebs hervor.

Der Vogelsteller hatte ein kleines, ziemlich rauchloses Feuer entfacht. An spitzen Stöcken brieten sie Sorlas Beute und die gerupften Finkenweibchen; die Nachtigall und die Finkenhähne blieben im Käfig, da sie ihres Gesangs wegen einen guten Preis erzielen würden.

Es war das Mädchen, welches das Geldversteck fand; sie wollte sich neben ihren Vater setzen und stellte die Stiefel beiseite, welche Flasse dem Verwundeten ausgezogen hatte. Da stutzte sie, griff behend zwischen Außenleder und Futter – ein Goldstück blitzte auf. Als Sorla neugierig hinzutrat, zuckte sie zusammen.

„Hast du mich erschreckt! Was schleichst du auch so!"

„Gar nicht wahr. Zeig mal her!" Er bestaunte die Münze. „Vielleicht sind da noch mehr?"

Sie schüttelte den Kopf. Er fuhr dennoch mit der Hand in den Stiefel und ertastete vier weitere Münzen: „Sieh nur, wie reich dieser Mann ist!" Damit steckte er alle fünf Goldstücke in den Stiefel zurück.

Am nächsten Morgen fehlten der Blinde und seine Tochter, mit ihnen die fünf Goldmünzen.

¶

Wenn man lange genug die Straße beobachtete – und Sorla hatte Zeit – gab es einiges zu sehen. Von Norden kam ein Fuhrwerk, mit vier Maultieren bespannt. Die Tiere hatten Mühe, den Karren durch den Schlamm zu ziehen. Zwei Dutzend schwer bewaffneter Reiter ritten teils voraus, teils hinterher und fluchten lautstark, wenn es nicht voranging.

„Soldaten", erklärte Kurfis leise. „Sie bringen das Silber zur Hauptstadt."

„Silber?"

„Vom Bergwerk bei Seedorf. Daraus werden in Ailat-Stadt Münzen geprägt."

„Wem gehört das Geld dann?"

„Dem Fürsten von Ailat natürlich."

Das verstand Sorla nicht: was hatte, fern in Ailat-Stadt, jener Fürst zur Gewinnung des Silbers beigetragen? Vielleicht war es schlauer, Fürst zu werden oder Dieb wie der Blinde mit seiner hübschen Tochter, statt selbst zu arbeiten?

Wenig später trabte aus derselben Richtung eine kleine Herde graubrauner Pferde die Straße entlang, begleitet von fünf Reitern. Die Männer trugen die übliche Tracht – einen Umhang, darunter einen Kittel mit ledernen Hosen, dazu Stiefel, die bis übers Knie reichten. Der Voranreitende zeichnete sich durch eine Pelzmütze aus und schien der Eigentümer der Herde zu sein.

„Morgen ist Pferdemarkt in Fellmtal", erläuterte Kurfis ungefragt. Sorla hörte nicht hin, denn wie er den Voranreitenden genauer ins Auge faßte, erkannte er Tleresek, den üblen Nachbarn des unglücklichen Ketelik, dem die Pferde wohl ursprünglich gehörten. Sorlas Vermutung, es sei schlauer zu stehlen, als selbst zu arbeiten, wurde wieder bestätigt.

Kurz vor Sonnenuntergang des nächsten Abends rumpelte, von zwei müden Gäulen gezogen, ein Planwagen von Fellmtal her die aufgeweichte Straße entlang. Wo der Bach über die Straße floß, ließ der Mann auf dem Kutschbock die Pferde anhalten und trinken. Danach stieg er herab, vorsichtig und steif, als habe er Schmerzen, führte die Pferde von der Straße weg ein Stück den Abhang hoch, wo Sorlas Gruppe hinter den Büschen verborgen war, schirrte sie los, hängte ihnen Futtersäcke um und rieb sie ab. Schließlich sammelte er abgebrochene Äste und bemühte sich, ein Feuer zu entfachen. Das Holz war aber feucht.

„He, komm rauf!" lachte Flasse. „Unser Feuer brennt besser!"

Der Mann fuhr herum. Unter der Kapuze lugte ein bartloses Gesicht hervor. Als er Flasse sah – in zottelige Pelze gehüllt und mit Federn im Haar – grinste er, griff mit der Hand unter die lose Plane seines Wagens, zog ein Deckenbündel hervor und kam mit vorsichtig steifen Schritten herbei. Am Feuer nickte er allen freundlich zu und rollte seine Decke aus, vermied es aber, sich zu setzen, sondern legte sich vorsichtig auf die Seite. Dabei fiel sein Blick auf den Verletzten, der im Genesungsschlaf lag.

„Verdammt hübscher Kerl!" entfuhr es ihm. Sorla war es bisher nicht aufgefallen, aber der Fremde mochte recht haben; der Verwundete war groß und kräftig gebaut, hatte lange, schwarzglänzende Locken und – zugegeben – ein auffallend schönes Gesicht.

„Er ist verletzt", erklärte Flasse. „Ich mach ihn gesund, ich bin Flasse der Heiler! Und du, du hast auch Schmerzen, ich seh's."

Der Neue rieb über sein Gesäß und verzog die Mundwinkel.

„Den ganzen Tag auf dem Kutschbock sitzen ist kein Vergnügen", mischte sich der Vogelsteller verständnisvoll ein.

„Kutschbock? Die Soldaten waren's!"

„Haben sie dich geschlagen?" Kurfis machte entsetzte Augen.

„Keine Bange, Kleiner! Bloß, es waren zu viele, auch wenn sie gut zahlten. Zwei Dutzend, bei Danas Hintern!" Der Fremde schüttelte den Kopf, daß die Kapuze nach hinten kippte, und löste die hochgesteckten Haare; eine Frau war es, kräftig und nicht zu alt, um noch hübsch zu sein.

Sorla verstand nichts, der Vogelsteller jedoch begann zu kichern, und Kurfis wurde rot.

„Soll ich die Schmerzen behandeln, was?" Flasse schlug ihr lachend aufs Gesäß.

„Laß das", schimpfte sie und schlug zurück. „Das tut weh!" Doch gleich lachte sie wieder. „Morgen vielleicht", winkte sie ab. „Ihr könnt mich Nufre nennen. Fragt in Ailat-Stadt, die Gütige Nufre, die kennt dort jeder!"

„Was machst du dann hier?" fragte der Vogelsteller.

„Ich geh nach Seedorf. Seit der neuen Silbermine – mit all den Soldaten und Arbeitern – herrscht dort der Notstand, sozusagen; die Freier zahlen gut. In Ailat-Stadt aber gibt's zu viele von uns. Die jungen Dinger vor allem verderben den Preis. Die tun's wahrhaftig für weniger als einen Dremke."

„Dremke? Was ist das?" wollte Sorla wissen.

„Junge, kennst du kein Geld nicht?" schrie Nufre erstaunt, aber es war nicht böse gemeint.

„Schau her!" rief der Vogelsteller und zog von seinem Finger einen schmalen Silberring. „So sieht ein Dremke aus! Wer nicht wenigstens einen davon am Finger trägt, der ist kein Mann."

„Ja, weil er nicht mal 'ne Frau bezahlen kann", lachte Nufre. Stolz warf sie sich in die Brust. „In Ailat-Stadt, da nannten sie mich auch Zwei-Dremke-Nufre."

„Bist ja auch hübsch", lachte Flasse. „Brüste, Hintern, alles dran!"

Nufre nickte selbstbewußt. „Deswegen hab ich mich ja so verhüllt, nach den Soldaten. Ich bin zwar Geschäftsfrau, doch was zuviel ist, ist zuviel."

„Zwei Dutzend Dremke!“ seufzte der Vogelsteller sehnsüchtig.

„Vier Dutzend!“ stellte sie richtig. „Aber meine Haare!“ Nufre fuhr sich verzweifelt über den Kopf. „Von der Frisur ist nichts geblieben – wenn ich nur einen Spiegel hätte!“

„Sowas hab ich!“ Eifrig kramte Flasse in seinem Rucksack und zog den zierlichen Spiegel Markreskes hervor. „Hier sieh!“ Nufre griff danach, aber Flasse zog ihn grinsend weg. „Gefällt er dir?“

„Der ist schön! Gib ihn her!“

„Was krieg ich, wenn du reingucken darfst?“

„Ich laß dich mal drüber, morgen.“

Flasse schlug sich auf die Schenkel vor Vergnügen. „Morgen, da bist du weg. Nein, komm jetzt, hab keine Angst. Flasse bin ich, der zärtliche Freier!“

„Ich bin zu gütig, das ist es“, seufzte Nufre, erhob sich ächzend und verschwand mit Flasse im Wald. Sorla hörte sie im Dunkeln kichern, lärmen … Als sie wieder auftauchten, schienen Nufres Beschwerden verschwunden, so fröhlich federnd war ihr Gang.

„Was hat er mit dir gemacht, Nufre?“ rief der Vogelsteller.

Sie kicherte.

„Ich brauch keinen Dremke“, rief Flasse, „und bin trotzdem ein Mann.“ Stolz lachend sah er sich um. Nufre aber hatte nur noch Augen für den Spiegel, drehte ihn bewundernd hin und her, hauchte darauf und rieb ihn behutsam am Mantel sauber.

„Danke!“ flüsterte es.

Nufre sah sich verdutzt um.

„Das war schön“, seufzte es wohlig. „Mach weiter so, bitte, bitte!“

„Der Spiegel“, erklärte Sorla. „Er läßt sich gerne putzen.“

„Der Spiegel?“ Nufre ließ ihn fast fallen. Dann überwog die Neugier, und sie blickte hinein. „Du magst es, wenn man dich putzt, was?“

„Und wenn ich was Schönes spiegeln darf.“

„Bin ich schön?“

„Nicht besonders“, wisperte es. „Putz mich lieber ein bißchen.“

Nufre lachte. „Ganz schön frech, was? Zur Strafe sollte man dich dreckig lassen!“

„Nein! Reib mich blank, bitte! Dann zeig ich dir, wer wirklich schön ist.“

„Ich bin zu gütig, das ist es", seufzte Nufre und putzte den Spiegel, daß er blitzte.

„Danke!"

„Und? Wer ist wirklich schön?"

„Mai-arkharesg! An Schönheit überstrahlt sie die Töchter derer von Aedh-Hiloiadh wie die Sonne den Mond!"

„Kenn ich nicht. Wo arbeitet sie?"

„Schau her, ich zeig sie dir!"

Flasse und der Vogelsteller drängten sich hinter Nufre zusammen. Auch Sorla, zitternd vor böser Erinnerung, schaute aus einiger Entfernung zu, wie Mai-arkharesg die Schöne erschien: mit ihrem herrlich wallenden Haar, dem feingeschwungenen Mund, den strahlenden Augen. Wieder nahm ihn das vollkommene Ebenmaß ihres Gesichtes gefangen, wieder fröstelte es ihn beim Anblick ihres kalten Lächelns.

„He, was der kleine Spiegel kann!" lachte Flasse verdutzt.

Der Vogelsteller aber seufzte: „Ist die schön, bei Dana, ist die Frau schön!"

„Ha!" Nufre warf den Spiegel hin. Alle fuhren herum.

„Jetzt zeig ich euch mal, wer wirklich schön ist!" Sie sprang auf und rief: „Süße, komm her zu uns!"

Alle starrten Nufre verwirrt an.

„Na komm schon!" wiederholte sie. „Lauter nette Leute hier!"

Sorla hörte, wie im Dunkeln die Wagenplane zurückgeworfen wurde und leichte Schritte den Abhang hochkamen. Eine schlanke Frau trat in den Schein des Lagerfeuers. Noch während sie eine Strähne ihres goldblonden Haares aus der Stirn strich, spürte Sorla, wie sich in seiner Brust etwas zusammenzog.

„Na, ist sie nicht schön?" Nufre legte den Arm um die Frau. Diese senkte verlegen den Blick, aber Sorla hatte ihre Augen gesehen: groß, dunkel, so grün wie das Moos im Wald, wie tiefe, verwunschene Teiche. Der Vogelsteller sprang hastig auf, um sich zu verbeugen. Auch Flasse erhob sich. Er starrte sie an und kratzte sich den Bart.

„Setz dich, meine Süße." Vor Stolz bebend, wandte sich Nufre den anderen zu. „Zuviel versprochen? Ich hab sie in Ailat-Stadt aufgelesen. Sie mußte abhauen, die Arme, und ich nahm sie mit. Ich bin einfach zu gütig, das ist es." Nufre lachte. „Nein, stimmt nicht. In Wirklichkeit bin ich froh, daß sie bei mir ist. Ich verdien das Geld, und sie versteckt sich im Wagen. Solange ich's verhindern kann, kriegt sie kein Freier nicht – nicht mal zu sehen!"

„Nufre hat mir sehr geholfen," flüsterte die schöne Frau. Beim Klang ihrer Stimme spürte Sorla wieder jenen seltsamen Schmerz.

„Ist das dein Name: Süße?" wollte Flasse wissen.

Sie lächelte scheu zurück und schwieg. Auch später redete sie nicht mehr, sondern aß schweigend, was Nufre ihr reichte.

Es war spät geworden. Alle hüllten sich in ihre Decken. Sorla lag noch lange wach. Er konnte den Blick nicht von der Frau wenden. Vielleicht war Markreske einmal schöner gewesen, aber diese Frau hier lebte, lächelte freundlich ... Sie war traurig, das spürte er, einsam, obwohl sie mit Nufre im Wagen fuhr. Bis in den Schlaf war ihm, als stehe er vor einem Rätsel und könne es nicht lösen.

¶

Eine Brise wehte den Fluß hoch, da strichen die blonden Haare Tainas über Sorlas Gesicht. Das kitzelte sanft und glitzerte gegen die Sonne. Er fühlte sich wohl im Arm seiner Mutter. Ihre dunklen, grünen Augen liebkosten ihn mit Blicken.

Sie ließ ihn zu Boden gleiten. Er krabbelte umher und beleckte Uferkiesel. Immer wieder schob sich der Glygi dazwischen, den kannte das Kind schon; er schmeckte anders und überraschte durch Hiersein und Wegsein, durch Unsichtbar-und-doch-dasein.

„Glygi", sagte das Kind. Auch „Taina" und „Laschre" konnte es sagen, wenn es wollte. Jetzt aber war hier eine Stelle mit feuchtem Sand; da galt es, den Finger hineinzubohren und ein wenig zu kratzen.

Als sich der Himmel über ihm verdunkelte, spielte Sorla ruhig weiter, die Augenblicke nutzend, bis Laschres riesige Pranke ihn hochheben würde, um ihn Taina zu reichen.

Diesmal war alles anders. Laschre gab ihn nicht her, ihr Baß grollte. Da begann seine Mutter zu schreien, mit verzweifelt sich überschlagender Stimme rannte sie gegen Laschre an und wurde zurückgestoßen von deren massig grauem Arm, daß die Uferkiesel rasselten, sprang wieder auf, wurde zurückgestoßen, wieder und wieder …

Sorla fuhr benommen hoch und wühlte sich aus der taufeuchten Decke frei. Er mußte schlimm geträumt haben, erinnerte sich aber nur an einen ungleichen Kampf, der nicht enden wollte.

Die anderen schliefen am erloschenen Lagerfeuer dem heraufdämmernden Morgen entgegen. Die beiden Frauen jedoch waren mit ihrem Wagen verschwunden.

Als Taina sich dem Lagerfeuer näherte, durchflutete sie die gewohnte Mischung aus Angst und Vorfreude: Angst vor Enttäuschung und Gewalt, Vorfreude auf freundliche Aufnahme, Lachen, Gemeinsamkeit. Denn Stunden versteckt im Planwagen auszuharren, um irgendwann, wenn die Freier gegangen waren, mit Nufre zu reden und ihre Zärtlichkeiten zu ertragen, war bequem und sicher, aber ließ sie das Leben versäumen. Und wie sollte sie ihren Mann wiederfinden, Tok-aglur, oder Sorla, ihren Sohn?

So alt wie der Halbwüchsige dort am Lagerfeuer mochte Sorla sein, doch sah sie keine Ähnlichkeit zwischen ihrem blondlockigen Kind mit den strahlenden Augen und jenem zwar hübschen, doch mißtrauisch blinzelnden, kurzgeschorenen Jungen. Einer der beiden Männer, der seltsam zottelige Kauz oder gar der unangenehm unterwürfige Vogelsteller, welcher sie mit seinen Blicken abtastete, mochte der Vater sein.

Dennoch trieb es sie, ihn in den Arm zu nehmen; er wirkte so verloren, wie er sie ständig von jenseits des Feuers her anstarrte, als habe er mütterliche Zärtlichkeit schon lange entbehrt. Sie wartete, bis er schlief, trat leise an ihn heran und streichelte ihm über den Kopf. Dabei überfiel sie die Erinnerung, der Verlust ihres Kindes, so heftig mit Weinkrämpfen, daß Nufre erwachte und sie zu trösten versuchte.

Lange hielt Nufre die schluchzende Taina an sich gedrückt, fragte nach dem Grund des Weinens, ohne Antwort zu erhalten, und mußte sich schließlich geschlagen geben. Schlafen konnten sie nicht mehr. Als am Horizont ein grauer Schimmer zu ahnen war, führte sie Taina, ohne die anderen zu wecken, zum Wagen hinunter, schirrte das Pferd an und fuhr davon.

❡

Flasses Pflegling hatte die Augen geöffnet, sich, auf den Ellbogen gestützt, sogar etwas aufgerichtet und heiser nach Wasser verlangt. Danach sank er zurück in tiefen Schlaf. Flasse grinste zufrieden und ließ auf fünf Schritte niemanden heran, damit die Heilung nicht gestört werde.

Mittags erwachte der Mann wieder, kräftig genug, um neugierige Fragen in seltsam gefärbter Sprache zu beantworten. Raghairom heiße er, ein Kaufmann aus Agra.

„Agra?" fragte Kurfis.

„Das ist weit weg, im Süden, in der kaburischen Bucht", meldete sich der Vogelsteller abschätzig. „Die Leute wissen nicht mal, was Schnee ist!"

„Warst du dort?" staunte Kurfis.

„Nein, aber daß man dort nicht leben kann, weiß jeder."

„Ist schön dort", flüsterte Raghairom. „Die Zedern, sie duften, von weites Meer kommen Handelsschiffe in unseres Hafen. Oh Agra, oh mein Vaterstadt!" So zart hauchte dieser starke Mann seine Worte, es klang wie Gesang. Kurfis mußte lachen und kam ins Husten, weil er sich in den kalten Nächten im Freien verkühlt hatte.

Raghairom hatte seine Jugend in Schönheit und Überfluß verbracht, das Geld bedenkenlos ausgegeben, mit Freunden und Tanzmädchen, bis sein Vater, ein reicher Kaufmann, seine Mittel gnadenlos strich und ihn zu ernsthafter Lebensführung anhielt. Sein erster Auftrag war diese Reise nach Ailat und weiter nach Seedorf. Es ging um Einkauf von Silber oder dergleichen.

„So reich ist dein Vater?" seufzte der Vogelsteller.

„Er liebt das Silber und das Gold. Sitzt in sein Zimmer, rechnet, schreibt ein Brief und hat schon wieder ein Haufen Geld. Er zaubert mit Geld. Aber weiß nicht mehr, was sonst Schönes gibt auf der Welt."

„Oho!" rief Flasse. „Du weißt, was schön ist, was?"

„Ja. Auf edles Pferd reiten ist schön, und eigene Kraft spüren bei

Ringkampf mit Freunden ist schön. Singen ist schön, auch mit schnelles Boot über das Meer segeln. Und Frauen lieben ist ganz sehr schön. Oh Agra, oh mein Vaterstadt!"

„Aber so eine einträgliche Geschäftsreise", wandte der Vogelsteller ein, „ist doch wohl besser!"

Raghairom wollte sich dazu nicht äußern, sondern fuhr im Bericht fort. Sie hatten nachts im Wald nahe der Straße gelagert und umschichtig Wache gehalten. Raghairom hatte das Los der dritten Wache gezogen, da geschah es. Er spürte einen Schlag von vorne, und erst im Fallen erkannte er das Wurfmesser in seiner Brust. Über ihn sprangen Männer hinweg, um ihre Schwerter in seine schlafenden Reisegefährten zu stoßen. In wenigen Augenblicken waren die Leichen gefleddert, das Lager geplündert, die Männer wieder verschwunden. Raghairom, für tot liegen gelassen, kroch mit letzter Kraft auf die Straße zu, verzweifelt auf Hilfe hoffend, dann verlor er, vom Blutverlust geschwächt, das Bewußtsein.

„Habt Ihr die Schurken erkannt?" fragte Kurfis.

„Nein. Hab ich bloß das Kopf gesehen, als übles Kerl sich Wurfmesser holte." Unwillkürlich faßte Raghairom an seine verbundene Brust. „War kein Gras auf Kopf."

„Gras?" echote der Vogelsteller.

„Nicht Gras. Wie sagt man? Haare?"

„Das ist Oltop!" rief Sorla. Kurfis nickte und sah sich nach Flasse um, aber der brüllte noch immer vor Lachen.

„Vielleicht ...", der Vogelsteller sah sich verstört um, „vielleicht sind wir die nächsten?"

„Ich glaube nicht", entgegnete Raghairom. „Hat Anführer gesagt, schnell, müssen weiter zu ... wie heißt? Stutenhof."

„Da wollten wir hin", sagte Kurfis und sah Sorla an.

„Ich bestimmt nicht." Flasse wischte sich die Lachtränen vom Gesicht. „Von Oltop hab ich genug. Von den anderen auch. Flasse bin ich, der Einsame! Es wird Zeit, meine Weideninsel wartet."

„Aber Sorla ...", begann Kurfis.

„Müßt ihr eben woanders hin solange. Vielleicht auf Herils Hof, das ist nicht weit."

„Herils Hof?" echote Kurfis.

„Das liegt im Norden von Stutenhof", erklärte der Vogelsteller.

„Dieser Heril soll dort mit lauter Frauen leben, eine schöner als die andre!“

„Lauter Frauen?“ Raghairom beugte sich angeregt vor.

Flasse schlug ihm lachend auf die Schulter. „Oho! Bist wieder gesund, was? Willst Frauen besuchen, was? Aber Heril mag das nicht!“

„Heril ist tot“, sagte Sorla. „Schon viele Jahre.“ Vor seinen Augen erschien die weißblühende Sommerwiese, in deren Mitte, im Elsbeerenbusch, Sorla versteckt hockte; draußen im hohen Gras aber brach Heril, der Starke, Schöne, blutend zusammen, gejagt und erlegt von seinen Frauen. „Ich war dabei, als er starb.“

„So? Da hab ich's besser auf meiner Weideninsel, auch ohne Frauen. Zeit, daß ich hinkomme.“ Flasse stand auf und begann seine Decke zusammenzurollen. „Raghairom hab ich geheilt. Schade, daß du mir nichts geben kannst, Raghairom. Alle geben mir sonst was.“

Raghairom drehte traurig die ausgeraubten Stiefel um und sah ratlos aus.

Da schlug Flasse ihm auf die Schulter: „Ich weiß! Bring die Kinder zu Herils Hof, daß ich auf meine Insel kann.“

Kurfis wollte aufmucken, aber Raghairom kam ihm zuvor: „Sind schon große, die Kinder. Aber mache ich gern. Auch will ich singen für euch, schönes Lied von mein Vaterstadt!“ Er setzte sich zurecht und schloß die Augen. „Geht gleich los, schönes Lied. Müßt ihr aber zumachen die Augen wie ich.“

Sorla wunderte sich. Flasse jedoch grinste ihm zu und kniff die Augen zusammen, so daß Sorla es ihm zögernd nachtat.

Da hörte er Raghairom singen, in einer fremden Sprache, weich und zärtlich. Die Worte klangen nach Ferne, nach seltsam Unbekanntem; Sorla stellte sich Zedernwälder vor und das Meer. Jedes Wort war eine Liebkosung, und Sorla spürte Schmerz und Wärme in seinem Herzen. Nun ahnte er die Sehnsucht Raghairoms nach Agra, seiner Vaterstadt.

❡

Sie standen am Ufer des Eldran und beobachteten, wie Flasse mit seinem Rindenboot zur Weideninsel hinüberfuhr. Kaum war er drüben und hatte das Boot hochgezogen, warf er die Pelze von sich und stand nackt in der abendlichen Vorfrühlingssonne. Er schrie vor Lust, sprang in die Höhe, daß ihm die Haarzotteln um die Ohren flogen, winkte ihnen noch einmal herüber und rannte ins Schilf davon.

„Ein Narr", sagte der Vogelsteller und zuckte erschrocken zusammen, weil Kurfis den massigen Arm gehoben hatte, als wollte er ihm über den Mund schlagen. „Ich meine, ein bißchen seltsam vielleicht. Aber jeder soll leben, wie es ihm Spaß macht, nicht?"

„Ich mag das Mann", meinte Raghairom so bestimmt, daß der Vogelsteller rot wurde. Raghairom aber kümmerte sich nicht darum, sondern drängte, sie sollten die Zeit vor Sonnenuntergang noch nutzen, um weiter zu wandern.

„Das Wandern wäre schon gut, wenn man nur nicht soviel dabei gehen müßte", seufzte Kurfis.

„Vielleicht nimmt uns ein Wagen mit?" hoffte Sorla.

Atne schien ihnen hold, denn sie waren noch nicht lange die schlammige Straße entlanggestolpert, da überholte sie eine Gruppe von drei bewaffneten Reitern, von denen jeder ein Ersatzpferd und ein Lasttier mitführte.

„Was kriecht denn da im Dreck herum?" lachte der vorderste der Männer und zügelte sein Pferd. „Da kann doch keine Freude aufkommen! Also steigt auf, hopp!" Schon waren sie, kaum daß sie danken konnten, auf die nackten Rücken der Ersatzpferde gehoben worden, und weiter ging es. Kurfis' Maultier zockelte nach.

Sorla saß zum zweitenmal in seinem Leben auf einem Pferd und hatte ein wenig Mühe, sich den Bewegungen dieses breiten Rükkens anzupassen. Doch konnte er sich an Kurfis festhalten, der vor ihm auf demselben Tier saß und gut zurechtkam. Schlimmer erging es dem Vogelsteller, dessen leichte, aber sperrige Käfige hin und her schaukelten, an Ästen hängenblieben, von den Schultern zu rutschen drohten, so daß er sie festhalten oder zurechtrücken mußte, zugleich aber den Griff in der Pferdemähne nicht lösen wollte und insgesamt ein unglückliches Bild abgab. Raghairom dagegen ritt, als sei er jetzt erst wieder gesundet.

Die Reiter schienen in Stutenhof übernachten zu wollen und beeilten sich, die Fähre zu erreichen. Auch Sorla und seine Freunde mußten dort den Eldran überqueren, wenn sie zu Herils Hof gelangen wollten. Doch war es längst dunkel, als sie die Anlegestelle erblickten, kenntlich durch den Pfahl, an dem eine Glocke zum Herbeirufen des Fährmanns hing. Jenseits des Eldrans mußte Stutenhof liegen, doch war in der Finsternis nichts zu sehen außer einem trüben Lichtlein, das wohl vom Wachtturm herüberglomm. Der Anführer der Reiter läutete die Glocke, mehrmals, und wartete. Nichts regte sich.

„Also wird es nichts mit dem Bier im 'Bunten Pferd', Männer", sagte er schließlich. „Absitzen, Feuer machen!"

Das bedeutete wieder eine Nacht im Freien. Kurfis stöhnte, denn von den vergangenen Nächten lief ihm die Nase, und sein Hals schmerzte. Auch Sorla war nicht begeistert; seine Decke war seit Tagen nicht mehr trocken geworden, obwohl er stets Zweige auf den nassen Boden breitete, bevor er sich schlafen legte. Andererseits: In Stutenhof waren Oltop und seine Männer, denen wollte er nicht in die Quere kommen. Also hieß es auf bessere Zeiten in Herils Hof warten und vorläufig die Decke möglichst nahe am Lagerfeuer auszubreiten.

An Schlafen war nicht zu denken. Neben ihm schniefte und röchelte Kurfis. Der Vogelsteller flüsterte solange auf Raghairom ein, er möge ihm mit seinen geschäftlichen Beziehungen behilflich sein, bis dieser, nur um schlafen zu können, zusagte, sich etwas Passendes zu überlegen. Darauf konnte sich der Vogelsteller mit Dankesbeteuerungen gar nicht genug tun. Die Männer am Feuer neben Sorla lachten, tranken, würfelten. Irgendwann wurde es ihm zuviel: Er raffte seine Sachen zusammen und verkroch sich unter den Landesteg ins Dunkle, wo er – fern vom Lärm – sich in seine naßkalte Dekke hüllte und einschlief.

❡

Nebelschwaden wirbelten über das hohe Riedgras und gaben den Blick frei auf den nächtlich glitzernden Fluß.

„Willkommen, kleines Ei." Das riesige Schlangenhaupt schob

sich, sachte wiegend, schwarzklobig vor den dunklen Himmel. Sorla spürte, wie die gespaltene Zunge über sein Gesicht streifte. „Was hast du gelernt in der Welt?"

„Die Menschen sind freundlich zu mir."

„Du vergißt meine Lehren."

„Ich weiß, du sagtest, ich soll keinem trauen, aber ..."

Das Schlangenhaupt fuhr auf ihn los und schlug hart zu.

Sorla erwachte. Sein Kopf dröhnte. Er mußte im Schlaf hochgefahren und mit der Stirn gegen den Landesteg geschlagen sein. Er tastete mit der Hand nach der blutigen Schramme. Da hörte er Schritte über sich und leise Stimmen.

„Ich hab dich gleich erkannt, du kleiner Gauner." Sorla vernahm die Stimme des Anführers. „Das hat mich auf eine Idee gebracht."

„Ich bin kein Gauner. Du verwechselst mich. Und wer du bist, ist mir auch egal." Dies war ganz deutlich der Vogelsteller.

„Und ob du mich kennst; Khar, Gruppenführer in der Seedorfer Wachmannschaft!"

„Was hab ich dir getan, Khar? Weshalb läßt du mich nicht schlafen?"

„Komm mir nicht dumm, Thesel. So heißt du doch? Ich bring dich zu meinem Freund Onge in Seedorf; dem schuldest du acht Dremke und eine Erklärung."

„Ach, da wollte ich sowieso hin. Die Mühe kannst du dir sparen."

„Onge zahlt mir zwei Dremke für dich."

„Soviel bin ich nicht wert. Ich gebe dir einen Dremke, Khar. Schau, diesen hier. Und du läßt mich laufen, ja?"

„Was soll der Kleinkram? Hör zu. Ich werbe Soldaten. Für jeden kriege ich drei Dremke, egal, ob sie freiwillig kommen oder nicht."

„Was soll ich als Soldat? Mir fehlt jeder Mut, mich umbringen zu lassen. Das Lungenleiden hab ich auch. Ich bin da eher hinderlich ..."

„Idiot! Es geht um deine Freunde. Hilf mir, und wir vergessen die Sache mit Onge. Ansonsten aber ..."

„Meine Freunde verraten?"

„Ich gebe dir noch einen Dremke dazu."

„Was muß ich tun?"

„Na also, Thesel. Morgen kochen wir das übliche Branntmalz-Getränk, zwei Kannen. Die eine hat einen blauen Deckel, daraus trinken wir. Die andere hat einen roten Deckel, die bringst du deinen Freunden."

„Und?"

„Paß auf, daß du nicht aus der mit dem roten Deckel trinkst."

„Weshalb machst du das nicht selber, Khar, oder deine Männer?"

„Wir verehren den Unsterblichen Helden Setoq, der griff nie zu unredlichen Mitteln."

„Und wenn ich das tue?"

„Das ist was andres."

„Alles klar. Dann kann ich ja jetzt schlafen gehen."

❡

Sorla machte sich morgens nützlich, indem er Holz sammelte, das Lagerfeuer in Gang hielt, Wasser schleppte. Nebenbei rührte er im Topf das Branntmalz-Getränk herum und überlegte fieberhaft. Der Anführer würde eine Art Schlafmittel hineinkippen. Weigerten sie sich, es zu trinken, würde er vielleicht mit Gewalt versuchen, sie zu den Soldaten zu pressen. Was Soldaten waren, hatte er sich von Kurfis erklären lassen und war zur Überzeugung gelangt, daß es nichts für ihn sei.

„He, Junge!"

Sorla fuhr herum. Khar, der Anführer, stand neben ihm, zwei Kannen in der Hand.

„Geh mal beiseite."

Sorla ging einen zögernden Schritt weiter und blieb wartend stehen.

„Worauf wartest du?"

„Ich dachte, ... vielleicht könnte ich was zu trinken haben?"

„Geh schon. Die Kanne wird nachher gebracht, falls was übrig ist." Er schob Sorla vom Topf weg, griff nach der Kelle und schöpfte die Kannen voll. Nun stellte er sie auf den Boden, legte die Deckel darauf und wandte sich vom Feuer ab, um den Vogelsteller herbeizuwinken. Im gleichen Moment hatte Sorla die Deckel vertauscht und stand, als der Anführer sich bückte, um die Kannen hochzuheben, drei Schritte weiter mit unschuldigem Gesicht.

„Hier nimm“, sagte Khar zum Vogelsteller. „Bring sie rüber. Eine könnt ihr euch nehmen.“

Der Vogelsteller schaute dankbar hoch (Sorla verwünschte ihn im stillen) und trug die Kannen weg.

„Worauf wartest du?“ fragte der Anführer Sorla. „Hast du keinen Durst?“

Sorla nickte und ging zu seinen Leuten. Eben kam auch der Vogelsteller, die Kanne mit dem roten Deckel bedächtig vor sich hertragend. Kurfis hatte einen trockenen Brotfladen ausgepackt und bot Raghairom die Hälfte an. Auch Sorla fand in seinem Rucksack einen Rest von dem, was Kurfis' Mutter ihnen mitgegeben hatte. Ein Becher, mit dampfendem, köstlichem Branntmalz-Getränk gefüllt, machte die Runde. Sorla sah, wie der Vogelsteller in sich hineingrinste, und nahm sich vor, es ihm heimzuzahlen.

Vorläufig aber beobachtete er die Gruppe der Reiter, die sich die andere Kanne gegenseitig gierig aus den Händen rissen. Er begann zu lächeln.

Gerade zu trockenen Brotfladen mundete Branntmalz-Getränk vorzüglich. Auch der Vogelsteller schlürfte vergnügt den zweiten Becher. Müßte er sich nicht zurückhalten, dachte Sorla verdutzt. Was läuft hier falsch? Schon entfiel der halbvolle Becher seiner tauben Hand, das heiße Getränk rann in seine Stiefel, doch Sorla spürte nichts mehr.

Sorla erwachte vom Läuten der Fährglocke. Er lag gefesselt auf dem Landesteg, neben ihm schliefen Kurfis und Raghairom. Der Vogelsteller richtete sich gerade auf. Er war als einziger nicht gefesselt. Der Anführer beugte sich lachend über ihn.

„Du bist dümmer, als ich dachte, Thesel.“

Der Vogelsteller verzog nur einen Mundwinkel.

„Das Zeug selber trinken! Bist du süchtig nach Traumbeere?“

„Ich wurde aufgefordert zu trinken“, murrte Thesel. „Ich wollte keinen Verdacht erregen.“

Sorla sah Thesel nachdenklich an; eine solche Aufforderung war ihm nicht erinnerlich. Im Gegenteil: der Vogelsteller hatte fröhlich gewirkt, als er trank. Er selber, Sorla, war kaum vergnügter gewesen, obwohl er allen Grund hatte, sich zu seinem geschickten Austausch der Kannendeckel zu beglückwünschen. Moment mal – hieß das etwa …

Er wälzte sich zu Thesel herum und wartete, bis Khar sich abwandte. „Hast du auch die Deckel ausgetauscht?“ flüsterte er dann.

„Was, du auch?“

Die beiden sahen sich an; in ihren Augen spiegelte sich wachsendes Verstehen. Thesel schimpfte vor sich hin, Sorla aber mußte trotz allem lachen.

„Wie konntest du von dem Schlafmittel wissen?“ fragte der Vogelsteller schließlich.

„Ich hörte euch reden. Aber ich dachte, du würdest mitmachen.“

„Ich bin doch nicht dumm. Raghairom hat mir erst gestern einen einträglichen Posten versprochen. Das wäre mir ja dann verlorengegangen.“

„Ach so.“ Irgendwie war Sorla enttäuscht.

„Schade“, seufzte Thesel. „Damit wird es nun nichts.“

„Und wir?“ rief Sorla wütend.

Der Anführer wandte sich um. „Auf euch wartet ein ruhmreiches Leben. Ihr werdet Abenteuer erleben, fremde Länder sehen, einen hübschen Batzen Geld verdienen …“

„Ich weiß“, unterbrach ihn Sorla. „Wir sollen Soldaten werden.“

„Du hast's erfaßt. Mach freiwillig mit, dann ist's für alle leichter.“

Jetzt wachte Raghairom auf, spürte seine Fesseln und warf sich wütend herum. „Was soll das Fessel?“ schrie er wütend. Dabei rempelte er Kurfis an, der ebenfalls die Augen aufschlug, an seinen Stricken zerrte und zu schimpfen begann. Der Anführer schlenderte lachend zur Fährglocke zurück und läutete erneut. Sorla erklärte Kurfis und Raghairom die Lage. Als die beiden daraufhin noch lauter schimpften, wandte er sich ab, denn ihm war klar, daß so nichts erreicht wurde. Da gab es bessere Wege, man mußte sie nur finden.

„Du, Soldat, hör mal“, rief Raghairom. „Was bekommst du Geld für uns?“

Khar wandte sich ihm zu. „Geld? Ich tu es für meinen Hauptmann! Für meine Ehre als Soldat!“

„Ich meine, ich zahle das Summe und bißchen mehr.“

Der Anführer grinste. „Vier Kerosi krieg ich in Seedorf. Zwanzig Dremke also."

„Er kriegt höchstens neun Dremke", mischte sich Sorla ein. „Drei für jeden."

„Thesel, was hast du dem Balg erzählt?"

Da aber rief einer, die Fähre komme, und alle schauten auf den Fluß hinaus, wo aus dem Morgennebel ein Mann auftauchte, bewegungslos auf seiner Fähre stehend.

„Muß der nicht rudern oder so?" fragte Sorla verblüfft.

Aber Kurfis, der hier schon oft war, erklärte, daß die Fähre an einem Seil hinge, welches stromaufwärts befestigt sei. Also könne der Fährmann durch einfaches Steuern hin und her über den Fluß queren.

„Ich zahle drei Kerosi, Soldat", brachte Raghairom sich in Erinnerung.

„Mit welchem Geld denn?"

„Hast du nachgeschaut? Macht nichts. Ich zahle in Seedorf. Alle kennen dort mein reiches Vater."

Der Anführer wandte sich spöttisch lachend ab. Nun legte die Fähre an, und einer der Reiter ging mit Thesel und vier Pferden an Bord.

„Hör mal, Soldat", meldete sich Raghairom wieder, als die Fähre abgelegt hatte. „Wir machen ein Ringkampf. Wenn du gewinnst das, bin ich Soldat. Sonst nicht."

Khar lachte nicht einmal darüber, sondern nützte die Wartezeit, sein Schwert mit einem öligen Lappen zu putzen. Auch Sorla fand, daß man sich schon etwas Besseres einfallen lassen müsse.

„Die Leute aus Stutenhof werden uns befreien!" rief er.

Der Anführer lachte. „Ich denke nicht. Ihr seid angeworbene Soldaten, mit Handgeld und Handschlag. Wenn ihr abhauen wollt, hilft euch keiner."

„Handgeld?" empörte sich Kurfis.

„Ihr habt's wohl ausgegeben, in Fellmtal."

Sorla wurde wütend. „Das ist gelogen, und Setoq, der Unsterbliche Held, hätte sowas nie getan."

Khar war verblüfft. „Was weißt du von Setoq, Junge?"

Sorla druckste herum, da unterbrach ihn Raghairom: „Ich kenne

Geschichte von Setoq. Großes Held!"

„Der größte Held!" rief Khar.

„Ja, sehr gutes Kämpfer."

„Tapfer, edel, treu!" Die Augen des Anführers blitzten.

„Ging immer gerades Weg!"

„Aufrecht war sein Gang!"

„Nie ist ein Lüge aus sein Mund gekommen."

„Nie! Der Wahrheit zum Siege verhalf er!"

„Und alle sein Anhänger machen genauso!"

„Jawohl! Aufrecht sei unser …" Der Anführer brach ab und wurde rot. Sorla war überzeugt, daß er sie jetzt freilassen müsse. Doch als Khar sich ihnen nach einer nachdenklichen Pause wieder zuwandte, murmelte er: „Ich brauche nicht zu lügen. Aber Soldaten werdet ihr doch. Ihr müßt verstehen, neun Dremke sind viel Geld für unsereins."

Sorla war wütend, aber Raghairom lachte trotz seiner Fesseln. „Ich singe jetzt Lied von Setoq. Hört zu!" Wieder schloß er die Augen, und als er zu singen begann, mit sanfter und doch starker Stimme, ließ Khar sein Schwert sinken, auch der andere Reiter kam näher. Sorla hielt diesmal jedoch die Augen offen und beobachtete, wie Raghairoms Lied die anderen bezauberte. Und er begriff, daß es an Raghairoms Stimme lag, nicht an den Worten, denn die waren eher schlicht:

„Setoq kam in die Welt und sah, sie war finster.
Unrecht herrschte, die Starken drückten die Schwachen.

Setoq wuchs rasch, wer ihn schlug, starb schnell.
Den Vater vergaß er, die Mutter verließ er.

Setoq war schön, die Frauen lagen vor ihm.
Sein Lachen tröstete schlecht, wenn er aufstand.

Setoq nahm das Gold, er warf es über die Schulter.
Wen er sah, wurde arm, wer ihm folgte, reich.

Setoq traf Enduhal, den Göttlich-Gerechten.
Der bezwang Setoqs Stolz, gab ihm das Gesetz.

Setoq sah das Licht, Treue schwor er Enduhal.
Enduhals Schwert erhielt er und Enduhals Pferd.

Setoq ritt dorthin, wo das Unrecht schrie.
Kein Ort auf der Welt, wo er nicht stritt.

Setoq schwang das Schwert, sein Auge blitzte.
Den Schwachen verhalf er zum Recht, den Starken zur Einsicht.

Setoq reitet noch immer, nie wird er sterben.
Enduhal liebt ihn, denn Setoq kämpft für das Recht."

Nach Raghairoms Vortrag war es zunächst still. Dem Mann neben Khar liefen Tränen der Rührung über die Wangen. Sorla überlegte sich, ob jener Setoq wirklich noch lebte und irgendwo für das Recht stritt. In dieser Gegend schien er jedenfalls lange nicht gewesen zu sein. Da bemerkte er, wie Khar den Dolch zog, sich zu Raghairom herabbeugte und ihm die Fesseln durchschnitt.

„Ich kannte das Lied", sagte er heiser, „aber du hast es gesungen, wie ich es nie vorher hörte. Ich habe Setoq reiten sehen."

❡

Behutsam über die aufgeschürften Stellen streichend, wo der Strick in seine Handgelenke geschnitten hatte, beobachtete Sorla die nahende Fähre.

„Hast du auch Setoq reiten sehen?" fragte er Kurfis leise.

Dieser lachte verlegen. „Undeutlich."

„Wie sah er aus?"

„Mit Pferd und Schwert eben. Er leuchtete. Hast du ihn nicht gesehen?"

Sorla zuckte die Schultern. Doch selbst als sie, die unruhigen Pferde haltend, auf der Fähre standen und den Fluß Eldran unter den Bohlen spürten, bedauerte er noch, daß der Unsterbliche Held Setoq ihm nicht auch erschienen war.

Drüben wartete – neben dem anderen Reiter und den übrigen Pferden – Thesel mit verdutzter Miene. Khar grinste nur und winkte allen aufzusteigen: „Los, Leute! Dort gibt's Bier, eine warme Stube und ein Wiedersehen mit meinem alten Freund Hrudo!"

Raghairom aber schüttelte den Kopf, denn Oltop und seiner Bande wollte er nicht begegnen. So verabredete er mit Khar einen Treffpunkt in Seedorf, um ihm die versprochenen drei mal drei Kerosi zu geben, und machte sich mit Sorla und Kurfis auf den Weg zu Herils Hof.

Es war ein schöner Morgen. Aus blauem Himmel strahlte die Sonne auf die schneefreien Auwiesen, brannte auf die drei Wanderer herab und glitzerte in den Pfützen des schmalen Uferpfades. Ein paar aus der Winterstarre geschreckte Bienen summten umher. Noch waren die Weidenkätzchen nicht erblüht, doch leuchteten aus dem vorjährig braunen Gras die Blüten des Huflattichs. Hoch in der klaren Luft kreisten zwei Bussarde und schrien einander zu. Sorla öffnete die muffig feuchte Jacke, denn das nächtliche Frösteln war aus seinen Knochen gewichen, ihm war heiß.

Weiter vorne flatterten Krähen vom Boden auf und sammelten sich krächzend auf den Ästen der Erlen, erbost über die Störung. Als Sorla mit seinen Freunden näherkam, sahen sie, was bisher hinter einem brombeerüberwucherten Weidenbusch verborgen lag: zwei reglose menschliche Gestalten. Eben entfaltete ein Geier die Schwingen und strich schwerfällig über die Wiesen davon.

Das Gesicht der Frau war unversehrt. Sie mußte hübsch gewesen sein, doch spiegelte ihr starrer Blick nur Schmerz und Grauen. Das Mädchen neben ihr – jünger als Sorla – lag verrenkt, wie ein Spielzeug, zerbrochen und weggeworfen.

Kurfis schnaufte vor empörtem Entsetzen. Sorla beugte sich herab und sah, daß das Mädchen atmete. Er berührte ihre Stirn, da flatterten die Augenlider, sie blickte ihn an und sagte etwas, doch Sorla hörte nichts. Er hielt das Ohr an ihren Mund.

„Männer ...“, flüsterte sie. „Den Hof ... warnen ...“

„Was für Männer?“ rief Sorla. „Wen sollen wir warnen?“

„So weh ... es tut so weh.“ Mehr sagte sie nicht mehr, bevor sie starb.

Raghairom weinte. „Die hübsch Frau“, schluchzte er, „die klein Mädchen, die auch werden wollte hübsch Frau! Man muß lieben die Frauen, nicht kaputtmachen!“ In hilfloser Wut trat er gegen den Weidenkorb, der da umgestürzt lag inmitten eines Haufens frisch gesammelter Brennesseltriebe. „Hier hätte Setoq sein sollen!

Ist aber nie da, wenn man sein Hilfe braucht!"

„Das Mädchen wollte, daß wir jemanden warnen", meldete sich Kurfis bedächtig. „Vielleicht Herils Hof. Der ist nicht weit von hier!"

„Gut!" rief Raghairom. „Warnen wir schnell!"

Damit wollte er forteilen, aber Sorla hielt ihn fest und erklärte, sie müßten erst überlegen, wie sie am klügsten vorgehen wollten. Raghairom war jedoch so aufgebracht, daß er sich losriß. Auch als Kurfis herbeisprang und Sorla half, dauerte es lange, bis er sich beruhigte.

„Sollen wir Khar und seine Soldaten zu Hilfe holen?" überlegte Sorla.

„Nein", entgegnete Raghairom schwer atmend. „Dauert zu viele Zeit nach Stutenhof zurück. Wir müssen gleich zu das Heril-Hof!"

Kurfis, der die Gegend kannte, nickte und erklärte, daß Herils Hof – ähnlich wie Stutenhof – ein befestigtes Anwesen sei. Das Eingangstor sei vom Fluß abgewandt und führe hinaus auf die weiten Pferdekoppeln. Die Rückseite sei vom Fluß durch ein Wäldchen getrennt. Wenn die Männer, von denen das Mädchen sprach, einen Überfall auf Herils Hof planten, würden sie sich vermutlich zunächst in jenem Wäldchen verstecken. „Also wäre es dumm, wenn wir diesem Uferpfad folgten. Der führt uns in das Wäldchen und den Männern genau in die Arme."

Daher verließen sie den Weg und hielten auf den nordöstlich in der Ferne aufragenden Arberg zu, um dann in weitem Bogen durch die Pferdekoppeln Herils Hof entgegenzuwandern.

Der neue Hengst

„Was wollt ihr?“ Mißtrauisch lugte eine hagere, alte Frau durch das Schiebefenster am Hoftor. Hinter der Mauer bellten Hunde.

„Wir haben wichtig Nachricht für …“, setzte Raghairom an.

„Brauchen wir nicht“, schnappte die Alte. „Und kaufen tun wir sowieso nichts.“

Kurfis schob Raghairom beiseite. „He, ich bin Kurfis, der Sohn von Kelgin dem Schmied!“

„Der kleine Kurfis aus Fellmtal! Was bist du gewachsen!“ Damit ließ die Alte das Schiebefenster zufallen. Die drei sahen einander erstaunt an, doch schon öffnete sich neben dem Tor knarrend eine kleine Pforte, und die Alte winkte: „Komm rein, Kurfis! Wie geht's deiner Mutter?“

„Und meine Freunde?“

„Muß ich erst fragen.“ Wieder standen die drei vor verschlossener Tür. Schließlich hörten sie, wie ein Riegel zurückgestoßen wurde. Die kleine Tür ging auf, und auf der Schwelle stand eine breitschultrige Frau, wachsam das Schwert haltend. Hinter ihr drängte sich eine Meute knurrender Hunde.

„Wer seid ihr?“

Sorla hatte sie sofort erkannt. „Penta! Ich bin's, Sorla, Tainas Sohn!“

Penta nickte. „Kurfis kenne ich auch. Aber der Große da?“

Raghairom war, seit Penta auftauchte, wie verwandelt. Ähnliches hatte Sorla beobachtet, als Raghairom sich auf das Pferd setzte: Er schien von doppelter Kraft und Lebensfreude erfüllt. Tatsächlich war Penta, fand Sorla, trotz ihrer grauen Strähnen eine schöne Frau. Als Raghairom überschwenglich und in fremdartig gefärbter Sprache Name und Herkunft nannte und dabei Penta aus dunklen Augen anblickte, lachte sie.

„Kommt herein, in Ramloks Namen.“

Von innen waren rundum Ställe und Wohngebäude gegen die Hofmauern gebaut. Sie umschlossen einen weitläufigen Platz, in dessen Mitte eine mächtige Ulme aufragte. Überall lagen Trittsteine, so daß man nicht in den von Pferdehufen und Schmelzwasser aufgeweichten Schlamm treten mußte. Penta führte sie rasch in eines der Gebäude. An einem großen Tisch saßen ungefähr ein Dutzend Frauen und Mädchen. Einige kneteten Teig oder wuschen irdene Näpfe in einem Bottich, andere besserten Kleidung oder Schuhwerk aus.

„Nun sprecht", forderte Penta sie auf, „aber leise."

„Leise?" echote Kurfis.

„Mesjajet braucht euch nicht zu hören."

„Wer?"

„Der neue Hengst."

„Habt ihr Angst vor ein Pferd, was im Stall ist?" lachte Raghairom. Ein paar Frauen kicherten.

„Sei froh, wenn du Mesjajet nicht in die Quere kommst!" entgegnete Penta und blickte strafend auf die vorlauten Frauen, die sofort ihre Gesichter hinter den Schürzen verbargen. „Sagt, was euch hertreibt, aber schnell."

„Da liegt eine Frau auf dem Weg nach Stutenhof", sagte Kurfis, „und ein Mädchen. Sie wurden umgebracht."

„Wir dachten, vielleicht gehören sie hierher", ergänzte Sorla. Er blickte in die bleichen Gesichter, selber erschrocken über das entsetzte Schweigen rundum.

„Heute früh gingen sie los", flüsterte eine Frau neben Penta, „junge Brennesseln schneiden." Plötzlich schlug sie mit der Faust auf den Tisch und schrie: „Wer war es? Wer hat das getan?" So wild blickte sie um sich, daß Sorla zurückwich. Auch die anderen Frauen standen plötzlich da, die Gesichter vor Haß verzerrt.

Da wurde die Tür aufgestoßen. Auf der Schwelle stand, mit mächtigen Schultern den Rahmen füllend, ein Mann. Sein Gesicht war verkniffen, und der Blick huschte mißtrauisch zwischen Kurfis, Raghairom und Sorla hin und her.

„Wer sind die Männer?" schrie er heiser.

„Gäste", sagte Penta. „Zwei sind fast noch Kinder, und sie gehen bald. Also errege dich nicht, Mesjajet."

„Ich mag sie hier nicht", murrte er, scheel herübersehend.

„Sie brachten eine Nachricht. Beska und ihre Tochter sind tot."

„So? Es war nicht meine Tochter."

Pentas Augen blitzten auf, aber mit honigsüßer Stimme sprach sie: „Sicher nicht. Mit Kindersegen hat uns Ramlok nicht bedacht, seit du der Hengst hier bist."

„An mir liegt's nicht! Keiner ist stärker!" Er riß die Hose herunter; der Beweis stand allen mächtig vor Augen. Mesjajet packte eine der Frauen, warf ihre Röcke hoch, drängte sie gegen den Tisch und nahm sie von hinten, daß von den Stößen der Eichentisch bebte. Dabei blickte er höhnisch zu Raghairom herüber.

„Schau, wie ich es treibe", keuchte er. „Ich bin der Hengst!"

Raghairom lächelte gequält. Schon nach wenigen Augenblicken aber war Mesjajet fertig und band seine Hose zu, während die Frau schweigend ihre Röcke ordnete.

Penta schlug mit weißgespannten Knöcheln auf den Tisch. „Wir müssen die Toten holen und bestatten! Perte, Prata, das ist eure Aufgabe!"

Zwei stämmige junge Frauen – Sorla erkannte sie als die Töchter Pentas; zu dritt hatten sie damals Heril gejagt – schoben sich durch die Gruppe auf die Tür zu.

„Halt!" rief Raghairom. „Ich muß ein Warnung sagen. Vielleicht sind die Mörder nicht fortgeflogen!"

„Fortgeflogen?"

„Sie sind vielleicht in die Nähe in ein Versteck!"

„Umso besser!" rief Perte von der Tür her. „Sie sollen an Beska denken!"

„Und ihre Tochter!" ergänzte Prata neben ihr, die Faust schüttelnd. Damit verließen sie die Halle.

Mesjajet baute sich drohend vor Sorla und seinen Freunden auf. „Worauf wartet ihr? Haut ab!"

„Aber …", begann Sorla. Seine Hoffnung, auf Herils Hof unterzukommen, zerrann endgültig.

Da ertönte ein Schrei, gedämpft durch Türen und Mauern.

„Prata!" rief Penta und stürzte los. Die Frauen folgten. In der leeren Halle sahen sich Sorla, Kurfis und Raghairom verdutzt an.

„Der Überfall!" murmelte Kurfis.

„Dann muß ich ein Waffe finden und auch in das Kampf mischen!" verkündete Raghairom. Kurfis schwang stolz seinen Hammer und wollte zur Tür vorauseilen, aber Raghairom hielt ihn zurück. „Genug andere kämpfen. Ihr Kinder bleibt hier!" Er griff sich die schwere kupferne Schöpfkelle und stürmte hinaus.

„Ich bin kein Kind mehr!" Trotzig runzelte Kurfis seine niedrige Stirn.

„Sie haben Schwerter“, gab Sorla zu bedenken.

Kurfis aber packte einen Hocker und hielt ihn vor sich hin: „Damit wehre ich sie ab, so gut wie mit jedem Schild!“

Sorla zuckte die Achseln, zog das Messer aus dem Gürtel und verließ hinter dem hammerschwingenden Kurfis die Halle.

¶

Im Hof war niemand zu sehen außer – zwischen den Trittsteinen halb in den Schlamm gesunken – zwei erschlagene Männer. Sorla sah im Vorbeilaufen genauer hin, doch Raghairom war nicht dabei. Von jenseits der Hofmauer hörte Sorla Hundegebell und klirrende Waffen. Sie eilten zum Tor; es stand offen. Davor lag Prata, die Augen starrten überrascht in den Himmel. Aus der reglosen Brust ragten drei Pfeile.

Draußen wogte eine kämpfende Gruppe hin und her, Schwerter schwingend, Flüche schreiend. In ihrer Mitte schwang Penta beidhändig ihr blitzendes Schwert und erwehrte sich der Angreifer. Von außen mühte sich Raghairom, ihr beizustehen, indem er seine schwere Kelle auf feindliche Köpfe niedersausen ließ. Eben hatte er seitlich auf die Kinnbacken eines der Männer eingedroschen; dieser schwankte, drehte sich zähnespuckend um und hob das Schwert gegen Raghairom, da bekam er die Schöpfkelle so wuchtig vor die Stirn, daß er zusammenbrach. Raghairom lachte und wandte sich dem nächsten zu – da zuckte er zusammen und ließ die Kelle fallen. In seinem Arm stak ein Pfeil.Noch bevor er sich bücken konnte, um einarmig die Schöpfkelle zu packen, gingen zwei weitere Männer auf ihn los. Kurfis rannte hinzu, den Hocker abwehrend in der Linken vorgestreckt. Er brüllte, und seine Stimme überschlug sich. Die Männer lachten, doch er fuhr mit so machtvollen Hieben zwischen sie, daß sie sich von Raghairom zurückzogen.

Sorla hatte gesehen, von wo der Pfeil herangezischt war. Er ließ sich hinter das Haselgestrüpp fallen, das an der Hofmauer entlang wuchs. So gedeckt kroch er rasch, aber vorsichtig davon. Sein Plan war, ungesehen in den Rücken des Heckenschützen zu kommen und ihn, mit Steinwürfen etwa, abzulenken. An der Ecke der Hofmauer wechselte Sorla in das angrenzende Wäldchen und schlich, von einem Baumstamm zum nächsten huschend, näher an das vermutete Versteck des Bogenschützen heran. Wenige Schritte weiter hörte er plötzlich Stimmen.

„Hast du Mesjajet gesehen?"

Das war Oltops Stimme. Sorla, hinter einen Ulmenstamm geschmiegt, erstarrte. Die Antwort verstand er nicht, doch dann sprach Oltop wieder. „Die verfluchten Weiber kämpfen gut. Aber den Ausfall zu machen, das war ihr Fehler."

Also war Oltop schon vor ihnen aus Stutenhof aufgebrochen, falls er dort je war. Was wollte er von Mesjajet und den Frauen?

Zwei Männer flohen aus dem Wald auf die Wiese, verfolgt von drei Frauen, die Dreschflegel und Sensen schwangen. Nach wenigen Schritten waren die Männer niedergemacht. Die Frauen sahen sich um und eilten zur Gruppe vor dem Tor, um Penta beizustehen.

„Verflucht!" schrie Oltop, und Sorla sah seinen glänzend kahlen Schädel, dann die gedrungene Gestalt hinter dem nächsten Gebüsch hervorkommen, die Peitsche gebündelt in der Linken, das Wurfmesser in der Rechten. Er eilte über die Wiese auf das Tor zu, wo die drei Frauen gerade in den Kampf eingriffen; am schlimmsten wütete die mit der Sense, doch auch gegen die beiden Dreschflegel konnten die Männer sich nur schwer verteidigen. So zerfiel der Ring um Penta in mehrere kämpfende Gruppen – auch Raghairom und Kurfis waren abgedrängt worden – und Sorla sah Penta, wie sie schwertschwingend über den reglosen Körpern zweier Frauen stand, noch immer umringt von vier Angreifern.

Ein kurzes Surren erklang aus dem Gebüsch vor Sorla, und in Pentas linkem Arm stak ein Pfeil. Sie ließ den Arm sinken, kämpfte aber, das Schwert in der Rechten, weiter. Ihre Streiche wurden schwächer, und die Angreifer bedrängten sie hart. Raghairom hatte seinen Gegner mit einem wuchtigen Schlag der Schöpfkelle außer Gefecht gesetzt und eilte, Penta zu helfen.

Sorla ließ sich hinter dem Ulmenstamm zu Boden gleiten und kroch auf das Gebüsch zu. Er sah den Bogenschützen, der gerade einen Pfeil auflegte, und in der Verlängerung des Pfeiles erkannte er das Ziel: Kurfis, der zu Raghairom über die Wiese eilte. Neben Sorla lag ein Prügel, das Stück eines vom letzten Vorfrühlingssturm abgerissenen dürren Astes. Den packte Sorla und schlug zu.

Doch der Ast war morsch, mitten im Schwung zerbrach er mit lautem Knacken. Der Bogenschütze fuhr zu Sorla herum, ließ Pfeil und Bogen fallen und zog den Dolch, um sich auf Sorla zu werfen. Sorla rollte zur Seite, und der Mann stürzte neben ihm ins Moos.

Er war ein gutes Stück weggerannt, als ihm auffiel, daß niemand folgte. Er schaute zurück; der Mann lag noch immer reglos neben Pfeil und Bogen. Da begriff Sorla, was er im Aufspringen gesehen hatte: Der Mann war über das abgebrochene Stück Ast gestolpert und hatte den Dolch, erst halb gezogen, im Fallen sich selbst in den Bauch gerammt.

Dank dir, Atne! dachte Sorla. Als er zur Wiese hinausblickte, um nach Kurfis zu suchen, war dieser verschwunden. Doch sah Sorla, wie Oltop auf Raghairom losging. Der hatte sich schützend vor Penta gestellt, die erschöpft den Schwertarm hängen ließ, und schwang die Schöpfkelle gegen Oltop. Da sauste Oltops Peitsche heran und wirbelte um Raghairoms Handgelenk. Die Kelle fiel zu Boden, Oltop zog an der Peitsche, so daß Raghairom nach vorne taumelte, und schon sprang einer von Oltops Männern herbei, packte die Kelle und schmetterte sie gegen Raghairoms Kopf. Oltop lachte höhnisch – Sorla hörte es über die ganze Wiese hinweg – und ging am reglosen Körper Raghairoms vorbei gemächlich auf Penta zu.

Sorla lief zurück zum toten Heckenschützen und griff nach dem Bogen. Doch der war zu lang für Sorla, zu stramm gespannt. Also packte er einen faustgroßen Stein und rannte los. Er hatte die Wiese schon halb überquert, als er merkte, daß Oltop Penta nicht angriff, sondern nur dastand, breitbeinig locker auf den Zehen wippend. Sorla blieb in Hörweite stehen, von Oltop nicht bemerkt.

„Na, du Mannweib“, knurrte Oltop. „Wo ist Mesjajet?“

Penta starrte erschöpft, sie schwieg. Noch immer stak der Pfeil in ihrem linken Arm.

„Hier draußen ist er nicht. Also wo?“ Oltop ließ drohend die Peitsche zucken. Penta versuchte, das Schwert zu heben, da fiel es ihr aus der Hand. Oltop lachte und winkte zwei Männern, die herangekommen waren: „Macht sie fertig!“ Damit ging er durch das Tor in den Hof.

„Gleich abstechen?“ fragte einer der Männer.

„Nein, warte. Die gefällt mir.“ Der andere faßte nach Pentas Brust.

Pentas Augen waren weit aufgerissen. Sie bückte sich plötzlich, um das Schwert aufzuheben, doch der Mann stieß es mit dem Fuß außer Reichweite: „So nicht, mein Täubchen!“ Der andere sprang hinzu und hielt ein Messer an Pentas Kehle. „Leg dich hin!“ zischte er. „Mach keinen Ärger!“

In diesem Moment ertönte vom Waldrand: „Mutter! Ich komme!“ Perte kam angerannt, eine Heugabel schwingend. Mit einem Schrei griff sie an. Sie stieß dem einen die Heugabel in den Hals, daß dieser blutgurgelnd in die Knie sackte, duckte sich, während das Schwert des zweiten über sie wegzischte, riß ihre Waffe heraus, sprang beiseite, so daß das Schwert an ihr vorbeifuhr, und stach dem zweiten Mann die Heugabel in den Unterleib.

Zwei weitere Männer kamen heran. Perte zerrte an ihrer Heugabel, um sie freizubekommen, doch der Sterbende hing schwer darauf, die Hände um die Stange gekrallt. Schon schwang einer der neuen Angreifer sein Schwert nach ihr; da sprang Penta dazwischen und fing den Hieb mit ihrem bloßen Arm auf. Es fuhr knirschend in den Knochen. Gleichzeitig hatte sich Perte auf das lange Schwert Pentas geworfen, das wenige Schritte weiter im Gras lag, packte es mit beiden Händen, kam auf die Knie und wehrte, sich zurückwerfend, den zweiten Schlag ab. Als der zweite Angreifer ausholte, war sie wieder auf den Beinen, und mit einem gewaltigen beidhändigen Schlag trennte sie ihm den Kopf vom Rumpf.

„Halt!“ schrie der andere. Er hatte sein Schwert Penta auf die Brust gesetzt. „Wirf das Schwert weg, oder ich stech sie ab!“

Da warf Sorla seinen Stein. Der Mann, am Hinterkopf getroffen, zuckte zusammen, und schon fuhr ihm Pertes Schwert von oben in die Schulter und spaltete sie eine Handbreit tief. Der Mann ließ schreiend die Waffe fallen und brach zusammen. Perte aber hob ihr Schwert und stieß es tief in seinen Rücken, so daß er am Boden festgenagelt verreckte.

„Mutter“, flüsterte sie schwer atmend. „Verzeih, daß ich dein Schwert auslieh.“ Penta lächelte schwach und blickte auf ihre herabhängenden Arme. „Ich werde es nie wieder führen können. Prata ist tot. Nimm du es, mein Kind.“

❡

Inzwischen hatte Oltop die meisten seiner Männer im Hof zusammengezogen. Als Sorla durch das Tor spähte, sah er wenigstens acht Männer in Kämpfe mit verzweifelt sich wehrenden Frauen verwickelt, während einige weitere Männer ungehindert Schuppen und Gebäude durchstöberten. Auch Oltops Kahlkopf tauchte hin und wieder in den Türen auf. Einige Hofhunde lagen erschlagen herum, die anderen hatten sich verkrochen. Panisches Gewieher drang aus den Ställen, aus den Gebäuden das Heulen und Schreien der Kinder.

Kurfis stand – bedrängt von zwei Männern – vor der Hof-Ulme. Noch immer schwang er seinen Hammer und hielt mit der anderen Hand den Hocker, um die Schwerthiebe abzuwehren – er schien unermüdlich. Einer der Männer trug die Hose offen; hinter Kurfis' breitem Rücken entdeckte Sorla ein Mädchen, das verwundet und mit zerfetzten Kleidern gegen den Stamm der Ulme gesunken war.

Sorla rannte in weitem Bogen, um den Kämpfenden auszuweichen, und kam von hinten auf Kurfis zu. Zwei Steine hielt er bereit. Von der Seite aber erschien Oltop, seine Peitsche schnellte vor und wickelte sich um Kurfis' Fußgelenk. Ein Ruck, und Kurfis zappelte bäuchlings am Boden. Hohnlachend sprangen die beiden Angreifer über ihn weg und rissen das Mädchen mit sich fort. Oltop zog das Wurfmesser und ging auf Kurfis zu. Da sprang Sorla heran und warf den ersten Stein. Oltop, am Kinn getroffen, wandte sich knurrend um und schleuderte sein Messer. Doch Sorla wich blitzschnell aus; das Messer fuhr neben ihm in den Baumstamm. Sorlas Hand zuckte danach und riß es heraus, bevor Oltop es erreichte. Im selben Moment duckte sich Sorla und rollte unter einen Holzbock, der neben der Ulme stand, während Oltops Peitsche an ihm vorbeischnellte und sich in diesem Gestell verwickelte. Der Kahle zerrte vergeblich, um die Schnur freizubekommen. Zugleich trat er wütend gegen Sorla, der noch am Boden lag. Dieser aber, ohne zu denken, riß das Wurfmesser nach oben und zerschlitzte Oltops Wade. Der Kahlkopf schrie auf und stolperte über den Jungen. Schon hatte sich Sorla aufgerichtet und Oltop dessen eigenes Messer in den Rükken gerammt. Und plötzlich überkam ihn eine seltsame Kälte des Denkens – ihm schien, als bewege sich alles sehr langsam, als habe er alle Zeit dieser Welt; und Sorla kostete diesen langen Moment aus, er drehte das Messer in Oltops Rücken, hörte wie von weitem das Brüllen, sah, wie Oltops Finger sich spreizten vor Schmerz, und beobachtete sein letztes Zittern.

Raghairom taumelte in den Hof, seine Schöpfkelle über die Trittsteine nachschleifend. Das Klappern brachte Sorla zur Besinnung, er stand auf und lehnte sich gegen die Ulme. Den Rest würden die anderen besorgen. Und so war es. Als Raghairom die Bedrängnis der Frauen sah, weckte dies neue Kräfte, er schlug mit der Kelle nach rechts und links und streckte mit jedem Schlag einen der Männer zu Boden. Kurfis wuchtete unermüdlich seinen Hammer in fremde Gesichter. Auch Perte kam jetzt, schwang mit beiden Händen das große Schwert ihrer Mutter. Als die Frauen das sahen, erfaßte sie neuer Kampfgeist, und sie metzelten die verbliebenen Angreifer in Kürze nieder.

Den letzten erwischten sie, als er sich im Misthaufen verbergen wollte. Lachend zogen sie ihn hervor. Er fiel auf die Knie und winselte um sein Leben.

„Vielleicht lassen wir dich laufen", sagte Perte, „aber sag, was wolltet ihr hier?"

„Mesjajet", stammelte der Mann und versuchte zugleich verbindlich zu lächeln. „Oltop wollte Mesjajet haben."

„Wieso das?"

„Er gehörte zur Bande. Aber dann stahl er Oltops Anhänger."

„Red keinen Unsinn!" herrschte ihn Perte an und hob das Schwert.

„Nein, nicht!" winselte der Mann und sprach immer schneller: „Es war der Kriteis-Anhänger, ein besonderer Anhänger, in Wirklichkeit eine Art Schlüssel für die Geheimen Katakomben von Kriteis, und dort gibt es viele Schätze, und Mesjajet wollte die Schätze für sich, und er stahl den Anhänger, vor zwölf Jahren war's, aber er wußte nicht, wie an die Schätze drankommen, deshalb rannte er weg und versteckte sich bei euch. Und jetzt hat Oltop ihn gefunden ... Bitte nicht! Nicht zuschlagen! Es ist doch alles wahr!"

„Nichts ist wahr!" rief Mesjajet, der dazugekommen war. Sein Gesicht und seine Hände waren blutverschmiert, doch konnte Sorla keine Wunden erkennen. Aber was er sah, waren ein paar Heuhalme in Mesjajets Haaren und auf seinem Rücken.

„Nichts ist wahr!" wiederholte Mesjajet. „Der Kerl lügt!" Damit riß er Kurfis den Hammer aus der Hand.

„He!" rief der überrascht, doch zu spät. Mesjajet schlug zu, und der Gefangene brach leblos zusammen.

„Keiner soll Lügen über mich verbreiten!" Mesjajet sah drohend in die Runde. „Es war nicht schade um ihn. Ein Feigling, der sich im Misthaufen verkriecht!"

Perte sagte nichts, doch Sorla beobachtete, wie sie etwas Heu von Mesjajets Rücken zupfte und, es zwischen den Fingern zwirbelnd, diesen merkwürdig von der Seite betrachtete.

¶

Der restliche Tag diente dazu, die Verwundeten – unter denen es manchen schlechter ging als Penta – ins Hauptgebäude zu bringen und zu verbinden. Sieben Frauen waren im Kampf gefallen oder mißbraucht und getötet worden; vier Mädchen hatten, als der Hof gestürmt wurde, ein ähnliches Schicksal erlitten, dazu kamen Beska und ihre Tochter. Diese Toten wurden im Schatten der Hofulme aufgebahrt, sollten aber erst später bestattet werden.

Von Oltops Leuten lebte keiner mehr. Sechsundzwanzig Leichen lagen nun außerhalb des Hofes nahe dem Flußufer gestapelt. Sorla, der in Fellmtal nicht mehr als ein knappes Dutzend bei Oltop gesehen hatte, vermutete, daß die übrigen sich erst in Stutenhof mit Oltop getroffen hatten, was dessen Aufenthalt dort erklärte. Jener Kriteis-Anhänger mußte ihm sehr wichtig gewesen sein, wenn er eine solche Streitmacht zusammenzog. Nachdenklich betrachtete Sorla Oltops Kahlkopf mit den aufgerissenen Augen. Seltsam, daß der Haß, den Sorla gegen ihn empfunden hatte, nun ganz verschwunden war. Er löste die Dolchscheide von Oltops Gürtel, steckte das Wurfmesser hinein und befestigte es am eigenen Hosenriemen neben Keteliks Messer.

Die Nacht war schon angebrochen, da kamen die Frauen erst dazu, die Pferde zu füttern und zu tränken. Danach versammelte sich alles zum gemeinsamen kärglichen Mahl, angesichts der Zerstörung rundum und eingedenk der Toten in düsterer Stimmung. Nach dem Essen führte Perte Raghairom und seine beiden Schützlinge zum Heuboden über den Ställen. Sie konnten nicht sofort einschlafen, müde wie sie waren, denn bis spät in die Nacht wurde aufgeräumt und das Notwendigste instand gesetzt, und lange lauschte Sorla dem Arbeitslärm, der zu ihnen heraufscholl.

Ein Knarren ließ ihn hochfahren. Es war die Leiter, die zum Heuboden führte. Wieder knarrte eine Sprosse – dann war alles ruhig bis auf Kurfis' gleichmäßiges Schnarchen. Nun raschelte etwas im Heu, nicht weit, doch im Dunkeln nicht zu erkennen. Sorla griff nach Oltops Wurfmesser und richtete sich sprungbereit auf. Doch das Rascheln entfernte sich in die hintere Ecke des Heuspeichers. Einmal vernahm Sorla ein schabendes Geräusch, dann kehrte das Rascheln zurück, kam näher als zuvor und wurde still. Sorla hörte verhaltenes Atmen über sich.

Wenn es eine der Frauen ist, dachte er, dann will sie vielleicht zu Raghairom und mit ihm, naja. Aber wenn es Mesjajet ist, dann würde er Raghairom gern heimlich ermorden. Aber er kann es nicht, denn wir sind zu dritt, und wenn einer aufwacht, ist es aus mit der Heimlichkeit.

Die raschelnden Schritte entfernten sich, die Leiter knarrte verstohlen, nichts war mehr zu hören außer Kurfis' ruhigem Schnarchen.

❡

Weiche Pfoten mit schmerzhaft spitzen Krallen hasteten über Sorlas Gesicht. Er fuhr hoch. Im Heuspeicher dämmerte es grau. Einige Schritte weiter mühte sich ein Marder durchs Heu. Er wäre gerne in anmutigen Sätzen davongeeilt, doch das federnde Heu bot den kurzen Beinen keinen Halt. Sorla lachte. Da wandte der Marder den rundohrigen Kopf und sicherte. Unter der schwarzglänzenden Nase hing schlaff eine Maus. Die packte der Marder mit den Vorderpfoten und hielt sie vor dem weißen Brustfleck fest.

„Verzeih die Störung", sagte er vernehmlich, „und Tara gewähre dir Jagdglück!" Damit hoppelte er weiter und verschwand in einer Bretterritze.

„He, was?" rief Sorla.

Kurfis unterbrach sein Schnarchen und öffnete ein Auge. „Hast du gerufen?"

„Ein Marder sprach mit mir."

„Du hast geträumt." Das Auge schloß sich wieder. Aber Sorla fuhr sich über die Wange und ertastete die Kratzer.

Geträumt oder nicht, ihm fielen nun auch die Schritte der letzten Nacht wieder ein. Er stand auf, stieg über seine schlafenden Gefährten weg und watete durch das Heu zur jenseitigen Bretterwand, von wo er das schabende Geräusch gehört hatte. Dort war nichts Auffälliges, nur ein Querbalken, der die dünnen Bretter der Außenwand zusammenhielt. Sorla betastete ihn, ohne etwas zu entdekken. Als er sich abwandte, sah er die Augen des Marders aus einer Bretterritze funkeln. Sorla winkte ihm, da verschwand das Tier.

Er untersuchte den Balken erneut. Nun fielen ihm Schmutzspuren auf; jemand mußte mit dreckigen Stiefeln darauf gestanden haben. Sorla stellte den Fuß auf diese Stelle, griff zwischen zwei Bretter und zog sich hoch. Unter seinem Gewicht gab der Balken etwas nach und schabte an einem losen Brett entlang. Sorla konnte nun mit der anderen Hand bis zum Schindeldach reichen und ertastete sofort einen schmalen Lederriemen. Daran hing, als Sorla ihn hervorzog, ein kleiner kantiger Gegenstand, golden glänzend, länglich-flach und unregelmäßig mit Edelsteinen besetzt. Das eine Ende war ringförmig verbreitert; durch diese Öse führte der Riemen und war so verknüpft, daß man sich das Glitzerding um den Hals hängen konnte. Sorla tat es, stopfte aber den Anhänger unter sein Wams.

„Das wird dem Mann nicht gefallen", kicherte jemand leise.

Sorla wandte sich erschreckt um; er fühlte sich ertappt. Der Marder hatte sein Köpfchen vorgestreckt und lugte listig herüber. Sorla sprang ins Heu zurück und ging auf den Marder zu, der aber verschwand in seinem Versteck.

„Weg von meiner Tür", knurrte er hinter den Brettern vor, „oder ich beiße dich ins Bein."

„Wieso kannst du reden?"

„Blöde Frage. Frag lieber, weshalb du mich verstehst."

„Weshalb verstehe ich dich?"

„Weil du ein Schlangenkind bist."

„Weshalb kann ich sonst nicht mit Tieren reden?"

„Zaubernächte sind selten."

„Zaubernacht? Was ist das?"

„Weiß ich nicht." Ein sich entfernendes Rascheln verriet, daß der Marder das Gespräch für beendet ansah.

❡

Die morgendliche Milchsuppe löffelten alle gemeinsam im Haupthaus. Mesjajet schaute manchmal scheel herüber, murrte aber nur leise vor sich hin. Penta wurde von der Alten gefüttert. Nach dem Essen erhob sich Perte, jung, stämmig, mit entschlossener Miene.

„Frauen", sagte sie. „Ab heute spreche ich zu euch. Ist es nicht so, Mutter?"

Penta nickte und schaute stumm auf ihre verbundenen nutzlosen Arme. Die Frauen aber stießen sich vielsagend an und begannen zu tuscheln.

„An Tagundnachtgleichen kann man so manches erleben", mümmelte die Alte mit zahnlosen Kiefern, „da geht es drunter und drüber! Dann reden sogar Tiere, heißt es ja."

„Wenn du etwas sagen willst, Alte, dann sprich ohne Rätsel", sagte Perte.

„Weit ist es gekommen", mümmelte die Alte mit zahnlosen Kiefern, „wenn die Füllen sich als Leitstuten aufspielen."

„Schweig, Alte", zischte Perte, „deine Zeit ist lange vorbei."

Die Alte zuckte zusammen. „Was hab ich denn gesagt, Perte? Sei nicht so."

Perte fuhr fort: „Heute bestatten wir die Toten, unsere und die der Feinde. Morgen werden wir über die Zukunft dieses Hofes sprechen, denn viel ist geschehen. Doch bin ich zuversichtlich. Auch ist der heutige Tag der vierte des vierten Monats – ein gutes Zeichen, denn als Tagundnachtgleiche trennt er den Winter vom Frühling. So mögen wir mit den Toten die schlimmen Erfahrungen bestatten und hoffen, daß uns Ramlok aufs neue Glück und Gedeihen beschert."

Die Frauen murmelten zustimmend.

Mesjajet sah sich mißtrauisch um und erhob sich ebenfalls. „Da gibt's nicht viel zu besprechen", rief er. „Die Fremden sollen verschwinden. Erst mit ihnen kam das Unglück." Er blickte zu Raghairom herüber, der seine Empörung nur mühsam beherrschte. „Und morgen feiern wir den Beginn des Frühjahrs, wie es Brauch ist: Ramloks Segen werde ich euch einflößen, euch allen ohne Ausnahme!"

Falls Mesjajet Beifall erwartete, wurde er enttäuscht, denn die Frauen schwiegen. Perte klopfte auf den Tisch: „Setz dich, Mesjajet. Über deinen Vorschlag werden wir morgen sprechen. Heute ist der Tag der Toten."

Als erstes sollten die Leichen der Angreifer verschwinden. Perte wies eine Gruppe Frauen an, in einiger Entfernung vom Hof eine Grube auszuheben, tief und breit genug für sechsundzwanzig Leichen. Die übrigen Frauen wandten sich anderen Beschäftigungen zu, so daß Sorla und seine Freunde bald mit der hilflosen Penta am Tische saßen und sich etwas nutzlos vorkamen.

Die Alte gesellte sich zu ihnen.

„Stimmt das mit den Tieren?" fragte Sorla. Hast du schon Tiere sprechen gehört?"

„Aber nein, mein Junge. Man sagt das nur so."

¶

Ein warmer Föhnwind blies über die jungen Wiesen, als die Frauen hinauszogen, ihre eigenen Toten zu bestatten, an den Weidezäunen vorbei, hinter denen die Pferde neugierig herüberblickten. Vornweg ritt Perte, auf ihrem Schwert blitzte die Sonne. Hinter ihr trugen zwei Frauen ein hölzernes Standbild, das, grob geschnitzt, ein sich bäumendes Pferd mit Flügeln darstellte. Die übrigen Frauen und Mädchen führten in langer Reihe die Pferde, welche Bahren nachschleiften, gefertigt aus frischgeschlagenen Eschenstangen. Darauf waren die Toten festgebunden und mit dunklem Tannengrün bedeckt. Raghairom folgte mit Sorla und Kurfis, doch es war ihnen nicht erlaubt worden, beim Herstellen der Bahren oder beim Aufbahren der Toten Hand anzulegen. Den Schluß bildeten Penta und die Alte. Daß letztere eine brennende Laterne trug – am hellen Tag – erstaunte Sorla, aber er wollte nicht nach dem Grund fragen.

Der Trauerzug führte nach Osten, weg vom Fluß und stetig aufwärts den Ausläufern des Arberg entgegen. Diesen konnte Sorla, nicht weit entfernt, im Norden und, kaum weiter, den Pelkoll im

Süden erkennen. Auf einer waldlosen Anhöhe erwartete sie ein riesiger Haufen Holz und Reisig, den die Frauen am Vorabend aufgeschichtet haben mußten. Hier – in einiger Entfernung vom Holzstapel – wurde das hölzerne Pferdebild aufgestellt. Die Frauen befreiten die Pferde vom Geschirr und hoben die Bahren, samt Toten und Tannengrün, einzeln und vorsichtig auf den Scheiterhaufen.

Perte trat vor, die Haare im warmen Wind flatternd, rammte ihr Schwert in den weichen Boden und wartete, bis alle ruhig standen. Nur die Pferde gingen grasrupfend umher und schnaubten leise.

„Ihr Frauen", rief sie dann, „fühlt, wie Ramlok im Wind euch schmeichelt, und gedenkt eurer Schwestern, die er mitnimmt, in Schweigen!"

Sie schritt zum Scheiterhaufen, wo die Alte stand, nahm deren Laterne und warf diese zwischen das aufgeschichtete Holz. Sofort loderte das Reisig auf, die Flammen züngelten an den dickeren Ästen hoch, der Wind fuhr funkensprühend dazwischen, setzte das Tannengrün und die Bahren in Brand, und im Nu war der Haufen in eine riesige Lohe verwandelt, die fauchend und prasselnd ihre Rauchschwaden dem Wind überließ. Der packte sie, wirbelte sie in seltsamen Formen umher und jagte mit ihnen über die Höhen davon.

Die Frauen, beobachtete Sorla, blickten, als sähen sie mehr in dem Rauch; sie lächelten zuweilen und sahen den verwehenden Schwaden fast sehnsüchtig nach.

❡

Mesjajet war im Hof geblieben, um ihn zu bewachen und sich um die drei Kühe zu kümmern, die im Stall standen. Er hatte die Zeit aber genutzt, sich zu betrinken, und so mußten die Frauen, als sie heimkamen, die brüllenden Kühe melken, füttern und den Stall ausmisten.

„Ich bin so traurig", lallte er, „so traurig!"

„Ach?" fragte Perte ruhig.

„Die armen Frauen … ich hab sie geliebt!"

„So?"

„Du glaubst mir nicht! Keine versteht mich, keine!"
„Aha?"
„Du blöde Stute, was …!" Das letzte schrie er, in plötzliche Wut geraten, und wollte sich mit geballter Faust auf Perte stürzen. Sie aber trat einen Schritt beiseite, Mesjajet stolperte und fiel hin. „Ich bin der Hengst!" brabbelte er noch und schlief ein.
Abends saßen alle im Haupthaus beisammen. Mesjajet schnarchte neben der Feuerstelle auf dem Boden, zuckend wie ein Tier.
„Ein Haufen Dreck", murmelte Perte.
„Er war nicht immer so", erwiderte Penta leise. „Erinnere dich, als Mesjajet kam, ein mächtiger Hengst, immer guter Dinge …"
„Das ist viele Jahre her, und ein Angeber war er stets."
„Sicher, Perte. Mit Heril konnte er sich nicht messen. Doch weißt du nicht mehr, wie schlimm das Jahr ohne Mann auf dem Hof war? Wie wir alle aufseufzten, als wir Mesjajet sahen?"
Perte zuckte wortlos die Achseln und stand auf. Damit war es allen freigestellt, schlafen zu gehen. Raghairom kletterte mit Kurfis und Sorla die Leiter zum Heuboden hoch. Am nächsten Morgen, nach dem Frühstück, wollten sie aufbrechen, damit Sorla endlich nach Stutenhof gelangte, Kurfis zurück nach Fellmtal und Raghairom nach Seedorf, die Geschäfte seines Vaters zu besorgen. Mesjajet würde sie hier sowieso nicht länger dulden.
Irgendwann nachts erwachte Sorla von einem Rascheln. Er ließ den Glygi leuchten und sah, wie der Marder sich durchs Heu mühte.
„Taras Jagdglück", flüsterte er dem Tier hinterher. Der Marder wandte den Kopf, keckerte Unverständliches und hastete weiter.

¶

Als Sorla und Kurfis das Haupthaus betraten, auf die morgendliche Dickmilch mit Fladenbrot hoffend, fanden sie sich enttäuscht. Niemand war da außer der Alten, welche Krüge in Weidenkörbe packte. Es duftete nach frisch Gebackenem.
„Gibt's nichts zu essen heute?" fragte Kurfis mit großen Augen.
Die Alte richtete sich auf, ächzend den Rücken haltend. „Wo ist euer großer Freund?"
„Raghairom? Schläft noch."

„Gut so“, kicherte die Alte, „heute muß er ausgeschlafen sein!“

„Ja, wir wollen nach Stutenhof“, bestätigte Sorla.

Das schien die Alte nicht gehört zu haben. Sie wandte sich kichernd um und deutete auf die Körbe: „Bringt das raus!“

Im Hof standen die Frauen um die Ulme versammelt. Als Sorla seine Körbe hinüberschleppte, sah er Perte, die, auf einem flachen, doppelt klafterbreiten Stein stehend, zu den Frauen redete, sich aber jetzt unterbrach.

„Stellt die Körbe neben Ramloks Bild!“ rief sie und zeigte auf das hölzerne geflügelte Pferd, das am Vortag die Leichenverbrennung begleitet hatte. Es war mit bunten Bändern geschmückt, die im kalten Morgenwind lustig flatterten.

Eben wankte Raghairom schlaftrunken auf den Hof, gähnend und lachend zugleich, denn zwei Frauen hielten ihn an den Händen.

„Das ist ganz gutes Erwachen!“ rief er. „Mache ich Augen auf, sind zwei schöne Frauen!“

Perte lächelte und winkte ihn zu sich auf den breiten Stein. Dort begann sie ihn zu entkleiden. Er lachte verdutzt und ließ es sich gefallen. Erst als es an die Hose ging, meinte er: „Ein schön Spiel, aber hier ist großes Kälte!“ Und er bückte sich nach seinen Kleidern.

„Hände weg!“ zischte Perte und hieb ihm mit der flachen Schwertklinge vor den Magen. Raghairom erstarrte in der Bewegung. Auch die anderen Frauen hatten plötzlich ihre Waffen unter den Umhängen hervorgezogen, so daß er sich von blitzenden Messern umgeben sah.

„Bleib genau da stehen“, sagte Perte. „Und jetzt zieh die Hose aus.“

„Weshalb die Messern?“ fragte Raghairom ärgerlich. „Wenn ihr mein hübsches Körper sehen wollt, braucht ihr bloß sagen, braucht ihr kein Messern.“ Damit ließ er die Hose herunter und schlenkerte sie mit dem Fuß beiseite. Er sah tatsächlich sehr gut aus, nicht nur das Gesicht, umrahmt von langen schwarzglänzenden Locken, was schon der Gütigen Nufre beifällige Äußerungen entlockt hatte, sondern auch der Körper: groß, schlank und dennoch kräftig gebaut.

„Haben eure Augen genug gegessen an mein Körper? Dann ziehe ich wieder an, weil herrscht groß Kälte!“

„Rühre dich nicht“, warnte Perte, „und bleibe auf dem Opferstein." Sie richtete die Schwertspitze auf ihn.

„Opferstein? Was hab ich armes Mann getan? Oh Agra, oh mein Vaterstadt!" Halb wütend, halb hilflos stand er, die Arme eng angelegt, das Glied in den hohlen Händen geborgen, frierend im Wind. Sorla überlegte, was er unternehmen konnte. Auch Kurfis neben ihm murmelte empört vor sich hin. Doch war der Kreis um den Opferstein dicht geschlossen, und außer den Frauen hatte niemand Waffen. Weshalb aber sollten die Frauen Raghairom töten, dem sie viel zu verdanken hatten? Vielleicht war alles nur ein grober Scherz? Am besten, man wartete ab.

„Hier kommt Mesjajet!" rief die Alte vom Haus her.

„Endlich!" antwortete Perte. Und „Mesjajet!" schrien die Frauen im Chor. Dieser grinste. Dann sah er den nackten Raghairom aus der Mitte der Frauen ragen.

„Der da!" brüllte er. „Ich mach ihn fertig!" Er bahnte sich einen Weg durch die dichtgedrängte Frauenschar, begleitet von anfeuernden Rufen: „Mesjajet! Mesjajet!"

Jetzt hielt es Sorla nicht mehr. Er schob sich ebenfalls zwischen den Frauen bis zum Opferstein hindurch und schrie sie an: „Laßt Raghairom in Ruhe! Laßt ihn laufen!" Aber er selbst konnte seine Rufe kaum hören, denn das vielstimmige „Mesjajet!" übertönte alles. Eben kam auch Mesjajet am Opferstein an und sprang hinauf. Da blitzte es auf: Pertes Schwert war zwischen den beiden Männern niedergesaust und bildete eine Schranke. Mesjajet sah sich verblüfft um. Auch er war von einem Kreis vorgestreckter Messer umgeben.

„Was soll das?" brüllte er in das plötzliche Schweigen. In seinem Gesicht arbeitete es, seine Fäuste ballten sich. „Ist das eine Falle?" Die Frauen blickten ihn steinern an. „Hab ich euch nicht gut bedient? Was wollt ihr?" Keine Antwort. „Ihr miesen Stuten, macht das Maul auf! Ich werde euch …!" Er hob drohend die Faust, sein Blick fiel auf die Messer, da ließ er den Arm wieder sinken. Als er wieder sprach, klang er wie ein weinerliches Kind: „Dann laßt mich, ihr blöden Stuten. Wenn ihr mich nicht wollt, laßt mich gehen."

„Sei still, Mesjajet", herrschte ihn Perte an. Er glotzte sie an. „Und nun, ihr Frauen, hört! Auch ihr, Mesjajet und Raghairom, hört gut zu! Zwei Hengste stehen hier. Nur einer wird den Tag überleben. Möge es der richtige sein!"

„Ein Hengst bin ich“, rief Raghairom, „und ein gutes auch. Bloß sieht man nicht bei groß Kälte.“ Er schaute von oben in die hohlen Hände. „Aber ich gehe lieber fort mit viele Freude. Denn ich finde dumm ein Kampf bis auf Tod.“

„Schweig und hör zu, Raghairom“, unterbrach ihn Perte. „Wer Hengst auf diesem Hof ist, ist Ramloks Vermittler. Weißt du, was das heißt?“

Raghairom schüttelte den Kopf und fror.

„Ramlok, Gott der Winde, der Pferde und der weiten Erde ...“

„Ramlok!“ unterbrach andächtig flüsternd der Chor der Frauen.

„ ... schickt durch seinen Vermittler allen, die auf dem Hof leben – Mensch und Vieh – Glück und Gesundheit. Das wäre deine Aufgabe.“

„Ich muß nach Stutenhof in Geschäft von mein Vater. Das ist genug Aufgabe. Und ihr habt schon ein gut Hengst dort stehen.“

„Schweig und hör zu. Ramlok segnet den auserwählten Hengst mit Gesundheit und immerwährender Manneskraft.“

„Immerwährender Manneskraft würde mir groß Freude machen“, versicherte Raghairom. „Aber ein Kampf bis auf Tod finde ich dumm. Dann ist Manneskraft nicht lang immerwährend.“

„Schweig und hör zu. Alle Frauen hier kannst du haben, alle miteinander. Willst du uns Mesjajet lassen?“

„Euch alle haben? Miteinander?“ Raghairom grinste. „Muß ich eben heiligen Gastrecht verletzen und ungeschlachtes Rüpel töten, was Gastgeber ist.“

„Ha!“ brüllte Mesjajet. „Du mein Gast? Je eher ich dich erschlage, desto besser. Ich bin der Hengst hier!“ Er entkleidete sich bis zum Gürtel. Sorla staunte über den gewölbten Brustkorb und die massigen Arme. Raghairom aber ruderte mit den Armen und tänzelte umher, um sich zu erwärmen.

Perte zog das Schwert zwischen den beiden zurück, die Frauen traten einen Schritt nach hinten. Mesjajet stürzte sich brüllend auf Raghairom, der sich wegduckte. Der Angreifer stolperte halb vom Opferstein herab und geriet in die vorgestreckten Messer. Blutend, doch ohne ernsthafte Verletzung, wandte er sich um. Diesmal war er vorsichtiger. Lauernd umkreiste er Raghairom und griff dann erneut an. Raghairom trat einen winzigen Schritt beiseite, und Mesjajet stolperte, von Raghairom noch gestoßen, über dessen Fuß. Wieder geriet er in die Messer der Frauen.

„Bleib auf dem Stein, Mesjajet!" drohte Perte.

Dieser wischte sich die Haarzotteln aus der Stirn und knurrte wütend: „Noch einmal entwischst du mir nicht!" Die Arme gespreizt, stapfte er auf Raghairom zu. Jener tänzelte zurück, sprang plötzlich vor, umklammerte Mesjajets Hüfte und hob ihn aus dem Stand, so daß dieser mit Wucht auf dem Stein aufschlug. Als er sich aufrichten wollte, warf sich Raghairom über ihn und renkte ihm den Arm nach hinten. Mesjajet stöhnte.

„Übergib dich!" rief er triumphierend.

Perte hob das Schwert: „Wer sich ergibt, stirbt!" Wie Raghairom zu ihr hochsah, nutzte Mesjajet dessen Unachtsamkeit; er drehte sich mit einem Ruck herum, bekam den Gegner am Knöchel zu pakken und trat ihm gleichzeitig in den Unterleib, daß er neben ihm aufschlug. Mesjajet warf sich brüllend über ihn, dieser aber rollte beiseite, und beide Körper wälzten sich ringend auf dem Opferstein umher.

Sorla bewunderte die Gewandtheit Raghairoms. In der kraftvollen Beherrschung des Körpers, der spielerischen Schnelligkeit seiner Bewegungen erinnerte er an einen Hengst. Mesjajet dagegen, stark, aber plump, ähnelte einem Stier, der auf fetter Weide ein faules Leben führte.

Ein warmer Wind kam auf. Zu warm für die Jahreszeit, dachte Sorla, aber gut für Raghairom. Noch während er so dachte, frischte der Wind auf und brauste über den Hof, daß Türen knallten und die Zweige der Ulme pfiffen. Am Himmel jagten einzelne Wolken nordwärts unter der Frühlingssonne dahin.

„Ramloks Wind!" rief Perte. Und „Ramlok!" jubelten die Frauen. Auch Sorla spürte eine fiebrige Erwartung und drängte sich näher an den Opferstein. Die Kämpfer waren mit Armen und Beinen ineinander verstrickt; Mesjajet versuchte offenbar, Raghairoms Kopf zu packen und gegen den Opferstein zu schmettern, dieser aber wich aus, und es gelang ihm, in Mesjajets Rücken zu kommen, um die Arme als Hebel unter dessen Achseln zu bringen. Nun drückte er die verschränkten Hände in Mesjajets Nacken. Dieser drehte sich umher, doch Raghairom hing fest an seinem Rücken und preßte mit aller Kraft. Mesjajet ließ sich fallen, um seinen Peiniger zu erdrükken oder abzustreifen, dieser aber stemmte sich mit starken Beinen vom Boden und verstärkte den Druck auf den stiernackigen Hals. Sorla hielt vor Spannung den Atem an. Da warf Mesjajet die Arme nach hinten, bekam mit einer Hand Raghairoms Hals zu fassen und drückte seinen Daumen in dessen Kehle. Raghairoms Augen traten vor; er brach hinter Mesjajet in die Knie, diesen mit sich zu Boden ziehend.

Sorla schrie auf und sprang vor. Mesjajets Blick traf ihn, höhnisch, siegreich – doch plötzlich weiteten sich seine Augen: An Sorlas Hals sah er golden glitzernd den Kriteis-Anhänger.

„Was …", wollte er brüllen und wandte den Kopf. Diesen Moment nutzte Raghairom. Ein lautes Knacken ertönte, und Mesjajet sank mit gebrochenem Hals auf den Opferstein.

❡

Nun kam auch die Alte aus dem Haus und trug eine Schüssel voll winziger Kuchen, kaum nußgroß. Jeder durfte einen nehmen, und Sorla hätte gerne weitere gehabt, denn es schmeckte köstlich nach Honig, Nüssen und eigenartigen Gewürzen. Auch Kurfis schien so zu denken, doch als er ein zweites Mal in die Schüssel griff, bekam er einen derben Schlag auf die Finger.

„Eins reicht!" schrie die Alte. Kurfis rieb sich die Hand und machte große Augen.

Eine Frau ging mit einem Krug Wasser herum und ließ jeden aus der Schöpfkelle trinken. Sorla war dafür dankbar, denn die Küchlein hinterließen einen seltsam herben Nachgeschmack. Auch durchfuhr es ihn auf einmal fiebrig heiß, und er trank die ganze Kelle leer. Er hörte Raghairom lachen; es klang in seinem Kopf, als würden Blasen zerplatzen. Als Sorla aufblickte, war die Ulme weit fort, und die Menschen darunter ein winziges Gewimmel.

Zwei Frauen schleppten eine Wanne herbei – wie klein sahen sie aus! Und wie sie sich mit der winzigen Wanne mühten! Sorla mußte lachen und nahm ganz gedankenlos den Krug entgegen, der von Bier schäumte. Hier oben, hoch über dem Hof und zwischen den Wolken, war es doch schöner!

Der Wind umbrauste ihn, und plötzlich merkte Sorla, daß hohes Steppengras ihn umgab, das wogte in Wellen vor dem Wind unter dem fahlen Himmel. Aus der Ferne donnerten in breiter Front Pferde heran; ein blondmähniger Hengst löste sich von der Herde und trabte näher.

„Sieh da, Tainas Fohlen!"

„Heril!" rief Sorla.

„Sag Penta dort unten, Prata sei gut angekommen, auch die anderen Stuten. Und der Neue – wie heißt er?"

„Raghairom."

Der Hengst schnaubte belustigt. „Eine kleine Herde Stuten hat er beisammen – wenn sie ihm nicht weglaufen. Ich wünsche ihm Glück." Damit bäumte er sich auf, wiehernd vor Lust, machte auf der Hinterhand kehrt und preschte zu seiner Herde zurück. Ihr Hufschlag, als sie verschwanden, mischte sich mit dem Donner in den dahinjagenden Wolken.

Durch Sorlas Haar brauste der Wind; er war ein Teil der Steppe. Wenn die Wolken aufrissen, badete er im Sonnenlicht; dann wieder fielen einzelne Tropfen und befeuchteten kaum den Staub seiner Stirn.

Eine zweite Herde erschien in der Ferne, kleiner als die vorige. Wie sie näherkamen, erkannte Sorla die schwarze Mähne des Leithengsts, und er winkte Raghairom zu, der stolz mit seinen Stuten vorüberjagte.

Fims Strafe

Vor dem Tor, das in das palisadenbewehrte Dorf Stutenhof führte, standen einige Kinder und Jugendliche. Sie blickten einem Zwölfjährigen entgegen, der vom Klohäuschen am Fluß zurückkam, schlank, mit kurzem blonden Haar und in abgetragenen Kleidern.

Einer der Größeren spuckte verächtlich in die vorjährigen Brennnesseln, die neben dem Torpfosten verrotteten. Wie auf Befehl stellten die anderen sich zurecht, die Arme herausfordernd verschränkt, breitbeinig das Tor versperrend.

„Wie heißt du überhaupt?" fragte der Wortführer.

„Sorla."

„Ist das ein Name oder ein Witz?"

Die Umstehenden lachten und freuten sich ihrer Gemeinsamkeit. Sorla stand ruhig da, die Zunge pulte nach einem Speiserest zwischen den Backenzähnen.

„Aus welchem Drecksdorf kommst du?"

„Aus keinem Dorf. Ich bin am Gnomfluß aufgewachsen."

„Waaas? Dort gibt's bloß Gnome und so'n Scheiß."

Die anderen kicherten. Sorla schwieg.

„Wer sind deine Eltern, häh?"

„Meine Mutter heißt Taina."

„Taina?" rief der Anführer und sah sich nach Bestätigung um. „Das ist doch die, die man hier rausschmiß, weil sie gestohlen hat!" Das höhnische Gelächter verstummte mit einem Schlag; der Wortführer lag schmerzverkrümmt zwischen den braunen Brennesselstengeln, denn Sorla hatte ihm in den Unterleib getreten.

„Will einer noch was wissen?" fragte Sorla herausfordernd. Die anderen machten ihm schweigend Platz, so daß er durchs Tor und zum Haus seiner Pflegemutter Retlar konnte.

¶

„Es ist mir immer wieder unheimlich, Sorla", sagte Retlar. Sie streichelte das Messer, das Sorla auf ihren Tisch gelegt hatte, denn es stammte von Ketelik, ihrem verstorbenen Mann. Sie trug die Witwentracht, die, grau und streng gefaltet, vergessen ließ, wie hübsch ihr Gesicht, wie ansehnlich ihre Figur noch waren für eine Frau, die bald auf die Dreißig zuging.

„Du sahst mein totes Kind, warst dabei, als die Hexe meinen Mann umbrachte …" Sie faßte sich an die Brust und rang nach Luft.

Sorla schwieg. Er dachte nicht gern an das Jahr bei Markreske. Wozu auch Tleresek erwähnen, den Anstifter, den neidischen Nachbarn? Retlar konnte gegen ihn sowieso nichts ausrichten. Sorla steckte das Messer wieder in seinen Gürtel, und Retlar merkte es nicht einmal, so abwesend starrte sie vor sich hin.

Die Brotsuppe schlürfend, dachte Sorla an den Tag zurück, als Kurfis mit ihm hierher gekommen war, zu Bineraz, dem Wirt des „Bunten Pferdes", und im Namen seines Vaters für Sorla um Unterkunft und Verpflegung gebeten hatte. So einfach sei das nicht, hatte Bineraz geantwortet, sich die fleischige Stirn reibend. Ungern nur erinnerte er sich an Taina, Sorlas Mutter, die einst bei ihm als Magd arbeitete. Sie hatte jenen hergelaufenen Tok-aglur befreit und damit Oltop und seine Kumpane erbost – Verbrecher, zugegeben, aber sie hatten stets die Zeche gezahlt. Daß sie dann, als Tok-aglur entkam, das halbe Dorf anzündeten, war doch eher Tainas Schuld!

Andererseits: den einflußreichen Schmied Kelgin wollte er jetzt nicht verärgern. Man war also zu der Lösung gekommen, diesen verlotterten Jungen der verarmten Witwe Retlar zu überantworten, die ja auch ihr Kind verloren hatte. Sie lebte allein im Haus. Jetzt war es Tlereseks Eigentum, und sie mußte sein Haus sauberhalten, um in ihrem leben zu dürfen. Dort konnte Sorla wohnen, und im „Bunten Pferd" sollte er sich nützlich machen; abends mochte er Essensreste heimnehmen, für sich und die Witwe, und überdies bekäme er wöchentlich einen Polk ausbezahlt. Sorla war das recht, weil er hoffte, im „Bunten Pferd" am ehesten etwas über seine Mutter zu erfahren, was ihm half, sie wiederzufinden. Auch hatte er mit den Gnomen ausgemacht, in Stutenhof auf Botschaft zu warten; Greste der Wanderer wollte ja nach Tainas Verbleib forschen und Sorla Bescheid geben. So lange wollte er hier arbeiten.

Der Napf war leer. Sorla stand auf, um ins „Bunte Pferd" hinüberzugehen. Retlar hielt ihn am Arm fest: „Erinnere dich, war mein Kind wirklich tot?"

„Ja, natürlich."

„Bitte, Sorla, erinnere dich! Es schlief vielleicht, und jetzt braucht es meine Hilfe?"

„Es war tot. Ich hab's schon oft gesagt."

Aber als Sorla in der Tür zurückblickte, sah er Retlar vor sich hinstarren, die Fingerknöchel zwischen die Zähne gepreßt.

❡

Alle Häuser in Stutenhof haben, der häufigen Überschwemmungen wegen, wenn bei Schneeschmelze der Fluß Eldran über die Ufer tritt, den Eingang im Obergeschoß. Man erreicht die Wohnstube von außen über eine Treppe. Das Erdgeschoß dient als Stall oder zur Aufbewahrung von Geräten. Einen Keller auszuheben wäre sinnlos, da er ständig voll Wasser stünde. Die meisten Häuser sind mit der Rückwand direkt an die Palisadenmauer gebaut, dicht nebeneinander, und bilden mit Treppchen, Geräteschuppen und Misthaufen ein unübersichtliches Gewirr.

Es war schon dunkel, als Sorla über den Dorfplatz ging, am Brunnen vorbei, wo etwas Mondlicht zwischen den Dächern hindurchfiel und den morastigen Boden erhellte. Da traf ihn ein Stein am Rücken. Er hörte unterdrücktes Gelächter, konnte aber nicht feststellen, von wo. Statt lange und nutzlos ins Dunkle zu spähen, lief er weiter zum „Bunten Pferd". Weit hinter sich hörte er Schritte. Beim Gasthaus rannte er die Treppe hoch, hastete durch die Schankstube zur Küche, ohne sich darum zu kümmern, was der Wirt ihm nachrief, und stieg aus dem rückwärtigen Küchenfenster wieder in die Nacht hinaus. Lautlos ließ er sich auf das Dach des Geräteschuppens unter dem Küchenfenster gleiten und von dort auf den Boden.

Im Schutz der Dunkelheit verharrte er. Eben überquerten zwei Gestalten den Dorfplatz, blieben flüsternd stehen und verschwanden dann seitab hinter dem Anbau des Hauses von Hamkrik dem Händler. Sorla huschte bis zur Ecke hinterher. Die Tür des Schuppens stand offen, doch Sorla zog es vor, durch eine Spalte zwischen den Brettern hineinzuspähen.

„Autsch! Verdammt dunkel hier!" Der Stimme nach zu urteilen, war der Sprecher kaum älter als Sorla.

„Schnauze, Hulwe!" Das war der Junge, dem Sorla erst heute in den Bauch getreten hatte. „Kannst du nicht leise sein?"

„Mein Schienbein blutet."

Der andere kicherte. Sorla beobachtete, wie die beiden herumtasteten, bis sie zwischen Fässern und Kisten einen Sitzplatz gefunden hatten. Daß er noch sehen konnte, wo andere im Finstern tappten, ließ ihn überlegen lächeln; wieder beglückwünschte er sich, die „Elfensicht“ von seiner Mutter geerbt zu haben.

Er eilte lautlos zum Küchenfenster zurück, stieg ein und stand näpfeklappernd über der Spülwanne, als der Wirt mit verärgertem „Sorla! Wo bleibt der Junge!“ hereinschlurfte.

Zwei Stunden später war die Arbeit beendet. Sorla hatte die Zeit genutzt, um einen Plan auszuhecken, wie er die beiden, die anscheinend in Hemkriks Anbau auf seine Rückkehr warteten, übertölpeln konnte. Wenn sie ihn aus der Richtung des „Bunten Pferdes“ erwarteten, mußte er sich von der anderen Seite her anschleichen; vielleicht gelang es, sich mit einem gezielten Steinwurf zu rächen. Daher verließ er die Schenke wieder durch das Küchenfenster. Diesmal jedoch kletterte er zum Wehrgang an der Palisadenwand hoch, die an das Haus angrenzte. So konnte er über die Dächer um das halbe Dorf herumlaufen. Als er sich neben dem Tor, das nachts geschlossen war, über die Brüstung schwingen wollte, um sich herabzulassen, packte ihn jemand am Arm.

„Hiergeblieben!“ Aus einer Nische im Wehrgang tauchte ein grauhaariger Krauskopf ins Mondlicht: Hrudo. „Was treibst du hier oben?“

Sorla betrachtete den alten Söldner. Er wußte, daß es dessen Aufgabe war, hier für Sicherheit zu sorgen.

„Ich will nur heim. Durch den Matsch mag ich nicht laufen.“

„Wo wohnst du? Ich kenne dich nicht.“

„Ich wohne bei Retlar, und Sorla ist mein Name.“

Hrudo sah ihn mißtrauisch an, lockerte aber den Griff. „Kinder haben auf dem Wehrgang nichts zu suchen. Ab nach Hause! Dort ist die Leiter!“

Also stieg Sorla gehorsam hinunter und wandte sich Retlars Haus zu. In diesem Moment hörte er ein Geräusch aus Hamkriks Schuppen, ein Rumpeln, dann einen unterdrückten Fluch.

Auch Hrudo hatte es bemerkt. Er eilte hinter Sorla die Leiter herab, schlich, ein kurzes Schwert haltend, auf den Schuppen zu und riß die Tür auf: „Wer da?“

Einen Augenblick blieb alles still, dann erschien, vom Mond beschienen, das verhaßte Gesicht des Jungen, der Sorla nicht durch das Tor lassen wollte.

„Ah, Matik", sagte Hrudo. „Und wer ist noch da drin?"

Eine etwas plumpere Gestalt trat heraus, mit verlegenem Grinsen im pickligen Gesicht.

„Hulwe also. Was habt ihr hier verloren?"

Die beiden wurden der Antwort enthoben, denn in diesem Moment huschte eine dritte Gestalt aus dem Schuppen heraus und rannte über den Platz auf das „Bunte Pferd" zu: ein halbwüchsiges Mädchen und, wie das Mondlicht verriet, sehr hübsch. Dies war Dilislar, Bineraz' jüngste Tochter.

❡

Es war früh am Tag. Retlar kam aus dem Stall hoch, in der Hand einen Krug mit frischgemolkener Milch, halbvoll bloß, denn nur eine Ziege stand im Stall. Sorla war erschrocken, als er das Tier zum erstenmal sah: ein kurzbeiniges Reh mit Hörnern! Doch die Ziege machte ihm schnell den Unterschied zwischen Rehen und ihresgleichen klar, indem sie ihn mit Anlauf in den Bauch knuffte, daß er an die Stallwand polterte.

„Hier trink, Sorla. Du mußt wachsen."

Doch während Retlar zusah, wie er die Milch schlürfte, wurde ihr Blick unstet, ihre Hände begannen sich wieder zu verkrampfen.

„Potek war mein einziges Kind", flüsterte sie. „Wir waren so froh, mein lieber Mann Ketelik und ich, als ich Potek gebar. Mein Kind. Mein Kind ..." Sie starrte an Sorla vorbei in die Ferne, als gäbe es keine Zimmerwand. Plötzlich fuhr sie auf und packte Sorla an der Schulter: „Und wenn es doch lebt?"

Sorla wischte sich den weißen Schaum von der Oberlippe. „Nein", sagte er dann.

„Ich fühle es", beharrte sie flüsternd. „Ich bin die Mutter! Ich spüre, daß Potek lebt!"

Sorla wurde es lästig, er verließ die Stube. Auf dem Dorfplatz standen die Männer Stutenhofs, ihre gesattelten Reittiere am Zügel haltend, denn heute war der Tag, an dem sie, wie jedes Frühjahr, das Gebiet um den Schweineberg durchkämmten, um ihre halbwilden Pferdeherden in die Koppeln außerhalb Stutenhofs zu treiben und dort den vorjährigen Fohlen die Zeichen ihrer Besitzer aufzubrennen. Es herrschte gutgelaunte Aufbruchstimmung; jeder trank noch schnell einen Krug von dem Bier, das Bineraz vor dem „Bunten Pferd" auf eigene Kosten ausschenkte. Sorla grinste, denn es war altes Bier, das bald sauer geworden wäre. Dann ritten alle durch das Tor hinaus.

„Weshalb kommst du nicht mit, Findling?" höhnte Matik. „Wo ist dein Pferd?" Die anderen Jungen lachten. Schadenfroh blickten sie auf Sorla herab, der allein zurückblieb.

„He, Sorla!" rief Hrudo. Erst jetzt merkte Sorla, daß nicht alle Männer fort waren. Bineraz zum Beispiel, beschürzt und geschäftig, wies seine vier Töchter an, die leeren Krüge wegzuräumen; Krewe der Sauhirt, umtanzt von seinen weißen Hunden, trieb die Schweine des Dorfes zusammen, um sie auf die Weide zu bringen, wie jeden Morgen, seit es Frühling war; Hamkrik räumte in seinem Schuppen auf, was letzte Nacht in Unordnung geraten war. Sorla blickte auf den biegsamen Leib von Dilislar, deren nackte Waden unter ihren Röcken hervorblitzten, wenn sie hurtig die Treppe zum „Bunten Pferd" emporeilte. Hrudo aber, sein graues Kraushaar aus der Stirn streichend, rief: „Wenn du nichts vorhast, als Maulaffen feilzuhalten, kannst du mir helfen!"

Rostige Schwerter und Kettenhemden, die Hamkrik von durchreisenden Söldnern billig erworben und dem Dorf kaum teurer verkauft hatte, mußten vom Rost befreit werden. Hrudo warf Sorla vier Kettenhemden herüber, unter deren Gewicht der Junge fast zusammenbrach, schulterte selber den Rest und winkte Sorla, ihm zu folgen. Bei Hamkriks Haus standen ein Fäßchen und eine Schaufel; die letztere packte Hrudo mit der freien Hand, das Fäßchen kollerte er mit den Füßen vor sich her. Sie verließen das Dorf und gingen den Knüppeldamm auf den Fluß zu. Dort warf Hrudo die Kettenhemden hin, und Sorla tat es ihm aufatmend nach. Dem Fäßchen fehlte ein Brett im Boden; durch diese Lücke füllte Hrudo zwei Schaufeln Ufersand und stopfte eines der Kettenhemden hinterher. Und nun begann er wieder zum Dorf zurückzugehen und das Fäßchen vor sich herzustoßen, daß es über den Knüppeldamm rumpelte. Bei jedem Schritt rieselten nasse Sandklumpen heraus.

„Wozu tust du das, Hrudo?"

„Hol noch Sand!"

Sorla eilte mit der vollen Schaufel Hrudo hinterher. Dieser füllte nach, was verlorengegangen war, machte kehrt und kollerte das Fäßchen zum Fluß zurück. Dort zog er das Kettenhemd heraus, und es blitzte in der Morgensonne, als wäre es nicht erst vorhin braun vor Rost und Dreck gewesen. Aber Hrudo war nicht zufrieden. „Zweimal braucht es noch", meinte er und steckte das Kettenhemd zurück.

So ging es den ganzen Vormittag: Hrudo kollerte das Fäßchen, und Sorla eilte mit der vollen Schaufel hinterher, später auch umgekehrt, denn Fäßchenkollern machte Sorla mehr Spaß, wofür Hrudo Verständnis zeigte. Dann spülten sie alles im Fluß aus und trugen es zum Dorf zurück.

„Essenszeit", sagte Hrudo und schob Sorla vor sich her zur dorfeigenen Schmiede. Einen Schmied gab es nicht; manchmal kam Kelgin für einen Tag aus Fellmtal herüber, um Pferde zu beschlagen, ansonsten aber lebte Hrudo hier und benutzte das Werkzeug je nach Bedarf. In der Esse war ein Feuer entfacht, über welchem jetzt ein Stück Schweinebauch am Spieß brutzelte. Hrudo brach Sorla und sich Stücke vom Fladenbrot ab. Sie vertrieben sich die Zeit, bis der Braten garte, indem sie mit dem Brot das Fett auffingen, bevor es in die Glut tropfte und verzischte.

„Was sind das für zwei Messer in deinem Gürtel, Sorla?"

Über Markreske mochte Sorla nicht reden, so überging er Keteliks Messer und erzählte nur, wie er Oltop den Wurfdolch abgenommen hatte. Hrudo schien das meiste nicht zu glauben, das Messer aber begutachtete er mit Kennermiene.

„Nicht schlecht", sagte er und warf das Messer durch die Schmiede, daß es zitternd in der Wand gegenüber steckenblieb. „Sogar sehr gut. Doch ein aufrechter Soldat läßt davon die Finger."

„Wieso?"

„Ein Schwert, ein Speer, das sind ehrliche Waffen. Aber ein geschleuderter Dolch, womöglich aus dem Hinterhalt..." Hrudo schüttelte den Kopf. Während er sich dem Braten zuwandte, brummte er: „Setoq schwang das Schwert, sein Auge blitzte..."

Und Sorla, das Lied erkennend, ergänzte: „Den Schwachen verhalf er zum Recht, den Starken zur Einsicht."

Da schlug ihm Hrudo so begeistert auf die Schulter, daß Sorla das Brot aus der Hand fiel, und sang mit vollem Mund:

„Setoq reitet noch immer, nie wird er sterben.

Enduhal liebt ihn, denn Setoq kämpft für das Recht."

Sorla jedoch ging zur Wand und holte sich das Messer wieder.

¶

Nachmittags wurden die Schwerter entrostet. Hrudo gefiel Sorlas Geschicklichkeit. „Als ob du es gelernt hättest", brummte er. Da erzählte ihm Sorla von Gonli, dem gnomischen Waffenmeister, der ihm die Grundbegriffe im Schwertkampf vermittelt hatte. Hrudo war beeindruckt und versprach, Sorla gelegentlich weiteren Unterricht zu erteilen.

Nun hörte man Wiehern, Hufgetrappel und das Johlen der zurückkehrenden Männer. Sorla rannte hinaus vors Tor. Wogende Pferderücken sah er, dazwischen die Männer, welche sich abmühten, die scheuenden Pferde in die Koppeln zu jagen und die Gatter zu schließen.

„Sorla! Ist das ein schön Überraschung!" Raghairom winkte fröhlich. Da war kein Zweifel: Raghairom war der größte und ansehnlichste Mann weit und breit, sein Pferd das edelste von allen. Wie die Mähne seines Tieres, so waren auch seine Haare durchflochten mit farbigen Bändern: in Rot als der Farbe des Glücks und Blau als Zeichen der unterwürfigsten Liebe. Seine Frauen schienen ihn sehr zu verehren. Als Raghairom seinen Rappen herandrängte und Sorla vor sich in den Sattel hob, sah Matik mißgünstig erstaunt herüber. Sorla genoß es.

Raghairom war zu den Stutenhofern gestoßen, weil drei ihrer Stuten ihm zugelaufen waren und, wie man an der dunkleren Farbe der mitlaufenden Fohlen sah, von seinen Hengsten gedeckt worden sein mußten. Derlei geschah jedes Jahr, und es galt als gut nachbarlich, die Stuten zurückzubringen. Das Problem waren die Fohlen: Sie hatten kein Brandzeichen und gehörten zur Hälfte dem Besitzer des Hengstes, wenn der auszumachen war. In diesem Fall war es einfach: Eine von Raghairoms Stuten fand sich samt Fohlen bei der Herde, welche die Stutenhofer zusammengetrieben hatten, und wurde ausgetauscht; von den übrigen zwei Fohlen, die er mitbrachte, konnte er eines behalten: ein übermütiges, dunkelmähniges Hengstfohlen.

„Brauche ich nicht, die kleine Pferd“, meinte Raghairom nachdenklich. „Falsches Hengst war Vater. Am besten, ich werfe die kleine Pferd in Fluß.“ Sorla fuhr erschrocken herum, da sah er das Blinzeln in Raghairoms Augen. „Oder wenn du willst, Sorla, nimm du die kleine Pferd!“ Und lachend schüttelte er die schwarzen Locken, während Sorla von seinem Pferd herabglitt und zum Fohlen hinüberrannte, um die Arme um dessen Hals zu schlingen.

Die meisten Stuten trugen das Zeichen Tlereseks, daher konnte er mehr Fohlen brandmarken als jeder andere. Er wirkte deshalb nicht zufriedener; mürrisch überwachte er die Arbeit und blickte umher, ob ihm nicht doch ein Fohlen entgangen sei.

„Hier, eine Stute mit Keteliks Zeichen!“ rief jemand. Tleresek fuhr hoch: „Das ist meine! Bringt sie her!“

Der Mann warf der Stute eine Schlinge, die an einem Stock befestigt war, über den Hals und zerrte sie herbei. Ein Fohlen und ein Einjähriger trotteten verstört hinterher.

Hrudo mischte sich ein: „Das ist die Stute, die Ketelik vor drei Jahren davonlief. Die kannst du nicht gekauft haben, Tleresek. Sie gehört Retlar, auch ihre Fohlen.“

„Ketelik verkaufte mir alle Pferde, ob im Stall, auf der Koppel oder auf den Hügeln.“

„Als wir den Handel bezeugten, klang das anders.“ Die Umstehenden nickten.

Tleresek wollte auffahren, besann sich aber. „Männer, ihr wißt, daß ich ehrlich bin. Was ihr nicht wißt, ist, daß Ketelik mit der verdammten Hexe Markreske unter einer Decke steckte. Fast jede Nacht schlich er hin und soff sich an ihren Tränken krank.“

„Ist das möglich!“ murmelten die Umstehenden entsetzt. Nur Hrudo widersprach: „Ketelik war glücklich mit seiner Frau. Er brauchte keine Hexentränke.“ „Das ist wahr!“ riefen die anderen.

Tleresek warf einen bösen Blick zu Hrudo hinüber. „Mancher redet dumm, weil er es nicht besser weiß.“ Er hob beschwörend die

Hand: „Fiel euch nicht auf, wie er zuletzt war? Als er das Kind verlor, wußte er sich keinen Rat mehr. Er suchte Trost bei Markreskes Zaubertränken. Dafür brauchte er das Geld, Männer. Er beschwor mich, ihn nicht zu verraten. Ich war sein Freund, wenn er je einen hatte, und ich warnte ihn. Aber er war dem Zeug verfallen."

Die Zuhörer schnauften mitfühlend.

„Zwei Nächte nach dem Handel kam er wieder, heimlich, und bettelte um Geld. Geh nicht zu Markreske, sagte ich. Es ist das letzte Mal, jammerte er. Er tat mir leid, und ich wollte ihm Geld schenken. Er wollte aber nichts geschenkt. Was kannst du mir schon geben, fragte ich. Er hatte ja nichts, und so sagte ich: Gut, falls die Stute wieder auftaucht, die dir weglief, dann nehme ich sie. Aber das sagte ich, um ihn zu beruhigen. Wer hätte gedacht, daß sie tatsächlich eingefangen wird?"

Die Umstehenden nickten gerührt. „Tleresek ist ein guter Mensch", murmelten sie im Auseinandergehen.

Sorla hütete sich, seine Meinung zu Tlereseks Ausführungen abzugeben. Stattdessen hielt er sein Fohlen fest, das mit Macht zu seiner Mutter strebte. Der Besitzer der Stute winkte ihm:

„Bringe das Fohlen vorläufig auf meine Koppel, Junge."

„Retlar hat auch eine Koppel."

„Es braucht seine Mutter noch."

„Aber ..."

Hrudo kam dazu. „Keine Angst, Sorla. Tebreig wird dir das Fohlen nicht wegnehmen."

Tebreig grinste und fuhr Sorla über die Stoppelhaare. Gerade kam Hulwe und rief: „Vater, wir brauchen das Brandeisen!" Da sah er Sorla und blieb verdutzt stehen. Tebreig gab ihm das Gerät und erklärte, Sorlas Fohlen dürfe vorläufig auf der Koppel bleiben. Hulwe und Sorla sahen verlegen aneinander vorbei.

Abends im „Bunten Pferd" ging es hoch her. Sorla stand in der Küche und hörte das Geschrei, das Aufschlagen der Krüge und die Rundgesänge. Gerne hätte er dabeigesessen, doch waren Essensreste von den Holztellern zu kratzen und Krüge auszuschwenken. Wenn Dilislar in die Küche kam, drängte sie sich an ihm vorbei, denn es war sehr eng. Sorla gefiel das, weshalb er nicht mehr Platz machte als notwendig. Dilislar kicherte, und ihre Haare rochen gut, doch sagte sie nur: „Das neue Spülwasser ist heiß, hol's dir."

Eben war ein Rundgesang beendet; er handelte im wesentlichen von der unterschiedlichen Länge männlicher Geschlechtsorgane bei Eseln, Pferden und Menschen – wobei einige Gäste namentlich erwähnt wurden – und rief viel Gelächter hervor. Da ertönten Rufe: „Raghairom soll singen!" Über dem zustimmenden Geschrei war schließlich Raghairoms wohltönende Stimme zu vernehmen: „Ich singe das Lied von Ramloks liebster Stute!"

Das Lied hatte viele Strophen, denn Ramlok liebt ja alle Stuten. Den Kehrreim „Ich bin der Wind, ich bin dir treu" grölten die Männer begeistert mit, ihre Krüge schlugen den Takt. Doch über allem schwebte die herrliche Stimme Raghairoms, und als Sorla die Augen schloß, sah er die Steppe mit den tiefhängenden Gewitterwolken und dem gelben Gras, das sich in Wellen unter dem Wind duckte. Er glaubte zu spüren, wie der Wind zart an seinem Leib entlang strich, sanft ihm durch die Haare fuhr, und seufzte sehnsüchtig. Als er die Augen wieder öffnete, zuckte Dilislars Hand von seinem Kopf zurück, und sie rannte kichernd davon.

¶

Retlar war nicht im Zimmer. Auf dem Tisch stand eine Schüssel Wurzeln und Zwiebeln, drei, vier Möhren lagen geputzt davor.

„Retlar?"

Keine Antwort. Sorla schaute in die Schlafnische: nichts. Er rannte die Treppe hinunter und schaute in den Stall: dunkel.

„Retlar?"

Nicht einmal die Ziege meckerte. Der Glygi leuchtete auf: Der Stall war leer. Sorla ließ sich auf den Hackklotz fallen und blickte ratlos in den hellblauen Schimmer seines Gnomensteins.

Etwas raschelte im Heu der Futterkrippe. Nun pfiff es, fast klang es, als würde zaghaft gehüstelt.

„Gruß dem Gnomenfreund!" flüsterte es. Sorla fuhr auf, sah aber niemanden.

„Es ist doch dein Glygi, oder?" Das Wispern kam eindeutig aus der Futterkrippe. Sorla stand auf, trat neugierig näher … und erhielt eine derbe Maulschelle. Doch niemand war zu sehen.

„He!" rief Sorla. Etwas kicherte in der Futterkrippe.

„Gruß gegen Gruß!" wisperte es.

Sorla besann sich und ging zum Hackklotz zurück. „Einen Gruß dem Unbekannten im Heu!" erwiderte er dann förmlich. „Jetzt zeige dich!"

Aber dieser blieb verborgen und stellte weitere Fragen: „Wie kamst du an den Gnomenstein?"

„Ein Geschenk der Pelkoll-Gnome. Ich lebte dort."

„Dann kennst du den Eingang, oder?"

„Der Eingang ist geheim, ich werde ihn nicht verraten."

Die nächste Frage klang seltsam und unverständlich; doch nur einen Moment, dann erkannte Sorla, daß dies die Gute Sprache der Berge war, die Sorla über ein Jahr nicht mehr vernommen hatte: „Erzähle mir von Gerkin dem Wächter."

„Gerkin tötete einen Quasrat und starb als Held."

„Potz Stroh! Wenn du all das weißt und die Gute Sprache der Berge verstehst, dann mußt du Sorle-a-glach sein, und ich kann dir trauen." Damit regte es sich zwischen den Halmen, eine winzige Gestalt, kaum spannenlang, kroch hervor, setzte sich auf den Rand der Krippe und baumelte mit den Beinen. Sorla betrachtete das Wesen verblüfft; selbst ein Gnom war fünfmal größer. Es hatte ein verhutzeltes, bartloses Gesicht; gekleidet war es in eine grüne Hose und einen roten Kittel.

„Du guckst wie Mhesekchakrek, wenn es donnert", sagte der Kleine.

„Mhesek … wie?"

„Mhesekchakrek. Meine Freundin. Du kennst sie, die ehrenwerte Ziege, der diese Krippe gehört."

„Aha. Und wer bist du?"

Der Winzling erhob sich und schwang sein Lederkäppchen: „Fim, mit Verlaub, vom Volk der Stallwichte."

Sorla sah Fim nachdenklich an. „Weißt du, wo die Frau ist, die hier wohnt? Ich mache mir Sorgen."

„Und ich sorge mich wegen Mhesekchakrek. Die Frau, nach der du fragst, holte sie vorhin aus dem Stall, ohne ihr Zeit zu geben, am frischen Heu, das sie ihr aufschüttete, zu naschen. Ich frage mich, wohin die beiden gingen."

„Das Tor ist verschlossen. Sie können nicht weit sein."

Aber Fim schüttelte den Kopf: „Es gibt eine kleine Tür am anderen Ende des Dorfes. Wir wollen dort nachsehen. Habe die Güte, mich zu tragen, denn ich will im Schlamm nicht versinken." Und mit einem Satz sprang er durch den halben Stall und Sorla auf die Schulter.

Der Glygi erlosch, bevor Sorla die Stalltür öffnete und in die mondhelle Nacht hinaustrat. Zwei Schritte war er gegangen, da flog etwas an ihm vorbei und polterte gegen die Stallwand: ein Stein. Aus dem Schatten des nächsten Gebäudes trat eine Gestalt.

„Verpiß dich, Findling!" Es war Matik. Hinter ihm erschien Hulwe, beifällig lachend. Sorla zögerte. Zurück ins Haus? Aber Retlar? Da erscholl ein Klatschen von gewaltigen Ohrfeigen, einmal, zweimal – und Sorla sah, wie die beiden Jungen sich schmerzvoll verdutzt die Backen hielten.

„Danke, Fim", flüsterte er und blickte im Weitereilen auf seine Schulter. Doch kein Fim war zu sehen.

„Halt, warte", wisperte es ganz deutlich mit Fims Stimme, auch spürte Sorla sein Gewicht auf der Schulter. So blieb er stehen und hatte das Vergnügen mitanzuschauen, wie Matik und Hulwe, von unsichtbaren Fußtritten gebeutelt, die Gasse hinunterflohen.

❡

Zwischen zwei engstehenden Häusern – das stattlichere davon gehörte Tleresek, das andere, sehr schmal und baufällig, einer älteren Frau, die Sorla nur einmal auf ihrer Treppe gesehen hatte – war die kleine Pforte versteckt. Der Holzriegel war zurückgeschoben, das Türchen stand halb offen. Sorla stieß es auf, duckte sich und trat auf die schmale Landzunge hinaus, die, durch die Palisaden Stutenhofs von der Halbinsel abgetrennt, im Dunkeln vor ihm lag. Links murmelte der Gnomfluß, rechts rauschte der Eldran, in der Finsternis weiter vorne brausten die Wellen der zusammenströmenden Flüsse.

Noch nie war Sorla hier gewesen. Er roch den Duft umgegrabener Erde und erkannte gleichmäßig verlaufende Furchen, was, wie er im Pelkoll gelernt hatte, mit dem Anbau von Gemüsen zu tun hatte. Gärten sagte man wohl dazu. Er bemühte sich, nicht auf die reihenweise austreibenden Pflanzen zu treten.

Da sang in der Finsternis vor ihm eine Frau, begleitet vom Rauschen des Wassers, und Sorla erkannte das Lied, das seine Mutter Taina einst am Gnomfluß sang, wenn er in ihren Armen lag:

Kindchen klein, Frucht meiner Schmerzen,
ich halte dich warm
an meinem Herzen.

Schließe die Augen, ich schau dir zu,
ich bleibe bei dir,
drum schlaf in Ruh.

Anod ging fort, doch weine nicht,
morgen siehst du
sein heiteres Licht.

Träume den Sonnentraum, Frena wacht.
Iß vom Lebensbaum,
mein Kindchen, gut Nacht.

Sorla weinte fast und wußte doch, daß nicht Taina dies sang. Als er nähertrat, erkannte er Retlar an der äußersten Spitze der Landzunge, die Füße schon im Wasser. Am Strick hielt sie die Ziege, die unruhig war und fortstrebte.

„Retlar!" rief Sorla.

Die Frau rührte sich nicht.

„Retlar!"

Da wandte sie sich langsam und blickte ihn an, wie aus dem Schlaf geschreckt, ohne ihn zu erkennen. Sorla nahm ihre Hand. Sie folgte ihm benommen nach Hause.

¶

Der Steuereintreiber war gekommen. Zu früh nach Ansicht der Stutenhofer, weil sie geplant hatten, wie jedes Jahr nach dem 'Fest des Pferdebrennens' einen Teil der Pferde wieder in die Berge zu treiben, bevor der Steuereintreiber käme.

Nun war er bei den Koppeln, umgeben von fünf Soldaten, und zählte die Tiere. Die Stutenhofer stöhnten leise, denn jedes zehnte war des Fürsten von Ailat, wobei der Steuereintreiber sich vorbehielt, die besten Dreijährigen auszuwählen. Sorla hatte rechtzeitig sein Fohlen von der Koppel genommen, sonst wäre es zu Tebreigs Schaden mitgezählt worden.

„Heißt das", ereiferte sich Sorla, als er nachmittags im 'Bunten Pferd' Fässer auswusch, „wenn Tebreig vierzig Pferde hat, insgesamt, und vier davon sind Dreijährige, dann nimmt der Steuereintreiber diese mit?"

„Ja", schnaufte der Wirt, der die Maische für das neue Bier umfüllte. „Es ist eine Schande. Natürlich kann der Besitzer seine Pferde zurückkaufen, für einen Eflem pro Tier."

„Ein Eflem? Zwei Kerosi also? Sie kosten weniger auf dem Pferdemarkt zu Fellmtal und sind nicht einmal zugeritten!" Das hatte Sorla erst vorhin gehört, und er war stolz, jetzt derart Sachkundiges von sich geben zu können.

Bineraz nickte. „Es ist eine Schande!" wiederholte er. „Von was sollen die Leute dann ihre Zeche zahlen?"

Abends saß der Steuereintreiber klein und dick in der Gaststube und zählte Goldstücke. Die Männer von Stutenhof hockten in gebührendem Abstand, redeten leise, konnten aber kaum die Blicke von ihrem schwerverdienten und schon verlorenen Geld wenden. Bei ihnen floß das Bier nur langsam, wie es Bineraz befürchtet hatte, doch waren – Atne sei Dank – auch die Soldaten da.

Sorla war mit Dilislar allein in der Küche und mußte alle Arbeit selber tun, denn das Mädchen stand nur dabei und neckte ihn. Die älteren Wirtstöchter saßen bei den Soldaten auf dem Schoß und hatten viel zu kichern. Pulve, die Älteste, mollig und mit Schmuck behangen, verschwand schließlich mit einem Soldaten im Nebenzimmer. Als er herauskam, ging der nächste hinein und so fort. Erwasen und Helvar, die noch hofften, in Stutenhof oder Fellmtal einen Mann zu finden, blieben am Tisch, wurden aber, anschmiegsam wie sie waren, dennoch mit allerlei Geschenken bedacht.

Als Sorla spät in der Nacht mit den Resten einer gebratenen Schweinshaxe und drei angebissenen Brotfladen das „Bunte Pferd" durch das Küchenfenster verließ, war er auf der Hut vor Steinwürfen oder ähnlich unliebsamen Überraschungen. Er hielt sich im Dunkeln, was einen Umweg bedeutete, und bemühte sich, kein Geräusch zu verursachen. So gelang es ihm, die Gruppe hinter Hamkriks Schuppen zu entdecken, ohne selbst gesehen zu werden. Vorsichtig schlich er näher und hörte Dilislar flüstern:

„ … mach nicht mehr mit."

„Daran ist der Neue schuld, der Findling!" zischte Matik. „Seither stellst du dich so an."

„Sorla? Pah!"

„Den mach ich noch fertig, wirst sehen!"

„Mir doch egal." Damit löste sich der Schatten Dilislars von der Gruppe und verschwand im „Bunten Pferd".

„Und jetzt, Matik?" Das war Hulwes Stimme.

„Gut, daß sie weg ist, die Kuh. Wir gehen jetzt zu Retlar und holen das Fohlen."

„Häh?"

„Das Fohlen von dem Findling! Das kann er dann morgen suchen, wenn er will!"

Die beiden schlichen über den Platz auf Retlars Haus zu. Sorla folgte leise. Matik öffnete sachte den Riegel zu Retlars Stall, Hulwe schaute kichernd zu, und im selben Moment taumelten sie aufschreiend zurück, von Fims gewaltigen Backpfeifen getroffen.

Sorla unterdrückte sein Lachen, bis sie an seinem Versteck vorbeigerannt waren, und schrie ihnen dann hinterher: „Haut ab und laßt euch hier nicht mehr blicken!"

¶

„Wo trägst du den Napf Milch hin, Sorla?" wollte Retlar wissen.

„In den Stall."

„Wozu das?"

„Ich hab gehört, daß Stallwichte Milch trinken."

„Stallwichte gibt es nicht. Bloß im Märchen."

„Aber gestern war der Napf leer."

„Das werden die Mäuse gewesen sein."

„Ich möchte es trotzdem tun."

Retlar wandte sich achselzuckend ab, während Sorla den vollen Napf vorsichtig die Treppe hinuntertrug und im Stall in die Ecke stellte. Die Ziege und das Fohlen sahen ihm neugierig zu.

„Hallo, Fim?"

Es raschelte im Heu; eine Maus kroch heraus, sprang auf den Rand der Futterkrippe und von dort auf den Boden. Sie huschte an Sorla vorbei zum Napf, setzte sich aufrecht und trank die Milch, den Napf mit den Pfoten haltend, als leere sie ein Bierkrüglein.

„He!" rief Sorla empört.

Die Maus huschte zurück und verschwand im Heu. Einen Augenb lick lang allerdings schien es Sorla, als sei das Tierchen in eine grüne Hose und einen roten Kittel gekleidet gewesen.

Abends fragte Sorla aus seiner Schlafnische heraus: „Retlar?"

Die Frau stand über das leere Kinderbettchen gebeugt und drehte sich überrascht um. „Ja?"

„Kannst du mir das Märchen erzählen?"

„Welches?" Sie schüttelte Poteks Kissen zurecht und strich sanft darüber hin.

„Das von den Stallwichten."

Seufzend wandte sich Retlar vom Kinderbettchen ab und erzählte das Märchen von den Stallwichten in Seedorf.

❡

„Diese Geschichte soll sich zugetragen haben, als die Großmutter meiner Großmutter ein Mädchen war. Damals war Seedorf nicht die Stadt, wie man sie jetzt kennt, sondern ein kleines Dorf. Dort lebte ein Holzfäller mit seiner Familie und einer Kuh. Eines Abends, als die Frau des Holzfällers die Kuh molk, sah sie im Heu ein putziges Männlein, das aber gleich verschwand. Sie rief und lockte, wie man Ziegen oder Gänse lockt, doch es kam nicht wieder. Da füllte sie einen Napf mit warmer Milch und stellte ihn in die Stallecke. Am nächsten Morgen war der Napf leer, und das freute ihr gutes Herz so sehr, daß sie ihn am gleichen Abend wieder füllte. Ihrem Mann sagte sie nichts davon, denn sie waren arm, und es hätte ihm nicht gefallen, daß sie die Milch wegschenkte.

So ging es nun jeden Tag, ohne daß sie das Männlein je wieder zu sehen bekam. Doch von Stund an ging es mit der Familie des Holzfällers bergauf. Die Ratten blieben dem Stall fern, und das Heu wurde nicht schimmelig. Wenn die Kuh kalbte, waren es stets zwei muntere Kälber, und sie wuchsen rasch und erzielten einen guten Preis. Nicht lange, und die ärgsten Schulden waren bezahlt. Bald standen zwei Kühe im Stall, und die Kinder aßen jeden Tag Brei mit Sahne und bekamen rote Backen. Auch kaufte der Holzfäller einen Schlitten, um das Holz zu ziehen, und ein Pferd, um es davorzuspannen.

Eines Abends aber kam er in den Stall und sah, wie seine Frau einen Napf Milch in die Ecke stellte. 'Frau, was treibst du?' rief er, und als sie antwortete, die Milch sei für das kleine Männlein, lachte er sie aus und verbot ihr, kostbare Milch zu vergeuden. Sie nickte, aber heimlich stellte sie auch weiterhin dem Männlein die Milch hin. Das blieb dem Holzfäller nicht lange verborgen, denn er war mißtrauisch und geizig zugleich. Er schlug seine Frau und warf den Napf an die Wand, daß er in tausend Stücke zerbarst.

Am nächsten Tag ließen die Kälber die Köpfe hängen und wollten nicht trinken. Die beiden Kühe schrien und stießen mit den Hörnern, als sie gemolken werden sollten. Das Pferd schlug aus und wollte seinen Herrn nicht mehr erkennen.

'Frau, was gabst du dem Vieh zu fressen?' fragte der Holzfäller, aber das Heu war gut. Am nächsten Tag lagen die Kälber matt im Stroh. Die beiden Kühe hatten gedunsene Bäuche. Das Pferd ließ die Zunge heraushängen, und der Rotz lief ihm über das Maul.

'Oh Ramlok, hilf!' schrie der Holzfäller, aber es wurde nur schlimmer. Am dritten Tag lagen die Kälber fast tot. Die beiden Kühe schissen Blut und Wasser. Das Pferd hustete und verdrehte die Augen. Der Mann verfluchte sein Unglück.

Nun hatte der Holzfäller ein Töchterlein, es war das jüngste seiner Kinder, das ging oft in den Stall, um sich zu wärmen. Und die kranken Tiere barmten es, so daß es nachts zu ihnen schlich, als alles schlief. Da hörte es ein Rascheln im Heu, und als es sich umdrehte, stand dort ein Männlein, aber es hatte ein zorniges Gesicht.

'Wer den Stallwicht ergrimmt,
des Vieh Schaden nimmt!'

So schrie es und verschwand. Da eilte das Kind in die Stube und weckte die Eltern, um von dem Männlein zu erzählen. Doch der Vater war müde vom Holzfällen und wollte nichts hören. So mußte das Mädchen unverrichteter Dinge ins Bett gehen.

Am nächsten Morgen aber, noch bevor die Sonne aufging, eilte das Kind mit einem Napf zum Nachbarn, der sehr reich war an Vieh und Boden, und bat um Milch.

'Ei, schickt euer Vater jetzt seine Kinder aus dem Haus, daß sie um Milch betteln?' fragte der Nachbar. Und er sagte: 'Miste den Stall aus, dann bekommst du Milch.' Als das Mädchen den Stall ausgemistet hatte, gab ihm der Bauer ein kleines bißchen Milch, das bedeckte gerade den Boden, und sagte: 'Da trink.' Doch das Kind lief nach Hause und stellte den Napf in die Stallecke.

Am nächsten Morgen war der Napf leer, und daneben stand das Männlein. 'Woher hast du die Milch?' fragte es. 'Ich habe beim Nachbarn den Stall ausgemistet', sagte das Mädchen und ging wieder zum reichen Nachbarn. 'Scheuere die Diele, dann bekommst du Milch', sagte er. Als das Mädchen die Diele gescheuert hatte, füllte der Bauer etwas Milch in den Napf und sagte: 'Da trink.' Doch das Kind lief nach Hause und stellte den Napf in die Stallecke.

Am nächsten Morgen war der Napf leer, und daneben stand das Männlein. 'Woher hast du die Milch?' fragte es. 'Ich habe beim Nachbarn die Diele gescheuert', sagte das Mädchen und ging wieder zum reichen Nachbarn. 'Jäte den Garten, dann bekommst du Milch', sagte er. Als das Mädchen den Garten gejätet hatte, füllte der Bauer ein paar Tropfen Milch in den Napf und sagte: 'Da trink.' Doch das Kind lief nach Hause und stellte den Napf in die Stallecke.

Der Bauer aber dachte bei sich: 'Ich will doch sehen, weshalb das Kind die Milch nicht hier trinkt. Denn es ist zu wenig zum Teilen.' Er schlich dem Mädchen hinterher und spähte durch eine Ritze in der Stallwand. Da sah er, wie das Mädchen den Napf in die Ecke stellte, und kaum war es gegangen, erschien ein Männlein und berührte den Napf. Da schwoll dieser an und wurde groß wie ein Eimer. Das Männlein trank daraus, dann kamen die Kälber und tranken daraus, danach die Kühe und schließlich die Pferde. Alle tranken von der Milch, die war so reichlich, daß sie ihnen aus dem Maul rann. Wie das der Bauer sah, eilte er heim und stellte einen Eimer voll Milch in seine Stallecke, denn er dachte: 'Wenn ein Napf mit drei Tropfen soviel Milch ergibt, wieviel muß ein ganzer Eimer ergeben!'

Am nächsten Morgen kam das Mädchen wieder in den Stall. Der Napf war leer, und daneben stand das Männlein. 'Woher hast du die Milch?' fragte es. 'Ich habe beim Nachbarn den Garten gejätet', sagte das Mädchen. 'Du brauchst nicht mehr beim Nachbarn zu arbeiten', entgegnete das Männlein, 'denn eure Kühe geben genug Milch.' Und wahrhaftig, das Vieh war gesund; die Kühe standen mit prallen Eutern, die Kälber drängten sich munter heran, und das Pferd wieherte freudig. Da eilte das Mädchen zu seinen Eltern und erzählte, was geschehen war. Und der Holzfäller sah seinen Fehler ein und trug der Frau auf, dem wohltätigen Männlein täglich einen Napf Milch hinzustellen.

Als der reiche Nachbar aber seine Stalltür öffnete, floß ihm die weiße Milch nur so entgegen, und als er eintrat, lag da das Vieh und war in der Milch ertrunken."

¶

Jetzt, da die Tage wärmer wurden, traf sich die Jugend von Stutenhof am Brunnen, wo die Dorflinde in frischem Grün prangte; die Kleineren aber spielten am Ufer des Gnomflusses. Sehnsüchtig blickte Sorla zu seinen Altersgenossen hinüber, Dilislar, der picklige Hulwe, selbst Matik, die dort mit den anderen am Brunnen scherzten und plauderten. Wenn Dilislar mit ihm alleine war, behandelte sie ihn freundlich; doch traf sie sich mit den Gleichaltrigen, dann tat sie, als sei er Luft.

Also holte Sorla sein Fohlen aus dem Stall und führte es auf die Weide. Dort saß er auf einem Zaun in der Sonne, einen Grashalm im Mund, und fühlte sich einsam. Er hätte Krewe, den Sauhirten, begleiten können, doch dieser stank fast so sehr wie seine Schweine. Er hätte Hrudo in der Schmiede besuchen können, aber dort war es heiß und stickig.

Von Stutenhof her näherte sich ein Mädchen, eine hohe Kiepe auf dem Rücken. Am Kopf baumelten dicke, braunrote Zöpfe. Wie sie näherkam und ihm mit großen, blauen Augen entgegenblickte, erinnerte sich Sorla: damals, als Markreske ihn eingefangen hatte und er schwerbeladen hinter ihr hertorkelte, war jenes Mädchen am jenseitigen Ufer gestanden – eine Elster saß auf ihrer Hand – und hatte sein Schicksal erbittert beobachtet. Nun kam sie heran und nickte ihm schüchtern zu.

„Hallo", sagte Sorla. Sie aber wandte ihr zartes Gesicht ab und eilte weiter den schlammigen Weg zwischen den Koppeln entlang, der zum Wald führte.

Sorla vergaß sie bald und träumte in die Sonne, dachte zurück an Markreske, an den mißgünstigen Tleresek, an das Märchen von den Stallwichten ... Auch Fim hatte durch allerhand Zauberkräfte überrascht; Hulwe und Matik, die wohl meinten, Sorla selbst habe ihnen jene fürchterlichen Backpfeifen versetzt, behandelten ihn seither erheblich vorsichtiger. Dilislar jedoch, ach, wenn er nur auch sie beeindrucken könnte! Konnte er auch hier Fims Zauberkräfte einsetzen? Sorla verfolgte den Gedanken, bis ein Plan sich abzeichnete. Er rieb sich die Hände und wollte vom Zaun herabspringen, da kam vom Waldrand das Mädchen zurück. Vorsichtig setzte sie die bloßen Füße, denn die Kiepe war schwer von Holz und Kräuterbündeln, der Weg naß und von Hufen zerwühlt. Sorla sprach sie wieder an, doch sie schlug die großen, blauen Augen nieder und ging vorbei. Von der Kiepe duftete es nach Harz und Kräutern. Sorla aber wartete bis Sonnenuntergang, um sich dann mit Fim zu bereden. Es würde ihn interessieren, wie Tleresek an Keteliks Pferde kam.

Am Abend des folgenden Tages redeten die Männer im „Bunten Pferd" über die rätselhafte Krankheit, die Tlereseks Pferde über Nacht bekommen hatten.

„Sie zittern, sie verdrehen die Augen!" rief Tebreig und machte es eindrucksvoll vor.

„Ob sie vergiftet sind?" warf ein anderer ein.

„Vielleicht Tollwut?"

„Oder Ramlok wurde erzürnt."

„Haben wir Omschjull nicht genug geopfert?"

„Nun, Tleresek ist reich genug. Hauptsache, unsere Pferde bleiben verschont."

Schadenfreude gegen Tleresek und Sorge um die eigenen Tiere bestimmten auch die weitere Unterhaltung, denn Tleresek war nicht anwesend.

Am nächsten Tag hatten Tlereseks Pferde grünlichen Schaum vor den Nüstern und kamen nicht von der Erde hoch. Die Männer trafen sich im „Bunten Pferd". Tleresek wirkte verzweifelt.

„Deine Pferde sind eine Gefahr für Stutenhof", ereiferte sich Bineraz. „Wenn die Seuche auf die anderen Koppeln übergreift ..."

„Du mußt sie einschließen, in deinen Stall", riet ein anderer.

„Hundert Pferde? Wie soll ich hundert Pferde einschließen?"

„Dann schlachte sie. Sie werden sowieso sterben."

„Sehr wahr", riefen die Männer und tranken besorgt ihr Bier.

„Meine Pferde!" brach es aus Tleresek heraus. „Mein Reichtum! Mein Leben! Was kann ich tun?"

Aber alle sahen ihn nur feindselig an. Da hielt Sorla seine Zeit für gekommen. Er näherte sich Tleresek und hustete, bis die Männer ihn bemerkten.

„Tleresek", sagte er. „Ich weiß Rat wegen deiner Pferde."

Aber dieser wandte sich wieder ab. Die anderen Männer grinsten verächtlich.

„Ich kenne die Seuche!" beharrte Sorla. „Erst verlieren die Pferde ihr Fell, dann sterben sie!"

Bineraz wedelte mit dem Handrücken: „Halt den Mund, Junge, wenn Männer reden. Geh in die Küche."

Am nächsten Morgen klopfte es an Retlars Tür. Draußen stand Hulwe, atemlos vom Laufen: „Sorla soll zu den Koppeln kommen, schnell!"

„Häh? Warum?" tat Sorla unschuldig.

„Tlereseks Pferde! Sie verlieren ihr Fell!"

Nun kommt es darauf an, dachte Sorla. Und: Frena hilf! Er rannte hinter Hulwe die Treppe hinunter und überließ es der überraschten Retlar, die Tür zu schließen. Unten standen Dilislar und ihre Freunde inmitten aufgeregter Kinder und sahen ihm entgegen. Er aber eilte – als ob er Dilislar nicht gesehen hätte – mit Hulwe vorbei zum Tor hinaus, den Schwarm der anderen nachziehend.

Bei den Koppeln waren die Männer versammelt. Sie schoben ihn weiter zu Tleresek, der bleichen Gesichts am Weidezaun lehnte. Abrupt wandte er sich Sorla zu.

„Wie war das, Findling? Was weißt du über diese Krankheit?"

„Ich heiße Sorla, Tleresek."

„Was tut das zur Sache? Antworte!"

Hrudo mischte sich ein: „Sein Name ist Sorla, Tleresek."

Dieser fuhr herum: „Halt dich raus, Hrudo!" Dann besann er sich, grinste verkrampft und sagte: „Nun, Sorla, was weißt du?"

„Diese Krankheit ist Fims Strafe."

„Fim? Wer ist das?"

„Ein Stallwicht. Irgendwas hast du getan, Tleresek, um ihn zu erzürnen."

„Haha! Ein guter Witz!" Tleresek wandte sich den Umstehenden zu. „Der Findling erzählt uns Märchen!"

Sorla zuckte die Achseln. „Fim hat gewaltige Macht. Ihr alle seht doch den Fluch, der auf Tlereseks Pferden liegt. Hoffentlich steckt die Krankheit nicht auch andere Pferde an!"

Tebreig nickte. „Da ist was dran. Was weißt du über diese Strafe, Sorla?"

„Erst kommt das Zittern, dann der grünliche Speichelfluß. Die Pferde sind mit normaler Heilkunst nicht zu retten. Sie verlieren ihr Fell, dann sterben sie!"

„Das sagtest du schon gestern", schnappte Tleresek. „Mehr weißt du nicht?"

„Ich gebe den Tieren noch zwei Tage, höchstens." Sorla lächelte verbindlich. „Es sei denn …" Er wandte sich zum Gehen.

„Was?" schrie Tleresek.

„Ach, du würdest darauf nicht eingehen, Tleresek."

„Alles! Wenn ich nur meine Pferde rette!"

„Ich bin bloß ein Kind; du würdest meinen Rat nicht ernstnehmen." Wieder wandte sich Sorla zum Gehen. Da standen Dilislar, Hulwe, Matik und die anderen und blickten ihn an, als wüßten sie nicht, ob sie ihn bewundern oder für wahnsinnig halten sollten.

„Bleib da!" jammerte Tleresek. „Meine schönen Pferde!"

Sorla holte tief Luft. „Tleresek muß die Hälfte seiner Pferde, ein halbes Hundert also, der Witwe Retlar geben."

„Bist du von Sinnen?“ lachte Tleresek und wandte sich, Bestätigung suchend, den anderen zu. Aber die Männer wollten hören, was Sorla weiter sagte:

„Dies soll Tleresek als Opfer für Ramlok ansehen, und er soll den Pferden Ramloks Zeichen 'R' einbrennen.“

„Das könnte auch 'Retlar' bedeuten“, grinste Hrudo. „Es wäre auch gerecht, denn sie hat alles verloren.“

Sorla nickte. „Es muß bis morgen abend geschehen sein.“

„Nie werde ich meine Tiere hergeben“, lachte Tleresek.

„Aber bedenke, Tleresek“, schaltete sich Tebreig ein, „übermorgen hast du kein einziges mehr. Vielleicht ist die Hälfte zu behalten besser?“

„Es ist nicht gerecht! Diese Pferde sind mein Leben! Kann man sein halbes Leben hergeben? Und überhaupt, der hergelaufene Findling spielt sich doch nur auf! Wie will er wissen, wie man mit dieser Seuche umgeht?“

„Ja, woher weiß das Kind das alles?“ Die Umstehenden blickten mit wachsendem Mißtrauen auf Sorla.

Darauf war Sorla nicht gefaßt, doch er besann sich rasch: „Ich las es in einem Buch.“

„Hier gibt es keine Bücher, und wer kann hier schon lesen!“ höhnte Tleresek.

„Ich war ein Jahr gefangen bei Markreske. Dort fand ich das Buch.“

„Markreske!“ wiederholten alle voller Schrecken.

„Da wirst du was Gescheites gelernt haben, Findling“, spottete Tleresek.

Wütend entgegnete Sorla: „Jawohl. Ich habe dort viel gehört und gesehen, was ich jetzt besser nicht erzähle.“ Und er sah Tleresek fest in die Augen. Diesem gefror das Lachen, und der Blick, den er jetzt Sorla zuwarf, war blanker Haß.

Sorla bereute, sich so verraten zu haben, aber er konnte nicht zurück. „Morgen früh werden die Pferde von Geschwüren übersät sein, aber sie werden noch eine Nacht leben“, sagte er scheinbar gleichmütig und ging.

Lange lag Sorla wach und überdachte das Geschehene. Noch jetzt kribbelte es ihn heiß im Bauch vor Stolz, bei den Stutenhofern Aufsehen erregt zu haben, vor allem bei Dilislar! Zugleich ahnte er, daß sein Plan nicht so einfach durchzuführen war wie angenommen. Verwirrt schlief er ein.

Da fand er sich wieder auf den mondhellen Flußauen. Bis zu den Knien watete er in Binsen. Langsam tauchte aus den Nebelschwaden der riesige Schlangenkopf, die gespaltene Zunge spielte über Sorlas Gesicht.

„Nun, sehr klug bist du nicht."

„Es war doch ein schöner Plan", wehrte sich Sorla.

„Als Frosch hast du gehandelt, nicht als Schlange."

„Als Frosch?"

„Durch Quaken hast du dich dem Feind nur gezeigt."

„Und jetzt? Was soll ich tun?"

Doch die Schlange wandte sich ab. Lange schaute Sorla, wie der massige Leib an ihm vorbeiglitt, in immer mächtigeren Schlingen sich über die Binsen schob und schließlich ganz im Fluß versank.

Sehr früh am nächsten Morgen klopfte Hulwe an der Tür, Sorla solle sofort zum Brunnen kommen. Dort standen die meisten Stutenhofer Männer versammelt, ganz vorne Tleresek.

„Hier kommt der Bengel, der unsere Pferde vergiftet!" schrie er.

Vor Überraschung begann Sorla zu stottern. Es war schwierig, ehrliche Empörung zu zeigen, denn Tleresek hatte ja gewissermaßen recht. Auch blickten die Männer so grimmig auf Sorla, daß er beinahe dem Drang davonzurennen nachgegeben hätte. Da fiel ihm der Traum der letzten Nacht ein. Bin ich ein Frosch, dachte er. Ist davonzuspringen die einzige Rettung?

„Tleresek, du tust mir unrecht", sagte er. Aber Tlereseks Augen bedeuteten ihm: Ich weiß, was du über mich weißt, also weiß ich, daß dies ein abgekartetes Spiel ist, um mir zu schaden.

„Weshalb sollte ich Pferde vergiften?" fuhr Sorla fort. Endlich fand sich der notwendige Klang empörter Unschuld ein und festigte die Stimme. „Was würde es mir nützen? Und überhaupt, wie könnte einer hundert Pferde auf einmal vergiften?“

„Bei Markreske warst du doch, bei der Hexe!“ schrie Tleresek. „Da hast du es gelernt!“ Die Umstehenden nickten erleichtert: So einfach war alles zu erklären!

Sorla blieb ruhig. „Ich habe deine Pferde nicht vergiftet, und warum dich Fims Strafe ereilt, wirst du selbst wissen.“

Tebreig mischte sich ein: „Tleresek! Es steht doch fest, daß Sorlas Rat der einzige bisher ist, wie dir wenigstens halbwegs geholfen wäre. Ich schlage vor, ihn anzunehmen, ob er taugt oder nicht. Deine Pferde verlierst du sowieso.“

„Außerdem“, ergänzte Hrudo. „könnte sich die Seuche noch immer auf die anderen Pferde übertragen, wenn nicht bald was geschieht.“

Tleresek fuhr herum: „Was redest du, Hrudo! Du hast keinen einzigen Gaul und willst uns raten? Meine Pferde will der Findling mir nehmen, und ich weiß auch warum!“

„Warum?“ fragte Bineraz.

„Ach, äh, ich meine…“ Jetzt hatte Tleresek sich verplappert, doch er fing sich wieder: „Der Retlar will er die Tiere besorgen; immerhin lebt er bei ihr!“

Hrudo hob die Arme. „Männer von Stutenhof! Es ist meine Aufgabe, für die Sicherheit des Dorfes zu sorgen. Daher sage ich: Es ist nicht bloß Tlereseks Entscheidung, ob er den Rat eines Dreizehnjährigen annimmt, sondern es geht uns alle an, denn alle Pferde Stutenhofs sind in Gefahr. Laßt uns darüber abstimmen!“

Das geschah. Die Entscheidung fiel einstimmig: Tleresek solle sich dem gemeinsamen Wohl beugen und die Hälfte aller Pferde der armen Witwe Retlar abtreten. Bineraz schlug anschließend vor, Sorla solle man, wenn Tlereseks Pferde dennoch stürben, mit Schimpf und Schande aus dem Dorf jagen. Auch diesen Vorschlag nahmen sie begeistert an, nur Hrudo enthielt sich.

Retlar wurde geholt und verstand zunächst nicht, um was es ging; als sie es aber verstand, wollte sie es nicht glauben, und als sie es glaubte, bekam sie Angst und mochte die Pferde nicht annehmen.

„Nimm sie“, sagte Hamkrik der Händler. „Willst du dein Leben lang arm bleiben?“

„Ich kann mich nicht um fünfzig Pferde kümmern", flüsterte Retlar. „Ich habe keinen Mann mehr."

„Das muß nicht so bleiben", meinte Bineraz, die Hände am Bauch abwischend. „Jung und hübsch, wie du bist."

„Inzwischen könntest du sie auf meine Koppel stellen", schlug ein anderer vor; Sorla kannte ihn als Pialsik, den Vater Matiks. „Gegen ein angemessenes Entgelt natürlich."

Hrudo mischte sich ein: „Oder einer aus dem Dorf hilft dir mit den Pferden." Er sah auffordernd in die Runde, aber keiner fühlte sich angesprochen. „Nun, einer hier sollte doch Retlar beistehen!" Alle schauten in verschiedene Richtungen, als ginge sie das nicht an. Von irgendwo ertönte unterdrücktes Lachen. Hrudo wurde wütend. „Dann mache ich das!"

„Sehr gut", pflichtete Bineraz bei. „Es gibt noch Hilfsbereitschaft in Stutenhof!" Alle nickten erleichtert. Nur Retlar sah zu Boden und drehte nachdenklich an den Fransen ihres Kopftuchs.

„Schaut her!" schrie Tleresek plötzlich. Er hatte seine Rechte erhoben und schüttelte sie. „Gegen euren Beschluß kann ich nichts ausrichten. Aber ich bin nicht einverstanden! Meine Pferde sind mein Leben, und bei Wouls Kraft, ich hole sie mir wieder!" Er stieß die Rechte gegen den Himmel und gegen die Erde, dann eilte er in sein Haus und schlug die Türe zu. Alle sahen ihm betroffen nach.

„Wie kann er beim Schwarzen Woul schwören!" flüsterte Tebreig.

„Er wird es so nicht gemeint haben", beschwichtigte Bineraz.

Später gingen alle hinaus auf die Koppeln, um die Herde Tlereseks aufzuteilen. Auch die Kinder rannten mit, und die Jugendlichen streiften Sorla mit teils bewundernden, teils mißtrauischen Blicken. Zunächst suchte sich Tleresek ein Tier aus, das wurde in eine besondere Koppel getrieben. Dann sonderte Hrudo ein Tier aus der Herde ab und trieb es in Retlars Koppel, und so weiter. Es war ein jammervoller Anblick, denn die kranken Tiere waren kaum auf die Beine zu bekommen.

Danach wurde Retlars Pferden das Zeichen Ramloks eingebrannt. Tleresek Gesicht war bleich, und was hinter seiner Stirn vorging, wagte Sorla sich kaum vorzustellen.

Später, als sie allein in der Schmiede waren, packte Hrudo Sorla bei der Schulter. „Höre, Sorla, ich weiß nicht, was du ausgeheckt hast. Bis jetzt hat es nur Tleresek geschadet, und es mag Retlar nützen. Dahinter steckt vielleicht eine Gerechtigkeit, die ich nicht begreife; ich bin ein einfacher Soldat. Bisher deckte ich dich, weil ich etwas gutzumachen habe. Du weißt es wohl nicht, aber ich half damals, deine Mutter aus Stutenhof zu vertreiben. Jetzt will ich dir helfen, hier Fuß zu fassen. Du bist ein tüchtiger Junge und hast gelernt, dich durchzuschlagen. Aber ich warne dich: Sich mit Erwachsenen anzulegen ist kein Spiel. Denn für jeden gibt es etwas, damit darfst du nicht spielen. Das ist beim einen das Geld, beim anderen sind es die Pferde, bei mir ist es die Sicherheit von Stutenhof. Vergiß das nicht!"

Sorla nickte und rannte dann schnell zu Retlars Stall, um mit Fim die nächsten Schritte zu besprechen.

Am Morgen darauf eilten die Stutenhofer voller Neugier zu den Koppeln hinaus. Tleresek blickte ihnen übermüdet entgegen, denn er war die Nacht über bei seinen Pferden geblieben.

„Wie geht's den Tieren?" rief Tebreig schon von weitem. Aber dann sahen es alle: Die Pferde von Retlar und Tleresek standen beschaulich herum und rupften das taunasse Gras. Nur die kahlen Stellen im Fell kündeten noch von der vergangenen Krankheit.

„Ein Wunder!" rief Bineraz. „Kommt ins 'Bunte Pferd' und laßt uns feiern! Das erste Bier ist frei!"

In der Gaststube redeten sie erstaunt über das Wunder, nach dem zweiten Bier beglückwünschten sie sich, daß die Gefahr für Stutenhof vorbei war, nach dem dritten ließen sie Sorla hochleben. Als sie ihn auf den Tisch hoben, sah er über die Köpfe der Männer hinweg Tleresеks Blick voll tödlichen Hasses auf sich gerichtet.

¶

„Wie alt bist du, Sorla?"

Noch nicht dreizehn, dachte Sorla, aber er fühlte sich zu wohl, um zu antworten. Es war dunkel in Hamkriks Schuppen und roch nach Lederwachs und Gewürzen; Dilislar preßte sich an ihn, ihr Atem kitzelte seinen Hals.

„Komm, küß mich!" wisperte sie.

„Äh, wie?"

„Du weißt nicht wie?“

„Am Gesicht lecken, oder?“

„Bist du blöd!“ lachte sie und fuhr ihm mit der Zunge geschwind gegen die Lippen. Sorla zuckte zurück.

„Sag mal, magst du das nicht?“

„Ich weiß nicht.“ Sorla wischte sich über den Mund.

Dilislar stieß sich von ihm weg. „Du bist ja dumm. Matik gefällt es!“ Damit rannte sie hinaus und knallte die Schuppentür hinter sich zu.

Sorla stand belämmert im Dunkeln, als die Tür knarrte und eine Blendlaterne hereinleuchtete. „Ach, du bist's, Sorla!“ ertönte Hrudos Stimme. „Ich sah Dilislar davonrennen. Mach dir nichts draus, geh heim schlafen.“ Und mit fast väterlichem Klaps schickte er den Jungen in Richtung von Retlars Haus.

Als Sorla den Fuß auf Retlars Treppe setzte, ertönte aus dem Stall dringliches Meckern. Er öffnete die Stalltür und sah sich im hellblauen Schimmer des Glygi um. Da stand die Ziege und knallte mit den Hörnern gegen die Krippe – noch hatte niemand Heu aufgeschüttet, der Wassereimer lag leer am Boden. Und wo war das Fohlen?

„Fim!?“ flüsterte Sorla. Keine Antwort. Rasch warf Sorla einige Hände voll Heu in die Krippe, tunkte den Eimer ins Regenfaß und stellte ihn schwappend neben die Ziege.

„Fim!!“

Bloß die Ziege antwortete in leisem Meckern, als wolle sie etwas mitteilen. Doch da heute keine Tagundnachtgleiche und Sorla kein Stallwicht war, verstand er nichts. Er warf die Stalltür hinter sich zu und rannte die Holzstiege zu Retlars Haus hoch. Das Zimmer war leer. Er erinnerte sich aber der kleinen Pforte, die zur Landzunge mit den Gärten hinausführte; dort mochte Retlar sein und mit ihr das Fohlen.

Es war noch dunkler als das letzte Mal. Das Rauschen der beiden Flüsse scholl wie je von beiden Seiten und vereinte sich weiter vorne zu dumpfem Brausen. Das Gemüse war beträchtlich gewachsen; Sorla spürte die Pflanzen an Waden und Knien, als er sich zwischen den Beeten vorwärts bewegte.

Da klang von der Landzunge durch das Brausen der Wellen das Lied Tainas:

Träume den Sonnentraum, Frena wacht.
Iß vom Lebensbaum,
mein Kindchen, gut Nacht.

Das Lied war zu Ende, und im Näherschleichen erkannte Sorla Retlar, die, das Fohlen am Strick neben sich, auf den Ufersteinen stand.

„Retlar!"

Das Fohlen hörte ihn und strebte auf ihn zu, doch die Frau stand wie festgebannt. Auf einmal hob sie den Arm und rief hinaus in die Nacht:

„Cheruchtquale, bringt mein Kind,
daß Mutter und Kind vereinigt sind!"

Sorla erschauderte. Weshalb nur hatte er Retlar von Markreskes Machenschaften erzählt! Doch eines hatte sie übersehen: Markreske hatte ihre Opfer nicht neben sich festgehalten, sondern gefesselt und neben die Falltüre gelegt, wo die Cheruchtquale heraufstiegen; zwischen sich und die Cheruchtquale aber hatte sie einen schützenden Kreis gelegt. Sollte jetzt die Beschwörung der Cheruchtquale Erfolg haben, würde Retlar ihnen samt dem Fohlen zum Opfer fallen!

Er rannte zu Retlar, um sie wegzuziehen, doch sie stemmte sich dagegen – es hatte keinen Zweck, nicht einen Schritt brachte er sie vom Ufer fort. Schon erhoben sich weiße Schwaden, wo das Wasser ans Ufer grenzte. Es war keine Zeit zu verlieren! Sorla rannte zum Ufer, sammelte Steine, rannte beladen zurück und legte sie um Retlar und das Fohlen, er jagte hin und her – schon spürte er vom Fluß her das grausige Ziehen an seinen Füßen, da war der Steinkreis vollendet, und er selber rettete sich mit letzter Kraft hinein. Schwer atmend lag er an das zitternde Fohlen gepreßt, die Beine angezogen, daß sie nicht über den Kreis hinausragten, wo die weißen Schwaden ringsum gierig waberten.

„Potek!" rief die Frau über ihm. Da wogten die Schwaden höher, doch vor dem schützenden Kreise prallten sie zurück.

„Potek, mein Kind!" Noch höher wogten die Schwaden; fadenfein züngelten sie schon zwischen die Steine herein.

„Oh Atne!" flüsterte Sorla, sich wild umsehend. „Hilf!"

Da erschien vom Dorf her, das als Palisadenwand schwarz gegen den Nachthimmel ragte, ein kleines Licht. Trübe schimmerte es aus schwankender Laterne. Es ist Hrudo! jauchzte es in Sorla. „Hierher!" rief er. Die Laterne näherte sich, sie leuchtete suchend hierhin und dorthin über die Beete. Er hat mich nicht gehört, dachte Sorla, der Fluß rauscht zu laut. „Hierher!" rief er wieder.

Die Laterne kam nun direkt auf ihn zu, hastig, und ein Ruf ertönte, vom Brausen des Flusses verschluckt bis auf das Ende: „ … habe ich dich, Findling!" Tleresek! Er hatte Sorla aufgelauert, er war ihm nachgeschlichen, um ihn hier abzupassen, wo es keine Zeugen gab!

Näher kam er, und Sorla sah, daß das Licht der Laterne schwächer wurde, immer trüber gegen eine mächtige Dunkelheit ankämpfte … Da lachte Sorla auf, denn er erkannte, wie Atne ihm half. Und er beobachtete Tleresek, der herankam, in die Schwaden geriet, langsamer wurde, langsamer, zusammenbrach und liegenblieb.

Als die Schwaden sich verzogen hatten, flackerte das Licht wieder auf. Sorla verließ den Steinkreis und betrachtete Tleresek im Licht der Laterne. Danach rief er das Fohlen. Es trottete heran, und Retlar, die das Seil hielt, stolperte benommen hinterher, den Blick ins Weite gerichtet, um den Mund ein seltsames Lächeln.

Das dunkle Grab

Da weder Wunden noch sonstige Anzeichen von Gewalt an Tlereseks Leiche gefunden wurden, war die einhellige Ansicht, daß er des Verlustes seiner Pferde wegen an gebrochenem Herzen gestorben sei. Nun folgten die Stutenhofer – eher froh über die Abwechslung als traurig über den Anlaß – den Angehörigen, die den Sarg Tlereseks auf einem Karren zum Totenfeld hinausfuhren. Eine Grube war schon ausgehoben, und alle stellten sich erwartungsvoll zurecht: Der Dorfälteste sollte sprechen. Das war der Vater Tebreigs, ein magerer Greis mit triefender Nase. Er wehrte sich, als man ihn zum Rande des Grabes schob, und zeterte, er wolle nicht hinein, es sei noch nicht Zeit. Als ihm versichert wurde, er solle nur die Totenrede halten, beruhigte er sich, wischte die Nase am Ärmel und leierte mit halbgeschlossenen Augen:

„Erde oder Meer,
dieser Sarg ist ein Boot,
dieser Leib auf der Fahrt.

Von allen Töchtern Atnes
wird Mala dich erwarten,
und Urskal, ihr finstrer Gemahl.

Das Ziel ist fern,
das Boot klein.
Wir wünschen dir Glück."

Als er fertig war, stand er ratlos herum, bis Tebreig ihn am Arm wegzog. Nun war es an den Angehörigen, ihre Trauer durch das rituelle Abschneiden der Haare zu bekunden. Zunächst kam Tlereseks Frau. Sorla hatte sie nie zuvor gesehen, doch das wunderte ihn wenig, war sie doch entsetzlich dick und fast unfähig, sich fortzubewegen, was sie offensichtlich ans Haus fesselte. Mit dem Karren war sie gefahren worden, die letzten Schritte wankte sie mühsam schnaufend, von zwei Männern halb getragen, heran.

Am Grab stand, auf einen Krückstock gestützt, eine alte Frau; ihre hagere Gestalt war zottelig in grüne Tücher gehüllt, unter den weißen Haaren aber schauten lebhafte Augen flink umher. Sorla erinnerte sich, sie einmal auf der Treppe gegenüber Tlereseks Haus gesehen zu haben. Jetzt überreichte sie der Dicken eine blitzende Schere.

Tlereseks Witwe löste das Kopftuch und schnitt Strähne für Strähne ihres Haupthaars ab, um es ins Grab zu werfen. Dabei klagte und seufzte sie laut, wie es sich für eine Witwe gehört. Als nur noch kurze Fransen zerzaust von ihrem Kopf abstanden, legte sie ihr Kopftuch an und gab die Schere mit einem überraschend unterwürfigen Senken ihres Kopfes zurück: „Danke, Kräuter-Liska." Dies also war die weise Frau, von der schon Markreske gesprochen hatte!

Als nächstes kam Tlereseks Sohn Horell, ein hochgeschossener junger Mann mit kränklichem Gesicht und krummem Rücken. Nur selten ließ er sich außer Haus blicken und nie im „Bunten Pferd", denn keiner nahm ihn ernst. Zaghaft ergriff er die blitzende Schere und schnipselte an seinen dünnen Strähnen herum. Schon breitete sich Unruhe unter den Umstehenden aus, vereinzelt erhob sich Kichern. Er sah sich unsicher um und gab, obwohl er kaum etwas bewirkt hatte, die Schere zurück. Neben dem Grab lag die Schaufel, diese ergriff er und begann Erde in das Loch zu füllen. Alle sahen zu, wie er sich abmühte, allein und schwitzend.

„Gibt es sonst keine Angehörigen?" fragte Sorla Hrudo.

„Ich glaube nicht."

Tebreig mischte sich ein: „Horell hat einen älteren Bruder, aber wo der sich herumtreibt, weiß keiner. Verrückt ist er auch."

„Also muß Horell seinen Vater allein begraben", sagte Hrudo und zuckte die Achseln, zum Zeichen, daß man sich darüber den Kopf nicht zerbrechen müsse.

❡

„Seine Pferde waren sein Leben", sagte Bineraz und blickte böse auf Sorla. „Wenn du dich nicht eingemischt hättest ..."

„Laß den Jungen zufrieden, Wirt!" rief Hrudo. „Ohne ihn wären sie alle gestorben. Das weißt du."

„Ich glaube, daß Tleresek übel mitgespielt wurde! 'Fims Strafe' – daß ich nicht lache!"

„Die Hälfte seiner Pferde war ihm doch geblieben, oder?"

„Tot ist er ganz", beharrte Bineraz.

„Eben", entgegnete Tebreig und hob das Bierglas. „Und über Tote soll man nicht schlecht reden. Sonst hätte ich wohl einiges zu sagen."

„Ja, Tote soll man ruhen lassen", pflichtete Pialsik bei.

Zustimmend brummend tranken die Männer ihr Bier. Da ging die Tür auf, und in die Schankstube des „Bunten Pferdes" trat, den Kopf unter dem Türbalken duckend und verlegen um sich blikkend, eine hochgeschossene, krummrückige Gestalt.

„Ei, Horell", rief Hamkrik, „hast du auch mal Durst?"

Alle blickten auf Horell; dieser stand gebeugt da und preßte vor Verlegenheit den linken Ellbogen seitlich an den Körper, mit der rechten Hand hielt er ihn dazu noch fest.

„Laß ihn nicht fallen, Horell!" rief Hamkrik.

„Äh, was fallen?" stammelte dieser.

„Deinen Arm! Laß deinen Arm nicht fallen!" Alle lachten. Horell sah verwirrt an seinem Arm herunter, fuhr sich mit der Hand durch die dünnen Haarsträhnen und hielt sich danach mit der linken Hand den rechten Arm fest. Er flüsterte etwas.

„He, Leute!" kicherte Pialsik. „Horell will etwas Wichtiges sagen!" Man sah, wie Horell den Mund bewegte, doch was er sagte, ging im Grölen der Männer unter.

„Was hat er gesagt?" kicherte Pialsik. „Er will ein Bier?"

„Eine Runde spendiert er!" schrie Hamkrik. „Ich hab's deutlich gehört!"

Abwehrend bewegte Horell beide Hände; die Ellbogen hielt er an den Leib gepreßt. Auch Sorla mußte bei diesem Anblick kichern. Bineraz aber trat auf Horell zu und sagte: „Also, setz dich. Was soll ich bringen?"

„Nein!" brachte Horell verzweifelt hervor. „Mein Vater ..."

„Dein Vater ist nicht hier!" kicherte Pialsik.

„Laß das, Pialsik!" rief Hrudo. „Über Tote spaßt man nicht!" Auch die anderen empörten sich.

„Mein Vater ..."

Nun waren alle still. Horell blickte umher und stammelte: „Ich war draußen, bis jetzt, auf dem Totenfeld. Ich muß doch das Grab zuschaufeln ... aber ich kann's nicht." Verzweifelt fuhr er sich über den Kopf. „Die Erde ... es ist nichts da!"

Tebreig, der beim Ausschachten des Grabes geholfen hatte, rief empört: „Da ist genug Aushub, Horell!"

„Da war schon Erde. Aber ich kann reinschaufeln und reinschaufeln – weg ist sie!"

Die Männer glotzten. Hrudo brach das Schweigen: „Was meinst du damit?"

Horell fuhr sich durch die Haare: „Ich zeig's euch."

Halb ungläubig, halb belustigt folgten ihm die Männer aus dem Wirtshaus hinaus über die Wiesen. Sorla ließ das Geschirr ungespült und schloß sich an. Die Sonne war noch nicht untergegangen, als sie beim Totenfeld ankamen. Das Grab lag offen, der Erdhaufen daneben war verschwunden. Als Tebreig an den Rand des Grabes herantrat, um zu sehen, wieweit es wieder aufgefüllt war, prallte er zurück. Auch Sorla trat heran: Das Grab war ein gähnend schwarzes Loch; kein Sarg, keine Erde war zu sehen, bis oben an den Rand nur Finsternis, in der die abendlichen Sonnenstrahlen sich verloren und erstarben.

¶

Hier war Kräuter-Liskas Rat gefragt, kamen die Männer überein. So eilten sie zurück ins Dorf, Sorla hinterher. Die Alte öffnete die Tür. Sie hörte sich an, was die aufgeregten Männer ihr zuriefen, trat auf die Treppe heraus und schloß die Tür hinter sich. Als sie – den Krückstock über den Kopf haltend – die Treppe hinuntereilte, gab es ein großes Gedränge, denn die Männer konnten kaum rasch genug zurückweichen. Wieder ging es hinaus aufs Totenfeld. In der zunehmenden Abenddämmerung war aber nicht mehr viel zu sehen. Kräuter-Liska warf einen Blick in die Schwärze des offenen Grabes, runzelte die Stirn und sprach, sie wolle darüber nachdenken. Sie winkte Sorla mit dem Krückstock heran: „Komm nachher zu meinem Haus; mit dir habe ich zu reden."

Als Sorla klopfte, öffnete das Mädchen mit den rotbraunen Zöpfen, welches ihm kürzlich mit ihrer Holzkiepe begegnet war, bat ihn schüchtern herein und verschwand im Nebenzimmer.

Das Zimmer duftete würzig nach Heu und Harz; von der Decke hingen Kräuterbündel, auf den Regalbrettern standen bunt verschnürte Töpfchen und Tiegel. Kräuter-Liska schaute Sorla mit ihren lebhaften Augen an und sagte: „Vorgestern nacht, als Tleresek starb, sah ich dich durch die kleine Pforte hinausschleichen. Später kamst du mit Retlar zurück. Warst du dabei, als Tleresek starb?"

Sorla erzählte, was auf der Landzunge vorgefallen war. Die Alte nickte nachdenklich, schickte ihn dann jedoch weg, ohne viel zu sagen. In der Nacht schlief Sorla schlecht, weil Retlar am leeren Kinderbettchen saß und Lieder sang. Am nächsten Morgen erinnerte er sich, verschlafen gefragt zu haben: „Wieso singst du, Retlar?" „Damit mein Potek einschläft. Er hat die Augen offen." Aber da diese Antwort keinen Sinn ergab, mußte er das Ganze geträumt haben.

¶

Am Morgen traf sich das halbe Dorf erneut auf dem Totenfeld und betrachtete das schwarze Loch. Tebreig hatte mit einem Karren Erde herangefahren und dann mit Horell die ganze Ladung hineingeschaufelt – ohne Erfolg.

Nachmittags kam mit der Fähre ein fremdartig gekleideter Mann nach Stutenhof. Er führte ein kleines, wie ein Mensch gekleidetes Wesen an der Leine, das schnitt Grimassen, und seine Vorder- und Hinterbeine endeten in menschenähnlichen Händen.

„Ein Dämon!" raunte Bineraz beeindruckt.

„Quatsch, ein Affe!" erwiderte Hrudo, der die Welt gesehen hatte. Der Fremde warf ihm einen bösen Blick zu und rief alle Dorfbewohner auf, sich beim Brunnen zu sammeln. Auf der Treppe des „Bunten Pferdes" stehend, seinen kleinen Begleiter auf der Schulter, stellte er sich ihnen als der Große Hersepoxul vor, der berühmteste Geisterbanner und Wunderheiler von ganz Ailat und Rodnag zusammen. Er habe von dem Fluch gehört, der dieses vortreffliche Dorf befallen habe, und sei herbeigeeilt, ihnen seine uneigennützigste Hilfe anzubieten.

„Kannst du ein Loch verschwinden lassen?" rief Tebreig.

„Natürlich, es ist eine meiner einfachsten Übungen!" Hersepoxul holte ein Tuch heraus, faltete es und schnitt ein Loch hinein. Dann faßte er es an einem Zipfel, schüttelte es aus, es blitzte und knallte. Als die Zuschauer sich vom Schreck erholt hatten, sahen sie, daß das Tuch, das der Große Hersepoxul herumzeigte, wieder unversehrt war. Der Große Hersepoxul verneigte sich.

„Ich meine das Loch auf dem Totenfeld!“ rief Tebreig.

Der Große Hersepoxul blickte verwirrt.

„Bist du nicht des Grabes wegen hier?“ rief nun Hrudo.

„Ich, der Große Hersepoxul, bin gekommen, um euch im Kampf gegen die geheimnisvolle Krankheit der Pferde beizustehen!“

Die Zuschauer lachten.

„Lacht nicht ungläubig! Meine Macht ist groß! Alle Pferde müssen sterben, denn sie sind von bösen Geistern besessen. Doch wenn ich helfe, mögen einige gerettet werden!“

„Und was verlangst du?“ rief Hamkrik, sich das Lachen verkneifend.

„Nichts für mich! Doch bedarf es kostspieliger Zutaten, um meine Zauber zu wirken. Nur diese müßt ihr ersetzen.“

„Und wenn alle sterben? Müssen wir trotzdem zahlen?“ hakte Hamkrik nach.

„Wenn alle Pferde sterben, war es Atnes Wille. Meine Auslagen aber müßten erstattet werden, so oder so. Doch warum so kleinlich? Es geht um eure Pferde!“

Lachend gingen die Dorfbewohner auseinander, denn sie hatten Wichtigeres zu tun. Der Große Hersepoxul sah ihnen verdutzt nach. Da Hulwe sich noch in der Nähe herumdrückte – er wollte einen Stein nach dem vierhändigen Wesen werfen, sobald der Große Hersepoxul wegschaute – winkte er diesen heran: „Junge, sag mir, weshalb alle weggehen.“ Hulwe, dem die Schadenfreude aus dem pickeligen Gesicht nur so leuchtete, machte ihn mit den Vorfällen der letzten Zeit vertraut. Der Große Hersepoxul wirkte zunächst verärgert, horchte dann auf, rieb sich die Hände und belohnte Hulwe schließlich mit einem halben Polk für dessen ausführliche Auskunft.

❡

Abends erscholl vom Brunnen her metallenes Dröhnen. Als die Stutenhofer nachsahen, stand da der Große Hersepoxul; er schlug mit einem Kochlöffel gegen eine Pfanne, während das kleine Wesen neben ihm – Dämon oder Affe – Purzelbäume schlug. Als genug Zuschauer versammelt waren, stieg der Große Hersepoxul wieder die Treppe vor dem „Bunten Pferd“ hinauf und hielt eine Ansprache:

„Leute von Stutenhof …"

Weiter kam er nicht, denn eben kehrte Krewes Herde heim. Die krummen Schwänzchen steil aufgerichtet, rannten die ersten Schweine quer über den Platz und durch die schlimmsten Schlammlöcher. Die Zuhörer hasteten auseinander. Der Große Hersepoxul ließ sich jedoch nicht beirren. Als die Schweine sich in die Ställe getrollt hatten, hub er wieder an:

„Leute von Stutenhof …"

Jetzt kam Krewe mit seinen Hunden. Als diese den Fremden und seinen seltsamen Begleiter erblickten, begannen sie wie irrsinnig zu bellen und stürmten die Treppe zum „Bunten Pferd" hoch. Der Große Hersepoxul und sein Dämon – oder Affe – konnten sich nur knapp hinter die Tür der Schankstube retten. Krewe pfiff seine Hunde zurück und gesellte sich zu den Zuhörern. Erneut trat der Große Hersepoxul vor die Tür.

„Leute von Stutenhof! Was man euch vorschlug, um eure Pferde zu retten, war nicht ganz erfolglos. Mein Mittel wäre besser gewesen, doch ich kam zu spät."

„Wieso?" warf Tebreig ein. „Nicht ein Pferd ist gestorben!"

„Aber der Besitzer! Nun liegt sein Grab offen, zum Zeichen der erlittenen Ungerechtigkeit!"

„Hört, hört!" rief Bineraz beifallheischend nach links und rechts.

„Nur ein Mittel gibt es, ihn zu versöhnen! Dazu muß ich – und ich werde es gleich heute nacht tun – eine Botschaft ins Reich der Geister senden. Das wird helfen, und ich bin sicher, jeder von euch auf diesem Platz wird mit Freude einen Beitrag leisten, der die Unkosten deckt." Nun trat der Große Hersepoxul mit einem Sammelteller die Treppe herab auf die Dorfleute zu. Doch bevor er den Boden erreichte, hatten diese sich schon zerstreut.

Im Wirtshaus wurde noch lange über den Großen Hersepoxul und seinen seltsamen Begleiter geredet. Diese hatten sich zu Bineraz' Verärgerung aber nicht im „Bunten Pferd" einquartiert, sondern bei Tlereseks dicker Witwe Unterkunft gefunden. Als Sorla nachts mit einem Topf restlicher Gemüsesuppe nach Hause ging, hörte er aus Tlereseks Haus Stimmen, und weil ihn die Neugier packte, stellte er den Suppentopf am Fuß der Holztreppe ab und schlich hoch, um durch das Fenster hineinzuspähen. Nur der reiche Tleresek hatte sich Glas statt gespannter Schweinsblasen für seine Fenster leisten können; so war sein Haus auch das einzige im Dorf, durch dessen Fenster man sehen konnte. Da saß der Große Hersepoxul mit der fetten Witwe Tlereseks bei Braten und Bier und hielt Reden, die er mit eindrucksvollen Gesten untermalte. Der Sohn kauerte krumm auf einem Schemel abseits, die Ellbogen eng an den Körper gedrückt. Nun wandte sich die Witwe ächzend nach hinten; so konnte sie, ohne aufzustehen, mit ihrem fleischigen Arm eine Schublade öffnen und einen Beutel herausholen, aus dem sie ein Dutzend silberner Ringe auf den Tisch zählte: zwölf Dremke, den Gegenwert eines sehr guten Pferdes. Der Große Hersepoxul nickte, streifte sie sich über die Finger der rechten Hand und betrachtete sie wohlwollend.

„Nachdem die Frage der Unkosten geregelt ist, will ich mich an die Ausführung machen", hörte Sorla ihn sagen. „Aber erst sollten wir fertig essen, damit der herrliche Braten nicht kalt wird."

Das wollte Sorla nicht abwarten und eilte heim. Nur ein Talglicht brannte, Retlar saß am Kinderbettchen.

„Guten Abend, Retlar! Ich habe Suppe gebracht!"

Retlar richtete sich langsam auf, und wie sie sich Sorla zuwandte, verlor sich das Lächeln, das sie noch eben in das leere Bettchen verschwendet hatte.

❡

„Psst, Sorla!"

Dieser, auf dem späten Heimweg vom „Bunten Pferd", wandte sich um; am Brunnen lungerten Matik und Hulwe, unter der Dorflinde dahinter lehnte eine dunkle Gestalt. Als Sorla näherkam, wehte der süße Duft von Mädchenhaar herüber, und Sorlas Herz schlug schneller, weil er Dilislar erkannte. Er hielt aber mißtrauisch einige Schritte Abstand, obwohl Matik und Hulwe ihn seit längerem in Ruhe ließen.

„Kommst du mit?" flüsterte Matik.

„Wohin?"

„Zu Tlereseks Grab!"

„Jetzt, wo es dunkel ist?"

„Der Große Hersepoxul ist dort draußen! Und unser Horell!" Hulwe nickte beteuernd: „Ich hab sie beobachtet."

Und Matik ergänzte: „Sie sind bestimmt beim Grab! Wenn du dich beeilst, kannst du sehen, was sie treiben!"

„Hat Hrudo nicht verboten, nachts das Tor zu öffnen?" fragte Sorla.

„Ich wußte, daß Sorla ein Feigling ist", sagte Matik zu Hulwe. Dilislar kicherte.

„Ich bin nicht feige!" protestierte Sorla. „Klar komm ich mit!"

Er eilte aber noch schnell nach Hause, um die Bratenreste bei Retlar abzugeben. Als er zurückkam, waren Matik und Dilislar schon fort, doch Hulwe wartete und winkte Sorla, sich zu beeilen. Nun ging es im Schutz der Hauswände zum Tor. Es war verschlossen, und Sorla sah Hulwe fragend an.

„Wir machen's wie der Große Hersepoxul", flüsterte dieser. Er nestelte eine Schnur auseinander, an der ein Stöckchen befestigt war. Nun hob er den schweren Holzriegel an und klemmte das Stöckchen senkrecht so dazwischen, daß er nicht zurückfallen konnte. Gemeinsam öffneten sie leise das Tor einen Spaltbreit, Hulwe legte die Schnur lose auf den Boden und schlüpfte, das Ende festhaltend, hinaus. Sorla folgte. Nun zogen sie das Tor vorsichtig zu, und Hulwe gab der Schnur einen Ruck. Da hörte Sorla, wie innen der Riegel herabfiel und das Tor verschloß. Hulwe zog die Schnur samt Stöckchen unter dem Tor durch und steckte alles, zu einem Bündel zusammengewickelt, in die Tasche. Sorla war beeindruckt: „Toll! Hat der Große Hersepoxul dir das gezeigt?"

Hulwe grinste: „Nein, ich ihm! Jeder Junge hier kennt den Trick."

„Dann hätte ja Horell ihm den Trick zeigen können."

„Der hat ihn sicher nicht gekannt, dieses Muttersöhnchen!"

„Aber wie kommen wir wieder rein?"

„Morgen früh, wenn das Tor aufgemacht wird."

„Und Matik? Dilislar? Wo sind sie?"

„Na, hier", sagte Hulwe und blickte sich suchend um. Doch da war niemand. Verwirrt meinte er: „Vielleicht sind sie schon vorausgegangen." Sie stapften in der mondhellen Nacht den aufgeweichten Weg entlang. Die Pferde standen als schwarze Gestalten an den Zäunen und schnaubten leise, als die beiden Jungen vorübergingen. Es duftete nach Gras und frischem Pferdedung. Sorla fühlte sich wohl und schritt munter aus, bis er merkte, daß Hulwe mehr und mehr zurückblieb.

„Was ist, Hulwe?"

„Hä? Nichts." Und Hulwe schloß wieder mit Sorla auf. Schweigsam gingen sie weiter. Hulwe räusperte sich ein paarmal, als wolle er etwas sagen; schließlich rückte er damit heraus: „Komisch, daß wir Matik nirgends sehen, oder?"

„Nun ja."

Nach ein paar Schritten wandte sich Hulwe erneut Sorla zu: „Irgendwie schon unheimlich hier, nicht?"

„Ich weiß nicht; ich habe früher oft draußen übernachtet. Was soll da unheimlich sein?"

„Du mußt ja viel erlebt haben, Sorla."

Sorla nickte. „Außerdem, Hulwe, ist ja noch der Große Hersepoxul da, oder?"

Nun kam, bleich im Mondlicht, die Steinmauer in Sicht, die das Totenfeld umfriedete. Die beiden schlichen näher; von Horell und dem Großen Hersepoxul aber war weit und breit nichts zu sehen. Sorla und Hulwe sahen einander betroffen an.

„Vielleicht sind sie am Fluß?" flüsterte Hulwe. „Was weiß ich? Oder der Große Hersepoxul ist einfach abgehauen. Zurück nach Fellmtal oder so."

Sorla fand das einleuchtend. Er erinnerte sich, wie der Große Hersepoxul die Silberringe an sich nahm – wozu sich dann noch abmühen? „Aber Horell?"

Hulwe grinste. „Blöde wie der ist, wartet der noch irgendwo und friert sich was ab."

„Und Matik? Dilislar? Wo sind die?"

Hulwe rieb sein Gesicht.

Auch Sorla zögerte jetzt weiterzugehen und war froh, als Hulwe stehenblieb mit der Versicherung, es eile durchaus nicht, und wenn Matik und Dilislar noch nicht gekommen seien, könne man auch hier warten. Das taten sie, und die Zeit verging. Es wurde kalt. Sorla überlegte, was Matik und Dilislar wohl gerade trieben: entweder lagen sie friedlich und warm in ihren Betten und lachten über Sorla und Hulwe, die hier draußen froren, oder – noch schlimmer – sie saßen versteckt in Hamkriks Schuppen und knutschten, wie Dilislar es mit Sorla hatte tun wollen. Wieso war er so dumm gewesen! Allmählich kroch die klamme Kälte in seine Kleider, und er trat von einem Bein aufs andere.

„Hulwe, es ist saukalt hier."

Zur Antwort klapperte dieser mit den Zähnen.

„Müssen wir wirklich bis morgen warten, Hulwe? Können wir nicht vorher ins Dorf zurück?"

„Erst wenn sie das Tor aufmachen, aber vorher erfriere ich."

„Und wenn wir Hrudo rufen?"

„Hrudo ritt doch gestern nach Fellmtal, den Priester holen!"

„Und wenn wir sonst jemanden rufen, daß er aufmacht?"

„Dann kriegen wir Ärger mit Hrudo. Zwei Tage Schweinekoben ausmisten zur Strafe ist das Mindeste. Nein danke!"

„Wir müßten irgendwo unterkriechen."

Hulwe nickte zähneklappernd. „Bloß wo?"

„Vielleicht im Wald? Ein hohler Baum?"

„Der Wald ist noch weit von hier. Und im Wald gibt es Geister und Chrebil ..."

Die beiden Jungen dachten nach. Schon wollte Sorla den Entschluß kundtun, es bliebe ihnen nichts übrig, als im Wald ein Versteck zu suchen, da sagte Hulwe: „Sind wir dumm! Da ist doch der Altar von Mala und Urskal auf dem Totenfeld!"

„Und?"

„Das Podest ist hohl. Da liegen Schaufeln drin und so."

Sorla nickte, und beide rannten auf die Umfriedungsmauer zu. Die Mauer war aus grobem Geröll aufgeschichtet. Innerhalb lagen hell im Mondlicht die flachen Hügel der Toten, dazwischen das klaffende Grab Tlereseks. Am nördlichen Ende des Totenfeldes aber, einige Schritte innerhalb der Mauer, stand der Altar Malas der Furchtbaren, der verschleierten Göttin, und ihres Gemahls Urskal, des Fürsten der Nebligen Tiefen, die zusammen über das Reich der Toten gebieten.

Neben dem Altar regte sich ein riesiger dunkler Klumpen. Sorla und Hulwe erstarrten. Aus dem Klumpen streckte sich eine Hand ins Mondlicht, ein Kopf folgte, die Augen weit aufgerissen.

„Du, Horell?“ flüsterte Hulwe.

Nun fielen die drei Pferdedecken ab, in welche Horell gehüllt war. Zitternd schaute er ihnen entgegen, den Mund halb offen.

„Horell!“ wiederholte Sorla. „Wir sind's!“

Keine Antwort. Horells Augen starrten weiß in der Nacht.

„Wo ist der Große Hersepoxul?“ fragte Sorla. „Seid ihr nicht zusammen hergekommen?“

„Ich sagte doch“, fiel Hulwe ein, „der ist abgehauen!“

„Sorla!“ flüsterte Horell. „Hulwe! Etwas Grauenhaftes ...“ Er brach ab, die Hand fuhr durch die dünnen Strähnenreste. Er begann neu: „Dort drüben liegt er. Beim Grab meines Vaters.“

Sorla folgte seinem entsetzten Blick und sah im Dunkeln, von den Grabhügeln halb verdeckt, eine Gestalt.

„Was ist mit ihm?“ Schon wollte Sorla hingehen, aber Horell flüsterte: „Bleib! Er ist tot, du kannst ihm nicht helfen.“

„Tot?“ Hulwes Zähne klapperten.

Horell nickte. „Ich hab's gesehen. Irgendwas zog ihn zum Grab, als er zu nahe kam; er schrie und wehrte sich noch. Dann war er tot.“

„Weshalb bist du noch hier?“ fragte Hulwe. „Ich wäre weggerannt!“

„Ich wollte ja. Aber vor Angst war ich wie gelähmt.“ Horell schauderte. „Dann, später, als ich wieder hätte rennen können, blieb ich da. Vielmehr, ich versteckte mich hier.“ Er wies auf die Decken.

„Und weshalb?“ fragten Sorla und Hulwe fast gleichzeitig. „Weshalb bist du geblieben?“

„Nun, es war ja vorbei. Und außerdem ...“ – kläglich schaute Horell auf die beiden Jungen herunter – „ich wollte bei meinem Vater bleiben. Wenigstens hier, in der Nähe.“ Seine rechte Hand hielt den linken Ellbogen fest, so daß er Schwierigkeiten hatte, sich gleichzeitig mit der linken Hand durch die Strähnen zu fahren. „Ich würde ihm so gerne ...“, setzte er hinzu, und das letzte Wort war kaum noch zu verstehen: „ ... helfen.“

„Aber er ist ein Gespenst!“ empörte sich Hulwe. „Er hat den Großen Hersepoxul umgebracht!“

Horell nickte unglücklich und hüllte sich wieder in eine seiner Decken. „Er war mein Vater“, flüsterte er.

„Und wie willst du ihm helfen?" fragte Sorla.

„Ich weiß es nicht ... Mit ihm reden vielleicht ..."

„Hat er früher auf dich gehört?"

„Mein Vater? Natürlich nicht!"

„Na dann wünsch ich viel Erfolg!"

Horell kauerte sich wortlos auf den Boden und zog die Pferdedekke um sich. Sorla und Hulwe sahen einander an: bis das Tor geöffnet wurde, das dauerte, da konnten sie auch hier warten. Hulwe nahm, ohne zu fragen, eine weitere Decke, Sorla folgte seinem Beispiel. Die Decke war dick gewebt und schwer; Sorla wunderte sich, wie Horell drei davon hierher geschafft hatte. Als er sich umsah – was selbst ihm schwerfiel, denn der Himmel hatte sich bezogen, und der Mond schimmerte nur trüb durch den Wolkenschleier – fiel ihm jenseits der Umfriedung ein dunkler Schatten auf; ein Pferd stand da und blickte wachsam herüber. Froh, ein Rätsel durch bloßes Umhersehen gelöst zu haben, hüllte sich Sorla enger in die Decke.

Als er sich ebenfalls setzen wollte, trat er im Dunkeln auf eine herumliegende Hacke. Der Stiel fuhr hoch und verfehlte Sorlas Kopf nur knapp. Er wich zurück, behindert durch seine Umhüllung, und stolperte dabei über eine Schaufel. „Wieso liegt das Werkzeug hier rum?" schimpfte er.

Kläglich tönte es aus Horells Decke: „Das war ich."

„Aber das gehört dort unter den Altar!" ließ sich Hulwe hören.

„Ich hab's doch dauernd gebraucht!"

Hulwe schälte sich aus seiner Decke. „Ich räum's jetzt weg, bevor ich mich reinsetze." Er nahm die Geräte und trug sie hinüber zum Altar. Da stutzte er. „Habt ihr's gehört?" wisperte er.

Sie hatten nichts gemerkt, waren aber jetzt still und lauschten. Plötzlich vernahm auch Sorla ein feines, gedämpftes Wimmern.

„Da!" keuchte Hulwe. „Habt ihr's gehört?"

Sorla nickte, dann fiel ihm ein, daß Hulwe ihn im Dunkeln nicht sehen konnte, und sagte „Ja." Auch Horell murmelte etwas unter seiner Decke. Von wo das Geräusch gekommen war, hatte aber keiner feststellen können.

„Vielleicht war es der Wind?" machte Hulwe sich Mut, aber seine Zähne klapperten.

„Es ist windstill heute nacht", wandte Sorla ein.

„Vielleicht Pferdewiehern von der Weide?"

Keiner antwortete. Immerhin war es möglich. Langsam löste sich die Anspannung, und Hulwe wandte sich wieder dem Altar zu. Er beugte sich zur kleinen Holztür herunter, die im Podest eingelassen war.

„Verriegelt. Komisch."

„Wieso komisch?" wollte Sorla wissen.

„Weil die Geräte noch draußen liegen."

Sorla zuckte die Achseln, wandte aber ein: „Vielleicht ist die Tür von selbst zugefallen. Heute früh war es windig."

„Richtig, und der Riegel kam herunter." Dies schien Hulwe zu beruhigen, und er öffnete die kleine Holztür.

Im nächsten Augenblick sauste ein kreischendes Etwas hervor, warf sich Hulwe ins Gesicht, der Hacke und Schaufel fallen ließ, von dort auf Sorlas Schulter, daß dieser zurücktaumelte, und in mächtigem Satz zurück mitten in Horells Deckenbündel, wo es sich blitzschnell eingrub. Horell sprang auf, warf die Decke von sich und stand da, vergeblich bemüht, den Affen des Großen Hersepoxul von seiner Brust zu zerren, der sich mit allen vier Pfoten festgeklammert hatte.

„Der Dämon!" hauchte Hulwe.

Sorla griff nach dem Messer, um Horell vor dem gefährlichen Wesen zu retten. Ein zweiter Blick belehrte ihn aber eines Besseren: Das gefährliche Wesen bedeckte Horells Gesicht mit Küssen und wimmerte kläglich vor sich hin.

„Der also hat vorhin gewimmert!" rief Sorla.

„Ja, aber warum hängt er sich so an Horell?"

Horell wich einem Affenkuß aus und sagte verlegen: „Er kennt mich, der Große Hersepoxul hat bei uns gewohnt!"

Die beiden Jungen beobachteten erstaunt, wie sich das Tier an Horell schmiegte, die seltsamsten Grimassen schnitt, mit seinen behaarten Händen einmal sogar zärtlich über dessen dünne Strähnenreste fuhr, sichtlich bemüht, Horells Freundschaft zu gewinnen. Hulwe schüttelte sich. Aber Sorla überlegte, wie furchtbar das nächtliche Geschehen auch für dieses Wesen gewesen sein mußte, daß es über ein Wiedersehen mit Horell so glücklich war.

Er sah sich um. Der Himmel war klar geworden; der Dunstschleier hatte sich gesenkt und lag als Nebel über dem Fluß. Fröstelnd hüllte sich Sorla wieder in seine Decke. Hulwe hatte bereits dasselbe getan, und Horell bemühte sich nun, seine Pferdedecke um sich und den Affen zu legen, ohne daß sie ständig herunterglitt.

„Bald beginnt die Morgendämmerung", murmelte Hulwe aus seiner Decke. „Dann können wir heim."

„Aber vorher wird es noch richtig kalt", sagte Sorla aus alter Erfahrung von seiner Kindheit am Gnomfluß. Wie schön war es gewesen, sich in die wärmenden, schützenden Arme Laschres zu schmiegen! Was war dagegen diese muffige Pferdedecke!

Das Pferd schnaubte. Als Sorla sich umwandte, sah er, wie es unruhig scharrte.

„Es hat Angst dort draußen", murmelte Horell. „Ich bring's her." Damit kroch er aus seiner Decke, ging die paar Schritte zur Steinmauer und kletterte hinüber. Das Pferd war sehr unruhig, und Horell hatte Mühe, es an der Umfriedung entlang zum Tor des Totenfelds zu führen. Er schlang sich den Strick um die Hände und zog mit allen Kräften. Kaum aber war das Tier, schnaubend, bockend, innerhalb der Umfriedung angelangt, geschah etwas Seltsames: Das Pferd schob sich, von unsichtbarer Kraft gezogen, vorwärts zu den Gräbern hin. Es stöhnte vor Entsetzen und stemmte vergeblich die Hufe in die Erde. Horell wurde mitgeschleift, bis es ihm gelang, sich beiseite zu wälzen und aufzuspringen. Doch statt den Strick loszulassen, stolperte er weiter auf das Grab zu.

„Renn weg!" rief Sorla. Horell schüttelte den Kopf: „Ich muß mit meinem Vater reden." So entschlossen hatte Sorla ihn nie erlebt. Horell ging hinter dem sich sträubenden Tier her; dessen aufgerissene Augen starrten weiß, die Vorderhufe stemmten sich vergeblich – da brach das Schnauben plötzlich ab, und der schwere Leib sackte zur Erde.

Horell trat ans offene Grab. „Vater! Hörst du mich?" rief er und fuhr sich durch die dünnen Strähnen. „Vater! Ich bin's, Horell, dein Sohn! Ich weiß, du liebtest mich, als ich klein war. Damals waren dir die Pferde nicht alles, erinnerst du dich?" Horell hatte bei den letzten Worten zu schluchzen begonnen. Der Pferdekadaver aber schob sich an ihm vorbei, der Schädel wurde herumgedrängt und stellte sich zähnebleckend zum Mond auf.

„Vater!" schrie Horell. „Gib mir ein Zeichen!"

Der Pferdekopf sackte in die Finsternis von Tlereseks Grab. Noch immer war der Strick um Horells Hand geschlungen und zwang ihn jetzt in die Knie. Sorla faßte an seinen Gürtel, bekam einen Messergriff zu packen – Keteliks Messer – stürzte herbei, im Fallen griff er nach dem Strick und schnitt ihn durch. Da kippte die Pferdeleiche langsam über den Rand des Grabes und verschwand. Sorla zog Horell beiseite, weg vom hinabgleitenden Kadaver.

„Schnell fort!" flüsterte er Horell zu. Doch der rührte sich nicht; schwer atmete er, in den Augen das blanke Entsetzen. Auch Sorla verspürte nun ein Grauen, beklemmend, lähmend, erstickend ... Zugleich war da ein grausamer Hohn, der das Herz umklammerte und allen Stolz vernichten wollte.

„Nein!" zischte Sorla, und etwas in ihm bäumte sich auf gegen diese Welle von Spott und Entsetzen. „Nein!" schrie er, und mit seinem Messer schnitt er durch die Luft, stieß in das anflutende Grauen, zweimal, dreimal – da atmete er wieder frei, der Blick klärte sich, die Angst verebbte.

Keteliks Messer ließ er aufatmend los; es fiel in das Grab. Da löste sich die Finsternis in Schwaden auf, und was eben ein Loch war, türmte sich als Erdhügel empor. Oben auf Tlereseks Grab aber ruhte schimmernd Keteliks Messer.

Retlars Kind

Noch vor Morgengrauen klang dünn eine Glocke über den Fluß, das war Hrudo, der von Fellmtal kam und den Fährmann rief. Er hatte den Priester Uglamesk angetroffen und war mit ihm, getrieben von bösen Vorahnungen, die Nacht hindurch zurückgeritten.

Nachdem sie übergesetzt hatten, lenkten sie ihre Pferde zum Totenfeld und sahen im ersten Morgenschimmer Tlereseks Grabhügel, der, sich hoch auftürmend, alle Gräber ringsum überragte. Obenauf blitzte ein Messer. Daneben lag, von frischer Erde halb verschüttet, der reglose Körper des Großen Hersepoxul. Nahe dem kleinen Altar erkannte man ein paar Deckenhaufen, aus denen Sorla, Hulwe und Horell hervorkrochen. Sie wirkten übernächtigt; selbst der Affe des Großen Hersepoxul, der an Horell geschmiegt war, gähnte entsetzlich.

Der alte Priester gab seiner Freude Ausdruck, Sorla gesund wiederzusehen, und ließ sich die Geschehnisse der vergangenen Nacht berichten. Danach gingen sie alle zu Tlereseks Grab. Hrudo packte den Leichnam des Großen Hersepoxul an den Füßen, um ihn vom Grabe wegzuziehen. Er wuchtete schwer, bis das Gewicht der Erde den Körper freigab. Nach und nach erschienen die Schultern, der erdverschmierte Kopf, die Arme … Horell schrie auf, denn da war keine rechte Hand, nur ein blutiges Handgelenk.

„Mein Vater“, flüsterte Horell, „er hat ihn ins Grab gezerrt!“

„Wie soll ein Toter derlei tun?“ fragte Hrudo. „Was konnte er auch von dem Großen Hersepoxul wollen?“

Sorla meldete sich zu Wort: „Der Große Hersepoxul trug zwölf Dremke an seinen Fingern. Die hat ihm Tleresek abgerissen!“

Horell nickte unglücklich. Doch während er durch seine dünnen Haarsträhnen fuhr, blickte er nachdenklich zu Sorla hinüber.

„Zwölf Dremke – immerhin der Gegenwert eines sehr guten Pferdes“, meinte Hrudo.

„Erinnert euch“, rief Sorla, „Tleresek schwor, sich die Pferde wieder zu beschaffen!“

„Er schwor beim Großen Woul“, flüsterte Hrudo und richtete drei gespreizte Finger gegen den Boden, um böse Kräfte abzuleiten.

„Das heißt“, faßte Uglamesk zusammen, „Tleresek war verflucht, seinen bösen Schwur zu erfüllen. Und da ihm die Kräfte der Finsternis halfen – wer hätte den Fluch brechen können?“ Er nickte nachdenklich Sorla zu: „Dir gelang es. Wieder einmal hast du durch Zufall das Richtige getan, du ahnungsloser Liebling Atnes! Du hast Tleresek in sein Grab gebannt; nun kann er nicht länger die Lebenden schrecken."

„Und wie hab ich das gemacht?"

„Mit Keteliks Messer dort!"

„Hä?" machte Hulwe.

„Ich will es erklären. Zunächst müßt ihr verstehen, daß Tlereseks Herz nicht mehr zu erreichen ist durch Ermahnungen, Drohungen, Bitten. Denn Tleresek wurde das Werkzeug des Schwarzen Woul – möge Anod ihn zurechtweisen! Angst, Mitleid, Liebe – all das ist Tleresek fremdgeworden."

Horell seufzte.

„Das einzige, was er versteht", fuhr Uglamesk fort, „ist Haß. Ketelik war Tlereseks Opfer, sein Messer ist voll des bittersten Hasses."

Horell, der aufmerksam zugehört hatte, nickte, als sei ihm vieles klargeworden. Hulwe aber lachte abfällig: „Das glaub ich nicht." Dann besann er sich auf den Respekt, der Uglamesk gebührte, und fuhr kleinlaut fort: „Ein Messer ist nur ein Ding aus Eisen, oder?"

„Du redest, wie du's verstehst", fuhr ihm Horell mit unerwarteter Heftigkeit über den Mund.

Uglamesk nickte ihm zu. „Ein gutes Messer will zerstören, und es kennt seinen Besitzer." Wieder sah er Sorla nachdenklich an. „Was mich aber erstaunt, mein Junge, ist, wie es dir gelang, am Grab Tlereseks nicht in lähmendes Grauen zu verfallen, wie es Horell geschah, als er mit dem Zügel stand und fast hinabgerissen wurde, oder dem Pferd, oder dem Großen Hersepoxul, wie ihr ihn nennt."

Sorla zuckte die Achseln. Für Angst sei keine Zeit gewesen, murmelte er.

Uglamesk schüttelte den Kopf. „Dies war keine gewöhnliche Angst, Sorla. Dies muß das Grauen der Schwarzen Dreiheit gewesen sein. Weshalb bliebst du davon verschont? Nur von den Schlangen hörte ich dergleichen. Ich frage mich, Sorla, was in jenem Augenblick dich überkam!"

Sorla dachte an die Schlange von den Norfell-Auen. „Kannst du das mit den Schlangen erklären?" fragte er.

Verdutzt sah ihn Uglamesk an. „Weshalb sollte dich das interessieren? Nun, man sagt, die Schlangen seien ein so altes Geschlecht, vielleicht gar älter als die Götter – was sicherlich eine Lüge ist – daß die Besser Ungenannten keine Macht über sie haben. Aber was sollte an dir schlangenhaft sein?“

Sorla zuckte die Achseln.

Horell hob zaghaft eine Hand. „Ich würde gerne mehr über den Schwarzen Woul erfahren, Priester.“

Hrudo, der bisher schweigend dabeigestanden hatte, sah ihn mißtrauisch an. „Wieso das?“

Horell umklammerte beide Ellbogen mit der jeweils anderen Hand und stotterte: „Ich will alles wissen … alles, was meinem Vater noch helfen kann.“

„Mein lieber gutgläubiger Junge“, sagte Uglamesk, „es ehrt dich, trotz allem so zu denken. Aber wisse: Dein Vater, den du liebtest, war schon lange tot – das böse Wirken des Schwarzen Woul und seiner Diener zerstörten das Licht in ihm.“

Horell fuhr sich durch die dünnen Strähnen und schluckte. Dann sagte er etwas Leises, was keiner verstand, und mußte es wiederholen: „Ich will ihn im Gedächtnis behalten, wie er früher war, Priester. Vielleicht findet er das Licht auch wieder. Wie sonst soll er sich in den Nebligen Tiefen des Totenreichs zurechtfinden? Ich wünschte mir, ich fände einen Weg, ihm zu helfen.“

Uglamesk lächelte nachsichtig, dies sei wohl eine vergebliche Hoffnung. „Aber“, fuhr er fort, „es ist kalt hier, und ich bin müde. Heute mittag darfst du mich in Hrudos Stube besuchen, dann will ich mehr davon sagen.“

Sorla begleitete Horell zur Dorfschmiede, wo Hrudo Pfeilspitzen schärfte. Sie stiegen die Treppe zur Wohnstube hoch; zu dritt, wenn man den Affen des Großen Hersepoxul mitzählte. Denn das Tier lief Horell auf Schritt und Tritt hinterher; am liebsten aber saß es auf dessen Schulter.

Uglamesk schlürfte an einem Becher heißen Minzetees und deutete auf die Wandbank. „Setzt euch. Ich will euch über den Schwarzen Woul und die anderen Dunklen Gewalten erzählen – nicht alles, behüte Anod, aber doch das, was junge Leute wissen dürfen." Horell machte eine zaghafte Geste, die andeuten sollte, daß er schon erwachsen sei, aber Uglamesk lächelte beschwichtigend und begann: „Dies ist die Sage, wie die Schwarze Dreiheit von den Göttern aufgestört wurde.

Als Anod, der Sonnenheld, seinen Vater Urskal besiegte, zog dieser sich mürrisch in die Nebligen Tiefen zurück. Wo er auftrat, zitterte der Boden, und die Felsen zerklüfteten. So schuf sich Urskal ein zweites Reich ewiger Dämmerung – das erste hatte er an Anod verloren – und vor ihm floh die Dreiheit der Dunklen Gewalten, die zuvor hier hausten: Woul, Goul und Shurloum.

Die Schwarze Shurloum sank weiter hinab in Tiefen, wo seit Anbeginn das Finstere Feuer lodert. Kein Mensch, kein Riese, kein Gott wird je Shurloum dort stören.

Der Schwarze Goul wich Urskal aus und blieb. Wehe dem Reisenden ins Reich der Toten, der das Licht nicht in sich trägt, den Weg nicht findet! Ihm lauert Goul auf, um sich zu mästen.

Woul aber floh hinauf und erschrak vor dem Licht Anods. Nichts blieb ihm, als sich zu verkriechen; überall ist er und nirgends. Unversöhnlich erwartet er das Ende der Götter, das Erlöschen jeglichen Lebens. Manche erhoffen sich Macht, wenn sie ihm dienen. Welch schrecklicher Irrtum! Denn keine Dankbarkeit kennt der Schwarze Woul! Wie sie ihm dienen, sind sie die ersten Opfer; sie selbst töten das Licht in sich und werden auf ihrer Letzten Reise ein Raub des Schwarzen Goul.

So arbeiten Woul und Goul zusammen daran, das Licht zu erstikken, um dann, vereint mit Shurloum, erneut zu herrschen."

„Mein armer Vater!" seufzte Horell. „Ob der Schwarze Goul ihn schon gefressen hat?"

„Schon lange, und doch nicht wirklich", entgegnete Uglamesk.

„Das versteh ich nicht."

„Du mußt wissen: Im Reich der Toten vergeht keine Zeit. Stets ist es Abend. Wer ankommen kann, und sei die Letzte Reise noch so lang und beschwerlich, ist längst dort. Wer unterwegs ist, ohne das Licht in sich zu tragen, ist immer schon verloren gewesen."

„Also ist es zu spät, meinem Vater zu helfen?"

„Es wäre auch in zehn, in hundert Jahren nicht zu spät. Ich sagte, es vergeht dort keine Zeit. Aber wie sollte es dir gelingen, deinem Vater das Licht zu bringen?"

Horell fuhr sich fast energisch durch die Strähnen. „Ich weiß es noch nicht, doch ich will es versuchen."

Draußen auf der Holzstiege wandte sich Horell zu Sorla: „Stimmt's, daß du lesen kannst?"

„Wieso?"

„Du könntest mir was vorlesen. Am besten kommst du gleich mit, dann zeig ich dir's."

Also gingen sie zum Hause des verstorbenen Tlereseks; Horell voraus, und der Affe auf seiner Schulter drehte den Kopf nach hinten und schnitt Sorla Grimassen. Als sie die Wohnstube betraten, saß dort Tlereseks dicke Witwe und wischte mit Brotbrocken eine Schüssel aus, in der noch Specksuppe war. Horell beachtete seine Mutter nicht, sondern führte Sorla ins angrenzende Zimmer. Dort lag auf dem Tische aufgeschlagen ein klobiges, in Leder gebundenes Buch; so riesig, daß es den Tisch fast bedeckte.

„Sieh, dieses Buch ...", begann Horell, da sprang der Affe von seiner Schulter auf den Tisch, schlug das Buch zu und umklammerte es, indem er sich darüberwarf.

„Was hat das Tier?" fragte Sorla verdutzt.

„Das Buch gehört eigentlich ihm." Horell fuhr sich mit beiden Händen durch die Strähnen. „Oder noch eigentlicher, es gehörte dem Großen Hersepoxul. Und sein Affe hat mir das Buch gezeigt, das unter dem Altar auf dem Totenfeld versteckt war."

„Hat es der Große Hersepoxul dort verborgen?"

„Der oder sein Affe. Es war ja sonst niemand da, als der Große Hersepoxul ..., als mein Vater ihn ..." Horell brach verwirrt ab.

„Und weshalb stellt dein Affe sich so an?"

„Ich glaube, das Buch ist sehr wertvoll. Der Affe hat es mir geschenkt, aber sonst soll es niemand sehen. Vielleicht hat der Große Hersepoxul darin seine Zaubergeheimnisse aufgeschrieben! Bloß, ich kann nicht lesen!"

ICH WÜNSCHE DIR Glück & Geld Wein Weib & Gesang

Sorla ging zum Tisch, doch als der Affe ihm kreischend entgegenfuhr, zuckte er zurück. „Dein Affe will nicht, daß ich hineinsehe. Dann gehe ich wieder."

„Nein! Du brauchst ja nicht das Buch vorzulesen; sag mir einfach, wie man liest."

Sorla lachte, denn er erinnerte sich, wie lange es dauerte, bis er selber lesen und schreiben gelernt hatte – und Golbi der Schreiber, jener feinsinnige Gnom aus dem Pelkoll, war bestimmt ein guter und geduldiger Lehrer gewesen. Andererseits war es eine Ehre, jemanden zu unterrichten, der älter war – auch wenn man Horell nicht ganz ernstnehmen konnte – und er erklärte sich einverstanden.

Wie immer, wenn Sorla nachts zu Retlars Haus zurückkehrte, öffnete er die Stalltür und ließ den Glygi aufleuchten. Denn Retlar kümmerte sich kaum um die Tiere, und Fim war verschwunden. Doch die Ziege kaute friedlich an einem Heubüschel, das Fohlen hob verschlafen den Kopf. Auf der Futterraufe saß winzig der Stallwicht und baumelte mit den Beinen.

„Fim!" rief Sorla. „Wo hast du solange gesteckt?"

Das Männlein rieb sich zufrieden über die grünbehosten Schenkelchen. „Auf den Pferdekoppeln. Ich habe dort gegraben."

„Aha", machte Sorla verständnislos.

„Potz Stroh! Ist dir nicht aufgefallen, Sorla, daß in diesem Haus etwas Böses lauert und uns schaden will?"

„Wieso?"

„Mein Gefühl trügt nicht. Gerne wehre ich Unbill vom Stall ab, das hier geht aber über meine Kräfte, da kann nur Frena helfen, die Beschützerin des Hauses. Also holte ich mir Rat bei meiner ehrenwerten Freundin Tschjerk."

„Tschjerk?"

„Eine weitgereiste Elster, oft zu Gast auf den Pferdekoppeln. Diese Vögel, mußt du wissen, genießen Atnes Huld und auch die ihrer Töchter. Tschjerk also berichtete mir, auf den Pferdekoppeln liege ein heiliges Zeichen Frenas, und sie wies mir die ungefähre Stelle.

Dennoch brauchte ich etliche Nächte, bis ich es fand.“ Fim holte unter dem Kittel einen kleinen, länglich-runden Gegenstand hervor. Es war, aus einem Speckstein geschnitten, das fingerlange Bildnis einer nackten Frau mit breitem Becken und üppigen Brüsten. Den einen Arm reckte sie hoch, um ihre Haare zu bündeln, den anderen hatte sie, eine Kugel haltend, an den Leib gelegt.

„Was soll die Kugel?“ fragte Sorla.

„Keine Ahnung. Und was machen wir mit der Figur? Das hat mir Tschjerk nicht verraten.“

Sorla wußte es auch nicht, dann fiel ihm Kräuter-Liska ein: „Ich zeige sie ihr.“

„Tu es gleich morgen“, nickte Fim und war plötzlich nicht mehr zu sehen.

¶

Als Sorla die Holzstiege hochging, strahlte ihm der Vollmond genau ins Gesicht, und ihm wurde ganz sonderbar. Am Mond konnte das wohl nicht liegen; vielleicht war er nur müde. In der Wohnstube war es dunkel; aus Retlars Schlafnische klang ruhiges Atmen. Sorla kroch in sein Bett und schlief rasch ein.

Er war in den Norfell-Auen. Der Nebel verdeckte den Boden; nur die Rohrkolben vom letzten Jahr ragten ins Mondlicht. Die Schlange war nicht zu sehen.

„Schlange, hörst du mich?“ rief Sorla und lauschte. Nur das Wasser plätscherte gegen die Binsenbüschel am Ufer.

„Stimmt es, daß ihr Schlangen die Schwarze Dreiheit nicht fürchten müßt?“

Irgendwo gluckste schläfrig ein Bläßhuhn. Es klang, als wolle es Sorla verhöhnen.

„Habe ich was Schlangenhaftes an mir?“

Etwas Gewaltiges drückte Sorla zur Seite, daß er mit Wucht ins Wasser fiel.

¶

Als Sorla morgens erwachte, hatte er den Eindruck warmer Feuchte. Dann fühlte er mit Schrecken, daß sein Bett klatschnaß war. Hatte er ins Bett gepinkelt? Schuldbewußt kroch er aus seiner Schlafnische, um die Decken zum Trocknen über die Stühle zu hängen. Dabei fiel sein Blick auf seine Hände ... seine Arme, Beine ... Er faßte sich ins Gesicht und hielt betäubt inne: sein ganzer Körper war von zartschuppiger Schlangenhaut bedeckt! Zunächst hoffte er, er träume noch, doch bald schwand jeder Zweifel. Er trat an eines der kleinen Fenster, um seine Arme im trüben Morgengrauen zu betrachten. Eigentlich waren diese Schuppen sehr hübsch: zart und regelmäßig, überwiegend blaßgrün mit einzelnen braunrosa Tupfen.

Ihm war klar, daß er sich damit nicht sehen lassen durfte. Schon regte sich Retlar in ihrer Schlafnische, und Sorla warf schnell die Decken – naßkalt, wie sie inzwischen waren – auf seinen Strohsack und kroch hinein, daß nur die Haare hervorsahen. Atne sei Dank waren ihm die noch geblieben!

Von irgendwo greinte ein Kind. Retlar stand auf, ging schlaftrunken durchs Zimmer zu Poteks Bettchen, beugte sich darüber und gab aufmunternde, aber unsinnige Geräusche von sich, wie es Mütter von Kleinkindern oft tun. Dabei war, wie Sorla wußte, das Bettchen leer. Nun ging Retlar zur Waschschüssel und machte ihren Oberkörper frei. Als sie den Kopf zur Seite neigte, um das Haar über die rechte Schulter zu legen, fiel ihr Blick auf Sorla.

„Du bist noch nicht auf?"

„Ich fühl mich nicht gut."

Sie nickte gleichgültig, drehte ihm ihren Rücken zu und fuhr in der Morgenwäsche fort.

Später verließ sie die Wohnstube, und Sorla hörte sie in den Stall gehen, um die Ziege und Sorlas Fohlen zu ihren Pferden auf die Weide zu bringen. Das Greinen begann wieder. Sorla sprang auf und ging zu Poteks Bettchen. Da blickte ihm ein Kleinkind aufmerksam entgegen.

„Wo kommst du denn her?" entfuhr es Sorla.

Das Kind kicherte.

In diesem Augenblick pochte jemand an die Tür. Sorla rannte zum Bett zurück und versteckte sich.

Es klopfte wieder, und jemand rief: „Sorla?"

Der rührte sich nicht.

„Ich hab dich doch reden hören, Sorla!" Die Tür ging auf, und Horell, den Affen auf der Schulter, spähte herein: „Sorla?" Nun entdeckte er ihn im Bett und trat näher.

Sorla kroch noch tiefer unter die Decken und hustete: „Komm nicht zu nahe, Horell, sonst steckst du dich an!"

„Entschuldige. Wir wollten doch lesen lernen. Doch wenn du krank bist ..." Da fiel sein Blick auf das Bettende, er trat heran und zeigte auf Sorlas Fuß, der dort herausragte: „Dein Fuß! Er ist ja grün!"

Sorla zog den Fuß geschwind zurück und murmelte unter der Decke hervor: „Quatsch! Hier ist's bloß zu dunkel in der Stube."

„Entschuldige, Sorla." Horell fuhr sich durch die Strähnen. „Ich hab's genau gesehen."

Sorla schwieg und versuchte zu husten. Unter der Decke hervor beobachtete er Horell und wünschte, dieser würde endlich gehen. Horell aber trat unruhig hin und her; man merkte ihm den Widerstreit von Neugier und Verlegenheit an. Er hielt beide Ellbogen mit jeweils der anderen Hand an den Körper gepreßt und gab diese Haltung nur auf, um sich immer wieder durch die Strähnen zu fahren. Schließlich öffnete er den Mund: „Ich weiß, daß viele mich nicht ernstnehmen, Sorla. Aber ich bin nicht dumm, im Gegenteil. Vom Husten bekommt man keine grünen Füße. Entweder hast du eine schreckliche Krankheit, dann brauchst du Hilfe, oder Zauberkraft ist im Spiel, und das interessiert mich sehr." Horell beugte sich näher zu Sorlas Bett und flüsterte: „Ich will Zauberer werden! So wie der Große Hersepoxul oder noch mächtiger!"

Sorla schwieg. Wenn Horell nur schon fort wäre! Dieser aber ging nachdenklich in der Stube umher und blieb bei Poteks Bettchen stehen.

„Bezieht Retlar noch immer das Kissen frisch? Ihr Kind ist doch schon lange tot!"

„Aber ...", begann Sorla unter seiner Decke, dann fiel ihm auf: Was immer da in Poteks Bettchen lag, war für alle unsichtbar – außer natürlich für Retlar. Daß er selber es jetzt gesehen hatte, mußte an seiner Schlangenhaut liegen.

„Hast du was gesagt, Sorla?"

„Äh, ich hab vergessen, das waren meine grünen Strümpfe, die du gesehen hast. Und jetzt will ich schlafen, dann geht's mir sicher bald besser."

„Grüne Strümpfe? Entschuldigung, wenn du mir nicht vertraust, dann gehe ich eben." Und Horell wandte sich, mit der Hand enttäuscht durch die Strähnen fahrend, zur Tür. Der Affe auf seiner Schulter blickte noch einmal zurück, zog eine Grimasse und kreischte: „Gute Besserung."

Sorla fuhr hoch, raffte noch schnell die Decken um sich und rief: „Horell!"

Dieser wandte sich verunsichert um und umklammerte seinen rechten Ellbogen. Mit trauriger Miene wartete er ab. Mißachtet, verhöhnt zu werden war er gewöhnt.

„Seit wann kann dein Affe sprechen?"

Horell runzelte die Stirn. „Das wäre mir neu."

„Ich habe ihn eben was sagen gehört!"

Horell setzte zum weiteren Widerspruch an, brach ab, dachte nach – und plötzlich überzog ein freudiges Lächeln sein Gesicht; es war, als bräche die Sonne durch grauen Nebel, der alle Fröhlichkeit erstickt hatte, und nun begännen alle Vögel zu singen. „Sorla!" hauchte er. „Du brauchst mir dein Geheimnis nicht zu verraten – aber daß du die Sprache dieses Tieres verstehst, ist Beweis genug, daß hier Zauberei herrscht. Und es ist etwas Wunderbares, denn zu gerne hätte ich näheres über den Affen erfahren. Kannst du mir nicht helfen, ihm Fragen zu stellen?"

„Gut. Aber dreh dich um; ich mag nicht angesehen werden."

Und so kam es, daß der Affe des Großen Hersepoxul Gelegenheit fand, seine Geschichte zu erzählen.

❡

Er war als namenloses Junges in einer Horde von Affen mitgerannt, welche Hirsefelder verwüsteten, Bananenpflanzungen plünderten, einsame Wanderer belästigten und insgesamt ein feines Leben führten. Beherrscht wurde die Horde von den stärksten Männchen, die unter sich ausmachten, wer gerade der allerstärkste war und daher beim Besteigen der Weibchen oder beim Gelaustwerden den Vortritt hatte. Um die Kleineren kümmerten sie sich nicht, was diese ausnutzten und selber versuchsweise die Weibchen bestiegen, wenn es sich ergab. Er hätte es selber auch getan, wenn er größer gewesen wäre, doch bekam er nie Gelegenheit dazu, denn als er einmal am Wasser trank, ertönte schreckliches Geschrei und Klappern, und als er wegrannte, war er plötzlich in einem Netz verheddert. Er strampelte, schrie, versuchte zu beißen – doch wurde er in einen Sack gestopft, der nach getrocknetem Kameldung roch.

Später saß er mit anderen jungen Affen in einem Käfig. Es war langweilig, und er begann sich umzusehen. Er verstand, daß sie einem Messingwaren-Händler gehörten, der den Käfig vor allem zur Belustigung seiner Kunden aufgestellt hatte, weniger um die Affen zu verkaufen.

Das Leben, das die Menschen führten, war zwar langweiliger als das freie Leben in der Affenhorde, aber besser, als im Käfig zu hokken. Und da er noch jung und bildungsfähig war, beobachtete er die Menschen bei ihrem Treiben im Basar und ahmte sie nach. Er gestikulierte händlermäßig, wies auf die ausgestellten Messingkannen, ging aufrecht und verschränkte die Arme oder strich würdevoll den nicht vorhandenen Bart, bis sich beifällig lachende Zuschauer um den Käfig sammelten.

Eines Tages trat ein Mensch, der schon mehrmals am Käfig gestanden hatte, zum Messingwaren-Händler und erwarb nach angemessenem Feilschen dieses gelehrige Tier. Der Affe bekam Hose und Kittel wie ein Mensch, zugleich aber ein Halsband wie ein Schoßhündchen.

Sein Herr brachte ihm bei, sich die Hände zu waschen und gesittet aus der gemeinsamem Reisschüssel zu essen. Das gefiel ihm, besonders wenn es zum Nachtisch kandierte Früchte gab. Er lernte, in den heißen Pfefferminztee zu blasen, um ihn abzukühlen. Später durfte er die Öllampe anzünden und das große Buch herbeitragen, wenn der Große Hersepoxul – denn dies war sein Herr – darin zu lesen wünschte.

Dies ging einige Zeit, war aber nur die Vorbereitung für Größeres. Eines Abends nämlich breitete sein Herr den Teppich mit besonderer Sorgfalt aus, zeichnete um diesen mit Kreide seltsame Zeichen auf den Boden und warf Räucherharze ins Kohlenbecken. Sie setzten sich beide in die Mitte des Teppichs, wo der Qualm am beißendsten war, und der Große Hersepoxul begann einen eintönigen Singsang, wobei er mit dem Oberkörper vor- und zurückschwankte. Der Affe fühlte sich immer benommener und wehrte sich nicht, als sein Herr eine Seidenschnur um ihrer beider Hände wand, wodurch sie aneinander gefesselt wurden. Plötzlich bebte der Boden, vom Kohlenbecken strahlte es gleißend, und aus Licht und Rauch bildete sich ein Wesen, erschreckend anzusehen. Der Große Hersepoxul redete in einer fremden Sprache. Die Erscheinung antwortete und lachte, worauf sie verschwand.

Seitdem war alles anders. Als erstes fiel dem Affen auf, daß er mit dem Großen Hersepoxul die Gefühle teilte. Hatte der Affe einen Floh, mußte auch sein Herr sich kratzen. Hatte der Herr zuviel Süßwein getrunken, mußte der Affe sich übergeben.

Sicher war es nicht dies, was der Große Hersepoxul erreichen wollte, doch gab es auch andere Auswirkungen des Zaubers. So wußte der Große Hersepoxul alles, was sein Affe sah. Er blickte gewissermaßen durch dessen Augen, wenn er wollte. Dies war von Vorteil, wenn etwas auszukundschaften war, wo der Große Hersepoxul sich selber nicht hinbegeben wollte oder durfte, sei es ein dunkler Winkel im Hafen, der Dieben als Treffpunkt diente, oder der palmenbestandene Innenhof des fürstlichen Frauenhauses. Auch verstand der Affe die Wünsche und Gedanken seines Herrn. Was der Große Hersepoxul von ihm verlangte, das mußte der Affe tun. Nicht daß sein Herr ihn bestraft hätte, es war nur, daß eine seltsame, vom Zauber herrührende Unruhe den Affen befiel, sobald der Auftrag erteilt war, und ihn erst wieder verließ, um einem behaglichen Aufatmen zu weichen, wenn alles zur Zufriedenheit des Großen Hersepoxul erledigt war.

Bei solch enger Verbundenheit der beiden blieb es nicht aus, daß der Affe Züge seines Herrn annahm; er wurde vernünftiger, nachdenklicher, entwickelte Neugier und zunehmend auch Verständnis für die Zauberbemühungen seines Herrn. Sein Geist entwickelte sich weit über das für Affen geltende Maß hinaus. In manchem war er seinem Herrn sogar überlegen; so leuchtete ihm häufig unmittelbar ein, weshalb manche zauberischen Versuche seines Herrn scheitern mußten, er konnte sich ihm jedoch nicht mitteilen. Es hätte auch nichts genutzt, denn der Große Hersepoxul war sehr von sich eingenommen.

Die folgenden Jahre widmete dieser dem verstärkten Bestreben, zu Geld zu kommen. Denn um seine Macht als Zauberer zu mehren, was er als seinen Lebenszweck betrachtete, hätte er aufwendige Studien betreiben, seltene Zutaten erwerben und vielleicht einen Lehrmeister bezahlen müssen. Leider war er im Gelderwerben noch erfolgloser als in der Magie und kam über den Rang eines fahrenden Zauberers, der auf Jahrmärkten die Leute nasführt, nie hinaus. Einmal bot ihm der bekannte, aber in Zaubererkreisen umstrittene Stiousto an, ihn zu fördern, wenn er ihm zunächst drei Jahre als Gehilfe zur Seite stünde. So ließ sich der Große Hersepoxul überreden, in Stioustos Burg niedere Dienste zu tun: Tränke mischen, Bücher abstauben, auf dem Markt einkaufen, Besucher abwimmeln ... Später mußte er herumreisen und herausfinden, wo eben ein kräftiger, kampferprobter Mann gestorben war, und diese Leiche im Auftrage Stioustos kaufen. Was damit geschah, wurde dem Großen Hersepoxul nicht gesagt. Der Affe allerdings hatte längst die Räumlichkeiten der Burg erkundet und in den weitläufigen Kellergewölben die Leichen wiederentdeckt, wo sie reihenweise an den Wänden lehnten, in Gruppen beieinander standen – ohne ein Zeichen der Verwesung – und schließlich, wenn Stiousto kam und sein Peitschchen schwang, sich nach seinem Willen in Bewegung setzten und hinter einer eisernen Tür verschwanden. So erfuhr, durch die Augen seines Affen sehend, auch der Große Hersepoxul davon. Er hoffte, seiner Mitwisserschaft wegen befördert und in weitere Geheimnisse eingeweiht zu werden, und sprach Stiousto darauf an. Was in jener Nacht geschah, wußte der Affe nicht. Er fand sich mit seinem Herrn am nächsten Morgen auf der Straße vor Stioustos Burg wieder. Der Große Hersepoxul wirkte seltsam verwirrt, schien alles vergessen zu haben und führte wie zuvor das Leben eines fahrenden Zauberers.

Auf dem Markt zu Alt-Fellmtal hörte er von der Pferdeseuche, die Stutenhof befallen habe. Daraus hoffte er Gewinn zu schlagen. Natürlich hatte er keine Ahnung, wie hier zu helfen sei. Anders bei Tlereseks Grab; er glaubte, es handle sich um einen einfachen Fall von

Sterbensunlust, wie man es bei Leuten findet, die ihr Leben enden, ohne eine wichtige Aufgabe gemeistert zu haben. Hier hätte der Große Hersepoxul mit einer Formel zur Beruhigung der Geister helfen können, die zur Grundausbildung jedes Zauberers gehört. Schrecklich war, als der Große Hersepoxul dem Grab zu nahe kam! Der Affe spürte das Entsetzen seines Meisters am eigenen Leibe. So floh er panisch unter den Altar, schlug das Türchen hinter sich zu und spürte dennoch den Todeskampf des Zauberers: wie er sich stemmte, weitergezerrt wurde und die lähmende Angst ihn erstickte.

Seitdem empfand der Affe ein Gefühl großer Leere. Allein und auf sein äffisches Selbst zurückgeworfen, wurde in ihm das Bedürfnis, sich erneut einem Menschen anzuschließen, übermächtig. So warf er sich an Horells Brust und war nun froh, ihm dieses sagen zu können: Sein kleines Affenherz ersehnte nichts mehr, als Horell dienend zu begleiten. Auch spürte er in seinem neuen Meister die Gabe des Zauberns weit mächtiger als je im Großen Hersepoxul. Wie sehr wünschte er sich, Horell verstünde ein Band zwischen ihnen beiden zu wirken, wie es dem Großen Hersepoxul einst gelang! Vielleicht könne das Zauberbuch des verstorbenen Meisters helfen – dafür habe er es ihm bewahrt. Um eines allerdings bitte er, nicht mehr 'Affe' gerufen, sondern bei dem Namen genannt zu werden, den er selber sich zurechtgelegt hatte, ohne ihn je mitteilen zu können: 'Lamponu'.

¶

„Diesen Freundschaftsdienst werde ich dir nie vergessen!" sagte Horell und wollte Sorlas Hand ergreifen, doch schon hatte Sorla die Decke über sich gezogen und zischte: „Du sollst dich nicht umdrehen!"

„Entschuldigung!" murmelte Horell, schaute wieder zur Tür und fuhr sich durch die Strähnen. „Ich denk nur an mich und die Zauberei, und deine unheimliche Krankheit hab ich ganz vergessen."

„Husten!" berichtigte Sorla.

„Und grüne Strümpfe", nickte Horell. „Aber wenn die grünen Strümpfe, äh, der Husten morgen noch nicht verschwunden ist … dann kannst du mir ruhig dein Geheimnis verraten. Wir sollten zusammenarbeiten.“ Damit stand er auf und ging zur Tür. Dort sagte er, ohne sich umzudrehen: „Morgen also komme ich wieder, um lesen zu lernen.“ Und bevor er die Tür hinter sich schloß, zeterte der Affe noch schnell: „Mit dem grünen Gesicht siehst du aus wie ein unreifer Kürbis!“ und zog eine Grimasse.

Kaum waren sie draußen, warf Sorla die Decken von sich und rannte zu Poteks Kinderbettchen.

„Horell konnte dich nicht sehen. Wer bist du? Ich glaube, du bist das Böse, von dem Fim sprach“, sagte Sorla nachdenklich. Er faßte nach dem Kind, und im selben Augenblick durchfuhr eine stechende Kälte seinen Arm, sein Herzschlag stockte, und er verlor, nach Atem ringend, das Bewußtsein.

Er erwachte von Schritten auf der Stiege draußen. Von innerem Frost geschüttelt, wankte er ins Bett und hüllte sich in die Decken. Retlar trat herein und wandte sich, beruhigende Laute von sich gebend, dem Kinderbettchen zu, aus dem Greinen drang.

Später sah sie auch nach Sorla: „Geht's dir besser?“

„N-nein“, flüsterte Sorla zähneklappernd.

„Ich werde Kräuter-Liska bitten vorbeizuschauen.“

„Nein! Es geht mir schon viel besser, und Kräuter-Liska ist eine alte Frau, die man nicht wegen Kleinigkeiten belästigen darf!“

„Nun gut.“ Retlar wandte sich ab und setzte sich mit ihrem Strickzeug neben Poteks Bettchen, um liebevoll hineinzuschauen.

„Wann gibst du deinem Kind zu essen?“ fragte Sorla plötzlich.

Retlar fuhr hoch. „Mein … Was für ein Kind?“

„Das dort im Bettchen.“

Retlar sah ihn unsicher an, gab sich deutlich sichtbar einen Ruck und flüsterte verschwörerisch: „Es ist ein Geheimnis! Dieses Kind darf niemand sehen!“

„Und wann ißt es? Wann wird es gewaschen?“

„Es braucht nichts! Es wächst ganz von selbst. Es ist ein wunderbares Kind!“

Da merkte Sorla, daß mit Retlar über dieses Kind nicht vernünftig zu reden war.

In dieser Nacht konnte Sorla nicht schlafen. Es war ihm unheimlich, in einem Zimmer mit jenem seltsamen Kind zu liegen, auch machte ihm sein eigener Zustand Kopfzerbrechen. Was, wenn seine grüne Schlangenhaut ihm sein weiteres Leben erhalten blieb? Wieso hatte er der Schlange im Traum so törichte Fragen stellen müssen! Er wußte doch, daß ihm Schlangenhaftes zugewachsen war, seit er im abgestreiften Natternhemd jener riesigen Schlange in den Norfell-Auen gehockt und sie ihn für ihr Ei gehalten und als Kind angenommen hatte. Die wunderbaren Genesungskräfte der Schlangenhaut hatten bei ihm schon mehrmals Wunder gewirkt, doch dies hier war zuviel. Ob Horell ihm helfen würde? Helfen könnte? Würden die Stutenhofer seinen Anblick ertragen? Wenn nicht, wo würde er sich verstecken?

So wirbelten ihm die Gedanken die ganze Nacht durch den Kopf. Dazu kam ein Juckreiz am ganzen Körper, zunächst sachte, kaum spürbar, dann unangenehmer, kribbelnder, schließlich nicht auszuhalten. Sorla warf die Decken von sich und begann sich zu kratzen wie von Sinnen, an Armen, Beinen, Brust, Rücken … Plötzlich hielt er ein Stück schuppiger Haut zwischen den Fingern: spröde, halb durchsichtig. Er kratzte weiter, zog seine Schlangenhaut in Streifen vom Körper; sie löste sich leicht an Armen und Beinen, hing fester noch an Schultern und Rumpf, aber er riß sie ab, auch da, wo es wehtat, und sammelte die Fetzen unter der Decke. Danach sank er erschöpft zurück und schlief tief bis in den späten Vormittag.

Er erwachte mit einem Heißhunger, wie er ihn lange nicht verspürt hatte. Retlar war fort. Er sprang aus dem Bett und durchstöberte die Speisekammer, wo er einen halben Fladen Brot fand, ein paar runzlige Rettiche und einen Streifen Räucherspeck. Er schlang alles hinunter und spülte mit einem Krug saurer Ziegenmilch nach. Dann fiel ihm vergangene Nacht ein; er kramte die Hautfetzen unter der Decke hervor und warf sie in den Kamin, wo sie prasselnd verbrannten. Erleichtert wandte er sich zur Tür, schaute im Vorbeigehen in Poteks Bettchen – nichts war zu sehen – und eilte die Stiege hinunter, um Kräuter-Liska das Frenabildnis zu zeigen. Ihm war peinlich, das nicht schon gestern getan zu haben, wie mit Fim abgesprochen.

Auf dem Weg zu Horell kam er am Brunnen vorbei. Die Dorflinde schimmerte grüngolden in der Morgensonne, und unter ihrem

Blätterdach brauste es von wilden Bienen, welche um die duftenden Blüten summten. An den Lindenstamm gelehnt, stand Dilislar und schmiegte sich an Matik. Hulwe saß auf dem Brunnenrand dabei.

„He, Findling!" höhnte Matik. „Wie war die Nacht an Tlereseks Grab?"

„Spannend", erwiderte Sorla scheinbar gelassen. „Und wo warst du?"

„Ich hatte was Besseres vor!" Matik drückte die kichernde Dilislar an sich. Hulwe rutschte unruhig hin und her, als wisse er nicht recht, wie er sich verhalten solle.

„Ja, in Hamkriks Schuppen ist es leichter, tapfer zu sein", höhnte Sorla und ging gespielt gleichmütig weiter.

„He, Sorla! Was ist das für Schorf?" rief Dilislar.

Und Matik, aufmerksam geworden, deutete auf Sorlas Stirn: „Pfui! Ganze Fetzen!"

„So schuppig sieht es aus! Wie von einer Schlange!" schüttelte sich Dilislar. Sorla griff sich nach der Stirn und fühlte die Reste der Schlangenhaut zwischen den Fingern. Er riß und rieb sie ab und trat sie in den Schlamm, unter den angeekelten Blicken Dilislars und höhnischen Bemerkungen Matiks: „Als ob du aus dem Ei gekrochen wärst, wie ein Küken, und die Schale klebt noch an dir!"

„Ja, aus einem Schlangenei!" kicherte Dilislar.

Und Hulwe lachte beflissen: „Sorla, das Schlangenei!"

¶

Kräuter-Liska war nicht allein, als Sorla eintrat. Pulve, Bineraz' älteste Tochter, lag mit hochgeklappten Röcken auf dem Strohsack, und Kräuter-Liska befühlte ihren Bauch.

„Du hast richtig vermutet, Pulve."

„Mein Vater wird toben!"

„Hattest du den Distelsaft nicht getrunken?"

„Er schmeckte so bitter, und da ..."

„Nicht alles im Leben ist süß, Pulve."

„Kannst du's nicht wegmachen, Kräuter-Liska?"

„Jetzt nicht mehr. Was lebt, soll wachsen."

Pulve raffte heulend ihre Röcke zusammen und verließ die Stube. Kräuter-Liska holte eine Kanne vom Herd, aus der sie zartgelben Sud in eine Schüssel goß, um sich die Finger zu waschen. Ein paar Blätter und Stiele schwammen sachte im Kreise, es duftete nach Kamille und anderen Blüten. Während sie noch die Hände an ihren grünen Röcken abtrocknete, wandte sich Kräuter-Liska Sorla zu: „Nun, wo warst du gestern?" Als Sorla überrascht zu stammeln begann, ergänzte sie: „Fim war gestern hier." Und als er schuldbewußt vor sich hinblickte: „Euer Stallwicht. Er macht sich Sorgen wegen böser Umtriebe in eurem Haus."

Sorla nickte und erzählte von Retlars unsichtbarem Kind, das keine Nahrung brauchte und, wenn man ihm zu nahekam, mit schrecklicher Kälte zuschlug. Daß er in seiner Schlangenhaut es gesehen hatte, verschwieg er. Kräuter-Liska nickte.

„Zu sehr hing Retlar an dem kleinen Potek und ertrug die Wahrheit nicht. Sie nährte falsche Hoffnungen und öffnete sich den Dunklen Mächten. Sie hat da etwas Schlimmes herangezogen."

„Aber es ist doch nur, weil sie ihr Kind so liebte?"

„Auch Liebe kann man übertreiben, Sorla. Siehst du nicht, daß für Retlar nichts gilt außer ihrem Wahn? Sie ist krank, und Frena verhüte, daß sie noch Unheil über uns alle bringt!"

Hinter dem Vorhang zum Nebenraum lugte ein Mädchenkopf mit braunrot baumelnden Zöpfen hervor. „Komm nur, Aistiken!" winkte Kräuter-Liska, und zu Sorla sagte sie: „Nun zeige mir die Frenafigur!" Sorla nestelte die Figur aus seiner Kitteltasche, und Aistiken beugte sich in selbstvergessener Neugier nach vorne, so daß ihr Kopf Sorlas Schultern berührte – Aistiken zuckte zurück, ihr Gesicht glühte. Sorla sah das mit Verwunderung.

„Was bedeutet die Kugel, Kräuter-Liska?"

„Es ist ein Apfel. Dies ist das Bildnis von Frena-mit-dem-Apfel."

Sorla sah verwundert, daß Kräuter-Liska um Fassung rang. Auch Aistiken schien es gemerkt zu haben, denn ihre Finger stahlen sich in die Hand der Alten.

„Was ist, Kräuter-Liska? stammelte Sorla.

Die Alte faßte sich. „Seid unbesorgt, Kinder. Es ist nur, daß ich das Figürchen kenne, und mir fielen alte Geschichten ein."

„Erzähle, erzähle!"

Kräuter-Liska strich ihre grünen Röcke glatt. „Vor über dreißig Jahren", begann sie, „verliebte sich hier in Stutenhof eine Frau – sie war nicht mehr jung, aber noch ansehnlich – in einen jüngeren Mann, der tüchtig war und stolz auftrat. Sie zog in sein Haus, wurde schwanger und gebar einen Sohn. Bald aber zeigte sich, daß der Ehrgeiz des Mannes, der Mächtigste des Dorfes zu werden, größer war als seine Liebe. Eine junge Frau hatte eine große Pferdeherde geerbt und ein schönes, großes Haus. Da ließ der Mann seine Frau sitzen und warb um die junge, reiche. Der kleine Sohn aber blieb im kleinen Haus der Mutter. Sein liebstes Spielzeug war diese kleine Frenafigur." Kräuter-Liska lächelte, und ihre Hände fuhren zärtlich über das Bild Frenas-mit-dem-Apfel, als streichelten sie zugleich auch die damit spielenden Kinderhände. „Er wuchs zu einem flinken, kräftigen Jungen heran. Weil er sich aber nach seinem Vater sehnte, obwohl dieser ihn nicht leiden mochte, ging er ihm oft nach und belauschte ihn. Und eines Morgens kam er nicht mehr zurück."

„Ist dieser Junge tot?" fragte Sorla.

„Nein, er lebt, doch ich weiß nicht wo. Er muß nun schon groß sein. Ich hörte, er sei nicht ganz bei Verstand."

„Dieser Mann – war das Tleresek?"

Aistiken nickte ihm zu.

„Und die Frau, die Mutter?"

Kräuter-Liska sah gedankenverloren in die Weite.

❡

Sorla lag zufrieden im Gras und blinzelte in die Halme, die über ihm in der warmen Brise schwankten. Heuschrecken und Grillen zirpten, lauter aber drang zu ihm das Geschrei der Kinder von der Badestelle am Fluß. Vor etwa vier Wochen hatte er, auf einem Weidezaun sitzend, gesehen, wie ein Fünfjähriger zu tief ins Wasser geriet und die Strömung des Gnomflusses ihn mitriß. Sorla rannte zum Ufer und sprang dem Kind hinterher. Wie das kalte Wasser über ihm zusammenschlug! Wie es in seinen Ohren rauschte und gurgelte! Er fühlte sich wie in seinen Kindertagen bei Laschre am Fluß. Doch dann erschien vor ihm der Kleine zappelnd an der

Oberfläche und verschwand gleich wieder; Sorla tauchte hinab, packte den Kleinen, schwamm zwischen Strudel und Felsen am Grunde entlang und erreichte glücklich das Ufer.

Seit der Rettung von Hurgil – so hieß der Kleine und war Nulwik des Fährmanns jüngster Sohn – war Sorlas Ansehen im Dorf noch deutlicher gestiegen. Nicht nur, daß die Erwachsenen ihn lobten – die Kleinen blickten verehrend an ihm empor, auch die Halbwüchsigen behandelten ihn mit ungewohnter Hochachtung. Matik kam schon am folgenden Tag auf ihn zu; ihm folgten Dilislar, die Sorla aus schwarzen Augen zuzwinkerte, und drei oder vier weitere. Matik erwähnte eher beiläufig, Nulwik der Fährmann sei seines Vaters Bruder, folglich der kleine Hurgil sein Vetter, und fuhr fort, Sorla sei hiermit in der Gemeinschaft der Stutenhofer Jugend aufgenommen. Er reckte die Faust und rief: „Sorla Schlangenei ist ein feiner Kerl!" und die anderen nickten beifällig und schlugen Sorla auf die Schulter.

¶

Von der Küchenarbeit im „Bunten Pferd" war er heute befreit; es war „Atnes Hochzeit", der zwölfte Tag des Eichenmonats, da arbeitete niemand, denn in der Nacht sollte Sonnwend gefeiert werden.

Am späten Nachmittag sammelten sich alle Stutenhofer und zogen dem Schweinsberg entgegen. Nur Retlar war im Dorf geblieben; sie fühle sich nicht wohl.

Krewe der Sauhirt führte einen jungen Eber mit, der bunt bemalt und mit Kränzen festlich geschmückt war. Hrudo rollte ein altes Wagenrad neben sich her. Sie ließen die Pferdeweiden hinter sich, auch die Schweineweide unter dem lichten Bestand an Eichen und Maronen, und tauchten ins Dunkel des Bergwaldes. Der Pfad war steil und steinig. So ging es im Zickzack bergan, keuchend, schwitzend; Hrudo mußte sein Wagenrad schieben und schleppen, und Krewes Eber hatte durch seine Versuche, seitlich auszubrechen, schon mehrfach kundgetan, daß es vernünftigere Wege geben müsse. Auch schien er Unheil zu ahnen. Dann aber belehrte ihn Krewe mit seinem Stock eines Besseren, und erschreckt quiekend fügte sich das Tier. Schließlich erreichten sie die Gipfelkuppe: eine verwitterte Felsplatte, von der aus man weit ins Land sehen konnte. Die Bergspitzen schimmerten rötlich in der sinkenden Sonne, und weit im Süden, wo die Täler sich weiteten, glitzerte im Abendlicht der Fluß Eldran, der dem Meer zueilte. Sorla seufzte vor Fernweh.

Die anderen hatten mittlerweile Reisig und Prügel gesammelt und zu einem riesigen Scheiterhaufen aufgeschichtet, den sie entzündeten. Auf einem der benachbarten Hügel im Nordwesten loderte ebenfalls ein Feuer; das mußte Raghairom mit seinen Frauen sein – Sorla winkte, obwohl es zwecklos war.

Auch in der Ferne leuchteten kleine Punkte auf den höchsten Bergen auf, und in den Tälern dazwischen glommen hie und da Feuer, die wohl von Köhlern oder einsamen Jägern entzündet worden waren. Sorla erinnerte sich der Rede Gnelis des Gewaltigen, des Gnomenältesten tief unter der Gipfelkuppe, auf der sie standen, der beklagte, wie die Menschen sich über dieses Land, das seit je die Gnomlande hieß, verbreiteten und andere Völker verdrängten. Zwar rechnete Gneli in Jahrhunderten, doch Sorla verstand, daß die heimeligen Feuer in den Augen eines Gnomes bedrohliche Zeichen waren.

Jemand packte ihn an der Rechten – Aistiken, sie zerrte ihn zum Feuer, wo die anderen sich schon an den Händen faßten und einen weiten Kreis bildeten. Ein älterer Stutenhofer ergriff Sorlas Linke, und nun fielen alle in einen Rundtanz um das lodernde Feuer; Sorla schwitzte und lachte, vor ihm stoben Funken in den Nachthimmel, rechts flogen Aistikens rotbraune Zöpfe, ihr Gesicht glühte selbstvergessen, und links war auf einmal Dilislar, die sich hereingedrängt haben mußte, und preßte Sorlas Finger.

Schließlich fielen alle lachend zu Boden. Kleine Krüge wurden herumgereicht, deren Inhalt Sorla schon im „Bunten Pferd" gerochen hatte; es duftete nach mostigem Obst, stach aber in die Nase, und als Sorla einen Schluck nahm, mußte er husten. Doch es schmeckte nach mehr, und nach dem dritten Schluck wurde ihm sonderbar im Kopf.

„Birnen-Gebranntes!" lachte Tebreig und schneuzte ins Gras. Sorla wollte noch einen Schluck nehmen, da grapschte sich Hulwe das Krüglein, Sorla fiel vornüber. Sich aufrappelnd, sah er, wie Aistiken mißbilligend ihr Näschen rümpfte. Dilislar jedoch zog ihn am

Handgelenk hoch und flüsterte mit heißem Atem in sein Ohr: „Komm in die Büsche, ich zeig dir was!"

Im dunklen Gebüsch hob sie ihr Kleid bis unter die Achseln. Über dem Kleidersaum sah sie ihn erwartungsvoll an. Als er sich nicht rührte, nahm sie seine Hand und legte sie an ihre kleine Brust, kaum eine Erhöhung auf den Rippen, und doch schwellend weich und warm. Sorla atmete den süßen Duft ihrer Haare und, herber, den ihres Körpers. Ungeschickt strich seine Hand über die Brust, den flachen Bauch ... da sah er an Dilislars Hals den blauen Fleck.

„Was hast du da?" Er zeigte besorgt hin.

Verärgert stieß sie ihn von sich. „Wie kannst du das im Dunkeln sehen!"

„Der Mond hat darauf geschienen."

Daß der Mond hinter den Wolken versteckt war, fiel Dilislar jedoch nicht auf. Sie flüsterte: „Komm, der blöde Knutschfleck ist doch egal." Sorla zögerte. Und als jetzt vom Feuer gerufen wurde: „Kommt her – der Eber wird abgestochen!" rannte er erleichtert hin.

Das Tier war von der Leine gelassen. Vier Stutenhofer hatten sich darüber geworfen und hielten es an den Läufen fest. Krewe kam von der Seite heran; er packte das Ohr des Schweins und wollte ihm mit dem Messer in der anderen Hand an die Gurgel. Der Eber jedoch warf den Schädel hin und her, zappelte und befreite sich mit einem Ruck. Ehe die fünf Männer sich aufrappeln konnten, rannte er mit steil aufgerecktem Schwänzchen über die Lichtung.

Alle liefen ihm nach, Sorla als einer der ersten, doch war das Tier so flink, daß es lange vor ihnen den Waldrand erreichte und verschwand. Krewe fluchte über sein Mißgeschick und die Schlauheit des Tieres; mit ihm beklagten alle den entgangenen Festbraten. Da ertönte aus dem Wald ein langgezogener Schrei, so qualvoll, so schrill, daß es Sorla schauderte.

„Das war ein Mensch!" flüsterte einer.

„Ein Ungeheuer! Es gibt hier schreckliche Wesen!"

Wie sie verängstigt lauschten, hörten sie Gesang aus der Dunkelheit des Waldes:

„Es kommt bei Nacht ein Bär,
im Pelkoll-Wald stört er Rafell,
da trifft den Bär der Speer,
da tötet ihn der Speer!“

„Rafell!“ rief Sorla begeistert. Vor Jahren war er diesem freundlichen Mann begegnet, der singend in den Wäldern umherirrte und mit dem Speer so meisterhaft umgehen konnte, der aber in seiner Verwirrtheit selbst Igel und Buschwerk für Bären hielt.

„Rafell?“ wiederholte Hrudo. „Das ist doch …“

In diesem Moment trat der Genannte unter den Bäumen hervor, in der Rechten den Speer, mit der Linken den toten Eber am Hinterlauf nachschleifend. Nach ein paar Schritten ließ er Speer und Schweinebein los und starrte hinüber zum Feuer. Sorla wollte ihn begrüßen, doch mit einem Aufschrei rannte Kräuter-Liska an ihm vorbei, den hinderlichen Krückstock weit von sich werfend. „Rafell!“ rief sie. „Mein Sohn!“ und brach vor ihm zu Boden. Dieser sah auf den Haufen grüner Kleider und murmelte:

„Rafell war auch ein Kind
und hörte, wie die Mutter sprach,
das hört er jetzt im Wind,
den lieben Ton im Wind.“

Kräuter-Liska richtete sich auf, seine Knie umklammernd. „Mein Sohn! Erkennst du mich nicht?“

„Du bist kein Bär“, murmelte er.

Die Stutenhofer umringten Rafell und redeten auf ihn ein. Er sah sie freundlich und ein wenig traurig an, dann packte es ihn, er machte wilde Luftsprünge, wobei er sich auf seinen Speer stützte, und rief:

„Dies ist ein schöner Traum.
Doch träumt Rafell oft sonderbar
und glaubt den Traum sich kaum,
er glaubt sich selber kaum.“

Die Stutenhofer waren entsetzt zurückgewichen. Jetzt traten sie näher, und da mit Rafell nicht vernünftig zu reden war, führten sie ihn an der Hand zum Feuer. Krewe weidete den toten Eber mit geübter Hand aus; die dampfenden Innereien häufte er sorglich auf einen flachen Felsen. „Für Omschjull!" rief Krewe. „Für Omschjull!" riefen alle und besänftigten mit diesem Opfer den tierhaften Neffen Atnes, zuständig für Gedeih und Vermehrung der Schweine. Der Eber wurde mit gespreizten Läufen bäuchlings auf das von Hrudo mitgebrachte Wagenrad gelegt und festgebunden. Danach rollten sie das Rad zum glostenden Holzstoß und wuchteten es hinauf. Die Rückenhaare des Schweins waren im Nu aufgeflammt, bald duftete es nach Gebratenem.

„Gibt es keine einfachere Art, ein Schwein zu braten, Hrudo?"

„Sicher, Sorla. Aber heute, an Atnes Hochzeit, muß er ans Rad. Das ist so Sitte."

„Aha."

„Er kann froh sein, daß er schon tot ist. Früher briet man sie lebendig!"

„Aha." Aber eigentlich interessierte sich Sorla eher für Rafell. Dieser saß auf dem Boden neben Kräuter-Liska, die unablässig seine Hand streichelte oder gegen ihre Wange hielt.

❡

Die Sonnwendfeuer der umliegenden nahen und fernen Berge waren längst erloschen, doch die Stutenhofer legten noch immer Prügel auf die Glut, denn die Nacht war kalt und die Geschichten von Sorla und Rafell zu spannend, um sie durch den Heimweg zu unterbrechen. Zwar murmelte Rafell nur unklar von Bären und Träumen, doch Sorla berichtete von dessen Heldentaten im Kampf gegen die Chrebil.

„Mein Sohn Rafell", flüsterte Kräuter-Liska wohl zum hundertsten Male, aber dieser starrte auf die huschenden Flämmchen in der Glut. Da griff sie in ihr Umhängetuch, kramte die kleine Steinfigur Frenas-mit-dem-Apfel hervor – „Schau, mein Kind!" – und legte sie in seine Hand.

Rafell blickte ins Feuer wie zuvor; seine Finger schlossen sich um das Figürchen, befühlten es … plötzlich aber zogen sich seine Brauen zusammen, er starrte auf die Frenafigur, sein Mund öffnete sich, und mit hängender Kinnlade schwankte er vor und zurück, während Tränen über sein Gesicht rannen.

„Rafell!" rief Kräuter-Liska. Dieser fiel vornüber und erbrach sich ins Gras. Während die Stutenhofer besorgt und hilflos dabeistanden, mühte sich Kräuter-Liska um ihren Sohn, der sich schluchzend, in Krämpfen, die Hände ins Gras gekrallt, am Boden wand. Später beruhigte er sich und lag, die Augen starr in den Nachthimmel gerichtet, die Glieder weit von sich gestreckt. Das Figürchen Frenas-mit-dem-Apfel hielt er fest. Schließlich setzte er sich auf, umarmte seine Mutter und begann zu erzählen, obschon oft nur stockend, wenn die Erinnerungen zu bitter waren.

Rafell, der Sohn Tlereseks und Kräuter-Liskas, verlebte eine unglückliche Kindheit. Er sah, wie seine Mutter sich in unerwiderter Liebe härmte. Er haßte seinen Vater, nach dem er sich doch sehnte. Auch verachtete er seine Mutter, da es ihr nicht gelungen war, den Vater zu halten. Als Horell geboren wurde, das Kind der zweiten Frau Tlereseks, glaubte Rafell, auch ihn hassen zu müssen, bis er erkannte, daß Horell ebenfalls keine Vaterliebe erfuhr. Er belauerte Tleresek auf dessen heimlichen Wegen und fand heraus, welcher Mittel sich dieser, getrieben von Habgier und Ehrgeiz, bediente. Betrug, Verrat, ein gelegentlicher Mord – alles so geschickt und heimlich, daß keiner je Verdacht schöpfte – das hätte das Kind noch ertragen und verziehen, nicht aber die Zusammenkunft Tlereseks mit der Schwärze des Woul.

„Die Schwärze des Woul?" hauchte Horell, der sich, halb aus Wissensdurst, halb aus Zuneigung, neben seinen Halbbruder gesetzt hatte, das Äffchen Lamponu zwischen den Knien, und begierig lauschte.

Hier stockte wieder Rafells Rede; er atmete schwer und fuhr sich über die Stirn, wie um böse Träume wegzuwischen. Die Macht des Schwarzen Woul war dagewesen als eine Gestalt, aus Finsternis geformt … Vermutlich war jene Zusammenkunft nicht die erste gewesen. Weil Tleresek nicht ins Dorf zurückgekommen war, als Hrudo abends das Tor schloß, schlich sich Rafell in der Dunkelheit hinaus. Das Figürchen Frenas-mit-dem-Apfel, das seine Mutter ihm gegeben hatte, trug er, wie immer bei solchen nächtlichen Ausflügen, in seiner Tasche. Er fühlte sich sicherer so.

„Wieso?“ fragte Horell.

„Es gehörte mir – sonst hatte ich ja nichts. Und … es heißt doch, daß Frena auch die Kinder schützt.“

Kräuter-Liska nickte.

Als damals Rafell nachts vor das Tor trat, wogte dichter Nebel. Er wagte kaum, die Hand vom Tor zu lösen, aus Angst, sich zu verirren. Die bleichen Schwaden schluckten jeden Laut. Als er sich drei, vier Schritte vortastete, sah er seinen Vater. Der wand sich, zuckte, die Arme schrecklich verrenkt, den Mund aufgerissen zu einem grausig lautlosen Schrei. Entsetzt griff Rafell nach dem Steinfigürchen in seiner Tasche und hielt es schutzsuchend an sein Herz. Im selben Augenblick sah er alles: Ein schwarzer Klumpen, wie ein riesiger Bär, umarmte seinen Vater, erdrückte ihn, umwaberte, durchfloß ihn, erstickte das Licht in Tlereseks Augen.

Da ließ Rafell das Figürchen fallen, rannte fort, rannte, um alles hinter sich zu lassen …

„Und dann lebtest du in den Wäldern, mein Sohn?“ flüsterte Kräuter-Liska. Rafell atmete schwer. Man sah sein Kopfnicken kaum.

Sie umarmte ihn, mit einem Lächeln voller Mutterglück: „Nun kommst du nach Hause zurück.“ Aber Rafell schüttelte den Kopf. „Wieso nicht, mein Sohn?“

„Der Bär!“ murmelte er. „Er wartet!“

Kräuter-Liska streichelte seine Hand. „Das ist vorbei, mein Sohn, lange her.“

„Ich werde sterben“, flüsterte er.

„Vergiß die alten Geschichten. Ich freue mich ja so!“ Und sie preßte seine Hand an ihre Brust.

❡

Der Morgen graute hinter den fernen Bergen, als die Stutenhofer sich auf den Heimweg machten. Schon sangen die ersten Amseln. Im Tal aber herrschte noch tiefe Nacht, auch im Bergwald war es so finster, daß die paar Fackeln kaum halfen und man den steilen Pfad mit den Füßen ertasten mußte. Den Kopf des geopferten Ebers trug Krewe auf der Schulter, und als sich vor ihnen der Wald zur Schweineweide hin lichtete, wurde der Schädel unter einem alten Maronenbaum beigesetzt. „Omschjull!" rief Krewe.

„Omschjull!
Nährer der Tiere!
Fröhlicher Fresser!
Nimm hin und gib reichlich –
Wir danken es dir!"

Alle murmelten das Gebet inbrünstig mit. Nach der Bestattung des Eberschädels setzten die Stutenhofer den Heimweg fort. Das trübe Morgenlicht war von den Gipfeln talwärts gesunken und hatte die Stutenhofer eingeholt; und wie sie weitergingen, so folgte ihnen die Grenze des Zwielichts. Jetzt zeigten sich die weiten Flächen der Pferdekoppeln. Die Pferde standen dunkel und verschlafen beisammen, bis zu den Fesseln im wogenden Frühnebel.

Sorla hielt sich neben Hrudo. Er war müde und fror. Vor ihm, an der Spitze des Zuges, ging Rafell, und Sorla sah, daß dessen Schritte langsamer, zögernder wurden, je näher sie Stutenhof kamen. Kräuter-Liska führte ihn an der Rechten und sprach beruhigend zu ihm; Horell ging zu seiner Linken, die Hand auf die Schulter seines Halbbruders gelegt. Im freien Arm trug er den schlafenden Lamponu.

Im Zwielicht tauchte Stutenhof auf. Vor den Palisaden lag Retlar reglos im Gras. Aistiken lief hin. Fast hatte sie Retlar erreicht, da schrie sie auf, wortlos wie ein Reh, und brach zu Boden.

„Aistiken! Was ist?" schrie Kräuter-Liska. Sie ließ Rafells Arm los, doch nach wenigen Schritten prallte auch sie zurück und griff aufkeuchend nach ihrer Brust. Hrudo sprang hinzu, an Kräuter-Liska vorbei, zuckte zusammen, kämpfte sich noch einen Schritt voran, dann warf es ihn zurück.

„Kalt! So eiskalt!" Er stützte sich auf Sorlas Schulter, und dieser spürte sein Zittern. Hinter Sorla begann Lamponu zu greinen wie ein kleines Kind, plötzlich kreischte er auf. Sorla wandte sich um und beobachtete, wie der Affe zu Boden sprang, mit seinen kleinen Fingern Horells Bein packte und versuchte, ihn ängstlich zeternd nach hinten wegzuziehen. Die nachfolgenden Stutenhofer blieben verwirrt stehen.

Da brüllte Rafell auf: „Der Bär!“ Sorla wirbelte herum; er sah noch, wie Rafell den Arm Horells abschüttelte und mit gesenktem Speer vorstürmte – vorbei an Hrudo, an Kräuter-Liska, hinaus auf die freie Wiese, wo über dem Bodennebel nichts zu sehen war als Retlars und Aistikens reglose Körper.

Dort tobte Rafell allein umher, stach in die Luft, schrie vor Haß und Kampfeslust ... die Stutenhofer blickten einander an und schüttelten die Köpfe. Eben parierte Rafell, als wehre er einen Angriff ab, fuhr herum und setzte zu einem neuen Stoß an, da schrie er triumphierend auf, stieß mit voller Wucht ein zweites Mal nach ... und plötzlich sahen alle, was er bisher unsichtbar bekämpfte: Ein schreckliches Wesen tappte dort, gestaltet wie ein Kleinkind und doch zweimal größer als ein Mensch.

Retlars heimliches Kind! Wie war es gewachsen! Es riß den verletzten Arm vom Speer los, und mit einem kindlichem Lächeln auf seinem riesigen Mund fuhr es auf Rafell los, um ihn zu erwürgen. Rafell duckte sich, wich aus – blitzschnell war das Wesen und so groß, daß Rafell nur mit Mühe außer Reichweite der Hände blieb. Sein Speer war kaum länger als die fetten Arme, die nach ihm patschten; wie sollte er sein Ziel treffen?

„Wie hält er die Kälte aus?“ stöhnte Hrudo, und Sorla erinnerte sich des eisigen Griffs nach seinem Herzen, als er Retlars Kind zu nahe kam.

„Frena-mit-dem-Apfel hilft ihm“, murmelte Kräuter-Liska.

Die Stutenhofer standen im Halbkreis, wichen zurück, wenn das gespenstische Kind herankam und die Kälte sie angriff, rückten nach, wenn der Zweikampf sich verlagerte. Gerne hätten sie Rafell geholfen, zu gerne hätten sie Aistiken aus dem Bannkreis gezogen und konnten es doch nicht.

Rafell stolperte, raffte sich auf. Seine bleichen Lippen zitterten. Das Kind tappte heran und griff zu. Noch einmal entwand sich Rafell dem Griff, sprang zurück, wankte ... Da packte er den Speer fester mit beiden Händen, und brüllend rannte er dem Wesen entgegen. Die fetten Arme schlossen sich um ihn. In einer gespenstischen Umarmung, langsam, drehten sich die beiden; und noch als sich der Rücken des Kindes den Stutenhofern zuwandte und Rafell ihren Blicken verdeckte, hörten sie ihn brüllen. Dann taumelte das

Kind, fiel und riß in seinen Armen Rafell mit.

Die Dorfleute standen starr und beobachteten, wie das riesige Kind sich in schwarze Schwaden auflöste, die in der Morgensonne vergingen. Rafell aber lag reglos neben Aistiken und Retlar. Seine Augen waren offen. Sorla beugte sich über ihn und sah, daß er im Tode lächelte.

Kennan-glai

Rafell wurde neben Tleresek, seinem Vater, begraben. Als Kräuter-Liska sich die Zöpfe abschnitt, um sie ins Grab zu werfen, war ihr Gesicht wie versteinert. Horell dagegen weinte, und was er mit zitternden Händen von seinem Kopf schor, war nicht viel, denn seine Haare waren seit Tlereseks Tod kaum nachgewachsen. Sorla brachte am Grab eine Tafel an, auf die er ein Lied Rafells, an das er sich erinnerte, geschrieben hatte:

„Er wird Rafell genannt,
und als er war ein kleines Kind,
verlor er den Verstand,
verlor ganz den Verstand."

Dies bestätigte die Stutenhofer in ihrer einhelligen Überzeugung, Rafell sei sicher ein Held, aber noch sicherer verrückt gewesen.

Alle meinten, Aistiken sei tot. Lange genug hatte sie in der grausigen Kälte gelegen. Aber Kräuter-Liska ließ den leblosen Körper des Mädchens in ihr Haus tragen, wo er in Decken gehüllt wurde, in welche die Alte warme Steine bettete. Sorla saß oft an Aistikens Kopfende und betrachtete ihr zartes Gesicht, die braunroten Zöpfe …

Drei Tage später gab es noch kein Lebenszeichen. Uglamesk riet Kräuter-Liska, das Mädchen zu begraben. Die Alte aber schüttelte den Kopf: Sie wisse noch ein letztes Mittel, die schlafenden Lebenskräfte Aistikens wieder zu wecken. Sie stellte ihren Krückstock in einen wassergefüllten Eimer und betete die ganze Nacht zu Frena. Am nächsten Morgen hatte der Stock kleine grüne Blätter getrieben. Von diesen pflückte Kräuter-Liska die zwölf untersten und kochte einen Sud, den sie abkühlen ließ und dem reglosen Mädchen Tropfen für Tropfen einflößte.

„Wird sie jetzt gesund?" fragte Sorla.

„So schnell nicht", entgegnete Kräuter-Liska, nahm vorsichtig den belaubten Krückstock in die Hand und verließ ihr Haus. Sorla wachte an Aistikens Bett und horchte immer wieder, ob sie schon atme. Abends kehrte Kräuter-Liska ohne Stock zurück, den hatte sie an einer verborgenen Stelle im Wald eingepflanzt: „Drei Jahre braucht er. Das erste, um Wurzeln zu treiben, das zweite, um Äste zu bilden, das dritte, um wieder Kraft zu sammeln."

„Und so lange hast du keinen Stock?"

„Ich besuche ihn gelegentlich."

„Aus welchem Holz ist er denn?"

„Solche Bäume gibt es hier nicht. Ich bekam den Stock einst von den Elfen von Ramagon."

Sorla wandte sich wieder Aistiken zu; sie lächelte zu ihm hoch.

¶

Retlar war nichts zugestoßen, nicht einmal die Kälte hatte sie gespürt. Weshalb sie bewußtlos vor dem Tor von Stutenhof lag, vertraute sie Kräuter-Liska an: „Ich war nachts mit meinem Potek spazieren, wie schon oft zuvor. Er vertrug ja nicht das Sonnenlicht. Meist gingen wir durch die kleine Pforte zu den Gärten hinaus. Diesmal aber befahl er mir, ihn auf die Weiden hinauszutragen; ich glaube, er wußte, daß Rafell kommt, und erwartete ihn."

„Er befahl dir?"

„Ach, er war schon so klug, mein Potek! Doch dann geschah etwas Entsetzliches: Eine finstere Wolke, so schien mir, trieb auf uns zu, so rasch, daß ich nicht fliehen konnte. Aber Potek streckte ihr seine Ärmchen entgegen! Und wie sie herankam und ihn berührte, saugte er sie in sich auf und schwoll dabei an, immer größer und breiter ... Da wurde mir schwindlig vor Grauen, und alles Weitere habt ihr mir erzählt."

„Weißt du jetzt, was du da großziehen wolltest, Retlar?"

„Ich verstehe, daß Potek kein Menschenkind war, sondern ein Geschöpf der Dunklen Mächte. Aber ..." Retlar seufzte.

Natürlich wollten die Dörfler eine Erklärung für die seltsamen Vorgänge. Doch Retlar oder Sorla zu fragen waren sie zu stolz, und Kräuter-Liska, die nach Rafells Beerdigung kaum zu sehen war, wagten sie nicht anzusprechen. So waren sie auf eigene Mutmaßungen angewiesen – wohin das führte, zeigte sich in den scheelen Blikken, welche Sorla trafen.

Kräuter-Liska blieb das nicht verborgen. Sobald Aistiken, von Sorla gestützt, wieder gehen konnte, rief sie die Stutenhofer bei der Linde am Dorfbrunnen zusammen und erklärte ihnen, von welch ungeheuerlichem Wesen Rafell sie befreit hatte. Retlar verhüllte ihr Haupt vor Scham. Doch Kräuter-Liska nahm sie in die Arme und funkelte die Umstehenden an: „Daß mir niemand Retlar einen Vorwurf macht! Ihr selbst habt dazu beigetragen, als ihr zusaht, wie Tleresek Retlars Familie zerstörte!

„Dennoch zeichnete sich in den Gesichtern der Dorfleute Ratlosigkeit und Unverständnis.

„Weshalb war das schreckliche Kind hier draußen und nicht in Retlars Stube?“ wollte Bineraz wissen, die Arme in die fetten Hüften gestemmt. Die anderen nickten, als sei das Böse harmloser, solange es versteckt blieb.

„Es ahnte, daß Rafell kommen würde.“

„Dann hätte Rafell in seine Wälder zurückgehen sollen, und das Geisterkind wäre klein und harmlos geblieben, oder?“

Kräuter-Liska machte eine heftige Bewegung; die Schere, welche an ihrem Gürtel hing, blitzte in der Sonne. „Ich weiß es nicht, Bineraz, und deine Fragen schneiden mir ins Herz.“

Bineraz gab keine Ruhe: „Und noch was. Schon wieder hat dieser Sorla mit der Sache zu tun. Immer wenn was passiert, Pferdeseuchen, Gespenster, steckt er mittendrin.“

Sorla wollte auffahren, aber Hrudo legte ihm die Hand auf die Schulter. „Was willst du andeuten, Bineraz?“

„Nichts, Hrudo, nichts. Aber schon seine Mutter damals war schuld, daß halb Stutenhof in Schutt und Asche gelegt wurde.“

„Das war Oltop!“ schrie Sorla. „Der legte das Feuer!“

„Ja, weil Taina, deine Mutter, den Gefangenen befreite. Wie hieß er noch – Tok-aglur.“

„Das ist mein Vater!“

„Um so besser!“ höhnte Bineraz. „Auch der Vater!“

„Wieso habt ihr zugelassen, daß Oltop Leute fängt und quält?“

„Oltop war ein guter Gast. Man durfte ihn nicht reizen, dann gab es keine Scherereien.“ Bineraz sah sich nach Bestätigung um. Manche nickten, andere sahen unbehaglich zu Boden.

Da trat Horell vor und hob die Arme.

„Willst du auch was sagen, Horell?" spottete Bineraz. Die Umstehenden lachten.

„Ja … ich …" Horell fuhr sich über die kargen Haarreste und setzte neu an: „Sorla hat viel Gutes getan." Als Bineraz „Oho!" rief, fuhr er lauter fort: „Er hat gewußt, wie man an Retlar gutmacht, was mein Vater verbrach. Auf dem Totenfeld hat er mein Leben gerettet und meinen Vater ins Grab verbannt. Er hat den kleinen Hurgil aus dem Fluß geholt!" Leise fügte er hinzu: „Sorla ist noch ein Kind, aber etwas Besonderes. Er hat mir das Lesen beigebracht, und ich bin froh, ihn kennengelernt zu haben!"

Damit trat Horell zurück in die Schar der Umstehenden, und sein Affe sprang ihm wieder auf die Schulter.

¶

„Du mußt die Leute verstehen, Sorla", sagte Krewe. Er saß am Ufer des Gnomflusses und rupfte Blätter von einer Weidenrute. Krewes Hunde lagen hechelnd zu seinen Füßen und äugten pflichtbewußt nach den Schweinen, die unter den Maronenbäumen dösten.

„Wozu brauchen sie Gespenster und Heldentaten? Sie wollen ihre Ruhe. Die Pferde sollen gedeihen, und das Hochwasser soll nicht zu arg sein." Krewe ließ die Rute versuchsweise durch die Luft zischen und gab sie dann Sorla: „Hier. Falls die Schweine sich blöd stellen, gib's ihnen."

„Aber ich kann doch nichts dafür, Krewe."

„Natürlich kannst du. Zum Beispiel die Pferdeseuche. Was hab ich gelacht, als Fim mir davon erzählte!"

„Wer?" Sorla war rot geworden.

„Fim. Vergiß nicht, ich bin mehr mit Schweinen und Hunden zusammen als mit Menschen; weshalb sollte ich ihn nicht kennen?"

„Warum hast du nicht verraten, was wirklich geschah?"

Krewe schüttelte grinsend den Kopf und stand auf, um in den Fluß zu pinkeln. Sorla drehte die Weidenrute in der Hand und dachte über die letzten Wochen nach. Es war Hrudo, der ihm geraten hatte, Krewe beim Hüten zu helfen, statt weiter im „Bunten Pferd" zu arbeiten. Sorla gefiel es, im Freien zu sein, und anstrengend war die Arbeit wahrhaftig nicht. Andererseits, schon am zweiten Tag hatte Dilislar, als er sie abends am Brunnen traf, die Nase gerümpft und ihn weggestoßen: „Du stinkst!"

❡

Die Wiesen flimmerten in der Mittagshitze. Krewe lag schnarchend inmitten seiner weißen Hunde, die Schweine hatten den Schatten der Eichen und Maronenbäume aufgesucht. Ihre Ohren zuckten unter den zudringlichen Fliegen.

„Mittags, wenn die Sonne ganz oben steht und man vor Hitze kaum denken kann", hatte Krewe erklärt, „ist Omschjulls Stunde." Als Sorla nachfragte, was das bedeute, antwortete der Schweinehirt, es sei die Zeit für seltsame Überraschungen und Veränderungen. Am besten sei es aber zu schlafen.

Den Weg von Stutenhof her kamen zwei Kinder: Ein Mädchen und ein sehr kleiner Junge, die zwischen sich einen Korb trugen. Ihre nackten Füße wirbelten Staubwölkchen auf. Am Zaun von Tebreigs Weide blieben sie stehen und streichelten Sorlas dunkles Fohlen, das sich aus der Schar der helleren Pferde gelöst hatte. Nun gingen sie weiter, und Sorla erkannte das braunrote Haar Aistikens, später auch den kleinen Hurgil. Der Kleine rannte ein Stück voraus und scheuchte einen Schwarm Spatzen auf, die sich an einem Haufen Pferdeäpfel gütlich taten. Als Aistiken näherkam, hatten sich die Vögel beruhigt, und das Mädchen ging an ihnen vorbei, ohne daß einer der Sperlinge aufgeflogen wäre.

Die Kinder bogen vom Weg ab und kamen über die Wiese auf Sorla zu. Ein Wiedehopf stocherte geschäftig in etwas herum, vermutlich altem Schweinekot, wo sich Maden angesiedelt hatten. Er blickte nur kurz auf, als Aistiken mit Hurgil an der Hand vorbeiging, und gab ein geselliges „Hup-hup-hup" von sich. Das erstaunte Sorla, denn er kannte die mißtrauische Art dieser Vögel. Ihm selber war es nur einmal gelungen, drei Schritte an einen Wiedehopf heranzukommen, und das nur, weil dessen Flügel gebrochen war. Doch jener hatte ihn angezischt und mit stinkendem Kot bespritzt.

Das letzte Stück rannte Hurgil auf Sorla zu, der ihn auffing und herumwirbelte. Aistiken stellte lächelnd den Korb ab und öffnete den Deckel. Da duftete es nach würzigem Graupenbrei und in Fett gebackenen Holunderkrapfen. Auch war ein Krüglein mit verdicktem Beerensaft eingepackt, von dem Aistiken etwas in vier Tonbecher goß und mit klarem, kaltem Flußwasser auffüllte. Sorla ließ sich dreimal nachschenken. Auch Krewe bediente sich grinsend.

Als der Graupenbrei aus der Schüssel gekratzt war, ging es an die Holunderkrapfen. Aistiken hatte so viele gebacken, daß ein Dutzend übrig blieben. Sie wurden im zugedeckten Korb in den Schatten gestellt, etwas seitab, denn des kräftigen Holunderduftes waren jetzt alle überdrüssig.

So satt und schläfrig war Sorla schon lange nicht gewesen. Er ließ sich neben Krewe ins Gras fallen. Als er nach einer Weile noch einmal die Augen öffnete, saß Aistiken nahebei und flocht ihre Zöpfe. Sorlas Lider fielen wieder zu.

Ein gereiztes Brummen weckte ihn. Hunde kläfften wie wahnsinnig, Schweine quiekten erschreckt. Sorla fuhr hoch und sah unter den Eichen einen Bären, der, vom Duft der Krapfen angelockt, sich dem Korb genähert hatte. Drohend aufgerichtet, angesichts der Hunde, die ihn umkläfften, schwankte er hin und her, die Pratzen zum Schlag erhoben. Zwischen den Hunden und dem Bären stand der kleine Hurgil, einen angebissenen Krapfen in der Hand.

„Bei Omschjull!" stöhnte Krewe.

„Atne!" flüsterte Sorla.

Aistiken ging mit entschlossenen Schritten hinüber, als sei dort drüben nicht eine Meute vor Furcht wahnsinniger Hunde, die einen mächtigen Bären in Wut brachten, sondern ein paar Kleinkinder, deren albernen Streit man jetzt schlichten mußte. Sorla wagte nicht, dem Mädchen zu folgen. Als sie bei den Hunden ankam, verstummte das Gekläff, die Hunde legten sich ins Gras. Sie trat zwischen ihnen hindurch und stellte sich neben Hurgil. Da ließ sich der Bär auf alle Viere nieder und sah sie an. Sie nahm Hurgil den angebissenen Krapfen aus der Hand und hielt ihn dem Bären vor, der den Leckerbissen, ohne aber die Augen von Aistiken zu wenden, annahm und schmatzend fraß. Dann trollte er sich in den Wald.

„Wie hast du das gemacht, den Bären besänftigen?" fragte Sorla später. Sie lächelte verlegen.

¶

Aistiken wußte es selbst nicht genau. Als sie kaum krabbeln konnte, erstaunte sie ihre Eltern und die übrigen Bauern von Walddorf – einer kleinen Rodung östlich von Seedorf – durch ihre beruhigende Wirkung auf das Vieh. Reden allerdings lernte sie nie. Man hielt sie daher für dumm, nutzte aber ihre Fähigkeit aus; wenn ein Pferd beim Hufschmied scheute, wenn eine Kuh sich nicht melken lassen wollte, wenn ein Stier zu toben begann, wurde das Kind herbeigetragen. Das war Aistiken unangenehm, denn sie fühlte sich mißbraucht. Aber wie hätte sie sich mitteilen sollen? Als schließlich jemand versuchte, sich das Schlachten eines Schweines zu vereinfachen, indem er Aistiken holte, wurde das Mädchen wütend. Und seltsam: die Wut teilte sich dem Schwein mit, es riß sich los, sprang aus dem Waschtrog, in welchem man es abstechen wollte, biß dem Bauern noch in die Hand, daß der das Messer fallen ließ und auf Lebzeiten verkrüppelt war, und verschwand auf Nimmerwiedersehen im Wald. Alle gaben Aistiken die Schuld daran, und die anderen Dorfkinder sangen Spottlieder auf sie.

Aistiken gewöhnte sich daran, allein zu spielen. Ein paar Jahre später kam Tannes, ihr Vater, von einer Reise nach Fellmtal nicht mehr zurück: Bald darauf starb ihre Mutter im Kindbett. Aistiken wäre dem Dorf als Waise zur Last gefallen, wenn sich die Bauern nicht Kräuter-Liskas erinnert hätten, ihrer Tante in Stutenhof.

Auch hier hielt sich das Mädchen von den übrigen Kindern möglichst fern. Daß sie nie sprach, nahmen die Stutenhofer für Schüchternheit, ihr war es recht. Nun war aber Sorla ins Dorf gekommen, so hübsch, so freundlich und klug wie sonst keiner. Daß er erst zwölf Jahre zählte wie sie, konnte sie kaum glauben, denn er war so groß wie Matik mit seinen vierzehn Jahren. Wenn er Kräuter-Liska besuchte, wurde ihr heiß und kalt. Nachts, im Bett neben ihrer Tante, stellte sie sich vor, wie er sie umarmte und sagte: Aistiken, wie gut, daß es dich gibt! Doch er hatte nur Augen für diese Dilislar, mit der die Jungen reihenweise in den Schuppen gingen!

Doch ganz gleichgültig war sie ihm wohl nicht; von ihrer Tante wußte sie, daß Sorla an ihrem Bettrand ausgeharrt hatte. Das gab ihr Mut, ihm Essen zu bringen, wie es auch erwachsene Frauen für ihre Männer tun.

❡

Auf dem Heimweg behauptete der kleinen Hurgil, er habe müde Füße, und setzte durch, auf Sorlas Schultern zu sitzen, während Aistiken den Korb trug. Krewe ging nebenher und erzählte eine seiner Omschjull-Geschichten, welche alle anfingen mit „Ihr müßt es nicht glauben, aber ..."

„Ihr müßt es nicht glauben, aber Omschjull und Ramlok trafen sich einst am Ufer eines Sees. Als sie getrunken hatten, sagte Ramlok: 'Pferde sind edler als Schweine. Daher reitet Anod auf Hendeleraska über die Wolken, und nicht auf einem Schwein.'

Omschjull entgegnete: 'Schweine sind klüger als Pferde. Selbst das dümmste Schwein findet die Trüffeln, über welche die Pferde hinwegtraben.'

Also beschlossen sie, um die Wette zu laufen, damit sie sähen, wer recht habe. Omschjull deutete auf eine Eiche, die aus einem nahen Wald hervorragte, und rief: 'Dort ist das Ziel!' Ramlok stürmte lachend über die Ebene davon, schnell wie der Wind. Omschjull rannte hinter ihm her, daß die Erdbrocken flogen. Obwohl er hinter Ramlok zurückblieb, kümmerte ihn das nicht. Denn am Waldrand standen dichte Schlehenbüsche; Omschjull wühlte sich unter ihnen durch und erreichte bald die Eiche. Ramlok erschien erst viel später, am ganzen Körper verkratzt.

Diesmal wollte Ramlok das Ziel auswählen. Er riß sich ein Haar aus der Mähne, warf es in den Wind und rief: 'Wer es fängt, ist Sieger!' Das Haar leuchtete in der Sonne, wie es davonwehte, und Ramlok rannte lachend hinterher. Omschjull erkannte, daß er nicht mithalten konnte, und suchte sich eine Suhle. Nun kam aber ein Sturm auf und wehte das Haar weit über die Ebene. Am Rand des nächsten Gebirges prallte der Sturm zurück und wandte sich wieder der Ebene zu. So rannte Ramlok an Omschjulls Suhle vorbei und rief: 'Wo bleibst du?' Dieser aber schaute nur kurz hoch. Am anderen Gebirge jenseits der Ebene geschah es ebenso; der Wind wurde zurückgeworfen und wehte wieder über die Ebene. Wieder rannte Ramlok an Omschjulls Suhle vorbei und rief: 'Wo bleibst du?' Dieser aber schaute nur kurz hoch. Nun begann sich der Wind zu drehen; erst in weiten Kreisen, dann immer enger sauste er über die Ebene, und Ramlok rannte dem glänzenden Haar hinterher und kam Omschjulls Suhle immer näher. Zuletzt wehte das Haar genau über Omschjull, da ließ der Wind nach, und es senkte sich sachte herunter.

Omschjull öffnete sein Maul und fraß es. Als Ramlok ankam, fragte Omschjull: 'Wo bleibst du so lange?'

Ramlok wollte den Sieg Omschjulls nicht anerkennen, weil dieser gar nicht mitgerannt war. Er rief den Adler als Schiedsrichter herbei. Dieser bestimmte, es sollte ein letzter Wettlauf stattfinden. Also machten sich Ramlok und Omschjull am einen Ende der Ebene bereit, zusammen mit den zwölf schnellsten Pferden und den zwölf flinksten Schweinen. Als Ziel warteten am anderen Ende Ramloks Lieblingsstute und Omschjulls liebste Sau. Sobald am Ziel sieben Tiere einer Art eingetroffen waren, sollten sie als Sieger gelten. Ramlok lachte, denn weder Schlehenbüsche noch der Wind konnten hier Omschjull helfen. Nun gab der Adler das Zeichen, und der Wettlauf begann. Die Ebene donnerte unter den Hufen der Pferde und Schweine; und so sehr sich Omschjull und seine Schweine mühten, gewannen Ramlok und seine Pferde doch rasch einen großen Vorsprung und wieherten laut vor Siegesfreude. Da plötzlich stürzte der Adler aus den Lüften herunter und schrie, das Rennen sei beendet und Omschjull habe bereits gesiegt.

'Wie kann das sein?' rief Ramlok. 'Das Ziel ist noch weit, und ich sehe hier Omschjull und alle seine Schweine!'

Der Adler entgegnete: 'Am Ziel befinden sich dreizehn Schweine, denn Omschjulls Sau hat geferkelt!'"

„Ich pinkel mir in die Hose vor Lachen!" kicherte der kleine Hurgil. Da spürte Sorla etwas warm an seinem Rücken herunterrinnen. Er riß sich Hurgil von den Schultern, aber es war natürlich zu spät.

❡

Jeden Morgen gellte ein Pfiff durch Stutenhof: Das war Krewe, der mit seinen Hunden beim Brunnen stand und auf die Schweine aus den einzelnen Ställen wartete. Für Sorla war es das Zeichen, sich einen letzten Brotbrocken in den Mund zu stopfen und im Aufstehen ein undeutliches „Bis heute abend!" zu rufen, während Retlar und Hrudo noch am Tische saßen.

Kaum öffnete Krewe das Tor, strebten die Schweine dicht gedrängt hinaus; sie wußten den Weg zur Weide. Krewe wanderte hinterher, neben ihm Sorla; sie schwenkten ihre Stecken oder stützten sich darauf, um über die gröbsten Schlammlöcher zu springen.

Dies also war das normale Leben, dachte Sorla. Ein Tag folgt dem anderen, man wird älter dabei, und sonst geschieht nichts. Seit Hrudo bei Retlar wohnte, konnte sich Sorla wie in einer Familie fühlen. Seine Eltern zu finden, das war ein kindlicher Wunschtraum gewesen; jetzt wollte er sich hier einleben.

❡

Es ging auf Mittag zu – Omschjulls Stunde. Sorla ließ schläfrig seinen Blick über die hellen Wiesen schweifen. Den Weg vom Dorf her trippelte eine Ziege, vorsichtig ihre Hufe setzend. Ihr folgte ein Fohlen, sonst war niemand zu sehen. Als die Tiere näherkamen, sah Sorla, daß es Retlars Ziege war und sein eigenes Fohlen, welches ihm Raghairom im Frühjahr geschenkt hatte.

„Was macht ihr denn hier?“ fragte er. Die Ziege sah ihn an und meckerte. Das Fohlen kam heran und atmete freundlich in Sorlas Gesicht. Im nächsten Moment wurde er von hinten gestoßen und lag im Gras. Die Ziege war es nicht gewesen, dafür stand sie zu weit entfernt. Und Krewe lag irgendwo im Schatten und schnarchte.

„Fim, bist du's?“ fragte Sorla. Ein Kichern antwortete ihm, und auf dem Rücken der Ziege wurde der Stallwicht sichtbar.

„Jawohl, du vergeßliches Menschenkind! Hier ist dein Fohlen! Kümmere dich darum!“

„Wieso? Ich habe es gestern auf Tebreigs Weide besucht!“

„Ist es Tebreigs Fohlen?“

„Nein, aber ...“

„Hast du ihm schon einen Namen gegeben?“

„Nein, aber ...“

„Hast du es nach seinen Wünschen gefragt?“

„Nein, aber ...“

„Potz Stroh!“ rief Fim. „Mhesekchakrek, wir gehen!“ Damit verschwand er, und die Ziege wandte sich, scheinbar reiterlos, dem Heimweg zu. Das Fohlen aber legte sich neben Sorla ins Gras und schnaufte zufrieden.

❡

„Hrudo?"

Dieser sah von dem Stoß Holzschindeln hoch, auf denen er über Retlars Pferdebestand Buch führte: „Ja, Sorla?"

„Was fange ich mit meinem Fohlen an?"

Hrudo kratzte sich den Krauskopf. „Nicht viel, Sorla. Du kannst nicht darauf reiten, sein Rücken ist noch zu schwach. Zieh's auf, bis es stark genug ist."

Sorla nickte. „Muß ich was beachten?"

Hrudo war wieder über seine Schindeln gebeugt. „Ein Fohlen ist auch bloß ein Kind", murmelte er, „nur daß es Gras frißt."

❡

„Tebreig?"

Sorla sprach ihn abends auf der Weide an, wo dieser seine Stuten molk. Tebreig schaute auf und schöpfte Sorla einen Napf voll Milch: „Trink, Sorla! Das macht Haare auf der Brust!"

„Wenn ich mein Fohlen aufziehe, was muß ich beachten?"

„Es ist dein erstes Pferd? Du solltest nachts bei ihm schlafen, wenigstens zwei, drei Mal."

„Wieso?"

„Damit es mit dir vertraut wird, natürlich. Und vielleicht – vielleicht! – geschieht Ramloks Pferdesegen. Alles ist dann möglich. Vielleicht wirst du ein vortrefflicher Reiter? Vielleicht kann dein Pferd fliegen?"

„Glaubst du wirklich?"

„Eigentlich nicht."

❡

„Fim?"

Doch der Stallwicht zeigte sich nicht. Sorla legte sich zurück ins Stroh neben sein Fohlen. Von der Krippe schaute Mhesekchakrek aus spöttisch gelben Augen herüber.

„Also, mein Fohlen, gute Nacht."

Das Fohlen blies ihm mit samtigen Nüstern über die Wangen. Neugierig sah es auf den Glygi, dessen hellblaues Licht den Stall sanft erhellte. In der Ecke raschelte etwas, vielleicht eine Maus.

„Fim?"

Das Rascheln verstummte. Die Ziege ließ ein paar Bohnen prasseln, trippelte ein Stück weiter und legte sich schlafen. Sorla schaute versonnen in den Schimmer seines Gnomensteins.

Dicht neben Sorla atmete das Fohlen; es lehnte seinen Schädel an Sorlas Kopf, und als dieser sich ihm zuwandte, sah er, daß es gleichfalls gebannt in den Glygi schaute. Sorla lächelte; einer plötzlichen Eingebung folgend, streichelte er den Gnomenstein und flüsterte: „Gute Nacht auch dir, mein treuer Glygi." Da schien es ihm, als strahle der Glygi etwas wärmer, und in ihm spiegelte sich ganz kurz das winzige Abbild des Fohlenkopfes.

❡

Den ganzen Vormittag auf der Schweineweide grübelte Sorla laut darüber, welchen Namen er seinem Fohlen geben solle, bis Krewe die Geduld verlor und ihn anwies, leiser zu denken. Doch nun begannen Sorlas Gedanken abzuschweifen. Welches Mädchen war hübscher – Dilislar oder Aistiken? Konnte man sie überhaupt vergleichen? Er war dumm gewesen, als er sich bei Atnes Hochzeit von Dilislars Knutschfleck abschrecken ließ. Aistiken jedoch ... wie hatte er sich gesorgt, als er auf ihrer Bettkante saß! Und ihr Haar: kräftig wie die Mähne eines Fohlens, glänzend rotbraun wie Maronen, Haselnüsse ...

„Das ist's! Haselnuß soll es heißen!" rief er. Ein paar Schweine fuhren aus der Suhle hoch und äugten mißtrauisch herüber.

Andererseits hatte sein Fohlen einen schwarzen Aalstrich auf dem Rücken, das Fell war eher graubraun, viel dunkler noch als das der anderen Stutenhofer Pferde. „Haselnuß" paßte da nicht. Schade, daß er nie reiten gelernt hatte! Wie aber hätten ihm die Gnome das beibringen sollen, die meist in den dunklen Gängen des Pelkoll saßen, bei ihren geliebten Edelsteinen ...

„Dunkelstein! Das ist der Name!"

Ein paar Ferkel, die sich neugierig Sorla und seinem Fohlen genähert hatten, rannten quiekend davon, quer über den Bauch von

Krewe, der sich behaglich ausgestreckt hatte.

„Sorla! Bei Omschjull!“

An nichts dachte dieser Krewe, als daß seine Schweine Ruhe hatten, sich zu mästen und zu suhlen! Soviel Frieden war unerträglich! Er selber wollte hier jedenfalls nicht versauern. Vielleicht konnte er Kurfis in Neu-Fellmtal besuchen, oder Raghairom? Vielleicht konnte er dort reiten lernen? Bei diesem Gedanken umarmte Sorla den Hals seines Fohlens und drückte ihn an sich. „Mein Fohlen“, flüsterte er. „Wenn du groß bist, will ich auf dir reiten! Schade, daß du keinen Namen hast!“

„Was sagst du?“ brummte Krewe schläfrig und wedelte eine fette Fliege von seiner Stirn. „Wer hat keinen Namen?“

„Mein Fohlen.“

„Mein Fohlen, mein Fohlen!“

„Das ist es!“ schrie Sorla. „Es soll ‘Kennan-glai’ heißen.“

„Hä, was?“

„Kennan-glai; das ist die Gute Sprache der Berge.“

„Und was soll es heißen?“

„Mein Fohlen.“

„Bei Omschjull!“ stöhnte Krewe.

❡

Fim und seine Freundin Mhesekchakrek, Sorla und sein Fohlen hockten in Retlars Stall beisammen. In ihrer Mitte schimmerte der Glygi und beleuchtete ihre Gesichter.

„Du hast einen guten Namen gewählt“, sagte Fim. „Nun mußt du dem Fohlen den Namen geben.“

„Das habe ich doch!“

„Potz Stroh! Nichts hast du getan! Dumm wie ein Mensch bist du!“

„Ich bin doch ein Mensch.“

„Eben. Jetzt sage: Ich nenne dich Kennan-glai!“

Sorla wandte sich dem Fohlen zu, nahm seinen Kopf zwischen die Hände, flüsterte: „Ich nenne dich Kennan-glai!“ und küßte ihn auf die samtigen Nüstern.

„So ist es gut", befand Fim. „Wie also heißt du?" fragte er Sorlas Fohlen, und als dieses leise wieherte, klatschte Fim auf seine grünbehosten Schenkelchen: „Er weiß es!"

Sorla verbrachte auch diese Nacht im Stall neben seinem Fohlen. Der Glygi war schon lange erloschen, doch durch die schmale Luke fiel der Schimmer des Mondes auf Sorla und sein Pferdchen. Schließlich schlief Sorla ein und träumte, er liege im Stroh neben einem schlafenden Menschenjungen. Da merkte er, dieser Junge war er selber, er aber war das Hengstfohlen und wollte etwas sagen; doch in seinem Maul formten sich keine Worte, nur ein Stein lag ihm auf der Zunge, und als er den ausspie, war es Sorlas Glygi: Der schimmerte und verschwand in der Luft.

Sorla wälzte sich herum und wachte auf. Sein Fohlen sah ihn an.

„Hallo, mein Fohlen!" murmelte er schlaftrunken. „Weißt du noch, wie du heißt?"

Das Pferdchen wieherte leise: „Kennan-glai". Also träumte Sorla doch.

¶

Auch die dritte Nacht ging Sorla, nachdem er sich gewaschen hatte, in den Stall hinunter. Retlar hatte ihn zwar gefragt, weshalb er nicht mehr oben bei ihr schlafe, aber als Hrudo den Arm um ihre Hüfte legte, gab sie sich mit Sorlas Antwort zufrieden, er wolle mit seinem Fohlen vertraut werden.

Kaum hatte der hellblaue Schimmer des Glygi den Stall erleuchtet, wurde Fim auf der Krippe sichtbar. Vor Aufregung waren seine Bäckchen fast röter als sein Kittel. „Potz Stroh!" wisperte er. „Es ist tatsächlich eingetroffen!"

„Was?"

„Ramloks Pferdesegen!"

„Wieso?"

„Du hast es nicht gemerkt? Wie dumm kann ein Mensch nur sein!" Damit verschwand der Stallwicht und ließ sich auch durch mehrfaches Rufen nicht mehr hervorlocken.

Sorla rollte sich neben seinem Fohlen zum Schlafen zusammen. Die weichen Nüstern Kennan-glais schnoberten an seinen Ohren.

Sorla mußte lachen: „Es kitzelt!"

„Schlafe gut, Sorla", flüsterte etwas.

„Danke gleichfalls, Fim", gähnte Sorla und machte sich weiter keine Gedanken.

¶

Kennan-glai blieb jetzt nachts auf Tebreigs Weide bei seiner Mutter, und wenn morgens Sorla Krewe zum Schweinehüten begleitete, wartete das Fohlen, um mit auf die Schweineweide zu gehen.

Es prustete leise, und dies klang in Sorlas Ohren wie: „Guten Morgen, Sorla!" Jeden Morgen war das so; auch heute fiel es Sorla nicht auf.

Und als er die Querbalken weggeschoben hatte und Kennan-glai darüber hinausgetreten war, klang es mahnend in seinem Kopf: „Die Balken wieder vorschieben!" Aber das waren sowieso seine Gedanken.

Während Sorla Krewe nacheilte, schwirrte sein Kopf von Zweifeln. War eine Zukunft als Schweinehirt wirklich das, was Atne ihm zugedacht hatte? Die Unentschlossenheit lähmte ihn. Wenn Atne ihm nur ein Zeichen gäbe!

Das Fohlen trottete folgsam hinterher. „Kann ich das rasch abrupfen?" klang es in Sorlas Ohren. Er drehte sich um und sah sein Fohlen bei einer Staude Löwenzahn stehen.

„Du kannst ja reden!" rief Sorla.

„Ich habe nicht geredet", verwies ihn das Fohlen. Es hatte natürlich recht, genaugenommen hörte Sorla es nur leise wiehern.

„Aber ich versteh dich doch!" beharrte Sorla.

„Ich dich auch. Dich und Fim."

„Ramloks Pferdesegen!" Sorla fiel seinem Fohlen um den Hals. Es sträubte sich ein wenig.

„Kann ich das jetzt abrupfen? Ganz schnell?"

Kampf auf den Weiden

Sorla trat hinaus in die mondhelle Nacht. Retlar und Hrudo schliefen schon lange. Als er die Stalltür öffnete, hob Mhesekchakrek den Kopf und sah spöttisch zu ihm herüber, sonst schien der Stall leer.

„Fim?"

Eine Maus kroch aus der Krippe hervor und machte Männchen. Sie hatte einen roten Kittel an, sagte aber nichts.

„Fim! Ich kann mit Kennan-glai reden!"

Die Maus fuhr mit ihren Pfötchen über die Schnurrhaare; da war es Fim.

„Potz Stroh! Ein Pferd kann nicht reden!"

„Aber ich verstehe, was Kennan-glai mir sagen will!"

„Richtig, aber du hörst ihn nur denken!"

„Versteht dann Kennan-glai auch, was ich denke?"

„Nein, du mußt es schon sagen, damit es deutlich wird. Menschen denken so kraftlos."

Sorla grinste verlegen. Als er den Mund öffnete, um etwas Passendes zu antworten, rief plötzlich jemand nach ihm. Sorla hörte nicht seinen Namen, und doch wußte er, daß es ihm allein galt.

„Was hast du?" fragte Fim.

„Jemand ruft mich. Hörst du es nicht?"

„Nein, Sorla."

Sie sahen sich an. „Es ist mein Fohlen!" rief Sorla. Kennan-glai war draußen auf Tebreigs Weide; wie konnte er es hier hören? Wieder fühlte Sorla sich gerufen, dringlich und voller Angst.

„Es braucht Hilfe!" rief Sorla. „Komm mit!"

Fim nickte und sprang quer durch den Stall auf Sorla zu. Mitten im Sprung verschwand er, doch Sorla fühlte sein Gewicht auf der Schulter. Er rannte die Treppe hoch zu Retlars Stube und schrie, Hrudo solle kommen, die Pferde seien in Gefahr.

In zwei Augenblicken stand Hrudo bei der Tür, halb angezogen, sprang die Treppe hinunter, eilte die nächste Leiter zum Wehrgang hoch und schaute von dort auf die monderleuchteten Wiesen hinaus. „Ich seh's nicht genau, aber ich glaube, du hast recht, Sorla!" rief er. Schon war er wieder unten und rannte zur Schmiede hinüber. An einer Kette hing dort ein gehämmertes Eisenblech. Hrudo schlug mit dem Hammer dagegen, daß es durch das schlafende Dorf dröhnte. „Aufwachen!" schrie er dazwischen. „Die Dorfwehr zu mir! Die Pferde sind in Gefahr!" Er griff nach Schwert, Schild, Helm – für den Brustpanzer war jetzt keine Zeit – und eilte zum Tor. Schon wurden Türen aufgestoßen, überall polterten Stiefel die Holztreppen hinunter. Sorla ergriff das Kurzschwert, mit dem er geübt hatte, und rannte Hrudo nach, der schon das Tor öffnete. Hinter ihm drängten sich bewaffnete Männer, weitere eilten über den matschigen Boden herbei, daß es spritzte. Bineraz, zum Kämpfen zu dick, hielt sich bereit, das Tor hinter ihnen zu schließen.

„Geh hinein, Sorla!" rief Hrudo und wollte ihn zurückschieben.

„Aber mein Fohlen!" Schon war Sorla hinausgerannt.

„Straf dich Setoq! Dann halte dich abseits, in Sicherheit!"

Hinter ihnen fielen knarrend die Torflügel zu. Die Männer rannten zu den Pferdekoppeln hinaus. Mittlerweile hatten sich Wolken vor den Mond geschoben; es war sehr dunkel, aber die Weidezäune zeichneten sich schwach gegen den Nachthimmel ab. Aus der Ferne drangen verworrene Geräusche. Je näher die Männer kamen – Sorla mitten unter ihnen – desto deutlicher vernahmen sie Schreie, Pferdewiehern, Waffengeklirr. Sorla, dank seiner Elfensicht, unterschied dort bereits drei kämpfende Gruppen. Da drängte sich ein junger Mann an ihm vorbei, den Sorla als Pasik kannte.

„Melsek!" schrie er. „Ich komme!"

Melsek und Pasik waren Zwillingsbrüder. Abends sah Sorla sie auf dem Weidezaun sitzen, wo sie sich Rettich und Brotfladen teilten. Ihr Vater hatte durch Trunksucht sein Geld, seine Pferde, seinen Hof durchgebracht und war dann am Schlagfluß gestorben. So schlugen sie sich als Tagelöhner durch und übernahmen auf Dorfkosten die nächtliche Wache bei den Pferdeweiden. Jetzt rannte Pasik, seinen Spieß eingelegt, an Hrudo vorbei ins Dunkle.

„Weshalb hat keiner Melseks Signalhorn gehört?" keuchte Hrudo. Er bekam keine Antwort.

Pasik aber hatte die Kämpfenden schon erreicht. „Melsek! Wo bist du?" schrie er und warf sich ins Getümmel. Die dunklen Gestalten reichten ihm kaum bis zur Hüfte, griffen aber sofort an.

Sorla und Hrudos Dorfwehr waren auf fünfzig Schritte herangekommen. Sie hörten das krächzende Bellen der Feinde, sahen die rotglühenden Augen …

„Chrebil!" rief Sorla.

„Auf sie!“ brüllte Hrudo und schwang sein Schwert.

Da hörten sie aus dem Kampfgetümmel noch eine andere Stimme: „Verbindlichsten Dank für euer hilfreiches Erscheinen, werte Menschen! Wollet aber bitte nicht Freund und Feind verwechseln!“

„Wer ruft da?“ schrie Hrudo.

„Gnome! Im ungleichen Kampf mit üblem Chrebilgesindel!“

„Haltet aus!“ Damit stürzte sich Hrudo in den Kampf, an der Spitze seiner Männer. Sorla hielt sich abseits, versuchte aber, einen der Gnome zu erkennen. Plötzlich stolperte er über etwas Hartes; im Gras lag das Signalhorn der Zwillingsbrüder. Es fühlte sich naß und schmierig an, und als er es hochhob, um es im Mondlicht zu betrachten, floß Blut aus dem Mundstück.

„Deshalb konnte er das Horn nicht mehr blasen!“ wisperte es neben Sorlas Ohr. Fim! Sorla hatte ihn ganz vergessen!

Hrudo und seine Männer nahmen sich die erste Gruppe vor, in deren Mitte zwei Gnome Rücken an Rücken standen und die Chrebilangriffe abwehrten. Durch die Verstärkung ermutigt, drangen die Gnome erneut auf ihre Feinde ein, von außen kamen die Männer der Dorfwehr, und rasch waren die Chrebil niedergemacht.

Wo aber waren Melsek und Pasik? Eben noch hatte Sorla Pasik – oder war es Melsek? – inmitten von sechs oder sieben Chrebil aufragen gesehen. Jetzt wimmelte dort ein Haufen krächzender Gestalten, die mit ihren Waffen auf etwas am Boden einhackten.

Aber schon kamen Hrudo und seine Männer, gefolgt von den beiden Gnomen. Noch immer konnte Sorla deren Gesichter im Dunkel nicht erkennen. Als sie die Chrebilhorde angreifen wollten, ertönte von der dritten kämpfenden Gruppe ein Schrei in der Guten Sprache der Berge: „Mein Leben schwindet! Oh Girsu, mein tapferer Freund, gehabe dich wohl!“ Sofort eilten die Gnome dorthin.

Sorla war zusammengezuckt, als er die Gnomenworte vernahm. Es war die Stimme Grestes, des einäugigen Wanderers! Und Girsu, das mußte Girsu der Dunkle sein, auch er ein Gnom aus dem Pelkoll! Was suchten sie bei Stutenhof? Ihn, Sorla? Dann waren sie seinetwegen in Lebensgefahr! Er packte sein kleines Schwert und rannte hinterher. Da durchfuhr ihn ein stechender Schmerz: in seinem linken Bein steckte ein Spieß. Einen Schritt humpelte er weiter, dann war er von Chrebil umringt.

„Hilfe!" schrie er, aber der Ruf ging im Bellen und Krächzen der Scheusale unter. Doch neben seinem Ohr hörte er Fim wispern: „Kümmere dich um die vor dir! Ich halte dir den Rücken frei!"

Den ersten Spieß konnte Sorla beiseiteschlagen, auch den zweiten. Mutig geworden, machte er einen Ausfall und verletzte einen Chrebil. Im selben Moment aber traf ein anderer ihn am linken Arm. Er schrie auf. Da hörte er plötzlich: „Ich komme gleich! Ich bemühe mich!" Doch das war kein richtiger Ruf, es klang nur in seinem Ohr: Kennan-glai! Sorla hatte keine Zeit, darüber nachzudenken; sein Schwert fuhr hin und her, um die Spieße der Chrebil abzuwehren. Hinter ihm klatschten Schläge und gellten krächzende Aufschreie, die zeigten, daß Fim sein Bestes gab.

Als Sorla sich halb nach rechts wandte, um einen Angriff zu parieren, sah er aus den Augenwinkeln sein Fohlen hinter dem Weidezaun. Eben nahm es wieder Anlauf und sprang, doch der Zaun war zu hoch – es blieb hängen, versuchte sich mit den Vorderbeinen an den obersten Stange zu halten, ja, es stieß mit den Hinterbeinen, als könne es so das Hindernis überwinden. Dabei wieherte es vor verzweifeltem Zorn. Die übrigen Pferde drängten sich ängstlich in der anderen Ecke des Geheges.

Mehr sah Sorla nicht, denn er mußte einem Stich ausweichen, sich ducken, zuschlagen. Diesmal traf ihn ein Schwerthieb am rechten Schenkel. Aufschreiend wandte er sich um, sah noch, wie sein Fohlen den Zaun überwunden hatte, schwer auf dem Boden aufschlug, sich hochrappelte. Dann brach Sorla in die Knie. Der Chrebil vor ihm hob triumphierend sein Schwert.

Im nächsten Augenblick fiel er schreiend vornüber, an Sorla vorbei, und blieb liegen. Wieder schrie ein Chrebil auf und krümmte sich am Boden. Diesmal hatte Sorla die Hufe gesehen, die über ihn hinweg ausgeschlagen hatten. Sein Fohlen bäumte sich auf, biß zu, schlug aus, und wenige Herzschläge später hatten die Chrebil von Sorla abgelassen und umringten das Fohlen. Jetzt aber waren Hrudo und seine Männer zur Stelle, und mit ihnen drei Gnome in heller Rüstung. Ehe die Chrebil sich neu ordnen oder zur Flucht wenden konnten, waren sie alle niedergemacht.

❡

Über Sorla beugten sich drei kleine, runzlige Gesichter. Drei weiße Spitzbärte standen straff weg und berührten sich fast gegenseitig. Ihre Brustpanzer glänzten hell, und als über ihnen zwei Glygis erglommen, blitzten auch ihre Augen. Sorla erkannte Girsu den Dunklen, Gimkin den Vielseitigen und Girlim den Schweigenden.

„Seid gegrüßt, ehrenwerte Pelkoll-Gnome", flüsterte Sorla in der Guten Sprache der Berge.

„Sei auch du gegrüßt, oh Sorle-a-glach!" ergriff Girsu das Wort. Doch bevor er weiterreden konnte, schob ihn Girlim beiseite und beugte sich zu Sorla hinunter. Sanft strich er über dessen Wunden am Arm und an den Beinen; die Blutung ließ nach, die Schmerzen verebbten, die Wundränder legten sich aneinander. Die anderen standen ehrfürchtig wartend daneben. Schließlich erhob sich Girlim. Er wirkte erschöpft, lächelte aber Sorla beruhigend zu.

Gimkin nickte. „Der ehrenwerte Girlim hat wie immer weise gehandelt. Was taugen Ansprachen, solange Blut fließt! Doch wirst du, seiner Bemühungen ungeachtet, noch zweier Tage Rast bedürfen, mein lieber Sorla."

„Und wo ist Greste?" fragte Sorla. „Ich hörte seine Stimme."

Die Gnome blickten betreten. Schließlich räusperte sich Girsu und sagte: „Jede Hilfe kam zu spät. Wir werden ihn würdig im Pelkoll bestatten."

Schließlich setzte sich Sorla auf und blickte umher. Einige Schritte weiter stand sein Fohlen, schweißüberströmt und zitternd. Hrudo war dabei, es abzureiben und zu besänftigen. Daneben sah Sorla die Leiche von Greste dem Wanderer. Überall lagen leblose Chrebil. Die Männer der Dorfwehr gingen zwischen ihnen umher und suchten Melsek und Pasik. Doch erst als Hrudos Männer einen Haufen toter Chrebil auseinanderzerrten, fanden sie zuunterst die beiden Brüder. Als Hrudo sich zu ihnen hinunterbeugte und ihre Schultern berührte, öffneten sie die Augen. Der eine sah den Bruder neben sich liegen und flüsterte: „Pasik!" Der andere antwortete kaum hörbar: „Melsek!" Dann schlossen sich beider Augen wieder. Ihre Hände aber tasteten aufeinander zu; so starben sie Hand in Hand.

„Seit Jahren hat man dieses verfluchte Pack nicht mehr gesehen", knurrte Hrudo. „Was war in sie gefahren, sich hierher zu wagen?"

Girsu verbeugte sich. „Gewissermaßen ist es unsere Schuld, tapferer Hrudo! Schon gestern ertappten wir eines dieser Ungeheuer, wie es uns belauerte, und schickten es in Urskals Reich; also ahnten wir, daß sie uns folgten und des Nachts zu überfallen planten. Doch hätten wir nicht gemutmaßt, es könnten so viele sein und sie sich daher erdreisten, auf das Gebiet von Stutenhof vorzudringen."

„Es ging ihnen nicht um unsere Pferde?"

„Was sollten sie mit Pferden? Vielleicht zwei oder drei abmetzeln, um sie zu fressen, oder alle aufschlitzen, um ihrem Blutrausch zu frönen? Tatsächlich gierten sie nach Schätzen, die sie bei uns Gnomen zu erbeuten gedachten."

„Jedenfalls habt ihr tapfer gekämpft, Gnome, und einen hohen Preis bezahlt!" Damit wies Hrudo auf Grestes Leiche. „So bald werden sich hier keine Chrebil mehr hertrauen!"

Die Toten wurden auf einen Karren geladen, Sorla dazugesetzt; dann kehrten die Männer mit der traurigen Fuhre zurück. Kennanglai trottete nebenher. Bineraz öffnete das Tor, rechts und links davon standen neugierige Dorfbewohner mit Fackeln. Hrudo trat zum Wirt und redete auf ihn ein, wobei er auf die Gnome wies. Bineraz wirkte unwillig, abwehrend; schließlich aber nickte er, schob seinen Bauch vor und stellte sich vor den Brunnen.

„Hört her, Gnome!" rief er. „Ihr dürft im 'Bunten Pferd' übernachten. Ihr wißt das sicher zu schätzen! Solche Annehmlichkeiten kennt ihr ja sonst nicht in der Wildnis. Nur der Tote da, den müßt ihr woanders unterbringen."

Girsu trat vor, seinen weißen Spitzbart zu Bineraz hochgereckt. „Eure Gastfreundschaft können wir nicht annehmen, da wir uns der Kluft, welche die Gnomenheit von Menschen wie euch trennt, wohl bewußt sind. Wir ziehen daher die bescheidene Bleibe in der Dorfschmiede vor, allwo wir bei unserem verblichenen Mitgnom zu wachen gedenken." Sprach's mit blitzenden Augen und würdigte den Wirt keines Blickes mehr.

Gimkin schob ihn beiseite. „Allwerter Gastwirt!" rief er. „Auch mir sind die Unterschiede zwischen Gnom und Mensch nicht fremd. Solch zartgebildete Gnomen-Ohren wie die unseren habet

Ihr nicht vorzuweisen, so wahr ich Gimkin der Ohrenkenner genannt werde!“ Damit zupfte er an seinen eigenen spitzen Ohren, die sonngebräunt zwischen den weißen Haaren hervorragten, verbeugte sich und folgte seinen Freunden zur Schmiede. Bineraz nickte ihm herablassend hinterher. Da lachte einer der Umstehenden und zeigte auf ihn. Ein zweiter begann zu kichern, und schon brandete das Gelächter über Bineraz hinweg, dem lange, graue Eselsohren vom Kopfe abstanden.

„He, Bineraz!“ schrie Tebreig. „Du bist kein Gnom. Das seh ich!“

„Das will ich hoffen!“ entgegnete Bineraz und wandte ihm den Kopf zu, wobei die langen Ohren herumschwangen. „Was gibt's da zu lachen?“

„He, Bineraz!“ riefen sie nun alle, und: „Wird heute Gras im Wirtshaus gekocht?“ Oder: „Hörst du mich auch gut?“ Bineraz schaute verwirrt und jedesmal, wenn er den Kopf wandte und die Eselsohren hin und her wackelten, kreischten die Zuschauer.

Am nächsten Morgen wurden Melsek und Pasik zum Totenfeld hinausgefahren, wo schon eine Grube ausgehoben war. Kräuter-Liska führte die Mutter der beiden herbei und reichte ihr die Schere, damit sie sich die Haare abschneide. Aber die verwirrte Frau stand ratlos da, und als eine hilfreiche Stutenhoferin die Sache in die Hand nehmen und ihr die Haare abschneiden wollte, begann sie zu schreien, nein, nein, und was man mit ihr tue, und lief davon. So ließ man die Frau in Ruhe; die anderen Anwesenden – selbst Girsu als Vertreter der Gnome – schnitten sich je eine Strähne ab, denn ganz ohne Trauerzeichen wollten sie die Zwillingsbrüder nicht in Urskals Totenreich entlassen. Allerdings konnte niemand sagen, wer Pasik und wer Melsek war; so wurden sie gemeinsam begraben, sich immer noch fest bei der Hand haltend.

Danach wurden die toten Chrebil auf einem großen Scheiterhaufen verbrannt. Der Geruch des verkohlenden Fleischs zog stundenlang durch jede Ritze der Stutenhofer Häuser, bis, Ramlok sei's gedankt, der Wind drehte und die Rauchschwaden über den Gnomfluß davonwehten.

Über den Fluß

Sorlas Verletzungen waren schon am selben Morgen verheilt, zur Verwunderung selbst der Gnome. Nur die Zartheit der neuen Haut und abklingende Schmerzen im Schenkel erinnerten an die Wunden. Kräuter-Liska, die sich der Pflege Sorlas angenommen hatte, lobte die Heilkräfte Girlims des Schweigenden. Zugleich streifte sie Sorla mit einem Blick, den dieser nicht zu deuten verstand.

Nach der Beerdigung der Zwillingsbrüder humpelte der Junge zur Dorfschmiede. Auf zwei Holzböcke war eine Türe gelegt, darauf ruhte Greste, bleich, die Hände über dem hellen Brustpanzer um den Schwertgriff geschlossen.

Girsu der Dunkle legte die Hand auf Sorlas Schulter, wobei er sich recken mußte, und führte ihn zur Eckbank, wo Girlim und Gimkin damit beschäftigt waren, aus Stangen und Gurten eine Trage anzufertigen.

„Sorla, mein liebes Menschenkind“, begann Girsu, „gewißlich ist dir nicht entgangen, daß nur vorzügliche Gründe uns bedeuten konnten, diese von Menschen besiedelte Gegend aufzusuchen. Der erste Grund war, den ehrenwerten Greste zu geleiten, der so dringlich dir vom Verbleib deiner Mutter zu künden begehrte, der liebreizenden Taina.“

„Meiner Mutter?“

Girsu lächelte.

„Der zweite Grund schien uns, vor deiner weiten Reise dich ein letztes Mal zu sehen.“

„Weite Reise?“

Die Gnome nickten bedächtig, ihre weißen Spitzbärte wippten im flackernden Widerschein des Feuers. Girsu wies zu Greste hinüber und erzählte, wie dieser vor kurzem in den Pelkoll zurückkehrte und abends in der Versammlungshalle stolz das Ende seiner Wanderungen verkündete: Er habe sein Gelöbnis erfüllt und Taina aufgespürt. Lange war die Suche gewesen, mühselig die Wanderung und voller Gefahren. Zunächst ging er nach Ailat-Stadt, um Kaufmann Hafendis aufzusuchen, den Taina ein Jahr zuvor verlassen hatte; aber sie war nicht zurückgekehrt, und Hafendis blieb ebenfalls verschwunden. Danach hatte Greste den Elfenwald von Rhosmea durchquert, um im fernen Brindhal nachzuforschen, der Hauptstadt des Sidhlandes, war ergebnislos zur Hafenstadt Ailat zurückgekehrt, von da aus weiter bis in die Mark Senek gewandert und hatte in der Ferne schon den Schwarzen Turm Kasnatros erblickt. Als er wieder umkehrte und erneut Ailat-Stadt aufsuchte, hörte er, wie ein Kaufherr von der Schönheit einer Sidh schwärmte, die jedoch von einer anderen Frau namens Nufre eifersüchtig behütet würde. Die Beschreibung der Schönen paßte auf Taina, doch als Greste sie aufsuchen wollte, war Nufre mit ihrem Schützling bereits nach Norden abgereist.

„Von edler Wesensart scheint diese Frau zu sein, wovon auch ihr Beinamen 'Die Gütige' kündet", rief Girsu mit blitzenden Augen. „Wie Greste erfuhr, war jeder, ob Seemann, Händler oder Krieger, des Lobes voll von ihr."

Also wanderte Greste ebenfalls nach Norden und hatte keine Mühe, ihrer Spur zu folgen; in jeder Herberge kannte wenigstens einer der Gäste ihren Namen. So gelangte er nach Seedorf, jener Stadt voller Bergarbeiter, Diebe und Abenteurer, wo ein Leben weniger wert ist als ein Barren des Silbers, das man dort schürft. Weshalb eine edle Frau wie Nufre sich dorthin begab, war Greste ein Rätsel, doch mochten Gründe sie zwingen. In Seedorf wurde er, als er nach der Gütigen Nufre fragte, ohne Umschweife zu einem Gasthaus gewiesen, das mit einer roten Laterne schön geschmückt und leicht zu finden war. Dort saß Nufre im Kreise ihrer Anbeter, Männer mit rauhen Sitten und kräftigen Händen; Greste gelang es nicht, sich Gehör zu verschaffen. Als er am nächsten Abend wiederkehrte, mußte er erschreckt vernehmen, daß Nufre ins Gefängnis gesteckt und Taina zu Ivaly, einem Mächtigen der Stadt, verschleppt worden war.

„Mehr konnte der ehrenwerte Greste nicht erreichen", seufzte Girsu. „Er kehrte unverzüglich in den Pelkoll zurück, um Gneli dem Gewaltigen zu berichten. Dessen Ratschluß war nun, dir das Ziel zu nennen, allwo du deine Mutter finden und, so Atne will, retten mögest; diese Aufgabe scheint Atne, vielleicht auch ihre Tochter Frena, dir gestellt zu haben. Daß du trotz übergnomlicher Größe noch ein Kind bist und in jener gefährlichen Stadt der Hilfe bedürftig sein wirst, ist uns kummervoll bewußt, doch zähle getrost auf die Bürger von Seedorf, welche einem Menschenkind ihren Beistand gewißlich nicht versagen werden."

Abschließend nickend und Sorla umarmend, trat Girsu zu den an-

deren Gnomen zurück, die freundlich aus blitzenden Augen zusahen.

Sorla hatte sich irgendeiner Nufre unklar erinnert, als Girsu von ihr sprach, doch wollte er den Gnom nicht unterbrechen. Erst als er in die Decken seiner Schlafnische gewickelt lag, fiel ihm jene freundliche Hure ein, die als Kutscher verkleidet nach Seedorf fuhr. Und ihre Begleiterin, schüchtern, traurig, aber so schön …

„Mutter!“ rief Sorla.

Auf der anderen Seite der dunklen Stube rumpelte es. Sorla hörte Hrudo fluchen; er war vom Bett hochgefahren und mit dem Kopf gegen die Bretter der oberen Schlafnische gestoßen. Sorla versuchte sich still zu halten, aber er schluchzte noch lange in sein Kissen.

Morgens trat er vor Retlar und Hrudo und erklärte, weshalb er nicht einen Tag länger in Stutenhof verweilen könne.

Retlar stammelte: „Ich habe dich liebgewonnen, Sorla, und du hast mir viel geholfen.“

Damit ging sie auf Sorla zu, um ihn zu umarmen. Er wich aus und sagte, sie könnten ja später noch richtig Abschied nehmen. Sie aber rief: „Willst du nicht bleiben? Unser Sohn sein? Es ist zu gefährlich dort draußen!“

Hrudo nahm ihre Hand und erklärte, daß er selber mit zwölf Jahren viel allein gewesen sei. „Aber, Sorla“, fügte er hinzu, „einen oder zwei Weggefährten solltest du haben.“

„Jaja, die Gnome“, sagte Sorla und war schon fast zur Tür hinaus. Doch Hrudo trat Sorla in den Weg und legte ihm die Hand auf die Schulter. Selten hatte er so ernst geblickt.

„Ich will dir etwas sagen, solange Zeit ist. Manchmal konnte ich dein Verhalten nicht gutheißen. Um deine Einfälle auszuführen, hast du die Regeln und die Sicherheit des Dorfes mißachtet. Andererseits hat Retlar recht: Du hast viel geholfen. Auch wurde das Leben bunter durch dich. Ich hatte gehofft, dir mehr beibringen zu können, nicht nur die Waffen zu führen, sondern vor allem, sie richtig einzusetzen, wie Setoq der Held. Doch deinen Weg mußt du gehen.“

Sein Fohlen konnte Sorla nicht mitnehmen, schon gar nicht nach Seedorf, das stand fest. Wen aber konnte er beauftragen, sich um das Tier zu kümmern? Hrudo lieber nicht, der hatte so feierlich und vorwurfsvoll geredet.

Da fiel ihm Aistiken ein. Er lief zu Kräuter-Liskas kleinem Haus hinüber. Schwaden benebelnden Duftes empfingen ihn. Auf einem Schemel stand Kräuter-Liska und reckte sich nach den Deckenbalken, von wo sie getrocknete Bündel vorjähriger Schafgarbe, Goldraute, Melisse holte und mißtrauisch beroch, das meiste warf sie ins offene Feuer. Als Sorla eintrat, sprang sie leichtfüßig auf den Boden und hörte sich an, was er zu sagen hatte.

„Soso“, sagte sie schließlich. „du gehst fort, und wir bleiben da. Dein Fohlen läßt du auch zurück. Hast du gehört, Aistiken?“

Hinter dem Vorhang zum Nebenzimmer klang es, als ziehe jemand die Nase hoch. Doch niemand erschien.

„Aistiken?“ rief Kräuter-Liska erneut. Jetzt kam das Mädchen hervor, die Augen rot verquollen. Mit einem Stück Tuch wischte sie sich über das Gesicht.

„Bist du erkältet?“ fragte Sorla mitfühlend. Aber das Mädchen schüttelte den Kopf und rannte ins Nebenzimmer zurück.

Kräuter-Liska blickte Sorla merkwürdig an und sagte: „Das mit dem Fohlen werde ich Aistiken ausrichten. Ich glaube sogar, sie weiß es schon.“

„Wieso?“

„Du mußt noch viel lernen, Sorla, bevor du das begreifst. Aber eines kann ich dir jetzt schon sagen: Achte mehr auf die anderen, nicht nur immer auf dich!“

„Wieso? Daß Aistiken Schnupfen hat, hab ich zum Beispiel gemerkt!“

„Schnupfen!“ rief Kräuter-Liska und verdrehte die Augen. „Lassen wir das. Wichtiger ist, daß du heil nach Seedorf gelangst. Wegen deiner Gesundheit mache ich mir keine Sorgen, die ist bemerkenswert gut ...“

„Das ist, weil ich Ramloks Segen hab.“

„Wie bitte?“

„Ja, meine Mutter war eine Zeitlang auf Herils Hof und ...“

„Du bist ein Glückskind, wahrhaftig.“ Sie lachte. „Weißt du, ich mühe mich mit meinen Kräutern ab, um den Leuten die Gesundheit zu erhalten, und deine Mutter geht einfach hin und dient Ramlok!"

„So darfst du das nicht sehen!"

„Du hast recht, Sorla. Aber etwas anderes weiß ich, und keine Angst, ich werde es niemandem erzählen. Als Girlim, dein Gnomenfreund, deine Speerwunden heilte, leistete er Erstaunliches. Aber in der Nacht und am folgenden Tag war er nicht dabei, sondern ich war es, die dich pflegte. Wieso heilten deine Wunden so schnell?"

„Vielleicht deine Kräuter?"

„Nein, mein Lieber. In der Nacht war Vollmond, und ich habe deine Schlangenhaut gesehen!"

„Schlangenhaut?"

„Deine Wunden bedeckten sich mit schuppiger Haut, wie von einer Schlange. Ich sah es im Mondenlicht, als ich neben dir wachte. Und morgens war es wieder Menschenhaut, zart und rosig."

Sorla bemühte sich, eine entsetzte und ungläubige Miene zu ziehen; innerlich war er froh, daß Kräuter-Liska ihn nicht damals ertappt hatte, als er von Kopf bis Fuß in grüne Schuppenhaut gehüllt war.

„Du glaubst mir nicht, Sorla? Ich sage dir, in dir steckt etwas, das ist nicht menschlich. Jetzt verstehe ich auch, weshalb die Kinder dich Sorla Schlangenei rufen."

„Das ist nicht wahr, äh, ich meine, es ist schon wahr, daß sie so etwas sagen, aber es hat nichts zu sagen, äh, bedeuten", stotterte Sorla.

„Sorla, beruhige dich. Schlangen sind etwas Wunderbares, Mächtiges!"

„Alle sagen, Schlangen sind böse."

„Nein. Cheruchtquale sind böse, der Schwarze Woul – möge Anod ihm heimleuchten! – ist böse, aber Schlangen?"

„Und Chrebil? Würdest du einen Chrebil heilen?"

„Natürlich. Wie kannst du fragen!"

„Und wenn er Aistiken töten will, oder dich?"

Kräuter-Liska faßte nach der Schere, die am Band von ihrem Gürtel hing, und hielt sie hoch, daß sie vor Sorlas Augen blitzte. „Dann allerdings wäre ich gezwungen, ihm den Lebensfaden abzuschneiden", sagte sie knapp.

Sorla war beeindruckt, auch wenn ihm Kräuter-Liskas Rede unklar schien. Sie aber strich ihm zum Abschied über den Kopf und schob ihn zur Tür hinaus.

❡

Sorla rannte quer über die Gasse und gleich gegenüber die Treppe hoch, wo Horell wohnte. In der Stube saß Horells Mutter am Tisch. Vor ihr lagerte ihr massiger Busen, von ihrem linken Arm in Schranken gehalten, und wogte bei jedem Atemzug. Eben tauchte sie drei fette Finger der rechten Hand in eine Schüssel Waldhimbeeren mit Honig, ergriff ein paar und führte sie seufzend zum Munde, wobei der Honig auf ihren Busen troff. Nun sah sie Sorla, schleckte ihre Finger ab und bot ihm die Hand zum Gruß. Sorla aber verbeugte sich in einigem Abstand und ging rasch in Horells Kammer, wie er es täglich tat, seit er diesem das Lesen und Schreiben beibrachte.

„Du kommst wie gerufen, Sorla! Ich habe zaubern gelernt!"

„Schon?"

„Seit du mich lesen lehrtest, habe ich mich in das Zauberbuch des Großen Hersepoxul vertieft und versucht, dessen Geheimnisse zu entschlüsseln. Ich habe dir nie davon erzählt, denn die Schriftzeichen sahen ganz anders aus, als was du mir beibrachtest. Ich dachte schon fast, du schwindelst mich an und verstehst selber nichts vom Schreiben! Inzwischen weiß ich, daß ich dir unrecht tat. Zwar sind die meisten Texte wirklich in fremden Zeichen geschrieben, aber auf ein paar Seiten hat der Große Hersepoxul Erklärungen in der üblichen Schrift hinzugefügt, und diese konnte ich entziffern. Jetzt höre und staune! Ich werde den Zauber 'Coderc. timyl. zweite Abw.' wirken!"

„Wie bitte?"

„'Coderc. timyl. zweite Abw.'; das ist wahrscheinlich eine Abkürzung und hat etwas mit der Verbesserung des Geschmacks von Eßwaren zu tun. Ich brauche jetzt nur etwas Eßbares …" Er griff nach einem Schälchen Waldhimbeeren, das neben ihm bereitstand, und faßte auf eine kleine, haarige Hand, die, verstohlen unter dem Tisch hervorkommend, ebenfalls gerade hineinlangte. „Laß das, Lamponu! Heute früh mußte ich für Mutter Himbeeren pflücken. Diese hier habe ich für meine Versuche behalten. Nimm eine und sag, wie sie dir schmeckt!

„Sorla kostete und sagte: „Ganz gut. Sie könnte reifer sein."

„Genau! Hier wird mein Zauber ansetzen und die Himbeeren noch süßer machen!" Er legte drei der roten Früchtchen auf eine kleine Holzschale und nahm eine eindrucksvolle Haltung an, wobei er beide Arme über den Kopf hob.

„Im Namen des Großen Hersepoxul! Dienstbare Geister, hört mir ...!" Er brach ab und blätterte im Zauberbuch herum. Da erschien wieder die Affenhand über dem Tischrand und hielt ein schwarzes Stöckchen hoch. „Ach richtig, der Zauberstab!" rief Horell. Nun hatte er die Stelle im Buch gefunden, richtete sich wieder auf, reckte die Arme hoch und deutete zugleich mit dem Zauberstab des Großen Hersepoxul hinab auf die Himbeeren, dann begann er aus dem Buch fremdartige Wörter vorzulesen. Danach senkte er die Arme und kostete eine der drei Himbeeren. „Ich weiß nicht", murmelte er. „Versuch du mal!

„Sorla nahm sich die zweite. Sie schmeckte wie vorher die andere: nicht schlecht, aber ein bißchen unreif.

Horell wurde ärgerlich. „Wieso klappt es nicht?" rief er und ballte die Fäuste. Zitternd füllte er die kleine Holzschale nach, hob wieder die Arme und deutete mit dem Stab auf die Himbeeren. Diesmal aber schloß er die Augen und sagte die Worte aus dem Gedächtnis her, wieder und wieder. Sorla beobachtete ihn und fand es eigentlich komisch, wie Horell sich mit gerunzelter Stirn abmühte, da schien ihm, daß die Spitze des Zauberstabs ein bißchen funkelte. Schließlich ließ Horell die Arme sinken und öffnete die Augen.

„Versuch du mal, wie sie schmecken", sagte er.

Sorla steckte eine der Himbeeren in den Mund und spuckte sie gleich wieder aus.

„Was hast du, Sorla?"

„Sie war bitter!"

„Vielleicht saß eine Blattwanze drin? Das schmeckt bitter, wenn man drauf beißt." Horell nahm selber eine Beere, prüfte sie von allen Seiten, schaute auch hinein und steckte sie endlich in den Mund. Im nächsten Augenblick verzog er das Gesicht – „Pfui!" – und ließ die Beere aus dem Mund auf den Boden fallen.

Sorla lachte. „Soviel Mühe, und dann schmecken sie schlechter als vorher! Da war deine Mutter schlauer; mit ein bißchen Honig hat sie die Beeren süßer gezaubert als du mit deiner ganzen Zauberei!"

„Meine Mutter!" Horell machte plötzlich ein eigenartiges Gesicht, schlich zur Tür, hob die Arme und deutete mit dem Zauberstab in das Zimmer hinüber, wo die Mutter vermutlich noch immer vor ihrer Schüssel saß. Wieder schloß Horell die Augen und betete seine Worte her, aber so leise, daß Sorla ihn kaum hörte. Diesmal aber wirkte er nicht ärgerlich, sondern fast heiter, und als er schließlich die Augen öffnete und zu Sorla zurückschlich, lachte er still in sich hinein.

„Zaubern ist etwas Wunderbares, Sorla!" seufzte er.

„Weshalb vergällst du deiner Mutter die Beeren?"

„Ich hasse es, wie sie sitzt und ißt und ißt und sitzt! Immer muß ich sie bedienen. Schau dir doch an, wie sie ..."

In diesem Moment ertönte ein würgendes Geräusch und dann ein Schrei: „Horell!!"

„Ja, Mutter?" Er fuhr sich unsicher über den kurzgeschorenen Kopf.

„Schaff die Himbeeren weg! Sie sind gallebitter!"

„Ja, Mutter."

„Und bring mir von dem Brot!"

Als Horell mit dem Fladenbrot herbeieilte und seine Mutter davon aß, spuckte sie es wütend aus und schrie, auch das Brot sei bitter. Er kostete davon und widersprach. Auch Sorla mußte ein Stück essen; das Brot schmeckte gut wie immer. Nun begann die Mutter zu schluchzen, und Horell mußte Schinken bringen, getrocknete Früchte, gekochte Mohrrüben, Pflaumenmus – von allem kostete sie und spuckte es wieder aus, weil es so bitter sei, daß man es nur bei größtem Hunger essen könne. Sorla und Horell sahen einander verdutzt an, und als sie gerade beide in der Speisekammer waren, flüsterte Horell: „Das habe ich nicht gewollt! Ich dachte, ich verzaubere die Himbeeren, jetzt ist es meine Mutter!"

„Hast du etwas anders gemacht als beim ersten Zauber?"

„Ich weiß nur, daß ich mir beim ersten Zauber die Beeren in der Schale vorstellte. Und beim zweiten Male habe ich mehr an meine

Mutter gedacht, weil ich ihr ja den Streich spielen wollte."

„Deine Mutter wird vorläufig nicht viel essen."

„Großartig!" rief Horell, schlug sich erschreckt auf den Mund und fuhr leise fort: „Besser hätte es gar nicht kommen können! Zaubern ist etwas Wunderbares!"

„Dann ist ja alles gut, und ich kann mich verabschieden."

„Verabschieden?"

Sorla erzählte; Horell hörte zu, fuhr sich über die Strähnenreste, bekam leuchtende Augen ...

„Horell!!" schrie es aus dem Zimmer.

Er zuckte zusammen. „Ja, Mutter?"

„Hilf mir aufstehen!"

„Ja, Mutter."

„Und räum den Dreck hier weg!"

„Ja, Mutter."

❡

Als Sorla zur Dorfschmiede ging, war Bineraz schon da. Er hatte den Hut tief über den Kopf gezogen, doch war der Hut verdächtig ausgebeult. Bei der Esse saßen die Gnome und sahen ihm höflich entgegen.

„Liebe Herren Gnome", begann Bineraz und rieb sich verlegen den Bauch. „Ich seh ja ein, daß ich euch hätte respektvoller behandeln sollen. Aber hinterher ist man klüger! Daß ihr mir die Eselsohren hingehext habt, war ein schöner Denkzettel, und die Leute haben gelacht. Abends kamen auch alle ins 'Bunte Pferd'; so voll war das Haus schon lange nicht mehr! Jetzt aber ist's genug, und drum bitte ich euch, mir diese verdammten Ohren wieder wegzuzaubern."

„Werter Wirt", antwortete Gimkin, sich tief verbeugend. „Euren Sinneswandel begrüßen wir mit Genugtuung. Auch daß durch unser bescheidenes Zutun Ihr einen schönen Gewinst habt einstreichen können, erfüllt uns mit Freude. Doch kann es angehen, daß Ihr diese herrlich großen Ohren als Bürde empfindet?"

„Ja!"

„Nun denn, verehrte Mitgnome", damit wandte sich Gimkin von Bineraz ab, „mir deucht, dieser Mensch verspürt ein aufrichtiges Verlangen, der Ohren ledig zu sein."

„Ja, ja!" rief Bineraz.

„Doch verwirrt es mich, daß dieser Mensch der Dringlichkeit seines Ansinnens nicht durch ein Angebot von Silber oder Gold gebührendes Gewicht verleiht. Mir deucht, ihn hat dieser Wunsch nur flüchtig angewandelt."

„Nein, nein!" rief Bineraz. „Ich will auch zahlen! Wie wär's mit einem Dremke?" Hastig zog er einen Silberring vom Finger.

„Ein Dremke? Nun, viel ist es nicht. Doch so wahr ich Gimkin der Genügsame genannt werde, ich will mich bemühen, deinem Ansinnen zu entsprechen." Sorla sah, wie der Hut plötzlich tiefer auf den Kopf des Wirtes sank und ihm sogar über die Augen rutschte.

„He!" rief Bineraz und nahm den Hut ab. „Das ging ja flott!" Erleichtert fühlte er nach seinen Ohren, da zuckte er zusammen und tastete mit zunehmender Verwirrung herum. Sorla wußte weshalb, denn da waren überhaupt keine Ohren mehr.

„Betrug!" brüllte der Wirt.

„War dies nicht Euer Wunsch, verehrter Bineraz?" erkundigte sich Gimkin höflich erstaunt. „Sollte ich Euch so gröblich mißverstanden haben, als Ihr Eure Ohren fortwünschtet?"

„Doch nicht meine Ohren!" schrie Bineraz. „Gebt mir meine richtigen Ohren wieder!"

„Dies ist höchst mißlich, verehrter Wirt! Nun sind alle Ohren in Luft aufgelöst; woher jetzt derlei nehmen? Das mag fürwahr kostspielig werden!"

„Erpresser!" knurrte Bineraz. „Wieviel?"

„Diese ehrabschneidende Anrede will ich Eurer Erregung zugute halten, verehrter Bineraz. Was die Frage anbetrifft: ein Dremke deucht uns nicht unbillig."

Bineraz streifte wütend einen zweiten Ring von seinem Finger.

„Nun denn!" erklärte Gimkin heiter. „So will ich versuchen, aus Luft wieder Ohren zu fertigen, so wahr man mich Gimkin den Luftigen nennt!"

Sorla schaute genau hin, doch da waren keine Ohren zu sehen, und es kamen auch keine dazu. Bineraz aber fühlte an die Seiten seines Kopfes, und Erleichterung malte sich in seinen Zügen.

„Danke, Gnome!" rief er. „Spaß muß sein, auch wenn's mal derb zugeht. Da werde ich heute abend meinen Gästen was erzählen können! Die Zeche bringt die Unkosten wieder rein." Damit eilte er über den Platz zum „Bunten Pferd" und die Holztreppe hoch; er nahm zwei Stufen auf einmal, was bei seinem Bauch beachtlich war.

„Wohlan", kicherte Gimkin, „laßt uns den dritten Besuch jenes Gastwirtes erwarten. Inzwischen wollen wir die Zeit nutzen." Damit begann er, seine Habseligkeiten zu ordnen und im Rucksack zu verstauen. Auch die beiden anderen Gnome eilten in der Schmiede hin und her, rollten Decken zusammen und wirkten auch sonst so geschäftig, daß Sorla sich ziemlich nutzlos vorkam, aber auch nicht wußte, ob und wie er ihre Aufmerksamkeit auf sich lenken sollte.

In diesem Augenblick ertönte Geschrei aus dem „Bunten Pferd", die Tür des Gasthauses flog auf, und Bineraz eilte wutschnaubend die Treppe herunter und auf die Dorfschmiede zu.

„Meine Ohren!" schrie er. „Ihr habt mich reingelegt!"

„Mit Verlaub, werter Wirt", entgegnete Gimkin in entrüstetem Ton, „dies deucht uns fürwahr ein schwerer Anwurf! Wir haben Euch in jedweglichem Wunsch willfahrt!"

„Meine Ohren! Ich kann sie nicht sehen!"

„Bei Anod! Ihr wollt Eure Ohren sehen? Welche Wünsche hegt Ihr! Niemandem ist es vergönnt, die eigenen Ohren zu sehen, es sei denn, sie sind so lange wie Eselsohren oder, oh ungeheuerlicher Gedanke, vom Kopfe abgetrennt. Steht Euch danach der Sinn?"

Bineraz' Gesicht schwoll rot an. „Ich will, daß andere meine Ohren sehen ... nein, warte! Die Ohren sollen am Kopf angewachsen sein, ... äh, richtig herum natürlich, und trotzdem soll jeder ... äh, nein, ach, Ihr wißt doch, was ich meine!"

Gimkin rieb sich die Stirn. „Wünsche nicht nur zu erfüllen, sondern auch zu erraten, das deucht mir ein gar schwieriges Unterfangen, aufwendig und kostspielig zudem!"

„Ja, du bekommst deinen Dremke!" Bineraz stampfte auf dem Boden auf und zog sich einen weiteren Silberring ab, wobei er sich fast den Finger abriß.

„Gemach, werter Wirt!" rief Gimkin. „Zu großes Ungestüm ist nicht gedeihlich, zumal Eure Vorstellungen mir nicht gänzlich klar sind. Hegt Ihr Wünsche bezüglich der Farbe Eurer Ohren?"

„Hä?"

„Nun, grüne Ohren könnte ich wesentlich günstiger herstellen, blaue mit Tupfen sogar umsonst!"

„Verflucht! Normale Menschenohren, genau die, die ich gestern noch hatte, und … „ Jetzt brach Bineraz auf die Knie und rief: „Liebe Gnome! Laßt dieses Spiel! Ich möchte so aussehen wie vor den Eselsohren!"

„Wohlan, verehrter Bineraz. Auch wir haben nicht viel Zeit zu vertändeln, da noch andere Obliegenheiten unser harren. Gehet getrost heim, mit Euren Ohren wie vordem, so wahr ich Gimkin der Großzügige genannt werde, und gedenket fürderhin der Gnome als eines im Stolze leicht verletzbaren Geschlechtes!"

„Ja, ja!" Der Wirt wankte davon.

„Nun, Sorla", wandte sich Girsu dem Jungen zu. „Du bist geheilt, die Botschaft Grestes ist dir übermittelt, Bineraz ist glücklich; uns hält nichts mehr, außer dir dein Reisegeld zu überreichen." Damit drückte er ihm die drei Dremke in die Hand, die Gimkin eben von Bineraz erhalten hatte. Als Sorla etwas von Dank stammeln wollte, unterbrach Girsu ihn: „Du gedenkst nach Seedorf aufzubrechen, uns hinwieder obliegt, den teuren Greste unverzüglich heimzutragen, auf daß er in den Tiefen des Pelkoll bestattet werde. Dies wird ein langer Abschied werden." Damit trat er an Sorla heran und umarmte ihn herzlich, hinter ihm drängten sich Gimkin und Girlim, um es ihm nachzutun.

Danach legten sie Grestes Leiche auf die vorbereitete Trage und gurteten sie fest. Jeder schulterte seinen Rucksack und legte den Waffengurt an, und während Girlim sich ein zusätzliches Bündel mit der Hinterlassenschaft Grestes auflud, nahmen die anderen beiden die Trage hoch. So verließen die Gnome Stutenhof. Sorla winkte ihnen nach, aber sie drehten sich nicht mehr um.

❡

Sorlas Sachen waren schnell gepackt. Was besaß er schon? Am Leib die Kleidung, aber noch immer keine Schuhe; unter dem Hemd das Amulett Tainas und jenen kleinen goldenen Kriteis-Anhänger, den

Mesjajet im Dachgebälk von Herils Hof versteckt hatte; am Gürtel das Wurfmesser Oltops und den Lederbeutel mit einundzwanzig zusammengesparten Polk – einen pro Woche, als er im „Bunten Pferd“ arbeitete – was etwas mehr als zwei Dremke ausmachte, sowie die drei Dremke, welche ihm die Gnome vorhin schenkten. Einen davon trug er als Ring am Finger – so war er ein richtiger Mann! In der Kitteltasche spürte Sorla den vertrauten Druck seines Glygi, außerdem eine Handvoll getrockneter Schlehen, die man gemächlich kauen konnte, wenn man Hunger, Durst oder Langeweile hatte. Was noch? Der kleine Rucksack, den ihm Kelgin der Schmied mitgegeben hatte, wurde von Retlar mit Brot, Dörrfleisch und einer Wasserflasche gefüllt, das Deckenbündel an den Rucksack gebunden. Das war's.

Retlar weinte und trug immer neue Lebensmittel herbei, die aber nirgends mehr zu verstauen waren. Als Sorla seinen Rucksack geschultert hatte und sich verabschiedete, machte sie ihn ganz naß mit ihren Tränen. Ihm war es unangenehm, auch dachte er nur an Taina.

„Deine Gnome sind fort, Sorla“, sagte Hrudo, als dieser sich ihm zum Abschied zuwandte. „Mit wem willst du nun gehen?“

„Ich werd schon jemand finden. Ich war oft allein.“

Hrudo hielt Sorla ein Bündel entgegen: „Hier, dein Schwert. Ich hab auch ein passendes Wehrgehänge gefunden.“ Doch Sorla schüttelte den Kopf: „Ich kann nicht soviel mit mir herumschleppen.“ Hrudo nickte. „Mehr kann ich nicht tun. Möge Atne dir wohlgesonnen bleiben!“

❡

Als Sorla vor das Tor trat, stand da Horell, die lange, dünne Gestalt in einen Mantel gehüllt. Er hielt am Zügel ein Maultier, das war schwer bepackt; obendrauf saß der Affe und schnatterte Sorla freundlich entgegen.

„Nanu, Horell?“

„Weißt du, Sorla, ich kann nicht länger hier bleiben. Ich bin siebzehn Jahre alt! Ich will in die Welt und einen Zauberer finden, der mich unterrichtet!“

„Und deine Mutter?"

„Soll ich mein restliches Leben zu Hause ausharren und ihr helfen, noch fetter zu werden?"

„Aber sie wird nicht mehr viel essen, wenn ihr alles bitter schmeckt, oder?"

„Wer weiß, wie lange das anhält. Es war ja nur ein kleiner Zauber. Ganz gleich, ich komme mit!"

Also gingen die beiden den Knüppeldamm zur Fähre hinunter, und das Maultier trottete hinterher. Die Sonne schien, und Sorla wunderte sich, daß Horell in seinem Mantel nicht schwitzte.

„Ist dir kalt, Horell, daß du den Mantel trägst?"

„Keineswegs", antwortete Horell und schaute freundlich zu Sorla herunter. „Aber wenn wir unter fremde Leute kommen, sollen sie nicht sehen, wie dünn ich bin!"

Nulwik der Fährmann stand an der Anlegestelle. An seiner Hand hüpfte der kleine Hurgil aufgeregt auf und ab. „Schade, daß du weggehst, Sorla!" rief Hurgil. „Aber du bist ja nicht alleine!"

Horell nickte ihm freundlich zu.

„Nein, dich meine ich nicht!" schrie der Kleine.

Sorla blickte ihn verwundert an, da sah er Kräuter-Liska, die eben aus der Hütte des Fährmanns trat.

„Ja, Sorla", sagte sie milde. „Ich werde dich ein Stück begleiten."

„Gerne, Kräuter-Liska. Dann reisen wir zu dritt."

„Zu viert", lächelte sie und wies auf den Weg hinter Sorlas Rükken. Sorla drehte sich um: Da stand Aistiken mit seinem Fohlen und sah ihm aus verweinten Augen trotzig entgegen.

Nun winkte der Fährmann. Alle betraten die schwankende Fähre, das Maultier sträubte sich und mußte hinaufgeschoben werden. Kennan-glai dagegen hielt sich dicht hinter Sorla und blies ihm freundlich in den Nacken.

„Wer zahlt?" fragte Nulwik. Horell nestelte seine dicke Geldkatze auf und kramte einen Dremke hervor. Nulwik spuckte grinsend darauf, bevor er ihn an den Finger steckte.

Sorla blickte auf den breiten Fluß Eldran. An Seedorf dachte er, an seine Mutter Taina, an die kommenden Tage. Er atmete tief ein und schaute auf die sonnenblitzenden Wellen. So merkte er gar nicht, daß die Fähre längst abgestoßen hatte.

Zuletzt allein

Die Hitze des Nachmittags brütete auf der staubigen Landstraße, und als vor der kleinen Reisegruppe ein Wäldchen auftauchte, bedurfte es keiner Absprache; jeder ließ sich aufatmend in den Schatten der nächsten Buche fallen und genoß die Brise vom nahen Fluß Eldran, kühl und duftend nach Minze, die dort am Ufer wuchs.

Sorla lag wohlig auf dem Rücken und blinzelte im vollen Lebensgefühl seiner zwölfeinhalb Jahre hinauf in das sonnflirrende Buchengrün. Da schob sich eine hagere Gestalt ins Blickfeld, trotz der Hitze in einen Mantel gehüllt; verlegen lächelte Horell auf Sorla herunter.

„Mein junger Freund“, begann er und war doch selbst erst siebzehn, „einen halben Tag sind wir unterwegs, und schon fühle ich mich freier. Fort von Stutenhof, diesem öden Nest!“ Er atmete tief durch.

Sorla lächelte verständnisvoll; er ahnte, was Horell meinte, aber nicht auszusprechen wagte: Fort von dem schrecklichen Zuhause mit der verfressenen, unmäßig fordernden Mutter und dem Geist des schlimm verendeten Vaters … Wie sollte unter so beschaffenen Umständen ein begabter Junge es zum großen Zauberer bringen, wenn er den Ausbruch von zu Hause nicht wagte?

Horell löste seine Haltung und begann den Mantel auszuziehen. Zweimal setzte er an, brach ab und überlegte, als falle es ihm schwer, sich aus dem Schutze dieses Kleidungsstücks herauszuwagen; dann aber gab er sich einen Ruck und warf den Mantel von sich.

Lamponu, der auf seiner Schulter gehockt hatte, sprang kreischend zu Boden, schnatterte vorwurfsvoll hoch zu seinem Herrn und beruhigte sich dann, von Gras und Bucheckern abgelenkt.

An den Baum gelehnt saß Kräuter-Liska. „Dies wäre ein Baum, um durch die Rinde zu springen“, murmelte sie wohlig.

„Häh?“ machte Sorla.

„Durch die Rinde auf und davon. Ein Kräuterweiberspruch – vergiß ihn, Sorla. Wo nur Aistiken bleibt?“

„Sie wollte die Tiere tränken, Kräuter-Liska“, sagte Horell. „Sie wird am Fluß sein.“

Kräuter-Liska runzelte die Brauen. „Dein Maultier und Sorlas Fohlen, das sind bloß zwei Tiere. Die machen keine Mühe. Das Mädchen könnte schon zurück sein.“

„Vielleicht badet sie ein bißchen?“ warf Sorla ein und stellte sich vor, wie Aistikens lange, braunrote Zöpfe im klaren Wasser wogten, während Fohlen und Maultier am Ufer ausharrten.

Da plötzlich wuchs in seinem Kopf ein Gefühl der Angst, ein Schrei nach Hilfe – doch war alles still, keiner sonst hatte es gehört. Wieder rief es in seinem Hirn: Kommt, helft!

Sorla sprang auf und schrie: „Mein Fohlen ruft mich! Etwas Schlimmes geschieht gerade!“ Schon rannte Kräuter-Liska an ihm vorbei; mit langen Schritten stürzte sie durch die Büsche in die Richtung des Flußufers. Sorla folgte dichtauf, auch Horell kam, wenn auch langsamer, unbehend über seine eigenen Füße stolpernd.

Kräuter-Liska blieb abrupt stehen. Dort drüben standen drei Männer: Zwei hielten Aistiken an den Armen gepackt, der dritte riß an ihrer Bluse. Das Mädchen zerrte verzweifelt, um sich zu befreien; ihr stummer Mund aufgerissen in vergeblichem Bemühen. Sorlas Fohlen und das Maultier Horells drängten sich zitternd und schnaubend gegen ein nahes Gebüsch. Die Männer blickten herüber, eher erbost über die Störung als schuldbewußt: eine hilflose, alte Frau und zwei Halbwüchsige – was sollten die ausrichten? Einer rief: „Bleibt, oder wir stechen die Kleine ab!“ Damit setzte er einen Dolch an Aistikens Kehle. Die anderen lachten beifällig.

„Laßt sie los!“ schrie Kräuter-Liska. „Sie ist ein Kind!“ Höhnisches Lachen schallte herüber. Die zerfetzte Bluse fiel zu Boden, der Mann griff dem Mädchen grob an die Brust.

„Laßt sie los, oder …“

„Oder was, Alte?“

„Oder ihr zwingt mich, euch zu töten!“ Wieder höhnisches Gelächter. Da fuhr Kräuter-Liska mit der Hand nach der Schere, die im Gürtel stak; und, die Schere blitzend in die Höhe gereckt, rief sie: „Ein letztes Mal! Laßt sie los!“

„Oh Schreck, sie will die Schere werfen!“ spottete einer, ein anderer rief lachend: „Nun wird's gefährlich!“

Da öffnete sich die Schere. Wie die Klingen auseinander glitten, erstarben die Geräusche: kein Lachen, kein Vogel, kein Wind – als halte die Welt den Atem an. Sorla sah alles und konnte sich nicht rühren, auch Horell, die Pferde, die Männer – alles stand seltsam erstarrt. Kräuter-Liskas Arm senkte sich langsam und zeigte mit geöffneter Schere hinüber auf die Gruppe der Männer. Nun fuhren die Klingen zusammen; es knirschte, als zerschnitten sie einen unsichtbaren Faden. Der Kerl vor Aistiken brach zusammen, seine Hand glitt an ihrem Körper herunter und fiel schlaff auf die Erde.

Wieder reckte sich Kräuter-Liskas Arm, die Schere öffnete sich und senkte sich vor, auf den zweiten der Männer zeigend. Sie schnappte zu, der Mann ließ Aistikens Arm fahren und kippte hintüber. Der dritte, mit entsetzten Augen, warf sich auf die Knie. Flehend hob er die Arme und stammelte etwas von „Gnade" und „Nicht so gemeint", aber Kräuter-Liska, mit zusammengepreßten Lippen, zerschnitt auch seinen Lebensfaden.

❡

Nachdem Aistiken neu bekleidet und ihr wortloses Schluchzen verebbt war, überlegten sie, was mit den Leichen geschehen solle. Bevor aber jemand einen Vorschlag machen konnte – Sorla selber hoffte, man könne sie einfach liegenlassen – erschien ein kleines, von zwei Schimmeln gezogenes Fuhrwerk und hielt bei ihnen an. Ein wohlgekleideter älterer Herr sprang gewandt vom Kutschbock und kam, mit einem Peitschchen tändelnd, auf die Gruppe zu.

„Stiousto ist mein Name." Der Fremde verbeugte sich, höflich, vielleicht auch spöttisch, und fuhr fort: „Ihr wurdet, wie ich sehe, von drei Strauchdieben belästigt. Ein Glück, daß ihr euch ihrer erwehren konntet."

Stiousto! Jener Zauberer, in dessen Burg die Toten wandelten! Horells kleiner Affe zitterte am ganzen Leibe, duckte sich hinter Horell und zog ihn leise am Beinkleid. „Laß das, Lamponu!" schalt dieser ihn, worauf das Tier sich zeternd in Horells hingeworfenem Mantel verkroch. Der Fremde runzelte kurz die Stirn, dann fuhr er mit der vorigen Freundlichkeit fort: „Ein Glück, daß ich vorbeikam. So kann ich die Leichen dieser Schufte gleich mitnehmen."

„Was wollt Ihr damit?" fragte Kräuter-Liska.

„Ich bin Bestattungsunternehmer, gute Frau. Ich sorge für das Begräbnis, und die Angehörigen dieser Kerle, die ich zufällig kenne, werden mir meine Auslagen bezahlen." Er lächelte verbindlich.

Sorla schwieg zu diesen Behauptungen, seltsamerweise sagte auch Horell nichts, dem doch Lamponus Erzählung ins Gedächtnis gekommen sein mußte. Kräuter-Liska jedoch runzelte die Stirn: „Ihr seht nicht aus, als …" Weiter kam sie nicht. Der Fremde hatte seine kleine Peitsche knallen lassen, und Sorla spürte ein seltsames Kribbeln, das seinen ganzen Körper überzog. Er konnte sich nicht rühren. Auch die anderen standen starr; Kräuter-Liska hatte noch den Mund offen. Der Fremde nickte freundlich in ihre Richtung, ging dann quer über die Wiese und verschwand hinter den Büschen, wo die Leichen lagen. Wieder hörte Sorla das Peitschchen knallen, einmal, zweimal, dreimal; kurz danach erschien der Fremde wieder, und hinter ihm drein stolperten die drei Strauchdiebe.

Nicht einmal die Stirn zu runzeln gelang Sorla; so mußte er mit ansehen, wie die Toten blicklos durchs hohe Gras schlurften und auf die Ladefläche des Fuhrwerks krochen, wo sie zusammenbrachen. Stiousto warf eine Plane über sie, setzte sich auf den Kutschbock, winkte den ihm starr Nachblickenden zu und verschwand hinter der nächsten Wegbiegung.

❡

„Ich hätte mich erinnern müssen", sagte Horell. Sorla nickte bloß. Das Sprechen fiel ihm noch schwer; zu sehr kribbelten Mundwinkel und Zunge. „Lamponu hatte recht!" Horell raufte sich seine dünnen Haare. „Er selber hatte von Stiousto erzählt, in dessen Verließen die Toten wandeln!" Er streichelte das Äffchen, das zustimmend kreischte. Sorla betrachtete Horell nachdenklich: konnte man so vergeßlich sein?

„Ein schlimmer Zauberer", flüsterte Kräuter-Liska, „und so gefährlich, wie er freundlich scheint!"

Horell hörte nicht zu. Er schwang die leere Hand, als führte er eine Peitsche. „Soviel Macht in solch kleiner Peitsche!" Er seufzte.

„Ein Zauberer wie jener darfst du nicht werden, Horell!" mahnte Kräuter-Liska und wollte auf ihn zugehen, doch hatte sie die Macht über ihre Beine noch nicht wiedererlangt. „Derartige Zauber darfst du nicht erlernen!"

„Es kommt immer darauf an, weshalb man etwas tut", widersprach Horell. „Du selbst hast vorhin getötet; und Töten ist schlimm, oder?"

Die Frau schwieg. Horell aber träumte in seine leeren Hände.

Sie brachen auf, sobald alle die Starre überwunden hatten. Besonders Horell, der sich erstaunlich rasch erholt hatte, wirkte bestrebt weiterzukommen. Abends kam ihnen ein Trupp Soldaten entgegen, und als Horell sie fragte, ob ihnen ein Fuhrwerk mit einem wohlgekleideten Herrn begegnet sei, nickten sie und lachten, denn jener Herr habe sie gefragt, ob sie irgendwo frische Leichen hätten herumliegen sehen; er halte es für seine Pflicht gegen Urskal, den Herrn über das Totenreich, sie zu bestatten. „Da hast du viel zu tun, Alter, in diesen rauhen Zeiten", hatte einer gerufen, und ein anderer scherzte: „Einfacher wär's natürlich, die Toten laufen dir nach, statt du den Toten!" Aber der Herr sei nicht beleidigt gewesen, sondern habe freundlich genickt. Vor Einbruch der Dunkelheit fanden sie einen von Gebüsch verdeckten Felsüberhang fürs Nachtlager und schliefen rasch ein. Sorla erwachte davon, daß Kräuter-Liska ihn am Arm schüttelte: „Horell ist verschwunden!" Sorla sprang auf, warf die Decke von sich und sah sich um. Es war noch dämmerig. Horell war weg, auch seine Decke, sein Gepäck, sein Maultier, Lamponu. Auf Sorlas Rucksack lag ein Stück Birkenrinde, darauf hatte Horell in ungeübter Schrift gekritzelt: „Sorla! Ich brauche einen Lehrmeister. Ich suche Stiousto. Atnes Segen, Horell."

❡

Aistiken hielt sich noch immer fern von Sorla. Sie sprach ja auch sonst nie, aber die Art, wie sie das Fohlen Kennan-Glai am Zügel führte, so daß es zwischen ihr und Sorla ging, wie sie die Haare schüttelte und wegsah, wenn sich ihre und Sorlas Blicke trafen, sagte alles.

„Da kann ich nichts machen, Sorla", meinte Kräuter-Liska. „All dies erinnert mich an die Geschichte von Anod und Duna."

„Kenne ich nicht."

„Sehr schön. Mit Erzählungen würzt man das Wandern. Also hör zu:

„Auf seinen weiten Reisen hörte Anod reden, das schönste Mädchen sei Duna von den Fliegenden Inseln. Auch klug sei sie und eine mächtige Zauberin. 'Wie kommt es, daß ich ihr nie begegnet bin?' lachte Anod. 'Die ganze Welt habe ich gesehen, durch alle Himmel reite ich täglich auf meinem Rosse Hende-raska. Versteckt sie sich vor mir?' Und er setzte seinen rasenden Ritt durch die Wolken fort, bis er abends das Schloß der vier Schwestern erreichte, das in den Lüften schwebt. Denn nie darf Anod den Staub der Erde berühren, seit er bei den Schwestern wohnt, oder er selbst wird zu Staub.

Aber die Geschichte Dunas, des Mädchens von den Fliegenden Inseln, ging ihm nicht aus dem Sinn, und so verbarg er eines Nachts sein helles Haar unter einem Tuch, hüllte die Hufe Hende-raskas in Lappen, daß sie niemand hörte, und stahl sich aus dem Schloß. Da kam er zum Meer, und eine silberne Straße führte über das Wasser. 'Auf dem Wasser liegt gewiß kein Staub, so darf ich doch diese Straße benutzen', sagte sich Anod und lenkte sein Pferd zum Meere hinab. Da sank Hende-raska ein und hinunter bis auf den Grund, und mit ihm sein Reiter. Die ganze Nacht irrte Anod umher und suchte umsonst einen Ausweg. Zuletzt schlief er ein, auf den Hals Hende-raskas gebeugt. Er träumte, ein Mädchen, so schön wie das Leben, führe Hende-raska am Zügel, und sie kämen zuletzt an ein silbernes Tor. Das Mädchen winkte, da schwang es auf, so daß die Morgenluft der weiten Erde hereinströmte. Hende-raska wieherte und rannte hindurch. Anod erwachte, blickte um sich und sah, daß sie hoch über dem Meere dahinritten. Da riß er das Tuch vom Kopfe, und das Licht seiner Haare erfüllte die Welt.

Den Traum aber konnte er nicht vergessen. In der nächsten Nacht stahl er sich wieder davon. Da kam er an einen hohen Berg, der war ganz schwarz, und ehe er sich dessen versah, war Hende-raska zwischen zwei steilen Felswänden hindurchgeritten, bis sie sich in einer dunklen Höhle wiederfanden. Hier mußte Anod absteigen, wenn er sich nicht den Kopf stoßen wollte. Dann aber hätten seine Füße die Erde berührt, und er selbst wäre zu Staub zerfallen. Das Pferd konnte er nicht wenden, zu eng waren die Felsen auf beiden Seiten. Rückwärts wollte Hende-raska nicht gehen; er schnaubte und tänzelte auf der Stelle. So wußte sich Anod keinen Rat; er mußte auf der Stelle verharren und schlief schließlich ein, das Haupt auf Hende-raskas Hals gelegt. Da träumte ihm, ein Mädchen so schön wie das Leben käme ihm aus der dunklen Höhle entgegen. Sie nahm Hende-raska am Zügel und führte ihn und den schlafenden Reiter weiter in die Höhle hinein. Und seltsam: waren die Felswände zu eng oder die Höhlendecke zu niedrig, so winkte sie nur, und die Höhle war weit und geräumig und öffnete sich bald auf der anderen Seite des schwarzen Berges. Da strömte ihnen die klare Morgenluft entgegen, und Hende-raska wieherte und rannte hinaus ins Freie. Anod erwachte, blickte um sich und sah, daß sie hoch über der Erde dahinritten. Da riß er das Tuch vom Kopfe, und das Licht seiner Haare erfüllte die Welt.

Nun schien ihm gewiß, daß er nicht geträumt, sondern das Mädchen wirklich gesehen habe, denn das Mädchen in der Höhle war dasselbe wie jenes unter dem Meer, auch hatte es ihn liebevoll und bedeutsam angeblickt. Daher wartete er begierig auf das Ende des Tages. Diesmal aber wollte er klug sein und sich gegen alle Fährnisse wappnen. Er bekleidete seine Füße mit Stiefeln, die waren dicht und stark, damit kein Staubkorn hindurchfinden konnte. Er pfiff einem Hund, der sollte vor ihnen herlaufen, damit Anod sähe, ob der Weg sicher sei und nicht nur Wasser, in dem man versinkt. Zu guter Letzt legte er um den Hals Hende-raskas einen Kranz aus Dornen, der sollte Anod am Einschlafen hindern. Dann umhüllte er, wie in den Nächten davor, seine leuchtenden Haare mit Tüchern, um nicht gesehen, und wickelte die Hufe Hende-raskas in Lumpen, um nicht gehört zu werden. So stahl er sich im Dunkeln aus dem Schloß der vier Schwestern. Er achtete darauf, weder zum Meere noch in die Berge zu geraten, sondern hielt sich hoch in der Luft zwischen den Wolken. Doch ehe er sich's versah, war sein Hund im Dunst der Wolken verschwunden, und gleich darauf sah er im dichten Nebel seine eigene Hand nicht mehr vor Augen. 'Nur frisch weiter geritten!' dachte er. 'Wolken bedeuten keine Gefahr.' Da merkte er, wie schwarz sich der Nebel um ihn zusammenzog, so finster, als sei alle Hoffnung des Lebens erloschen, und er wollte das Tuch von seinen strahlenden Haaren reißen, um die Dunkelheit zu vertreiben. Aber seine Arme hingen wie tot von seinen Schultern. 'Was mag das sein, das so finster ist, das mich schwächt wie der Tod, mich Unsterblichen?' dachte er. Zum erstenmal griff die Furcht nach Anods Herz. Da ahnte er: 'Nur die Schwarze Dreiheit hat diese Macht!' Und seine Ahnung geriet ihm zur Sicherheit; die Besser Ungenannten – ich werde mich hüten, ihre Namen zu erwähnen – hatten ihn in die Falle der Finsternis gelockt. Allen Grund hatten sie zur Rache, denn Anod war's ja, der mit seinem Leuchten sie aus der Welt einst vertrieb. Jetzt saß er da wie blind und gelähmt und fühlte zwischen seinen Schenkeln Hende-raska, der gleichfalls sich nicht regte. Lange Zeit verging, die er an nichts messen konnte. Er wußte nicht, war er wach, war er tot, oder schlief er? Da kam aus der Finsternis eine weiße Gestalt ihm von weither entgegen: das Mädchen. Und die Finsternis hatte keine Macht über sie, sondern gab ihr Raum, wie sie ging. Sie trat zu Anod und lächelte ihn an – da durchströmte ihn neue Kraft: Er hob die Arme und riß sich das Tuch von den Haaren, damit das Licht in die Welt ströme. Er fühlte: Die Dreiheit der Dunklen Gewalten sank zurück in die Tiefen, aus denen sie sich hervorgewagt hatte. Er atmete die frische Morgenluft und sah die Welt im Sonnenlicht. Doch das Mädchen war und blieb verschwunden.

Dies ist die Geschichte von Anod und Duna, die einander liebten und nie zusammenfanden."

¶

Es war später Nachmittag, und heiß dazu, als sie von fern die Stadtmauer Seedorfs erblickten. Kräuter-Liska zeigte auf eine Linde, die nahe der Straße stand: „Laßt uns dort hinübergehen und etwas rasten."

„Aber da vorne ist doch schon Seedorf!" wandte Sorla ein. Die Frau nickte, lenkte aber schon ihre Schritte zu dem bezeichneten Baum, so daß Sorla wenig übrigblieb, als ihr zu folgen. Aistiken folgte mit dem Fohlen Kennan-glai in einigem Abstand.

„Weshalb ich hier Rast machen will, Sorla, hat folgenden Grund", begann Kräuter-Liska, als sie sich ins Gras unter die Linde gesetzt hatte und Sorla und Aistiken ihrem Beispiel gefolgt waren. „Es heißt Abschied nehmen. Nur du, Sorla, hast in Seedorf eine Aufgabe zu erledigen. Was aber soll Aistiken dort? Sie wird nach Walddorf zurückkehren, wo ihre Eltern ihr einen kleinen Bauernhof hinterließen. Dieses Dorf liegt hier ganz in der Nähe, und ich werde sie dorthin begleiten. Ach ja: auch Kennan-glai wirst du wohl kaum nach Seedorf mitnehmen wollen; er wäre dir nur beschwerlich. Wir nehmen das Fohlen mit uns."

Aber ...", begann Sorla, dem von diesen Neuigkeiten schwindelte.

„Kein Aber, Sorla. All dies ist längst beschlossen. Wir wünschen dir für deine schwierige Unternehmung alles Gute." Sie drückte den Jungen an sich. Auch Aistiken trat mit gesenktem Blick heran; sie strich ihm zart übers Gesicht. Im nächsten Augenblick wandte sie sich mit schroffer Bewegung ab.

Ihm selber war fast zum Weinen. Er rieb sich die Augen, und als er sich wieder Kräuter-Liska und Aistiken zuwenden wollte, waren die beiden verschwunden. Selbst Kennan-glai war weit und breit nicht zu sehen. Wie kann das zugehen, wunderte sich Sorla. Nur die Linde stand da, nahe ihrem Stamm aber, mit einem Zipfel an der Rinde verhakt, lag Aistikens Halstuch.

Durch die Rinde auf und davon, kam es Sorla in den Sinn. Er bückte sich und band das Halstuch um seinen Hals. Dann schüttelte er die Gedanken an seine so seltsam verschwundenen Reisebegleiter ab und sagte sich: „Kräuter-Liska hat recht. Dort vorne liegt meine Aufgabe. Meine Mutter lebt dort gefangen – finden und befreien muß ich sie. Wer außer mir sollte das versuchen? Gewähre Atne mir Glück!" Und er ging zurück zur Straße, Seedorf entgegen.

Die Verteiler des Reichtums

„Hierher, kauft Elfenschönheit in diesen Kräutertees!"

„Eine Münze für einen hilflosen Veteranen, und möge Balyrg dir gnädiger sein als mir!"

„Ganz billig, du starker Krieger; ich bin fast noch Jungfrau!"

„Erstklassige Gebisse aus Buchsbaum geschnitzt! Zubeißen wirst du wie die Steuereintreiber des Herzogs!"

Wenn in Seedorf – trotz seines Namens durchaus eine Stadt – Markttag ist, dann treiben die Bauern der nahegelegenen Gehöfte Schweine, Rinder, Esel und Ziegen herbei, haben die Karren vollgepackt mit Gemüse, Rauchfleisch und Lattenkisten voller Hühner und Gänse; aus Stutenhof und Raghairoms Hof drängen sich Pferde in die vorbereiteten Gatter, grau, stämmig und zäh. Buden sind in langen Reihen aufgestellt; da bietet man kupferne Pfannen und Talismane gegen böse Zauber feil, gefärbte Filzkappen für den modebewußten Bürger und Gewürze aus dem fernen hernostischen Kaiserreich, Schmuck aus dem Silber der heimischen Minen und vorgeblich echte Gnomenstiefel, der Glücksgöttin Atne geweihte Figürchen oder auch Amulette ihres tierhaften Vetters Omschjull, den die Schweinehirten anrufen. In den Gassen drängeln sich Städter und Soldaten, Bauern und Huren. Sie alle wollen ihr Glück machen und versuchen, dessen Preis herunterzuhandeln. Sie bestaunen die Gaukler und beklatschen die Sänger, wehren Bettler ab und betasten sämtliche Waren.

Durch die Menge schob sich Sorla, blondhaarig, schlank, behende, barfuß. Er wirkte ratlos; auf das Treiben der Stadt hatte sein bisheriges Leben ihn nicht vorbereitet. Auch plagte ihn Hunger. Aus den Garküchen und Brätereien duftete es verführerisch, allenthalben wurden ihm Süßigkeiten und frische Fladen entgegengehalten, doch alles kostete ein Dutzend Asing oder gar einen halben Polk. Neben Sorla stritten sich zwei Halbwüchsige, welchen Fladen sie sich gemeinsam leisten wollten.

„Den mit Holundermus natürlich!"

„Nein, den mit Ziegenkäse!"

„Mag ich nicht."

„Egal, ist sowieso mein Geld!"

Da schubste der eine den anderen, daß dieser gegen Sorla taumelte und seine Asingstücke durch den Marktdreck kollerten. Nachdem Sorla geholfen hatte, die Münzen aufzulesen, bedankte sich der Geschubste und eilte seinem Freunde hinterher, der zwischen den Buden verschwunden war. Sorla entschied sich für einen Fladen mit Holundermus. Als er zahlen wollte, stellte er verzweifelt fest, daß der Lederbeutel knapp am Gürtel abgeschnitten worden war und wohl mit den beiden Halbwüchsigen das Weite gesucht hatte.

„Was? Kein Geld?" Der Fladenverkäufer beugte sich erbost über den Tisch, um Sorlas Schulter zu packen, dieser aber duckte sich blitzschnell weg und rannte im Gewühl der Menge davon. Er hörte die Rufe: „Dieb! Stadtwache, hierher!" als er in einer der Seitengassen untertauchte.

Eben bogen zwei Stadtwachen um die Ecke, und schon war Sorla tief hinter ein Regenfaß gesunken. Eng war es zwischen feuchtem Faß und übelriechender Hauswand, doch Sorlas Gedanken waren bei dem Mißgeschick, das ihn – kaum eine Stunde in der Stadt – ereilt hatte. Was tun ohne Geld? Sein Schädel pochte vor Ratlosigkeit.

Plötzlich fühlte er in seiner Hand den wohlbekannten Druck seines Glygi. Er öffnete sie und sah natürlich nichts, denn in Zeiten der Unsicherheit zog es der Glygi vor, unsichtbar zu bleiben. Sorla aber spürte, wie der Stein rund und gewichtig in der Handfläche lag; und nun schien es ihm, als dränge er gegen die Hand, um Sorla ein Zeichen zu geben, eine Richtung zu weisen. Da die Stadtwachen längst vorbeigeeilt waren, kroch Sorla hinter seinem Faß hervor und ging, vom Glygi in seiner Hand geführt, weiter in die Nebengasse hinein.

Was hatte der Gnomenstein vor? Was mochte er wissen? Sorla fiel ein, daß der Glygi sich oft bei den Münzen im Geldbeutel aufhielt, wenn er sich nicht sonst irgendwo herumtrieb. Dann war er womöglich von jenem Beutelschneider mitgenommen worden, war nun zurückgekehrt, um Sorla zu zeigen, wo der Dieb zu finden sei und wo, vor allem, das Geld!

„Danke, Glygi!" flüsterte Sorla und drückte den Stein fester in seiner aufgeregt schweißfeuchten Hand, während er durch enge, holperige Gassen eilte, durch Unrat und Pfützen, vorbei an verfallenen Holzschuppen, vollen Tavernen, reihenweise armseligen Wohnhäusern mit engen Türen, unter deren Querbalken hervor es nach Kohlsuppe und ungewaschenen Menschen roch.

Da öffnete sich die Gasse, und Sorla stand am Ufer des Sees, der dieser Stadt ihren Namen gab: eine weite, blaue Fläche, von der angenehm kühl eine Brise herüberwehte, um Gestank und Schwüle in die Gassen der Stadt zurückzutreiben.

Weit draußen standen Flößer auf zusammengebundenen Stämmen, die sie mit Stangen weiterschoben, und sangen im Takt ihrer Bewegung.

In Sorlas geschlossener Hand drängte der Glygi und holte seine Gedanken zurück ans Ufer. Der Junge folgte dem Gnomenstein, der ihn zu einer Anlegestelle leitete. Ein paar Halbwüchsige umstanden dort etwas, was sie mit ihren Rücken vor Sorla verdeckten. Zwei der Jungen waren ihm bekannt: die Beutelschneider vom Fladenstand, die sich vorgeblich um Holundermus und Ziegenkäse gestritten hatten.

Sorlas erste Regung war, die beiden zur Rede zu stellen, sein Geld zu fordern … doch wenn die ganze Gruppe über ihn herfiel, was dann? Er wollte lieber abwarten. Tatsächlich löste sich eben die Gruppe auf; jeweils zu zweit gingen sie in die Gasse, die zum Marktplatz zurückführte. Um so besser, mit nur zweien wollte es Sorla gerne aufnehmen! Er achtete darauf, in welche Richtung der Glygi drängte – doch seltsam, dieser wies noch immer auf die Anlegestelle. Dort saß, von der Gruppe vorher verdeckt, ein Mann. Neben ihm lag ein Sack, daran gelehnt ein Stock.

Sorla atmete tief durch und beschloß, die Lage zu erkunden, möglichst ohne aufzufallen. Er schlenderte am Ufer entlang, hob einen flachen Stein auf und ließ ihn übers Wasser tanzen, dann weiter hin zur Anlegestelle, wo er sich setzte und hinunter auf die Fische guckte. Ein Blick zur Seite verriet, daß der Mann noch da war. Merkwürdig still saß er dort! Sorla schaute genauer hinüber. Ihn durchzuckte das Wiedererkennen: Im Frühjahr war es gewesen, vor kaum einem halben Jahr, da hatte sich dieser Mann – blind war er, und seine Tochter mußte ihn führen! – Sorlas Reisegruppe angeschlossen, als sie von Fellmtal aufbrachen! Seltsam auch das nächtliche Verschwinden des Blinden mit seiner Tochter damals; fünf Goldmünzen fehlten danach …

Nun, daß er blind war, gab Sorla Hoffnung, seinen Lederbeutel wiederzubeschaffen. Er stand leise auf. Seine Zehen ertasteten die Steine am Boden, die Fußsohlen schmiegten sich vorsichtig dem Geröll an – nichts durfte rutschen, rollen, klappern! Katzengleich bewegte er sich auf den Mann zu, der dort in der Sonne saß, die Augen blicklos geöffnet. Der Glygi drängte bestätigend: Im Sack war das Geld. Immer näher schlich Sorla, dann hob er versuchsweise den Arm, daß sein Schatten über das Gesicht des Blinden huschte – nichts regte sich. Woran wohl dachte der Blinde gerade? An seine Tochter? Lauschte er dem Lied der Flößer? Sorla setzte behutsam den nächsten Fuß vor, da hob der Blinde die Hand. Sorlas Bewegung erstarrte in der Luft. Doch nur die Nase rieb sich der Mann, seufzte behaglich und ließ den Arm wieder sinken. Sorla setzte den Fuß vollends auf, machte behutsam einen letzten Schritt und stand seitlich neben dem Blinden, dicht vor dem Sack. Nicht einmal zugebunden war dieser; es ging nur darum, unbemerkt hineinzugreifen und den Geldbeutel herauszuholen. Der Glygi war bereits verschwunden, wer weiß wohin, als Sorla die Hand öffnete und sie langsam dem Sack entgegenstreckte.

In diesem Augenblick griff der Blinde selbst zum Sack und hätte Sorlas Hand berührt, wenn dieser sie nicht blitzschnell zurückgezogen hätte. Sorla sah mit angehaltenem Atem, wie die Hand des Blinden in den Sack fuhr, herumwühlte und – einen Kanten Brot, einen Rettich und ein Stück luftgetrocknete Wurst herausholte. Brot und Rettich hielt er in einer Hand, die Wurst klemmte er unter den Arm und tastete mit der freien Hand auf dem Boden nach einer sauberen Stelle, wo er das Essen ablegen konnte. Alles war sandig, so legte er Brot und Rettich auf seinen Schoß, die Wurst aber, wohl weil sie so fettig war, auf den Sack.

Sorla beobachtete enttäuscht, wie der Blinde abwechselnd vom Brotkanten, dem Rettich und der Wurst abbiß. Dann aber fiel ihm auf, wie regelmäßig dies geschah. Vielleicht war noch Hoffnung! Kaum ließ der Mann die Wurst wieder los, hatte Sorla sie schon sachte angehoben und fuhr mit der anderen Hand in den Sack hinein. Viel gab es dort zu ertasten! Die Augen auf den Blinden gerichtet, fühlte Sorla zwischen Gegenständen aller Art herum und glaubte schon, seinen Beutel gespürt zu haben, da hatte der Blinde das

Rettichstück gekaut, geschluckt und langte nach der Wurst. Diese lag im selben Augenblick auf dem Sack, als wäre nichts gewesen, und Sorlas Hand war, wenn auch leicht zitternd, außer Reichweite. Kaum war der Weg wieder frei, steckte Sorlas Hand im Sack, ertastete glücklich den Lederbeutel und wollte ihn schon hervorziehen, da war die Reihe erneut an der Wurst.

Einen Versuch noch wollte Sorla wagen, denn er hatte Sorge, jemand könnte kommen und ihn beim Stehlen überraschen. Doch was war das? Die Hand des Blinden blieb, nachdem er von der Wurst abgebissen hatte, auf den Sack gestützt liegen! So kurz vor dem Ziel zu scheitern! Sorlas Blick fuhr umher und fiel auf einige Büschel Gras, die zwischen den Steinen hervorwuchsen. Mit den langen Halmen der Blütenstände hatte er als kleines Kind oft Laschre, seine Ziehmutter, geneckt, indem er sie aus einiger Entfernung am Auge kitzelte – der einzigen Körperstelle, wo sie kitzelig war. Leise tat er einen Schritt zur Seite, zog behutsam einen Grashalm heraus, trat wieder hinter den Blinden und begann, ganz sachte mit dem Halm über den Nacken des Mannes zu streichen, als krabble dort eine Fliege. Tatsächlich hob sich die Hand vom Sack, und während der Mann die Fliege im Nacken zu vertreiben suchte, war Sorlas andere Hand in den Sack gefahren, hatte den Geldbeutel hervorgezogen, unter die Achsel geklemmt und den Wurstrest wieder zurechtgelegt. Das war das Werk fast nur eines Augenblicks, und Sorla atmete stolz durch.

„Sehr geschickt, Sorla! Alle Achtung!" ertönte eine Stimme.

Sorla fuhr so zusammen, daß der Lederbeutel zu Boden fiel. Der Blinde hatte sich ihm zugewandt und musterte ihn mit klaren Augen.

„Wieso kannst du sehen?" stammelte Sorla.

Der Mann beugte sich vor und nahm den Lederbeutel wieder an sich. „Wieso wolltest du den Beutel stehlen?"

„Es ist meiner! Er wurde mir gestohlen!"

„Das mag sein. Jetzt aber gehört er mir, wie du siehst."

„Aber ..."

„Du bist ein kluger Junge, Sorla – bei Ak'men! – und zum Stehlen begabt. Das fiel mir schon damals auf, als wir gemeinsam reisten. Was du soeben vorführtest, war sehr gewandt für einen Anfänger, aber du mußt trotzdem noch viel lernen. Mit einiger Übung und Anleitung kann aus dir ein berühmter Dieb werden! Willst du unserer Zunft beitreten, den 'Verteilern des Reichtums'?"

„Zunft?"

„Sorla, deine Begriffsstutzigkeit zerstört fast den guten Eindruck, den du gerade machtest. Jeder Dieb, der auf sich hält, gehört einer Gemeinschaft an, einer Zunft. Du beginnst als Lehrling und arbeitest dich hoch. Nun?"

„Ich will kein Dieb sein. Gib mein Geld zurück!"

Der Mann holte aus dem Kittel eine Pfeife hervor. Ein schriller Pfiff ertönte, wenige Momente später kamen einige Halbwüchsige aus dem Schatten der Häuser herbeigerannt. Sorla überlegte sich, wie lange sie ihn schon beobachtet hatten, und wollte fliehen. Da fiel sein Blick auf ein Mädchen – die Tochter des scheinbar Blinden. Sie lachte ihm mit blitzenden Augen entgegen: „Wer hätte das gedacht, Sorla! Du hier?"

„Sorla wird Lehrling bei uns werden", sagte ihr Vater.

„Nein! Ich will kein Dieb sein!"

Das Mädchen legte ihren Arm um seine Schulter. „Das dort ist mein Vater, Meister Eidwon. In der Stadt nennen sie ihn Eidwon den Blinden. Schlage sein Angebot nicht aus. Wie sonst willst du hier überleben, Sorla? Ohne Freunde, ohne Geld?"

„Mein Geld ist dort im Sack. Ich will es wieder!"

Meister Eidwon drehte den Sack um und schüttelte ihn; nichts fiel heraus, nicht einmal der Wurstzipfel, den er eben noch hineingesteckt hatte. Die Umstehenden lachten.

❡

Sorla war eine Schlafnische in der Werkstatt des Talglichtziehers Folt zugewiesen worden, dem er vormittags zur Hand ging. Dieses Bett teilte er mit Herl, dem vorgeblich Holundermusversessenen. Nachmittags trafen er und sein Schlafgenosse sich mit Raijinke, der hübschen Tochter Meister Eidwons. Von ihnen wurde Sorla schrittweise in die Kunst des Stehlens eingewiesen, damit er ein würdiges Mitglied der „Verteiler des Reichtums" werde.

„Und wenn ich nicht mehr mag?"

„Ohne Meister Eidwons Erlaubnis verläßt niemand die Gilde, Sorla!“ Herl sah ihn drohend an, Raijinke nickte dazu.

Als Sorla ein Gesicht machte, als schere ihn Meister Eidwons Meinung wenig, erzählten sie ihm Geschichten von abtrünnigen Lehrlingen, die ihren Verrat mit dem Verlust von Gliedmaßen oder gar dem Leben bitter büßten: „Wir sitzen in einem Boot. Wer aussteigt, ertrinkt.“

„Hätte ich das gewußt, wäre ich nicht beigetreten.“

„Zu spät“, lächelte Raijinke.

Schon am ersten Tag mußte Sorla die Rolle des Ungeschickten übernehmen, dem das Geld auf den Boden fällt. Herl dagegen stand hinter dem freundlichen Bauern, der Sorla beim Zusammenlesen half, und schnitt ihm die Geldkatze ab.

Am folgenden Tag erschien Raijinke zum Treffpunkt mit einem Strauß Löwenmäulchen. Herl nickte zustimmend. „Heute darfst du zusehen, Sorla“, sagte er, „und lernen, wozu Blumen gut sind!“

Auf dem Markt hatte Raijinke bald ihr Opfer gefunden, einen feisten Bürger, der seine Geldbörse nicht am Gürtel, sondern vorsichtshalber unter der samtenen Jacke trug und sie immer wieder hervorholte, um sich ihrer zu vergewissern. Raijinke ging geradewegs auf ihn zu, lächelte ihr zweitsüßestes Lächeln und stieß ihm den Strauß unter die Nase: „Blumen, mein Herr! Ganz preiswert heute!“ „Nein danke, mein Kind!“ wehrte der Angesprochene ab, aber sie wedelte ihm weiterhin mit den Löwenmäulchen vor den Augen umher, während Herl, der sich von der Seite genähert hatte, dem Kaufmann blitzschnell unter den Kittel griff, den Geldbeutel hervorzog und in der Menge verschwand. Raijinke zog ihren Strauß zurück, nestelte mit ihrem allersüßesten Lächeln einen einzelnen Stiel aus ihrem Strauß hervor und reichte ihn dem Kaufmann: „Dann nehmt diese Blume geschenkt, edler Herr! Sie soll Euer Knopfloch schmükken!“ Verbeugte sich und war schon im Menschengewühl untergetaucht. Zehn Atemzüge später hörte Sorla, der sich ebenfalls hinter die übernächste Budenreihe verzogen hatte, das Geschrei des Bestohlenen.

Die Beute wurde bei Meister Eidwon abgeliefert; am Seeufer, in einer Trinkstube, manchmal auch in einem aus Stein gebauten Eckhaus nahe dem Marktplatz, in dessen Erdgeschoß eine Wechselstube eingerichtet war sowie eine Ecke mit Mietschreibern und einem Botendienst, dessen Zuverlässigkeit gerade von Kaufleuten hoch gelobt wurde. Meister Eidwon steckte das Diebesgut in seinen Sack, und seltsam, wieviel auch hineingestopft wurde, er wirkte immer fast leer.

¶

Die Lehrlinge der Zunft, auch Sorla, trafen sich jeden zweiten Abend in einer Lagerhalle, um unter der Aufsicht eines Gesellen oder gar Meister Eidwons ihre Geschicklichkeit zu üben. Wenn es um das rasche Zugreifen ging, machte keiner Sorla etwas vor. Auch beim bewegungslosen Ausharren war er unerreicht. Aber hier ging es um mehr. Eine grundlegende Fertigkeit für den Taschendiebstahl war, mit Zeige- und Mittelfinger aus fremden Taschen Wertsachen zu fischen, während die anderen drei Finger der Hand die Tasche auseinanderhielten. Einem Zunftgenossen mußten auf solche Weise Püppchen, an denen Glöckchen und Schellen befestigt waren, geräuschlos aus den Taschen gezogen werden. Eine weitere Übung zur Behutsamkeit war, jemandem die geschnürten Fußlappen aufzuknoten und loszuwickeln, ohne daß er es spürte. Einmal, als Sorla diese Übung aufmerksam verfolgte, wehte es ihm kalt um die Beine – Herl hatte ihm die Hose heruntergelassen, und Sorla war es nicht aufgefallen.

„Einem Dieb darf das nicht passieren, Sorla!“ lachte Raijinke, während er sich schamrot das Beinkleid hochzog.

Dies mochte einem Dieb ja nützen, aber was Sorla wirklich gefiel, waren die Übungen in Stockfechten, waffenlosem Kampf und Entfesselung. Danach wurden lehrreiche Geschichten erzählt, in denen berühmte Diebe elegante Lösungen für verzwickte Probleme fanden. Oft kramte Meister Eidwon dabei in seinen Erinnerungen. Einmal war er in Agra Zeuge, wie der hernostische Meisterdieb Tokaglur …

„Tok-aglur?“ entfuhr es Sorla.

Meister Eidwon bedachte ihn wegen dieser Störung mit einem strafenden Blick, nicht ahnend, daß er eben Sorlas verschollenen Vater erwähnt hatte, und fuhr fort:

„Jener Tok-aglur – ein Liebling Ak'mens – war besessen von dem Wunsch, die geheimen Katakomben von Kriteis zu plündern, die es meiner Meinung nach gar nicht gibt. Nun glaubte er zu wissen, daß schriftliche Hinweise darüber, vielleicht auch eine Karte, in der Bibliothek des Grafen von Agra versteckt seien. Einfach hinzugehen und ihn zu bitten, in diese Schriftstücke Einblick nehmen zu dürfen, war jedoch nicht möglich, da der Graf seine Bücher noch eifersüchtiger hütete als seine Liebessklavinnen. Tatsächlich waren die Bücher im selben Seitenflügel untergebracht wie die Gemächer seiner Gespielinnen und ebenso wenig von außen zugänglich."

„Außen hochklettern und durchs Fenster", warf Herl ein.

Meister Eidwon verwies ihm das vorlaute Hereinreden. „Die Fenster waren natürlich vergittert. Tok-aglur verfiel auf einen Plan, zu dessen Durchführung er jedoch die Hilfe der ortsansässigen Diebeszunft benötigte, der 'Großzügig Nehmenden'. Ich leitete dort als junger Meister einen ganzen Stadtteil, doch fühlte ich mich geehrt, dem großen Tok-aglur zur Hand gehen zu dürfen. Zunächst beauftragten wir eine Dienerin im Schlosse des Grafen, die unserer Zunft verpflichtet war, den Liebessklavinnen täglich besonderes Naschwerk zukommen zu lassen. Davon wurden die Mädchen träge, mißgelaunt und jeglichem Liebesspiel abgeneigt. Zwei Wochen ging das so.

Der gräfliche Kämmerer hatte schon alle Ärzte in Agra zu Rate gezogen – natürlich ohne Erfolg, weil der eifersüchtige Graf sie nicht mit den Mädchen sprechen lassen wollte. Nur einer wäre klug genug gewesen, die wahre Ursache herauszufinden, doch dieser wurde von uns bewegt, eine Zeitlang die Stadt zu verlassen. Als nun der hochberühmte Arzt Alaf Mu sein Zelt auf dem Marktplatz aufschlug, wurde er sofort vom Kämmerer aufgesucht. Und der Arzt konnte ihm Heilung der Mädchen und Linderung der gräflichen Not versprechen, auch ohne die Mädchen zu untersuchen und zu befragen."

„Der Arzt war Tok-aglur, richtig, Vater?" rief Raijinke.

„Ich selbst war es. Ich pries dem Kämmerer ein Liebesbett an, dessen innewohnende Zauberkraft jeden, der ihm nachts auch nur nahekomme, zu heißester Leidenschaft beflügle. Am selben Abend schon trugen zwei meiner Gesellen dieses Bett ins gräfliche Schloß und stellten es unter meiner Anleitung im Seitenflügel auf. Natürlich hatten die Liebessklavinnen unterdes ganz anderes Naschwerk erhalten, das ihre Mißgestimmtheit aufhob und den aufgestauten Liebeshunger neu auflodern ließ. Als nachts der Graf bei ihnen erschien, genoß er zunächst zwei erfreuliche Stunden; dann aber setzten ihm die Mädchen noch immer dermaßen zu, daß er sich zur Erholung zurückzog. Am nächsten Tag war er froh, als wir das Bett wieder abholten, freute sich zu hören, daß die Trägheit der Mädchen auf Dauer behoben sei, ihre Leidenschaft aber in Zukunft wieder auf ein erträgliches Maß zurückgehen werde, und zahlte mir bereitwillig die ausgehandelten drei Eflem, womit auch die Gilde der 'Großzügig Nehmenden' ihren Sold erhalten hatte."

„Und Tok-aglur?" fragten mehrere zugleich.

„Das Bett war hohl. So ließ sich Tok-aglur unbemerkt von uns ins Schloß tragen. Er mußte im Versteck ausharren, bis der Graf sich entfernte. Als er dann hervorkam, waren die Mädchen eher freudig überrascht als erschreckt, denn Tok-aglur ist ein gut aussehender Mann, und sie ließen ihn auch nicht sofort gehen. Von ihnen erfuhr er, daß die Tür zur Bibliothek des Grafen sich nur öffnet, wenn man die daneben stehende Bodenvase dreht, und so waren alle zufrieden. Am Morgen trugen wir Tok-aglur wieder aus dem Schloß. Die Karte hatte er glücklich entwendet, und sein Eindringen wurde nie bemerkt. Neun Monate später wurde dem Grafen ein Sohn geboren – doch wer weiß, ob er der Vater war?"

„Meister Eidwon?"

„Sorla?"

„Ich kam nach Seedorf aus anderen Gründen, als den Verteilern des Reichtums beizutreten. Was muß ich tun, um die Gilde wieder zu verlassen?"

„Du mußt dein Gesellenstück machen. Aber das kann Jahre dauern."

„Ich bin geschickt und klug."

„Ich lasse mich gerne überzeugen."

„Ich werde eine Frau aus dem Hause Ivalys befreien. Das soll mein Gesellenstück sein.“

„Ivaly ist mächtig, sein Haus eine Burg. Ist dir meine Erzählung zu Kopfe gestiegen? Du bist nicht Tok-aglur.“

„Ich bin Tok-aglurs Sohn, Meister Eidwon.“

Geburt der kleinen Schlange

Seit Tagen überlegte Sorla, wer ihm bei seinem Vorhaben beistehen könnte. Dessen Gelingen kam ihm immer unwahrscheinlicher vor, je öfter er sich Ivalys Anwesen von außen ansah; hohe, fensterlose Mauern, das Tor geschlossen und von zwei Wachen gesichert. Selbst Tok-aglur hatte Hilfe benötigt, als er in die Bibliothek des Grafen von Agra eindrang!

Ihm fiel Pitrak ein. Dessen Schwiegersohn Gerdolnek hatte Markreske beauftragt, ihn zu töten. Doch wenn Sorlas Versuch, den Zauber auf Gerdolnek umzuleiten, indem er die Haare austauschte, geglückt war, dann lebte Pitrak noch und hatte allen Grund, Sorla dankbar zu sein.

Er fragte Raijinke, die ihn groß ansah. „Pitrak? Der mit Gewürzen handelt?"

„Ich kenne nur den Namen."

„Von dem laß die Finger, Sorla. Der ist für uns kleine Diebe eine Nummer zu groß."

„Ich will ihn nur sprechen, nicht bestehlen."

Raijinke zuckte die Achseln, doch sie ließ sich überreden, ihn hinzuführen. Es war ein aus Stein gebautes Eckhaus nahe dem Marktplatz, wie es sich nur ein Reicher leisten konnte. Einen Laden, wo man Gewürze feilbot, gab es nicht. Allerdings konnte Sorla durch ein Tor sehen, wie im Innenhof Warenballen aus einem Fuhrwerk geladen und weggetragen wurden. Ein älterer Mann stand dabei und notierte die Mengen auf einer Schiefertafel. Als Sorla durchs Tor gehen wollte, um ihn anzusprechen, versperrte ihm ein bisher tatenlos Dabeistehender den Weg: „Kein Durchgang!"

„Aber ich will nur ..."

„Du gehörst zur Diebesgilde, ich kenne dein Gesicht."

„Aber ..."

„Sag Eidwon, er soll die Abmachung einhalten und uns nicht belästigen!"

„Aber ..."

Da fand sich Sorla unsanft auf die Straße befördert wieder.

❡

Wen kannte er noch? Ihm fiel die Gütige Nufre ein, die im Gefängnis saß, wie die Gnome berichteten. Helfen konnte sie ihm nicht, aber sie war freundlich zu seiner Mutter gewesen.

Das Gefängnis war ein Anbau an das Haus der Stadtwache – nahe dem Marktplatz – und nur durch dieses zu betreten. Sorla zog es vor, draußen zu bleiben, denn wer weiß, ob auch die Stadtwachen schon sein Gesicht kannten! Er sah sich die lange Reihe der Fenster an, die sich so dicht über den Pflastersteinen öffneten, daß ein Hund hineinpinkeln konnte. Schmal waren sie, doch hätte man hindurchkriechen können, wenn nicht jedes mit einer Eisenstange in der Mitte unterteilt gewesen wäre.

Versuchsweise flüsterte Sorla Nufres Namen, was aber vom Lärm des nahen Marktplatzes übertönt wurde. Rufen wollte er nicht, also sang er, während er am Gebäude scheinbar gleichgültig entlangschlenderte, Worte, die Nufres Aufmerksamkeit erregen mochten: „Taina ist 'ne schöne Frau", „Mein Spiegel, der kann sprechen" und ähnliches. Nichts geschah, außer daß zwei unter ihren Körben vorüberwankende Marktweiber ihn mißtrauisch anblickten.

Auch auf der Rückseite des Gebäudes, in einer stillen Nebenstraße, waren Fenster; und tatsächlich, gerade als Sorla unter dem Singsang „Zwei Dremke, zwei Dremke" Spatzen vor sich herscheuchte, die sich um Pferdeäpfel stritten, hörte er aus einem der Fenster: „Will einer was von mir?"

Sorla bückte sich: „Nufre?"

„Behalt dein Geld, Süßer, ich kann nicht raus."

Doch als Sorla ihr erklärte, daß er der Junge war, den sie vor einem halben Jahr getroffen hatte, war sie gerührt, und als er sie nach Taina fragte, fing sie an zu weinen: „Ach, Taina! Umsonst hielt ich sie versteckt, der böse Ivaly fand sie doch! Jemand warnte mich noch: 'Taina kannst du sowieso nicht retten; also verschwinde, bevor sie dich ins Gefängnis werfen!' Aber ich blieb; ich wollte ihr helfen. Ich bin zu gütig, das ist es."

„Bis später!" Damit war Sorla aufgesprungen, denn zwei Männer der Stadtwache bogen um die Ecke.

❡

In den folgenden Tagen besuchte Sorla Nufre mehrfach, doch ergab sich keine Gelegenheit mehr zum Gespräch. Ansonsten ging er seiner täglichen Arbeit als Dieb nach und hielt Augen und Ohren offen, um einen Weg zu finden, wie er Taina befreien könne.

Er traf Kurfis, den starken Sohn des Fellmtaler Schmieds, als dieser gerade einen Beutel Münzen ausgehändigt bekam, und Raijinke zog ihm von ferne ein Gesicht, weil er den Kerl umarmte, ohne ihm dabei das Geld abzunehmen. Kurfis packte ihn am Arm und zog ihn zu einer Trinkbude, wo er einen Krug Met für zwei bestellte.

„Hast du deine Mutter gefunden, Sorla?“ fragte er, sich den Schaum vom Munde wischend.

„Nein. Aber Nufre, du erinnerst dich?“

Kurfis lachte, wurde aber ernst, als er hörte, daß sie im Gefängnis saß und aus welchen Gründen. Er stand auf. „Zeig mir das Gefängnis!“

Die Eisenstange an Nufres Fenster betrachtete er mitleidig lächelnd. „Und nun zeig mir Nufres Pferdewagen!“ Sorla zog die Achseln hoch, da ertönte Nufres Stimme durch das Fenster: „Mein Wagen steht noch im Gasthof zum Durstigen Bergmann. Aber was wollt ihr damit?“

Da mußten sie schon weitergehen, weil ein Trupp der Stadtwache näherkam. Unterwegs fragte Sorla, was Kurfis eigentlich vorhabe.

Kurfis grinste. „Ich will eine Sage von Hemul nachspielen, dem Gott der Schmiede, wie er die schöne Bergfee aus dem Eisenzauber befreite.“

„Und wie willst du das anstellen?“

„Es ist ganz einfach. Du wirst sehen.“

Beim Gasthof zum Durstigen Bergmann sahen sie den Wagen Nufres im Innenhof stehen. Als Kurfis sich ihm näherte, kam ein Mann aus dem Stall: „He, was wollt ihr?“

„Den Wagen abholen, das Pferd natürlich auch.“

„Der Wagen steht als Pfand da; die Miete ist noch nicht gezahlt.“

„Hier kommt das Geld.“ Kurfis bezahlte aus seinem Beutel das Verlangte, wobei er auf anderthalb Kerosi aufrundete. „Ich hoffe, ihr habt das Tier nicht verhungern lassen!“

Der Mann schüttelte den Kopf, führte aus dem Stall das Pferd heraus und schirrte es an. Kurfis und Sorla sprangen auf den Kutschbock und fuhren in Richtung Stadtwache zurück. Während Sorla den Wagen lenkte, stöberte Kurfis hinter der Plane herum. Kurz bevor sie bei der Stadtwache ankamen, kroch er wieder hervor, mit einem aufgerollten Seil am Arm: „Fahre zu Nufres Fenster, aber nicht zu dicht!"

„Soll das Pferd die Stange herausreißen, Kurfis?"

Kurfis lachte. Als sie in die stille Nebenstraße hinter dem Gefängnis einbogen und am Fenster Nufres ankamen, sprang er vom Wagen. Eine Hand stemmte er gegen die Mauer, mit der anderen Hand packte er die Eisenstange und zog. Beim ersten Ruck rieselte Mörtel, die Stange bog sich. Mit dem zweiten Ruck hatte Kurfis die krumme Stange aus dem Mauerwerk gerissen, ließ nun das Seil durchs Fenster hinunter und rief: „Halt dich gut fest!" Schon zog er an, es erschienen, das Seil umklammernd, Nufres Hände, Arme, Kopf, der restliche Körper.

„Jetzt aber fort!" Damit warf Kurfis Nufre auf den Wagen und zog sich selber hinauf, während Sorla sich mühte, das Pferd zu rascherer Gangart zu bewegen.

„Laß mich ran!" hörte er von hinten. Schon kletterte Nufre neben ihn, ergriff die Zügel, schnalzte mit der Zunge, und ab ging es, zunächst eine Nebenstraße entlang holpernd.

„Komm unter die Plane, Sorla!" Mit diesen Worten zog Kurfis ihn rücklings vom Kutschbock. „Keiner braucht uns auf Nufres Wagen zu sehen!" Während Sorla sich im Wageninnern hochrappelte, ärgerte er sich, daß er selber nicht daran gedacht hatte.

„Wenigstens kam niemand vorbei, als wir am Fenster waren", rief er Kurfis zu, um das Rumpeln der Räder zu übertönen.

„Und wenn schon!" rief Kurfis zurück. „Wenn die Stadtwache gekommen wäre – so rasch hätten die gar nicht laufen können mit ihrer Rüstung und allem!" Er grinste. „Einmal Hemul zu spielen, das war's wert!"

„Und wenn sich die Eisenstange nicht gebogen hätte?"

„Sorla, du hast kein Zutrauen zu Hemul! Dann hätte ich gerüttelt, bis sich ein Stein aus der Mauer lockert."

„Hat er auch das Gitter aus dem Fenster gerissen? Einfach so?"

„Einfach so." Kurfis lachte.

Das hatte nichts mit Glück oder List zu tun, dachte Sorla, sondern war eine Frage schierer Muskelkraft. Auf diese Weise konnte Sorla jedenfalls Taina nicht befreien. Ivalys Anwesen war besser bewacht und Sorla nicht so stark. Andererseits: die rasche Entschlossenheit, der Mut, die Umsicht, die Kurfis gezeigt hatte, daran wollte sich Sorla ein Beispiel nehmen.

¶

Ohne angehalten zu werden, rasselten sie durch das südliche Tor und eine halbe Stunde weiter die Alte Straße am Fluß Eldran entlang, dann bog Nufre in einen Fuhrweg ein, bis der Wagen von der Straße aus nicht mehr zu sehen war.

„Kommt raus!“ rief sie. Die beiden Jungen krochen hervor und wurden umarmt und abgeküßt. Dann erst sahen sie einander richtig ins Gesicht. Nufre war magerer geworden, doch blitzten ihre Augen fröhlich wie eh und je. „Daß ihr mir helft, wo ihr mich nur einmal gesehen habt! Wie heißt ihr überhaupt?“

„Ich bin Kurfis, Sohn Kelgins aus Fellmtal.“

„Und ich heiße Melsek“, fügte Sorla hinzu. Kurfis sah ihn erstaunt an. Sorla wollte aber nicht erklären müssen, daß er der Sohn Tainas war und in jener Nacht seine eigene Mutter nicht erkannte. Außerdem, falls Nufre von ihrer Befreiung erzählte, wäre Ivaly bald gewarnt. Nufre schien seine Zurückhaltung zu spüren, denn sie versicherte, trotz ihrer angeborenen Gesprächigkeit nichts auszuplaudern: „Das wäre ein schlechter Dank, ihr Lieben!“ Nun kramte sie Eßbares aus ihren Kisten. Bei Hartwurst, Zwieback, Speck und Wasser vom Bach besprachen sie das Erlebte, und Nufre überschüttete vor allem Kurfis mit soviel Lob, daß er vor Stolz schwitzte.

Zwischendurch erwähnte Nufre einiges, dessen Wichtigkeit Sorla spürte, auch wenn er vergeblich versuchte, daraus Schlüsse zu ziehen. Erstens: Ivaly war ein alter Mann und wirkte nicht, als begehre er Taina als Geliebte für sich. „Wozu dann?“ fragte Kurfis. Nufre hob ratlos die Hände; sie konnte sich einen anderen Grund nicht vorstellen. Zweitens hatte Ivaly ähnliche Ohren wie Taina: fast so spitz zulaufend wie die der Elfen.

„Ein Sidh also wie Taina auch", warf Sorla ein.

„Was du alles weißt, Melsek!"

Drittens: In Ailat-Stadt hatte Taina zunächst einige Zeit im Hause des Kaufmanns Hafendis gelebt, der mit seinem roten Bart und den blonden Zöpfen jedem dort bekannt war. Um ihre Liebe zu gewinnen, überschüttete er sie mit Geschenken, stellte ihr Sänftenträger und versuchte, ihre Wünsche zu erraten. Sie aber trauerte Sorla nach, den sie an Laschre verloren hatte. Da reiste er zum Gnomfluß, um Laschre aufzusuchen. Er blieb in der Wildnis verschollen. Taina war inzwischen knapp einem Versuch Unbekannter entkommen, sie aus Hafendis' Haus zu entführen. Sie mußte ein neues Versteck suchen und landete bei Nufre, die sie ausgerechnet nach Seedorf mitnahm, wo Ivaly auf sie aufmerksam wurde.

„Wieso sind alle hinter Taina her?" fragte Kurfis.

„Sie wußte es selbst nicht", sagte Nufre. „Was mich betrifft, ich fahre zurück nach Ailat-Stadt, bevor sie mich wieder kriegen."

Kurfis bot ihr an, sie bis Fellmtal zu begleiten, was sie freudig annahm. Seine Geschäfte in Seedorf waren sowieso erledigt. Sorla aber wollte nach Seedorf zurückkehren und machte sich nach herzlichen Umarmungen auf den Weg.

„Alles Gute, Sorla!" rief ihm Kurfis nach. Und dann ein betroffenes „Oh Mist!"

„Sorla? Tainas Sorla? He, komm zurück, Sorla!"

Sorla wandte sich nicht mehr um; was jetzt an ausführlichen Erklärungen notwendig war, überließ er seinem unvorsichtigen Freund.

¶

Das Stadttor war schon in Sicht, da trat aus dem Gebüsch am Straßenrand ein Mann und winkte. Sorla näherte sich ihm zögernd und erkannte Thesel, den Vogelsteller.

„Thesel, was ..."

„Komm schnell rüber, Sorla, wenn du nicht geschnappt werden willst!" War das eine Falle? Dann erinnerte sich Sorla, wie Thesel, obwohl er so geldgierig und feige wirkte, damals versucht hatte, die Kannen mit dem Branntmalzgetränk zu vertauschen, um ihre

Freiheit zu retten; er folgte Thesel ins Gebüsch.

„Hier, zieh dich um!" Damit holte der Vogelsteller aus einem Sack Mädchenkleider in der landläufigen Tracht.

„Wieso ...?"

„Du hast zu lange auf dem Kutschbock gesessen, dummer Kerl! Ivaly hat eine Belohnung ausgesetzt; die Stadtwache ist versessen darauf, dich zu finden. Du bist recht gut beschrieben."

„Was soll ich denn getan haben?"

„Seit Tagen machst du dich an Nufres Fenster zu schaffen, oder? Doch jetzt beeil dich und zieh diese Sachen an!"

Sorla war verwirrt. Wie kam Thesel dazu, ihn zu beobachten? Und konnte er sich diesem Vogelsteller anvertrauen?

„Willst du nicht diese Belohnung, Thesel?"

„Nein, aber ich werde dir das jetzt nicht erklären. Wenn ich dich verraten wollte, hätte ich nur am Tor auf dich zeigen müssen."

Sorla nickte und tat wie geheißen. Zuletzt band ihm Thesel noch ein Kopftuch um, das seine blonden Haare versteckte: „So, jetzt bist du meine Nichte Elis aus Tise, nein, besser aus Stutenhof, da kennst du dich wenigstens aus!" Damit schulterte er zwei Käfige, in denen ein paar Dutzend Singvögel ängstlich umherflatterten, und gab den Sack Sorla zu tragen. Wie sie aus dem Gebüsch treten wollten, drehte sich Thesel überraschend und fragte: „Wie heißt du?"

„Äh, äh, ..."

„Elis, du Dummkopf, und du kommst aus Stutenhof." Am Stadttor wurden sie von zwei Stadtwachen angehalten: „Wer seid ihr, was wollt ihr?"

„Thesel der Vogelsteller, Herr Hauptmann. Ich kehre heim vom Vogelfang. Das ist meine kleine Nichte aus Stutenhof."

„Eine hübsche Nichte, nicht wahr?" Das galt dem zweiten Wächter, der grinsend nickte. „Wir sollten sie auf die Wachstube mitnehmen, oder?"

„Ein guter Witz, Herr Hauptmann", bemerkte Thesel unterwürfig, „können wir jetzt weiter?"

„Halt!" meldete sich der andere Wächter. „Wenn du aus Stutenhof bist, kennst du das 'Bunte Pferd'?"

Sorla nickte mit gesenktem Blick.

„Wie heißt die älteste Tochter des Wirtes? Sag auch, wie sie ihr Geld verdient!" Er stieß seinem Freund den Ellbogen in die Seite.

„Sie heißt Pulve. Sie bekommt viele Geschenke von den Gästen." Die beiden Wächter lachten.

„Können wir jetzt weiter?" versuchte Thesel sich wieder bemerkbar zu machen. Der eine nickte, der andere aber, plötzlich mißtrauisch geworden, hob die Hand:

„Nicht so hastig! Wozu trägt deine Nichte einen Dremke am Finger? Will sie sich als Mann aufspielen, oder was?" Sorlas Herz raste. Aber es gelang ihm, mit scheuer Geste auf seinen Ringfinger zu zeigen, ohne daß die Hände zitterten.

„Mein Freund ...", meldete er sich mit heller Stimme. „Als er fort mußte, gab er mir diesen Ring."

„Dein Freund mußte fort?" spottete der andere Wächter, der noch immer vor sich hin kicherte. „Er kommt wohl nicht so bald zurück?"

„Er sagte, er wolle Soldat werden und so rechtschaffen wie Setoq."

„Setoq? Ja, wenn das so ist ..." Verlegen winkte der Wächter Thesel mit seiner Nichte weiter.

¶

„Ein grober Fehler", schalt Thesel sich selbst. „Wie konnte ich den Dremke übersehen!" Dann aber lobte er Sorla für dessen Geistesgegenwart und meinte: „Meister Eidwon könnte stolz auf dich sein."

„Woher weißt du so viel über mich?"

„Schließlich waren wir Reisekameraden, Sorla."

„Bist du wirklich Vogelsteller?"

„Was sonst? Übrigens: es wird dunkel. Wo willst du heute nacht schlafen? Ich würde dir nicht raten, zu deiner Gilde zu gehen – bei der Belohnung. Kennst du sonst jemanden, der dich aufnehmen würde?"

„Nein, außer Pitrak vielleicht. Aber ich komme nicht an ihn heran."

Thesel war erstaunt. „Pitrak? Der Großhändler in Gewürzen?" Als Sorla nickte, sagte er: „Das werden wir sofort regeln. Ihm kannst du vertrauen."

Am Tor zu Pitraks Haus stand wieder jener Mann, der Sorla den Zutritt verweigert hatte. Thesel ging auf ihn zu, der Mann grüßte höflich.

„Höre, Mamet, bring dieses Mädchen zu Pitrak!"

„Thesel, ich kenne den Jungen. Er ist ein Dieb!"

„Ich weiß, Mamet. Tu, wie ich gesagt habe."

Der Mann nickte, nahm Sorla am Arm und zog ihn ins Haus, bevor dieser sich noch bei Thesel bedanken konnte. Nie zuvor hatte Sorla ein solches Haus betreten; da lagen Teppiche auf sauberem Holzboden, zum ersten Stock führte eine breite Treppe mit geschwungenem Geländer, an der Wand waren Leuchter befestigt, mit Kerzen, die nicht rußten; und als Sorla ins Zimmer Pitraks geführt wurde, fiel ihm ein großer Strauß Herbstblumen auf dem Tisch auf. Daneben stapelten sich Bücher und lose Papiere, hinter denen der ältere Mann saß, den Sorla mit der Schiefertafel gesehen hatte.

„Nun, Mamet?"

„Herr, diesen Jungen schickt Thesel zu dir. Aber ich möchte dich warnen, er ist ein Dieb!"

„Wenn Thesel ihn schickt, wird es seine Richtigkeit haben. Du kannst gehen, Mamet."

Als der Türsteher fort war, winkte Pitrak Sorla, er solle sich neben ihn setzen: „Nun? Wer bist du, und was willst du?" Sorla begann zu erzählen, zunächst von Nufres Befreiung und wie Thesel ihm beistand, durchs Tor zu gelangen.

„Ein fähiger Mann", nickte er. „Wenn wir nur mehr solche hätten!"

„Ist er wirklich nur Vogelsteller?"

„Mein lieber Junge. Es gibt nur wenige Menschen, die nicht mehr sind als sie scheinen – im guten wie im schlechten Sinne. Wir alle haben unsere geheimen Ziele und Aufgaben. Du bist sicher nicht nur ein Dieb, oder? Sonst hätte Thesel dich mir nicht empfohlen. Oder dein Freund Kurfis: hättest du geahnt, was in ihm steckt? Ivaly andererseits, der Nufre hinter Gitter bringen ließ, ist sicher nicht der harmlose alte Sidh, der hier seinen Lebensabend verbringen will. Erzähle mir mehr über diese Taina!"

Nun kam Sorla auf seine Kindheit am Fluß zu sprechen – Pitrak unterbrach ihn nicht, hörte aber mit wachsendem Erstaunen zu –

und darauf, daß er seine Mutter schon lange finden wollte und jetzt aus Ivalys Hand befreien müsse. „Deshalb wollte ich vor Wochen schon um Eure Hilfe bitten!"

„Wieso gerade mich? Hatte dir Thesel das geraten?"

„Nein. Aber lebt Gerdolnek noch?"

„Mein Schwiegersohn? Nein, er starb vor bald einem Jahr. Ein seltsames Leiden mit gräßlichen Schmerzen. Hatte er dich geschickt?"

Sorla erzählte ihm von Markreske; wie Gerdolnek Pitraks Tod wünschte und wie Sorla die Haare vertauschte. Pitrak saß starr und aufrecht, die Finger krampften sich um seine Knie, daß die Knöchel weiß hervortraten. Erst als Sorla geendet hatte, flüsterte er: „Gerdolnek! Das erklärt vieles." Dann besann er sich und wandte sich Sorla zu: „Daß ich dir mehr zu danken habe, als ich je vermag, ist mir bewußt. Ich kann jetzt keine großen Worte machen, auch hast du mir viel zu denken gegeben. Man wird dir ein Zimmer herrichten, wo du schlafen kannst, zu essen, auch ein Bad, was immer du brauchst. Morgen sprechen wir uns wieder."

Sorla fiel ins Bett wie erschlagen. Er war müde von dem langen Tag, den Erlebnissen, dem Fußmarsch zurück nach Seedorf. Es hatte ihm aber gut getan, sich auszusprechen. Nicht alles hatte er erzählt, nichts von der Schlangenhaut beispielsweise, nichts vom Glygi, aber soviel wie sonst zu keinem seit langem.

Die Nebel in den Auen des Norfell-Flusses wogten vertraut im Mondlicht. Zwischen den Binsen gluckste das Wasser. Vor den nachtdunklen Himmel schob sich noch dunkler der riesige Kopf, züngelnd, wiegend, im Kreis um Sorla. Nun fiel das Mondlicht auf den Leib der Schlange, die Schuppen glänzten und erloschen in der Bewegung.

„Der dritte Herbst ist gekommen, kleines Ei."

Sorla nickte. Drei Jahre war es her, seit er in den Norfell-Auen übernachtete und die Schlange ihn als Ei annahm.

„Nun ist es Zeit, aus dem Ei zu schlüpfen, kleine Schlange." Bedrohlich wölbte sich der Kopf über ihm, fuhr herunter und biß zu.

Da war der Riß in der Eischale, er wand sich hinaus, war frei, schlängelte davon. Wohin? Durch Binsen zuerst, durch Nebel, Wolken, weit über Land, denn Taina war ihm im Sinn. Da war schon Seedorf, dort hinten die Mauer von Ivalys Anwesen. Das Tor war mit Eisen beschlagen und bot doch Ritzen und Spalten, breit genug. Dann der düstere Torweg – waren die Wächter blind, daß sie die Schlange nicht vorbeigleiten sahen? Weiter, durch den Garten hinüber ins Haus, wo im ersten Stock ein Fenster erleuchtet war. Zwei Männer saßen dort und unterhielten sich; einer alt, hager, mit schütterem Bart und den spitzen Ohren der Sidh – Ivaly. Der andere war Stiousto, freundlich, doch neben ihm lag das Peitschchen. Eben schob Ivaly einen Geldbeutel über den Tisch zu Stiousto: „Alle Unermüdlichen sind bezahlt!" Die kleine Schlange wartete nicht länger, sie suchte Taina in allen Räumen des Hauses. Diener waren da, schlafend oder arbeitend, auch Wachen auf ihren Posten. Nur die Hunde blickten kurz auf, als die Schlange vorüberhuschte. Nirgends im Hause war Taina. Weiter hinten im Garten gab es einen Turm, eher breit als hoch, halb versteckt von alten Bäumen. Geschwind schlüpfte die Schlange durchs Gras hinüber, unter der Tür, zwischen den drei Wächtern hindurch, welche Karten spielten und gähnten, den engen Gang entlang zum großen Raum mitten im Turm. Doch das Ziel lag tiefer, das spürte die Schlange. Sie kroch die Wendeltreppe hinab und durch die Halle hinein in das verschlossene Zimmer, wo Taina auf einem niedrigen Bett schlief. Ach Mutter, atmete die Schlange und verkroch sich im dichten, blonden Haar Tainas.

Der Trank der völligen Auslöschung

„Ivaly", sagte Pitrak beim gemeinsamen Frühstück, „ist fast so schlimm wie sein Bruder Atelbe in Brindhal."

„Atelbe?" fragte Sorla mit vollem Mund.

„Von der großen Welt weißt du wenig, nicht wahr? Nun, du bist ein Kind, auch wenn ich Grund habe, dich wie einen Erwachsenen zu behandeln. In Brindhal, der Hauptstadt Sidhlands, herrschte früher das Fürstengeschlecht Liarstil. Vor ungefähr dreißig Jahren übernahm dort Atelbe die Macht. Viele wissen von seiner Geldgier und Heimtücke zu berichten; was aus dem Geschlecht der Liarstil wurde, kann man nur vermuten."

„Wie hat Atelbe das geschafft?"

„Atelbe arbeitet mit Betrug und Erpressung, vor allem aber stützt er sich auf sein Heer der Kaltblütigen. Diese Soldaten fürchten nicht den Tod, und manche sagen, das liege daran, daß sie längst tot sind."

Sorla wackelte mit den Zehen in den neuen Stiefeln, die ihm Pitraks Haushälterin vors Bett gestellt hatte, so daß er sie beim Aufstehen fand. Er erinnerte sich, letzte Nacht von Stiousto geträumt zu haben, jenem Zauberer, der den Toten das Gehen einpeitschte. Auch Ivaly fiel ihm ein, das Haus, der Garten, der Turm mit Taina.

„Ich will meine Mutter befreien."

„Ich habe darüber nachgedacht. Wie es hinter den Mauern aussieht und wo deine Mutter zu finden ist, kann ich dir nicht sagen."

„Ich weiß den Weg."

„Wahrhaftig? Dann bleibt nur die Schwierigkeit, unbemerkt Ivalys Anwesen zu betreten und wieder zu verlassen. Man müßte unsichtbar sein. Am besten werden wir Krolololobe aufsuchen."

„Ein seltsamer Name."

„Krolololobe stammt nicht aus dieser Gegend.

„Und was ist sein Fach?"

„Schwer zu beschreiben; ich würde ihn einen Zauberer nennen, wenn er nicht so völlig anders wäre. Aber umsonst tut er auch nichts. Sieh ihn dir an."

❡

Sie betraten das führende Waffen- und Rüstungsgeschäft am Markt, ein weitläufiges Gewölbe mit vielen Nischen, Regalen und Warentischen. Ein lederbeschurzter Waffenschmied, der am Scharnier eines Brustpanzers herumbosselte, wandte sich nicht einmal um, als Pitrak ihn ansprach, sondern deutete mit ungefährer Armbewegung tiefer in das Gewölbe hinein, wo sich ihnen ein wohlgekleideter Mann näherte: „Ah, Pitrak selber gibt uns die Ehre. Was führt Euch her?"

„Wir wollen Krolololobe sprechen."

„Ich fürchte, daß er wenig Zeit hat. Wir haben gerade einige sehr interessante Schwerter erhalten, und Krolololobe ist mit ihrer Prüfung beschäftigt. Aber kommt doch bitte mit." Damit führte er sie einige Stufen hinab zu einem Raum, hell erleuchtet und behaglich mit Decken ausgelegt. Dort saß auf dem Boden ein kleiner Mann mit fremdartigen Gesichtszügen und hielt vor sich auf den Knien ein reich verziertes Krummschwert. Seine Augen waren offen, doch so verdreht, daß nur das Weiße zu sehen war.

„Ihr seht selbst", sagte der wohlgekleidete Mann, „Krolololobe ist gerade verreist. Aber wenn ihr warten wollt, bis er zurückkehrt, lasse ich euch ein Glas Wein bringen."

„Und ein Kännchen Kräutertee mit Honig für den Jungen", nickte Pitrak. Dann setzten sie sich in die Ecke und warteten ab. Über eine Stunde später begann sich Krolololobe zu regen, schloß die Augen, öffnete sie wieder und blickte normal umher. Der wohlgekleidete Mann schien dies geahnt oder beobachtet zu haben, jedenfalls war er auch sofort zur Stelle: „Nun, Krolololobe?"

„Ein Schwert mit langer Geschichte und bösen Gefühlen." Der kleine Mann legte es beiseite und grinste. „Es ist blutsüchtig."

„Was kann ich dem Kunden sagen?"

„Mit dieser Waffe in der Hand ist es schwierig, besonnen zu bleiben. Doch im Kampf ist es ein ausgezeichnetes Schwert."

„Danke, Krolololobe. Wir verrechnen das wie üblich. Hier ist unser Geschäftsfreund mit einem Problem." Damit ließ der wohlgekleidete Mann sie allein. Krolololobe aber griff zunächst nach einer Karaffe Wasser, spülte den Mund aus und spuckte das Wasser in einen Krug. Dann grinste er seinen Besuchern aufmunternd zu und rollte fragend die Augen. Pitrak umriß ihr Anliegen in wenigen

Worten: Sorla wolle seine Mutter aus Ivalys Hand befreien, er selbst glaube, ein Unsichtbarkeitszauber sei hierfür erforderlich.

Krolololobe nickte. Er faßte Sorla bei der Hand und schloß die Augen, dabei brummte er in fremder Sprache und schlug sich im Takt mit einem Knochen, der von einem menschlichen Skelett stammen mochte, an den Hinterkopf. Dann öffnete er die Augen wieder und sagte: „Ein Kerosi im voraus, zwei Eflem bei erfolgter Lieferung. Der Junge soll mich morgen abend an der Anlegestelle treffen. Er soll reichlich zu essen und zu trinken mitbringen!"

¶

Krolololobe ruderte Sorla in seinem Boot über den See. Am anderen Ufer folgten sie einem schmalen Weg, der sie auf sumpfig federndem Boden durch den lichten Birkenwald führte. Allmählich ging es höher hinauf, der Boden wurde trockener, sandig, und da standen sie schon vor einer niedrigen Hütte aus Torfsoden und Knüppeln, die mit Gras gedeckt war. Sorla legte ächzend sein Gepäck vor der Hütte ab: Flaschen mit Wasser und Wein, Brot, Braten und allerhand Leckereien.

Krolololobe grinste, daß Sorla die schlechten Backenzähne sehen konnte. „Gut, daß es Herbst ist. Im Sommer ist es vor Stechmücken nicht auszuhalten hier!"

„Wohnst du hier?" wagte Sorla zu fragen, dem dieser Mensch unheimlich war.

„Bin ich ein Tier, daß ich in Erdlöchern hause? Mir gehören in der Stadt mehrere Häuser; im schönsten lebe ich selbst. Dies hier ist ein besonderer Ort. Hier geht es um Leben und Tod."

„Ich will doch nur den Unsichtbarkeitszauber!"

„Nur! Haha! Denkst du, ich weiß nicht, was in dir steckt, du Vielfältiger? Wenn ich dich verberge, dann scheint doch die Schlange durch, vielleicht sogar das Pferd. Wie soll man all das verbergen? Mit einem einfachen Zauber? Nein, mein Junge, wir müssen gründlich vorgehen, dich ganz und gar auslöschen."

„Ich glaube, ich will wieder zurück nach Seedorf."

„Willst du deiner Mutter helfen? Na also. Es gibt nur diesen Weg. Und jetzt laß uns das Essen vorbereiten." Damit verschwand Krolololobe mit den Getränken in der Hütte. Sorla kam mit dem Essen hinterher; er mußte hinunterspringen, da der Hüttenboden viel tiefer lag als der Boden außen. Krololobe nickte: „Es ist eine Erdgrube mit einem Dach. So bestattet man in meiner Heimat die Toten. Hier ist auch der Kasten dazu.“ Er wies auf die längliche Holzkiste in der Mitte des Hüttenbodens, auf deren Deckel er Essen und Trinken wie auf einem Tisch anordnete. Eine dicke Kröte saß dort und rückte nur widerwillig beiseite, als Krolololobe drei Teller und drei Becher dazustellte: „Für dich, für mich, für unseren Gast.“ Er grinste wieder, die Kröte quakte leise dazu und richtete ihre goldenen Augen auf Sorla.

„Ist die Kröte der Gast?“ fragte dieser, der schon alles für möglich hielt.

„Wo denkst du hin? Strenggenommen ist sie die Hausherrin hier, und wir sind ihre Gäste. Man muß eine Kröte sein, um sich in diesem Erdloch wohlzufühlen, nicht wahr, Grommot?“ Letzteres galt dem Tier, das wieder leise quakte.

Mittlerweile war es dunkel geworden, Krolololobe stellte eine Kerze auf, die aber kaum über den Deckel der Kiste hinaus leuchtete. In ihrem Flackerlicht entledigte er sich seiner Kleider bis auf das Schamtuch, kramte aus der Hüttenecke Farbtopf, Pinsel, eine federgeschmückte Rassel, malte sich mit farbigen Zeichen an Brust und Stirn voll und begann dann in verschiedene Richtungen hin und her zu hüpfen, sich zu verbeugen und die Rassel zu schütteln. Sorla wurde es immer unbehaglicher. Nun entzündete Krolololobe ein Büschel Kräuter an der Kerze, wedelte den Qualm in alle Richtungen, atmete ihn auch selber tief ein und blies ihn Sorla ins Gesicht. Ein strenger Geruch erfüllte den Raum, nicht nur vom Rauch, sondern auch von Krolololobe, der zunehmend schwitzte. So langwierig waren seine Vorbereitungen, so seltsamen Regeln folgten sie, daß Sorla es aufgab, sie verstehen zu wollen.

„Warum ißt du nicht, Junge?“ schrie Krolololobe, der selber unvermutet an den Tisch heransprang und mit beiden Händen ins Essen griff. „Unser Gast ist längst eingetroffen!“

Sorla fuhr hoch; er mußte eingeschlafen sein. Ihm gegenüber saß ein Mann in mittleren Jahren, bleich, schweigsam, die Hände auf dem Tisch gefaltet.

„Großvater, das da ist Sorla!“ rief Krolololobe. Der Mann nickte langsam. Wie aber konnte dieser Fremde, der doch viel jünger aussah als Krolololobe, dessen Großvater sein? Sorla betrachtete ihn genauer und sah, daß um dessen Hals ein dünner Strich führte, wie mit dem Messer geschnitten.

„Ja, diese Wunde heilt seit gut sechzig Jahren nicht mehr“, grinste Krolololobe. „Nicht wahr, Großvater?“ Dieser nickte ernst.

„Nicht so langweilig, Großvater! Trink, sei lustig! Dies ist Sorlas Abschiedsmahl!“

Der Mann hob den Weinbecher und leerte ihn ganz. Krolololobe tat es ihm nach und stieß Sorla an, er solle es ebenso tun. Gleich wurden die Becher wieder gefüllt, Krolololobe stellte sie derart schwungvoll auf den Kistendeckel, daß die Kröte die Augen verbittert schloß und mit dem Kehlsack zitterte.

„Hier, Grommot, trink mit!“ rief Krolololobe und goß der Kröte etwas Wein in einen irdenen Napf. Das Tier öffnete seine goldenen Augen, kroch näher und senkte das Maul hinein.

„Nun laßt uns essen!“ Krolololobe brach Stücke vom mitgebrachten Brot, schnitt den Braten auf, verteilte alles und legte auch Grommot ein paar weiche Brocken vor. Der Großvater wurde zusehends munterer, trank schon seinen dritten Becher Wein, verzehrte Brot – doch seltsam, von dem köstlich mundenden Braten rührte er nichts an. Krolololobe aß dafür umso mehr.

Sorla war vom Wein schon recht benommen, sang mit, wenn Krolololobe und sein Großvater sangen, lachte und tanzte mit ihnen um die Kiste herum.

Zugleich wußte er, daß dies alles sehr ernst war; er beugte sich vor, um Grommot zu beteuern, daß er die Welt, das Leben, alles liebe. Die Kröte schluckte bedeutungsvoll.

„Junge, das Boot ist bereit!“

Sorla sah auf: Das Essen war fortgeräumt, mitten auf dem Hüttenboden saß in einem Boot der bleiche Großvater und winkte ihm, er solle sich dazu setzen.

„Wie soll das Boot fahren, mitten in der Hütte?“ fragte Sorla.

„Großvater macht das oft“, grinste Krolololobe. „Aber einen Fahrgast habe ich ihm noch nie mitgegeben.“

Und tatsächlich, als Sorla erst im Boot saß und der Großvater die

Ruder im Takt bewegte, verschwand die Erdhütte über ihnen wie ein Traum.

¶

„Wir sind angekommen", sagte Krolololobes Großvater. Sorla sah sich um: nichts war zu sehen, kein Himmel, keine Erde, kein Wasser; es war, als schwebe das Boot in einer grauen Wolke.

„Ich kann nichts sehen!"

Der Mann nickte. „Trink von dem Wasser." Er deutete über den Bootsrand. Sorla hielt den Arm hinaus und fühlte kühles Wasser, das er schöpfte und trank. „Dies ist das Wasser der völligen Auslöschung", erklärte der Mann. „Es reinigt dich vom Leben."

Da klärte sich Sorlas Blick, vor ihm erstreckten sich weite Ebenen, auf denen Menschen saßen oder umhergingen. Alles war in schwach silbernen Schimmer getaucht, manchmal dunkler, wo niemand war, manchmal heller, wo viele beisammen waren, so als strahlten die Wandelnden von innen heraus.

„Wo sind wir?" fragte Sorla.

„In Urskals Reich natürlich."

„Im Totenreich?"

„Sicher. Was dachtest du, wohin deine Letzte Reise dich geführt hat?"

„Krolololobe hat mich hereingelegt", schrie Sorla verzweifelt.

„Oh nein. Was er dir versprach, davon gibt es hier reichlich." Der Mann füllte eine Flasche mit Wasser, verschloß sie und gab sie Sorla: „Ein Schluck hiervon, unter den Lebenden angewandt, macht dich eine Stunde unsichtbar."

„Und wie komme ich zurück, nach oben?"

„Mein Enkel war schon immer ein Freund derber Scherze. Du mußt den Rückweg alleine finden, wenn Urskal dir ihn offenhält. Ich kann dir da nicht helfen."

„Aber das Boot?"

„Es fährt nur hierher." Der Mann hob die Hand zum Abschied und mischte sich unter die anderen.

¶

Sorla fand sich bald zurecht. Obwohl so viele jährlich starben und seit Anbeginn der Zeiten die Letzte Reise angetreten hatten, waren die Nebligen Tiefen nicht überfüllt; nicht nur die Zeit spielte also keine Rolle, wie Uglamesk richtig sagte, sondern auch Entfernungen waren unerheblich. Wichtiger war das seelische Zusammenklingen; man traf leicht diejenigen, die man zu finden wünschte oder von früher freundschaftlich kannte. Sorla war den Zwillingsbrüdern Melsek und Pasik begegnet, die Hand in Hand vorübergingen, ihm freundlich zunickend; auch Greste den Wanderer und Gerkin den Wächter, die mit anderen Gnomen plaudernd zusammensaßen, konnte er gerührt umarmen. Andererseits kam ihm niemals Oltop über den Weg – zu groß war der Haß.

Unerwartet traf er auf Horell, der mit Lamponu auf dem Rücken umherirrte, als sei er blind. „Horell!" rief er.

Dieser schrak zusammen, faßte sich, tastete umher: „Ist hier jemand?"

„Ich, Sorla!"

„Sorla! Bist du ein Geist? Weshalb sehe ich dich nicht?"

Da drückte Sorla ihm das Fläschchen in die Hand: „Trink einen Schluck, Horell." Dieser zögerte, trank – dann blickte er wie erwachend um sich, erkannte Sorla und wollte ihn schon umarmen, da besann er sich, reichte die Flasche dem Affen weiter, fuhr sich durch die Haare und murmelte: „Sorla, mein Freund! Was tust du hier?" Bevor dieser antworten konnte, kreischte Lamponu freudig auf, warf die Flasche von sich und sprang Sorla an den Hals, um sein Gesicht mit feuchten Küssen zu bedecken. Als es Sorla gelang, die Flasche aufzuheben, war gerade noch ein Schluck drin.

„Dein Trank ist verschüttet", entsetzte sich Horell.

„Wir füllen ihn nach. Komm mit!" Sorla faßte Horell am Arm, um, während sie redeten, zurück zum Ufer zu finden. Zunächst wollte Horell wissen, wie Sorla hierher geraten war, und war sichtbar erleichtert, daß dieser nicht wirklich tot sei.

„Wenn wir nicht zurückfinden, sind wir tot", widersprach Sorla, „und bleiben es."

Sie müßten eben einen Ausgang suchen, meinte Horell. Jetzt, wo er sehen könne, sei er schon viel zuversichtlicher. Er wagte ein Lächeln. Dann berichtete er, wie es ihn selbst in Urskals Reich verschlagen hatte: „Als ich Stiousto nacheilte und ihn bat, mich als Lehrling anzunehmen, war er einverstanden. Lamponu dagegen war über meine Entscheidung überhaupt nicht glücklich, aber was sollte er tun? Übrigens glaube ich, daß Stiousto den Affen wiedererkannte, er sagte aber nichts. Wir reisten mehrere Tage vom Fluß Eldran nach Westen, über die Ausläufer der Grauen Berge bis dahin, wo die Sümpfe von Rodnag und im Süden der große Elbenwald beginnt. Kein Mensch lebt dort weit und breit, aber Stiousto scheint eben das zu lieben. Meine Pflichten waren ähnlich denen, welche Lamponu als die des Großen Hersepoxul beschrieb. Nebenbei lernte ich die gebräuchlichste der Alten Schriften lesen, wie sie sich auch in meinem Buch findet. Insofern hat sich meine Lehrzeit bereits gelohnt. Auch erhaschte ich hin und wieder einen Blick auf Stioustos Aufzeichnungen und gewann so Einblick in ungeahnte Welten. Die Zauberkunst ist etwas Großartiges, Sorla! Nun erinnerst du dich, wie ich mir schwor, meinem armen Vater das Licht zu bringen, damit er nicht im Totenreich der ewigen Dunkelheit verfalle? Gerade bei Stiousto, der im Grenzbereich zwischen Leben und Tod seine Meisterschaft entfaltet, hoffte ich in dieser Hinsicht auf nützliche Hinweise. Als ich nun in seiner Bücherei eine Schrift fand mit dem Titel „Über die körperliche Versetzung in Urskals Reich ohne die Unbill, den Leib vorher zu töten", dachte ich, den Weg gefunden zu haben, und befolgte die Anweisungen Schritt für Schritt. Ein Fehler war das! Jetzt, wo es zu spät ist, erkenne ich, daß das Büchlein nicht beschreibt, wie man ins Totenreich reist und danach wieder den Rückweg antritt, sondern wie man andere, die man loswerden will, auf Nimmerwiedersehen zu Urskal schickt, ohne Spuren zu hinterlassen. Ich habe mich, voreilig wie ich war, selber beseitigt!"

„Vielleicht hatte Stiousto das mit dir sowieso vor, früher oder später", tröstete ihn Sorla, aber Horell fand es nicht witzig. „Auch konnte ich meinen Vater nicht finden, weil ich ja blind war!" beschwerte er sich. Da erhellte sich sein Gesicht: „Aber jetzt! Jetzt kann ich ihn suchen!"

Sie durchquerten eben eine sehr dunkle Gegend. Weit und breit war niemand zu sehen. Der Schimmer, den sie mit sich führten, konnte die Finsternis hier nur auf zwei Schritte zurückdrängen. Sorla war das unangenehm, denn er bewegte sich sonst inmitten von

Gruppen, die in mildem Schimmer gebadet waren. Da stockte Horell. „Mein Vater", flüsterte er, seine Hand wies auf einen schwarzen Schatten, der bewegungslos vor ihnen hockte. Lamponu war bereits von Horells Schulter gesprungen und sprang zitternd und ängstlich kreischend hinter ihnen herum.

„Bist du sicher?" Sorla konnte in der Finsternis kaum etwas erkennen, doch was er sah, gefiel ihm nicht. Horell ging auf den Schatten zu, die Hand verlangend ausgestreckt, und prallte zurück. „Da ist etwas, das lähmt mich", flüsterte er entsetzt. „Ich kann nicht näher heran. Vater! Hörst du mich?" Der Schatten war still wie schwarzer Stein.

„Hast du dir nicht überlegt, was du tun willst, wenn du deinen Vater findest?" fragte Sorla.

„Ihm das Licht bringen, das er verlor." Horell rang die Hände. „Ich hatte das sinnbildlich verstanden; ich dachte, es sei einfach, mit meinem Vater zu reden, so daß er sich erinnert."

Da fiel Sorla sein Glygi ein: der sollte leuchten! Aber der Glygi war nicht da, und als Sorla in seinen Taschen suchte, merkte er, daß er auch sonst nichts bei sich trug, kein Geld, nicht Oltops Wurfmesser, nicht einmal Tainas silbern schimmerndes Amulett. Selbst der Dremke an seiner Hand fehlte.

„Was suchst du, Sorla?"

„Etwas zum Lichtmachen", flüsterte Sorla, der nicht zugeben wollte, was er ahnte: Sein Körper lag in Krolololobes Erdhütte, bewegungslos, kalt, tot.

„Hier habe ich eine Kerze." Horell kramte aufgeregt, ohne Sorlas Verzweiflung zu bemerken, in seinem Rucksack und fand auch ein Zunderkästchen mit Stahl und Feuerstein. Bald hatte er den Zunder zum Glimmen gebracht und die Kerze daran entzündet. Doch schien die Kerze an der Finsternis zu verzagen, nur der rötlich schimmernde Docht war zu sehen.

„So geht es nicht", sagte Horell mit ungewohnt fester Stimme. „Mein Vater ist ein Mensch – was hilft es, ihn zu beleuchten? Ich werde mit ihm reden."

„Vater! Hörst du mich?" rief er. „Ich bin's, Horell!"

Keine Antwort.

„Ich habe Rafell gesehen, deinen Erstgeborenen."

Nichts rührte sich.

„Er liebt dich, trotz allem, was geschah."

„Das stimmt!" rief Rafell, der neben ihnen stand und ihren schwachen Schimmer deutlich verstärkte. „Ist das Schwarze da unser Vater?" Statt einer Antwort fiel Horell ihm um den Hals, und Sorla tat es ihm nach. Horell bemühte sich, seinem Halbbruder begreiflich zu machen, daß er selber noch nicht tot sei, sondern ihren gemeinsamen Vater gesucht habe.

„Alleine hätte ich nicht hergefunden", sagte Rafell. „Ich hasse Finsternis! Seit ich als Kind den Schwarzen Ihr-wißt-schon sah ... Nur eure Gegenwart macht es mir erträglich."

„Seht!" flüsterte Sorla. Er zeigte auf den Schatten, der im Schimmer der drei Besucher Umrisse gewonnen hatte und den Kopf langsam von einem zum anderen wandte.

„Vater!" jauchzte Horell. „Du siehst uns, hörst uns!" Er lief auf ihn zu, mit ausgestreckten Armen – und prallte schreiend zurück wie zuvor.

„Laß mich mal, Bruder!" sagte Rafell. „Vater, ich bin Rafell. Wie schlimm du warst, habe ich nur halb mitbekommen. Ich wurde ja irre und lief weg. Dafür erinnere ich mich besser als Horell, daß du früher anders warst. Du liebtest das Leben und nicht nur das Geld, du warst meiner Mutter ein guter Mann und mir ein guter Vater. Hörst du mir zu?"

Keine Antwort, aber der Kopf war auf Rafell gerichtet. Rafell trat behutsam zwei Schritte näher. „Von dir habe ich das Singen gelernt, Vater. Das half mir in meinem Wahnsinn. Kennst du noch das Kinderlied, das du mir vorsangst, als du mich herumtrugst?

Scheint die Sonne,
rennt der Junge,
und das kleine Pferdchen lacht.

Fällt ein Regen,
niest der Junge,
daß das Pferdchen Sprünge macht.

Wird es Abend,
sagt das Pferdchen
zu dem Jungen Gutenacht."

Horell schluchzte: „Ja, das sang er mir auch als kleines Kind!“ Aber Rafell achtete nur auf das schwarze Etwas. Sorla schien es, als habe sich das Dunkel ein wenig gelichtet. Rafell mußte es ebenfalls bemerkt haben, denn er trat noch einen Schritt näher und war über die Stelle hinaus, die Horell erreicht hatte … noch einen … noch einen: Jetzt stand er der dunklen Gestalt fast zum Greifen nahe.

„Horell“, sagte er, „komm, hilf mir. Zusammen werden wir es schaffen, unseren Vater zu berühren.“ Horell nickte entschlossen und trat vorsichtig näher, bis er neben seinem Bruder stand. Ihr gemeinsamer Schimmer erhellte die dunkle Gestalt vor ihnen, da hatte sie ein Gesicht, Hände, war ein Mensch.

Rafell legte den Arm um seinen Bruder; gemeinsam, vorsichtig, wagten sie den letzten Schritt und berührten mit ausgestreckten Händen ihren Vater. Sorla sah, wie der Schimmer der beiden Söhne Tleresek umfloß und einhüllte. Der Bann der Finsternis war gebrochen, Tleresek erhob sich und umarmte schweigend seine Söhne.

Sorla, der doch Grund hatte, Tleresek zu verabscheuen, atmete erleichtert auf. Selbst Lamponu schnatterte billigend.

❡

„Horell, sieh zu, daß du ins Leben zurückkehrst und ein großer Zauberer wirst“, sagte Rafell. „Ich habe die ganze Ewigkeit, um auf dich zu warten, und unseren Vater zur Gesellschaft.“

Die Rückkehr jedoch war das Problem. Nicht einmal das Ufer, wo sie die Flasche auffüllen wollten, fanden sie.

„Wir dürfen nicht aufgeben“, meinte Horell. „Wir müssen eben noch länger suchen.“

„Du begreifst nicht“, widersprach Sorla. „Hier kann man nicht lange oder kurz suchen. Entweder man findet es oder nicht. Und wir finden es nicht, soviel ist klar.“

„Uns geht es ähnlich wie Rafell. Auch er konnte den Vater nicht erreichen. Erst als wir kamen …“

„Warte mal, Horell! Was du sagst, heißt, wir brauchen Hilfe von außen!“

Sie sahen sich an, verstehend, hoffnungsfroh; doch dann mischte sich Enttäuschung in ihre Mienen. Wie sollte Hilfe von außen kommen; und wenn dies doch möglich wäre, wie sollten sie sich bemerkbar machen? Sie setzten sich und ließen die Köpfe hängen.

„Ob Stiousto mich sucht?“ murmelte Horell, winkte aber sofort selbst ab.

Sorla ging verzweifelt all seine Freunde und Bekannten durch, von denen Hilfe zu vermuten wäre; Uglamesk und Kräuter-Liska schienen die einzigen, die Einblick in magische Zusammenhänge hatten, doch erreichen konnte er sie nicht. „Helft mir!“ flüsterte er und ballte die Fäuste. „So helfe mir doch einer!“ Er lachte bitter über sein aussichtsloses Tun und rief dann doch: „Kommt her und holt mich raus!“

„Ich komme!“ klang es da. „Ich bemühe mich!“

„Hast du gehört, Horell!“ jubelte Sorla. Dieser sah erstaunt auf und schüttelte den Kopf. Da dämmerte es Sorla, er flüsterte: „Kennan-glai?“

„Ja, Sorla! Wo bist du versteckt? Ich suche schon zwei Tage, seit du riefst!“

„Ich bin nicht bei den Lebenden, ich bin …“ Sorla brach ab, denn wie sollte ein Fohlen ihm helfen? Es wußte ja nicht einmal, was Urskals Reich war. Wenn es wenigstens Kräuter-Liska Bescheid geben könnte! Am besten war es, das arme Wesen nicht länger zu beunruhigen. „Kennan-glai!“ flüsterte Sorla. „Du brauchst nicht …“

„Hier bin ich! Komm schnell!“ klang es da. Sorla blickte auf und sah, wie vor ihm die Dämmerung zurückwich, sich als Höhle wölbte, durch die aus weiter Ferne der Glanz der Sonne fiel. Und dort, undeutlich im Gegenlicht, stand sein Fohlen.

„Komm schnell!“ klang es wieder in Sorlas Kopf. „Sonst ist alles umsonst! Drei Tage habe ich versucht, das Leben zu lassen. Es ist sehr schwierig!“

„Wieso das Leben lassen?“ rief Sorla, und: „Komm, Horell! Du auch, Lamponu, schnell!“ Schon eilte er los.

Ein seltsames Laufen war das, wie im Wasser, denn diese Höhle aus Zwielicht bot keinen Halt; es war das Wollen, das Sorla vorwärtstrieb, und zugleich hielt ihn etwas, hing zäh an ihm, wollte ihn nicht herausgeben. Auch Horell stöhnte und griff nach Sorlas Hand, doch half das nichts.

„Schneller!“ rief Kennan-glai in Sorlas Gedanken. „Ich bemühe mich, aber ich rutsche, ich kann dies nicht mehr lange offenhalten!“

Sorla knirschte mit den Zähnen vor Anstrengung, er rief: „Nimm deinen Willen zusammen, Horell! Jetzt oder nie mehr!“ Da spürte er, es ging wieder vorwärts, sie flogen dem taghellen Ausgang entgegen. An ihnen vorbei glitt das Fohlen und verschwand in der Dämmerung von Urskals Reich.

„Kennan-glai!“ schrie Sorla auf und hörte nur ein schwaches Lebewohl.

❡

„Ich wußte, daß du heimfindest!“ grinste Krolololobe. „Grommot hat mir das vorhergesagt.“ Die Kröte nickte mit dem Kopf und sah Sorla aus ihren goldenen Augen an. Dann drehte sie behäbig den Leib, um auch Horell und Lamponu zu betrachten, die sich gerade zurechtzufinden suchten.

„Daß ich zurückkomme, hat ein Freund mit dem Leben bezahlt!“ entgegnete Sorla wütend.

Krolololobe nickte: „Ein Leben wird gegeben, ein Leben wird genommen.“

„Wem wurde dann das Leben gegeben, das mir genommen wurde, als ich ins Totenreich fuhr?“

„Glaubst du, Mala und Urskal rechnen wie Kaufleute? Vielleicht wurde es dir selbst gegeben?“

„Habe ich jetzt zwei Leben, oder was?“

„Nein, aber dein Leben ist reicher geworden. Auch ich mußte in deinem Alter einen Ausflug ins Totenreich machen; es war eine Art Aufnahmeprüfung.“

„Und welchen Freund hast du sterben lassen?“ fragte Sorla bitter.

„Ich verstehe, daß du so reden mußt. Übrigens gibt es viele Möglichkeiten heimzukehren, nicht wahr, Grommot?“ Die Kröte quakte leise.

Krolololobe zeigte auf Oltops Wurfmesser in Sorlas Gürtel: „Das habe ich mir angesehen, als du wegwarst, auch deinen übrigen Besitz. Du hast da interessante Sachen zusammengetragen. Das Messer ist wahrhaft mörderisch; es ist fast unmöglich, damit das Ziel zu verfehlen, weil es selber töten will – gleichgültig wen, denn es kennt keine Treue."

„Ich nenne es Schlangenzahn."

„Sehr passend, mein Junge. Dann dieser golden glitzernde Anhänger, der aussieht wie ein Schlüssel, wozu dient der wohl?"

„Er öffnet geheime Katakomben in Kriteis", sagte Sorla.

„Falsch!" freute sich Krolololobe. „Das ist der Schlüssel zur Schatzkammer von Batiflim, wo immer das sein mag. Ich habe ihn befragt und herausgefunden, daß die Schatzkammer von einem Dämonen bewacht wird, den nur dieser Schlüssel besänftigen kann. Brauchst du ihn eigentlich? Ich hätte ihn gern."

„Meinem Vater war er wichtig. Wenn ich meinen Vater wiederfinde, kann ich ihm diesen Anhänger bringen."

„Na schön. Dann dieses hübsche silberne Amulett, woher hast du das?"

„Es gehörte meiner Mutter", sagte Sorla leise.

„Es verscheucht Untote, Ungeheuer, die eigentlich längst in Urskals Reich sein sollten."

„Ich weiß", nickte Sorla. „Ich hab's erlebt, und mir wurde es erklärt. Untote haben sich der Kraft des Wandels entzogen, die sich als Leben und Sterben äußert. Ich aber trage diese Kraft in mir, weil ich lebe, und mein Amulett verstärkt sie wie ein Brennglas."

Krolololobe grinste anerkennend. „Ich dachte, das gehöre zu meinem geheimen Wissen; jetzt kommt ein Zwölfjähriger daher und plaudert es aus. Willst du mein Schüler werden? Die Aufnahmeprüfung hast du ja schon hinter dir!" Sorla schüttelte den Kopf. Krolololobe grinste: „Ich weiß. Grommot hat mir schon verraten, daß deine Bestimmung weit höher ist als Schamane zu werden." Er schlug in die Hände. „Und jetzt müßt ihr essen und trinken. Es ist so Brauch, wenn man aus den Nebligen Tiefen zurückkehrt." Er deutete auf die Reste des Mahles vom Vorabends.

Horell und Lamponu ließen sich nicht lange bitten; Sorla aber war in Gedanken, aß nur ein Bröckchen Brot, trank etwas Wasser und versuchte seine Gedanken zu ordnen.

Der Traumkerker

„Viel hast du nicht mitgebracht für meine zweieinhalb Eflem.“ Pitrak äugte besorgt in Sorlas Flasche. „Ich dachte, du gehst da unsichtbar rein, gibst auch deiner Mutter einen Schluck und kommst mit ihr unbehelligt wieder raus. Und wenn es Schwierigkeiten geben sollte, dann versuchst du es ein zweites oder drittes Mal und nimmst Freunde mit, denen du allen einen Schluck abgeben kannst. Ja, das war es dann wohl.“

„Ich denke“, begann Horell unsicher, „ich denke, daran bin wohl ich schuld, gewissermaßen, meine ich.“ Er warf einen Blick auf Lamponu, welcher aus einer silbernen Obstschale unbekümmert eine Frucht aussuchte, indem er die übrigen hinter sich warf. „Daher will ich versuchen, den Schaden wettzumachen, indem ich Sorla meine geringen Kräfte zur Verfügung stelle.“ Er fuhr sich, verlegen wegen der Aufmerksamkeit, die er durch seine lange Rede beansprucht hatte, mehrmals durch die dünnen Haarsträhnen und sah zu Boden.

„Das ist lieb gemeint“, sagte Pitrak, „aber wie kannst du helfen? Ivaly wird dich ohne Zögern umbringen lassen, genau wie Thesel gestern nacht.“

„Den Vogelhändler?“ fragte Sorla entsetzt.

Pitrak nickte. „Thesel arbeitete insgeheim für den Herzog; er hielt Augen und Ohren offen, wie man so sagt. Er war überzeugt, daß Ivaly den Herzog zu entmachten plant, wie es sein Bruder Atelbe in Sidhland mit den Liarstil tat. Nachdem er von Sorla hörte, daß Ivaly eine Sidh gefangenhielt, wollte er Genaueres herausfinden. Heute morgen fand man seine Leiche am Seeufer. Vor seinem Tode muß er gefoltert worden sein. Schade, er war sonst ein umsichtiger Mann, den ich schätzte.“

Sorla ballte die Fäuste. „Wir wollen sehen, was sich tun läßt.“

❡

Es war später Nachmittag. Bis auf Horell war auf der Straße, die zu Ivalys Anwesen führte, niemand zu sehen. Er atmete tief durch und klopfte an das Tor. „Ja?“ klang eine barsche Stimme.

„Aufmachen! Ich habe Botschaft für Ivaly!“

Ein kleines Fenster im Tor öffnete sich. Eine Hand erschien, dahinter undeutlich ein bärtiges Gesicht: „Her damit!"

„Die Botschaft ist persönlich auszurichten, hat mir Meister Stiousto aufgetragen."

„Stiousto? Warte!" Das Fenster schloß sich wieder; Augenblicke später öffnete sich eine Pforte. Die Männer untersuchten Horell, und da er unbewaffnet war, führten ihn drei Wachen quer durch den Garten zum Haus. Sorla, der sich unsichtbar dicht hinter Horell hielt, mußte bedacht sein, von keinem versehentlich angerempelt zu werden. Die Hunde rochen ihn und bellten; da wurden sie angeschrien, sie sollten ruhig sein.

Im Erdgeschoß des Hauses winkten die Wachen Horell durch eine Tür und schlossen sie von außen. Es war ein kleines Zimmer mit Tisch und Stühlen, als Warteraum für Besucher geeignet. Sorla war gerade noch mit hereingeschlüpft und stellte sich neben die Tür. Nach kurzer Zeit trat durch eine zweite Tür ein Mann – nicht Ivaly, sondern Stiousto.

„Nun, Horell," begann er freundlich, aber in seiner Hand wippte das Peitschchen, „welche Botschaft habe ich dir aufgetragen?"

„Meister!" stammelte Horell. „Ich suchte Euch überall! Es war ein Zauber … er schlug fehl, ich ging verloren und …"

„Bemühe dich nicht länger, Dummkopf", winkte Stiousto ab, „du hast dich bei mir als Spitzel eingeschlichen, und nun versuchst du das gleiche hier! Als Untoter wirst du …" Er hob das Peitschchen – da zischte es quer durch den Raum, und Oltops Wurfmesser stak in seinem Rücken. Stiousto fiel wortlos zur Seite, er starb mit fassungsloser Miene.

Horell war wie gelähmt; mehr durch Sorlas Eingreifen als Stioustos Drohung. „Danke!" flüsterte er schließlich in die ungefähre Richtung, wo er seinen Freund vermutete.

„Schnell weg!" zischte es aber bereits neben ihm. Horell sah, wie das Wurfmesser sich aus Stioustos Leiche löste, an dessen Gewand abgewischt wurde und in der Luft verschwand. Rasch hob er selbst das Peitschchen auf, wandte sich der Tür zu, aus welcher Stiousto hereingekommen war, und prallte gegen den unsichtbaren Sorla.

„Vorsicht! Laß mich vorausgehen!" flüsterte dieser und nahm Horells Hand. Sie durchquerten ein weiteres Zimmer, verharrten dort an der Tür, bis Horell sich an der Hand gezogen fühlte, zum Zeichen, daß keine Wache im Gang stand. So kamen sie zum Eingang des Hauses zurück; vor ihnen lag in der Abenddämmerung der Garten.

„Da rüber zum Turm!" flüsterte Sorla. „Hoffentlich bemerkt uns keiner!"

Horell nickte unglücklich, aber entschlossen: „Ich werde dich nicht alleine sterben lassen!"

„Unsinn! Wir müssen lebend hier rauskommen, und meine Mutter kommt mit!"

„Und wenn wir die Strickleiter nicht finden, die Mamet in einer Stunde über die Mauer werfen will?"

„Und wenn, und wenn! Wir müssen auf Atne vertrauen und uns klug verhalten."

Horells Haltung straffte sich ein wenig. Die letzten Schritte zum Turm legte er mit betonter Selbstsicherheit zurück und klopfte herrisch an die Tür: „Aufmachen!" Die Tür öffnete sich, ein Spieß reckte sich ihnen entgegen, dahinter ein mißtrauisches Gesicht. Horell schnauzte: „Die Waffe weg! Ich muß zu der Gefangenen!"

„Wieso?"

„Medizin bringen."

„Die schläft doch, seit sie hier ist!"

„Eben!" sagte Horell geistesgegenwärtig. „Laß mich durch, es ist Ivalys Befehl."

„Ivaly ist unten im Turm."

„Natürlich! Worauf wartest du noch?"

Sorla bewunderte Horells Kaltblütigkeit, dann aber sah er, da er dicht hinter ihm stand, wie ihm die Schweißperlen am Hals herunterrannen. Der Wächter senkte den Spieß und trat beiseite, dabei rief er in den Gang hinein: „Ihr könnt ihn durchlassen, er will zu Ivaly!"

Horell nickte herablassend und ging weiter. Sorla hörte ihn heimlich tief durchatmen. Weiter hinten im Gang, der von Fackeln spärlich beleuchtet war, saßen zwei Wachen beim Kartenspiel, denen Horell im Vorbeigehen freundlich zunickte.

„Weshalb hast du deinen Zauber nicht angewandt?" flüsterte Sorla. „Du hast ihn doch extra gelernt!"

„Weil die Benommenheit nur kurz anhält, und wir brauchen ihn erst auf dem Rückweg. Es ging ja auch so."

Sorla erinnerte sich, daß ihm Horell erklärt hatte, Zaubern sei sehr anstrengend, und ihm fehle noch die Übung, mehrmals hintereinander zu zaubern.

„Halt!" Sie hörten eine der Wachen hinterherlaufen. „Ich führe euch zu Ivaly!" Sorla fluchte leise. Sie hätten den Zauber doch gleich anwenden sollen!

„Nicht nötig, wir finden den Weg auch so!" winkte Horell ab.

„Wir?" Der Wächter schaute Horell mißtrauisch an.

„Äh – ich meinte diesen Affen." Horell hielt seinen Umhang auf; Lamponu lugte ängstlich hervor. „Sehr anhänglich, dieses Tier!"

Der Wächter lachte. „Meine Mutter hat acht Katzen! Und mein Urgroßvater hielt sich einen Gnom im Käfig. So spinnt jeder auf seine Weise, oder?"

Inzwischen waren sie in dem großen Raum mitten im Turm angekommen. Man konnte aber in der Ferne die anderen Wachen noch sehen. Horell blieb stehen. „Was geschah mit dem Gnom, als dein Urgroßvater starb?" fragte er. Sorla beobachtete, wie Horell in seinem Mantel nach dem Zauberstab tastete.

„Oh, mein Onkel hat ihn geschlachtet und ausgestopft. Jetzt steht er dort in der Eingangshalle."

„Alles Geschmackssache, nicht wahr?"

„Oh ja!" lachte der Wächter. „Ich hätte ihn nicht getötet, das ist langweilig. Täglich auspeitschen – das wäre besser gewesen!"

„Foltern macht Spaß, oder?"

„Klar doch! Wir hatten erst gestern einen angeblichen Vogelhändler – aber der war zäh! Er hielt stundenlang durch, ohne was zu sagen, bis er starb."

„Schade. Ivaly wollte ihn sicher auch befragen."

„Ivaly tobte! Noch einen Fehler dürfen wir uns nicht erlauben, schrie er. Daher …"

„Genug geplaudert", unterbrach ihn Horell, „Ivaly wird wütend sein, wenn du mich länger aufhältst!"

„Aber ich habe doch nur …!"

„Hast du 'Halt!' gerufen oder nicht? Du wirst Ivaly die Verzögerung erklären müssen. Ohne dich wäre ich längst da!"

„Ach, geh schon vor! Hier die Treppe runter, hinten links. Ich muß sowieso zurück auf meinen Posten."

Horell nickte zustimmend und stieg die Wendeltreppe hinab, während die Wache davoneilte. Sorla flüsterte: „Großartig, Horell!" Dieser murmelte bescheiden, in schwierigen Situationen wachse man eben manchmal über sich hinaus. Das beste aber sei, daß er wieder nicht habe zaubern müssen. „Wer weiß, wann ich den Benommenheitszauber wirklich brauche!"

Unten angekommen, standen sie ratlos in der Halle mit den vielen Türen. Nur in wenigen der Wandhalterungen steckten Fackeln und spendeten trübes Licht. Im Traum hatte Sorla, vom Gefühl geleitet, den richtigen Eingang gespürt, doch jetzt wußten sie nur, daß sie die Tür hinten links meiden mußten, wenn sie nicht auf Ivaly treffen wollten. Eben diese Tür öffnete sich jetzt, der ältere Mann aus Sorlas Traum trat heraus und blickte überrascht.

„Was suchst du hier?"

„Euch, Herr, mit einer Botschaft von Stiousto!"

„Die Botschaft ist wohl der Junge hinter dir, der die Hure aus dem Gefängnis holte, oder?"

Horell drehte sich um und starrte Sorla ins Gesicht; die Wirkung des Trankes war erschöpft. Ivaly lachte höhnisch: „Mir in die Falle zu tappen!" und schwang ein Peitschchen, ähnlich dem Stioustos. „Greift an, Unermüdliche!" rief er. Rechts und links öffneten sich Türen. Gleichzeitig hatte Horell seinen Zauberstab erhoben, auf Ivaly gerichtet, und murmelte beschwörende Worte. Da begann die Spitze des Stabes zu funkeln – Ivaly sank zu Boden. Aus den offenen Türen drangen aber bereits Dutzende bewaffneter Männer, strömten in die Halle, neue Scharen drängten nach, die vordersten rannten schwerterschwingend Horell und Sorla entgegen.

Von der Wendeltreppe waren sie zu weit entfernt. „Rasch, nach hinten!" rief Sorla, „in eine von den Türen!"

Zu spät, sie waren eingekreist. Lamponu sprang in gewaltigem Satz über die Angreifer an die rückwärtige Mauer und krallte sich kreischend dort fest. Sorla blickte verzweifelt umher, ob nicht ein Ausweg möglich wäre. „Oh, Atne!" stöhnte er; ihm schienen die letzten Augenblicke, bevor die Bewaffneten sie mit ihren Schwertern erreichten, seltsam gedehnt. Ihre Augen wirkten blicklos, völlig schweigend hatten sie angegriffen – Untote waren es, von Stiousto gesammelt! Noch immer schlugen sie nicht zu, sondern wogten vor den entsetzten Jungen hin und her.

„Sorla“, murmelte Horell, „mir fällt ein, was Krolololobe über dein Amulett sagte.“ Sorla nickte und flüsterte seinen Dank an Atne. Versuchsweise ging er ein, zwei Schritte zur Seite; hier wichen die Untoten aus, dort rückten sie nach. Nach hinten setzte sich die Bewegung in Wellen fort.

Horell hielt sich eng an Sorla. „Wir sollten zunächst Lamponu von der Mauer holen, dann würde ich gerne mal nach Ivaly sehen“, schlug er so gelassen vor, als habe ihn das Geschehene nicht nachhaltig beeindrucken können.

„Gute Nerven hast du“, sagte Sorla. „In Stutenhof wirktest du so unsicher.“

„Ich bin froh, daß ich von daheim weg bin, Sorla. Dann schon lieber dies hier!“

Vor ihnen wich die Masse der Untoten zurück und gab den Blick auf Ivalys zertrampelten Körper frei. „Sein Pech“, sagte Horell, „daß er sein Peitschchen nicht mehr schwingen konnte.“ Und Sorla fügte hinzu: „Wenn Atne etwas macht, dann gründlich.“

¶

Drei Türen waren noch verschlossen. Sorla steuerte die nächstgelegene an, Horell stolperte, seine Aufmerksamkeit mehr auf Ivalys Peitschchen in seiner Hand als auf seine Füße gerichtet, dicht hinter ihm her. Die schwerterschwingenden Untoten gaben den Weg frei zu einem auffällig breiten Rundbogen, verschlossen mit einer Doppeltür. „Aber dies ist nicht der Raum, wo ich war“, fiel Sorla auf. Horell drängte sich vorbei: „Trotzdem – man kann nie genug wissen!“ und schob den Riegel beiseite.

Aus dem Eingang drang vielstimmiges Pfeifen; eine Schar von Ratten sprang aufgescheucht umher, sie wimmelten durcheinander und rannten nach hinten in die Dunkelheit davon. Horell ließ entsetzt die Tür los, so daß sie zufiel. Sorla nahm eine Fackel aus der Halterung neben ihm und zog den Türflügel wieder auf; gemeinsam spähten sie hinein, doch der Raum war leer, die Ratten verschwunden.

„Merkwürdig", murmelte Horell und ließ die Türflügel wieder zufallen: „Damit deine wandelnden Leichen nicht da reingehen."

„Meine?"

„Nun ja, sie haben Achtung vor dir."

„Wie kannst du jetzt Witze machen?"

„Das ist kein Witz, Sorla. Ich wünschte, ich könnte diese Unermüdlichen, wie Stiousto sie nannte, lenken oder, noch besser, unschädlich machen." Nachdenklich betrachtete er wieder Ivalys Peitschchen. Da hörten sie von weitem Waffengeklirr und Schreie.

„Woher kam das, Sorla?"

„Von oben!" Sorla deutete die Wendeltreppe hoch, auf denen sich die Untoten drängten und, von hinten geschoben, Stufe für Stufe weiter hinaufstiegen. „Die Wachen dort oben bekommen Besuch!"

„Dann gibt es für uns zwei Möglichkeiten", überlegte Horell, „entweder gelingt es den Wachen, den Eingang zu öffnen und davonzurennen, dann rennen auch die Unermüdlichen hinaus und wir haben den Weg frei; oder sie werden vorher niedergemetzelt, dann ist uns der Ausgang versperrt."

„Wieso?"

Horell zeigte auf die überfüllte Wendeltreppe: „Wie willst du an denen vorbei?" Sorla sah das ein.

Sie schoben sich durch die stumm Drohenden zur nächsten Tür. Sorla öffnete sie, sein Herz krampfte sich zusammen: Dort auf dem niedrigen Bett schlief Taina, unverändert wie in seinem Traum.

„Mutter!" flüsterte er und ging auf sie zu, da wurde er festgehalten. Horell war es; er deutete auf die Untoten, die drei Schritte hinter ihnen bereits in der Tür standen, schweigend, drohend. „Wenn du weitergehst, kommen sie nach. Wie willst du sie wieder hinausdrängen? Der Raum hier ist zu breit, wenn du den einen nachgehst, töten die anderen deine Mutter. Und mitnehmen kannst du Taina nicht, solange wir nicht wissen, was es mit ihrem magischen Schlaf auf sich hat."

„Magisch?"

„Natürlich. Sie schläft, seit sie hier ist. Das sagte die Wache."

Sorla nickte. „Ich bin froh, Horell, daß du mitgekommen bist!"

„Naja", murmelte dieser.

„Aber du kannst doch mal nach ihr sehen, Horell. Ich bleibe hier bei der Tür." Horell nickte und ging hinüber zu Tainas Bett, betrachtete sie genau, horchte, fühlte am Puls. Danach sprach er sie freundlich an, berührte sie an der Schulter, vergebens. Er kam zurück: „Deine Mutter ist wahrhaft schön, Sorla. Sie ist gesund, aber ich kann sie nicht aufwecken. Es könnte auch gefährlich werden, einen magischen Schlaf mit Gewalt unterbrechen zu wollen."

„Was sollen wir also tun?"

„Weitersuchen." Horell deutete zur Halle hinaus.

Sie verschlossen Tainas Zimmer hinter sich und drängten die Untoten vor sich her, bis sie zur letzten verschlossenen Tür kamen. Dahinter fanden sie eine geräumige Folterkammer, ausgestattet mit allem, was man dort vermuten durfte, und einigem, dessen Zweck die beiden Jungen sich nicht erklären konnten. „Armer Thesel!" flüsterte Sorla. Sie verließen den Raum.

„Was nun?" fragte Sorla, als seine Übelkeit nachließ.

„Ivalys Zimmer." Horell deutete auf die offene Tür hinten links. Also bahnten sie sich erneut den Weg durch die wandelnden Toten, die auf drei Schritt Entfernung die Schwerter gegen sie stießen.

„Das wollen sie ja nicht wirklich, uns angreifen", erklärte Horell. „Es ist ein Zauber, im Grunde ein Fluch."

„Man müßte sie erlösen können, diesen Fluch brechen", nickte Sorla. „Da wäre uns allen geholfen."

Horell sah Sorla nachdenklich an, zog wieder Ivalys Peitschchen hervor, hielt das von Stiousto daneben, zuckte die Achseln und sagte: „Ich versuche es. Eines ist dann ja übrig." Er hielt das Peitschchen hoch über sich und zerbrach es. Es klirrte, als das erste Schwert zu Boden fiel, dann das nächste, viele, dann brachen die Toten reihenweise in die Knie und fielen übereinander zu Boden.

„Manche Lösungen sind so einfach", murmelte Horell. „Danke für den Hinweis, Sorla."

❡

Ivalys Zimmer war von zwei Kerzen auf seinem Schreibtisch und einigen Öllampen gut erleuchtet. Reihenweise standen Bücher auf den Regalen; Horell hatte Mühe, die Blicke davon zu wenden. Wichtiger schienen ihm aber die Schriftstücke auf dem Tisch. Auch Sorla durchsuchte Stapel von Zetteln und entrollte Pergamente, denn es ging um seine Mutter. Da fanden sich Landkarten, Gehaltslisten, Aufmarschpläne, eine Rechnung Stioustos über die Lieferung von weiteren zehn Dutzend Unermüdlicher, auch ein Brief Atelbes an den „lieben Bruder Ivaly“, der diesem zu seinem Vorhaben Glück wünschte und den Rat gab, auch gegenüber den eigenen Untergebenen grausam und unberechenbar aufzutreten: „Das beflügelt ihre Angst und somit ihren Gehorsam.“ Auf einem größeren Blatt fiel ihm sein eigenes Konterfei auf, samt Beschreibung und einer ausgesetzten Belohnung von einem Kerosi für sachdienliche Hinweise und einem Dremke für seine Gefangennahme.

Sorla zerriß dieses Blatt und zog eine Schublade auf. Von einer beinernen Klammer festgehalten, lag hier ein Stoß weiterer Zettel, alle von Stiousto unterschrieben. „Anmerkungen zur Peitsche, die ich dir gab“ war einer überschrieben. Er gab ihn an Horell weiter, der ihn mit glänzenden Augen halblaut las: „ … nur die einfache Ausführung zur Lenkung deiner Soldaten … Vorsicht! Zerbrechlich!“ Horell lachte und nahm ihn an sich.

Der nächste Zettel befaßte sich mit „Kurzen Brücken“ und besagte, daß für Atelbe noch keine Kurze Brücke hergestellt werden konnte; daß Ivaly darauf achten sollte, keine seiner untoten Soldaten auf die Kurze Brücke zu lassen, da sie sonst bei Stiousto Schaden anrichten könnten, und derlei verwirrende Aussagen mehr. Sorla gab auch diesen Zettel an Horell weiter, der ihn kopfschüttelnd las, dann aber einsteckte.

„Dieser Stapel scheint das Interessanteste bisher zu sein“, sagte er und machte sich ebenfalls darüber her und las ihm wichtig erscheinende Stellen laut vor, beispielsweise: „Der Ring schützt dich gegen zauberische Angriffe, bedarf aber monatlicher Nachbehandlung durch mich.“

Sorla runzelte die Stirn. „Wieso konntest du dann …?“

„Ich denke, Stiousto täuschte Ivaly und wollte ihn abhängig von sich machen. Entweder taugt der Ring überhaupt nichts, oder er bewirkt etwas anderes, was eher Stiousto nützte, ihm vielleicht Macht über Ivaly gab. Eines ist sicher: Stiousto hätte ich mit dem

Benommenheitszauber nicht überwinden können."

„Und wo ist der Ring?"

„An Ivalys Finger wohl, da kann er gerne bleiben. Ich werde ihn nicht unter all den Toten hervorwühlen." Horell verzog das Gesicht. „Wozu auch – es ist ein schlechter Ring."

Auf dem nächsten Blatt wurde ein „Traumkerker" behandelt, und Sorla wollte es schon beiseite legen, als sein Blick auf die Schlußzeile fiel: „ ... schläft die junge Liarstil, ohne aufzuwachen, was die geschickteste Art ist, sie zu verwahren."

„Meint er damit meine Mutter?" Seine Hände zitterten, als er Horell das Blatt zeigte.

„Dann wäre deine Mutter die rechtmäßige Fürstin von Sidhland", murmelte Horell, „falls sie als einzige Atelbes Verfolgung überlebt hat. Das würde erklären, weshalb Ivaly sie verfolgte. Aber wichtiger ist jetzt, wie man den Traumkerker öffnet." Er vertiefte sich in das Blatt, zog noch ein weiteres hinzu und schimpfte schließlich: „' ... wie im Werk des Großen Abradin beschrieben.' Und wo finde ich das Werk des Großen Abradin?"

Sorla blickte unglücklich auf die überfüllten Regale, doch Horell machte sich bereits daran, an einem Ende des untersten Brettes die dicken Wälzer nacheinander herauszuziehen und, den Staub wegblasend, die eingeprägten Titel zu lesen. Da hörten sie von einer der oberen Ablagen Lamponu aufgeregt schnattern; das Tier deutete auf einen Folianten, so breit und unhandlich, daß er nur quer über den anderen Büchern Platz fand. Horell stieg auf die kleine Leiter, ergriff ächzend das Werk und trug es hinüber auf den Tisch. „Danke, Lamponu!" vergaß er nicht zu sagen. Dieser war so stolz, helfen zu können, daß er kreischend im Zickzack durch den Raum sprang.

„Das kann nun dauern, lieber Sorla", kündigte Horell mit schwachem Lächeln an. „Dieses Buch will gelesen sein, um verstanden zu werden. Es ist spät, und wir haben viel Aufregendes erlebt; du kannst ebensogut ein bißchen schlafen."

Sorla nickte. Er kletterte über die Toten hinüber zum Zimmer seiner Mutter, wo er sich neben sie auf das niedrige Bett legte und sie noch lange anblickte, bevor ihm die Augen zufielen.

Über der fahlgelben Steppe hingen tief die Wolken; es wetterleuchtete am Horizont. Das Gras duckte sich in Wellen unter dem heißen Wind. Da tauchten sie auf aus der Ferne, die Pferde, schwarze Punkte zunächst, kamen näher, ihre dunklen Rücken wogten dicht beisammen, sie preschten heran, fielen in Schritt und blieben in sicherem Abstand stehen, schnaubten. Ein vorjähriges Fohlen löste sich von der Herde und trabte heran.

„Sorla, mein Freund“, sagte Kennan-glai.

„Mein Fohlen!“ Sorla schluchzte vor Freude und Kummer. „Du hast mein Leben gerettet und bist gestorben!“

„Sei nicht betrübt, mir geht es gut!“ Das Fohlen stubste Sorla aufmunternd mit der Nase. „Es ist eine große Ehre, in Herils Herde mitzulaufen!“

Sorla streichelte es und drückte es an sich. Zu sagen wußte er nichts. Da schnaubte der Leithengst und schüttelte den blondmähnigen Kopf.

„Heril ruft!“ flüsterte Kennan-glai. „Du wirst sicher von mir hören!“ Freudig wiehernd rannte er davon, der davontrabenden Herde nach, verschwand als einer von vielen dunklen Punkten in der Ferne. Die ersten schweren Regentropfen fielen.

Dann war es Nacht, die Nebel senkten sich und wogten weiß im Mondlicht. Das riesige Haupt der Schlange ragte schwarz gegen den sternklaren Himmel. Als es sich Sorla zuneigte, wirkte das scharfschuppige Maul streng und böse, doch seitlich schlossen sich die Kiefer in einem scheinbaren Lächeln.

„Du gebrauchst deinen Zahn geschickt, kleine Schlange.“

Sorla nickte.

„Du findest den Weg und das Ziel.“

Sorla nickte.

„Nun sieh zu, wie du dich aus der Falle windest.“

„Welche Falle?“ Doch der Kopf der Schlange hatte sich abgewandt, der riesige Leib wälzte sich an Sorla vorbei, Schlinge um Schlinge löste sich und verschwand lautlos im Fluß.

Da war es erfreulicher, mit der Mutter auf der Blumenwiese zu sitzen, von Schmetterlingen umgaukelt, und ihre Hand zu halten. Tainas grüne Augen strahlten, ihr blondes Haar floß wie ein Mantel um sie beide.

„Mutter“, seufzte er, „hier möchte ich ewig sitzen!“

„Mein Sorla! Seit du gekommen bist, ist die Welt noch schöner!“

Sie schwiegen beide, von unendlichem Glück durchflutet. Aber nach einiger Zeit wurde Sorla unruhig. Das Wort ewig hatte einen faden Klang, es schmeckte nach … nach … ja: nach Falle. Für Herils Herde mochte es angehen, für alle Zeiten über die Steppen zu rasen, doch er, Sorla, lebte!

„Mutter“, begann er, sich entschlossen aufrichtend, dann sah er ihren liebenden Blick auf sich gerichtet, er seufzte wohlig und lehnte sich wieder zurück. Ach, ihr Haar duftete, ihre Arme hielten ihn weich!

Das war, als versinke er in Honig. Eine Fliege hatte er einst beobachtet, die Bein für Bein immer tiefer …

„Mutter!“ rief er und sprang auf. „Laß uns hier weggehen!“

„Mein Sorla, mein Lieber, was regst du dich auf?“ Oh, wie süß war diese Stimme! Sie schmeichelte: „Komm zu mir, mein Kind, dann ist alles gut!“

„Du mußt aufwachen, Mutter! Dies ist nicht die wirkliche Welt!“ Er griff nach ihrem Arm, um sie hochzuziehen.

„Du tust mir weh!“ weinte sie. „Komm, tröste mich!“ Da schmolz sein Wille dahin, er fiel vor ihr auf die Knie: „Ich wollte nicht grob sein, liebe Mutter! Ach, weine nicht mehr!“ Und als sie ihn in die Arme schloß, war alles wieder gut. Hier würde kein Unheil ihn erreichen.

Und doch! Hatte er sich je vor drohendem Unheil verkrochen? Hatte er nicht vielmehr stets sich Atne anvertraut und angenommen, was sie ihm zuteilte, Glück und Unglück?

„Mutter“, begann er erneut und schaute zu ihr hoch. In den Pupillen ihrer grünen Augen spiegelte sich ganz klein sein Gesicht: ein Junge mit blondem Zottelhaar, der ihn aus ernsten, aufmerksamen Augen betrachtete. „Wir müssen weggehen“, nickte er sich zu, „und sehen, was zu tun ist.“

Da erwachte er. Es war stockfinster, doch hörte er neben sich seine Mutter leise im Schlafe atmen. Er strich Taina über die Haare und tastete sich vom Bett zum Boden vor. Da glomm hellblau schimmernd das vertraute Licht seines Glygi; er schwebte im Raume und schmiegte sich dann in Sorlas Handfläche. Sorla lächelte und ging, den leuchtenden Glygi hochhaltend, hinaus. Auch hier waren alle Fackeln erloschen. Sorla kletterte über die Toten durch die Halle zurück zu Ivalys Zimmer, um nach Horell zu sehen. Dieser war über dem Buch eingeschlafen, Lamponu lag daneben gekuschelt. Eine Kerze war halb heruntergebrannt, drei weitere lagen daneben. Der Glygi verschwand. Als Sorla Horell wachrüttelte, fuhr dieser schuldbewußt hoch und murmelte: „Ich habe alles gelesen, aber das Wirken des Traumkerkers noch nicht so recht verstanden."

„Ich war dort!"

„Wo?"

„Im Traumkerker!" Sorla erzählte von der Wiese, Taina, dem behaglichen Glück und seiner Mühe, da wieder herauszukommen.

„Jetzt habe ich es!" rief Horell. „Alles fügt sich zusammen! Warum müssen manche Bücher alles so umständlich und trocken erklären, daß man nichts versteht! Du träumtest, du habest erreicht, was du dir sehnlich wünschtest: deine Mutter zu finden, ihre Liebe zu spüren, ein Kind in ihrem Arm zu sein. Alles nur ein Wunschtraum! Ein Trugbild, das ein Zauber dir vorgaukelt! Dieser Zauber, der den Traum auslöst, braucht selber nicht mächtig zu sein, denn du selber hältst dich gefangen, um so fester, je zufriedener du das Traumglück genießt, je bitterer das Leid war, das du erfuhrst, und je größer der Wunsch ist, kein Leid mehr erdulden zu müssen. Daß du dich retten konntest, lag an deiner inneren Kraft, die ja ungewöhnlich ausgeprägt ist. Kaum ein Mensch schafft das, nicht einer von tausend, schreibt der Große Abradin."

„Dann war das nicht meine Mutter, die ich sah?"

„Genauso wenig, wie die Schmetterlinge echt waren. Wir haben Spätherbst."

„Und was träumt dann meine Mutter?"

Horell zuckte die Achseln. „Wer weiß? Von dir vielleicht, von deinem Vater? Du kannst sie fragen, wenn wir sie geweckt haben."

„Weißt du denn, wie?"

„Sicher. Der Zauber wird vom Bett gewirkt; wir heben sie da herunter." Sprach es, sammelte die restlichen Kerzen zusammen, gab die brennende Sorla in die Hand und verließ den Raum.

Doch Taina wachte auch neben dem Bett nicht auf, selbst als die beiden sie rüttelten und anschrien. Sorla erinnerte Horell daran, was er über die Stärke des erfahrenen Leids gesagt habe, mit dem sich der Schlafende nachhaltig fessele. Horell nickte und murmelte, er wolle das entsprechende Kapitel noch einmal gründlicher lesen. Da begann Lamponu aufgeregt zu keckern und deutete auf sein Maul. Die beiden sahen ihm verständnislos zu. Lamponu zeigte auf Tainas Mund. Als die beiden ihn noch immer nicht verstanden, kreischte er ärgerlich, sprang auf Tainas Brust und küßte sie mit vorgewölbten Lippen schmatzend auf den Mund.

Tainas Lider zuckten. „Oh, Tok!" flüsterte sie und öffnete die grünen Augen. Sie setzte sich aufrecht, sah sich um: „Wo ist Tok-aglur? Wer seid ihr?"

Lamponu war schnell beiseite gesprungen und saß da, die Arme um die Knie geschlungen, die Augen unschuldig zur Decke gerichtet. Sorla tat einen Schritt vorwärts, zögerte, blieb stehen. Horell aber faßte sich ein Herz; mit einer Verbeugung antwortete er: „Tokaglur ist nicht hier; Ihr habt von ihm geträumt. Was Eure zweite Frage betrifft: Wir sind dabei, Euch aus Ivalys Gefangenschaft zu befreien. Ich bin Horell aus Stutenhof ..."

„Stutenhof", hauchte Taina in alten Erinnerungen.

„... und hier steht Sorla, Euer Sohn."

Taina und Sorla hatten die Welt um sich vergessen; sie saßen beisammen, erzählten, weinten, lachten, umarmten einander – Horell zog sich in Ivalys Zimmer zurück und stöberte in den Büchern. Eine Stunde später kam er wieder, um sich nachdrücklich zu räuspern, doch ohne Erfolg. Nach einer weiteren Stunde aber unterbrach er die beiden und wies darauf hin, daß sie noch immer nicht in Sicherheit seien. „Auf die Strickleiter, welche Mamet gestern über die Mauer warf, dürfen wir nicht mehr vertrauen. Wir wissen nicht einmal, wie wir aus diesem Turm herausfinden sollen."

„Die Treppe?" fragte Sorla, fast unwillig wegen der Störung.

„Mit Toten vollgestopft. Dasselbe dürfte für den Gang oben gelten. Wir kämen nie bis zur Tür."

Sorla nickte; jetzt begriff er Horells Besorgnis. „Es gibt vielleicht einen zweiten Ausgang", überlegte er. „Ivaly traf sicher Vorsorge, hier nicht in der Falle zu sitzen."

„Das denke ich auch", nickte Horell, „also müssen wir suchen. Sonst können wir wählen, ob wir verhungern, verdursten oder am Gestank der faulenden Leichen ersticken wollen."

Taina sah ihn entsetzt an.

„Verzeiht, liebe Taina", entschuldigte sich Horell. „Den Anblick in der Halle draußen können wir Euch leider nicht ersparen. Wir müssen da jetzt durch."

Sie lächelte tapfer und strich ihre blonden Haare aus der Stirn. „Daß ich Sorla gefunden habe, gibt mir neue Kraft. Mich selbst hatte ich fast aufgegeben, aber für sein Überleben will ich alles tun. Ich werde euch keine Last sein."

Zunächst durchsuchten sie Ivalys Zimmer nach verborgenen Fluchtwegen. Sie hoben die Teppiche hoch, doch da war keine Falltür; sie rüttelten und drückten an den Buchregalen, warfen, auch wenn es Horell im Innersten wehtat, die Bücher von den Brettern, um die Wände dahinter abzuklopfen, aber nichts drehte sich, keine geheime Tür öffnete sich. Schließlich hielten sie verschwitzt inne.

„Ich hatte mir das einfacher vorgestellt", keuchte Horell.

„Heißt das, wir müssen hier sterben, ... ?" Taina schluckte.

„Nein, wir haben nur noch nicht an der richtigen Stelle gesucht", versuchte Horell sie zu beruhigen, fuhr sich aber zugleich nervös durch die Haare. Es blieb nur, die anderen Räume zu durchsuchen. So kletterten sie über die Toten zu einer der Türen, aus denen die Scharen untoter Soldaten geströmt waren. Sie blickten in ein großes Gewölbe, weitläufiger als die Halle, aus der sie eben kamen. Der Boden war bedeckt mit Toten, was es ihnen sehr erschwerte, die Wände zu untersuchen und bis zum hinteren Bereich vorzudringen. Nirgends fand sich ein Durchgang. Ebenso ging es ihnen mit den übrigen fünf Gewölben, in denen die Untoten versteckt gewartet hatten, bis Ivalys Peitschchen sie hervorrief.

„Und jetzt?" Horell blickte ratlos von Sorla zu Taina, die ebenso hilflos zurückschauten.

„Vielleicht gibt es eine Falltür in einem der Gewölbe?“ bot Sorla an, wußte aber selbst, daß es unmöglich war, all die Toten beiseitezuräumen, um nachzusehen. Eben jetzt fiel ein heißer Wachstropfen auf seine Hand, er zuckte zusammen, die Kerze fiel zu Boden und erlosch. Im Dunkeln hörte man Taina scharf die Luft einziehen, um ihre Angst niederzukämpfen. Da glomm der Gnomenstein auf, in beruhigendem hellblauem Schimmer.

„Ich hab's!“ rief Sorla. „Mein lieber Glygi! Du hast mir früher schon den Ausweg gezeigt. So führe uns auch jetzt zum Ausgang, wenn es einen gibt.“

Der Glygi verschwand, sie standen in der Finsternis und wagten kaum, sich zu rühren. Nach einiger Zeit flüsterte Horell: „Kommt er wohl zurück, dein Gnomenstein?“ Sorla fand das keiner Antwort würdig, aber nach und nach befielen auch ihn Zweifel.

„Horell“, sagte er, da waren sicher zwei Stunden vergangen, „gibt es keine Möglichkeit, die Kerze wieder anzuzünden? Einen kleinen Zauber vielleicht?“

Horell lachte kurz und bitter. Nach einer Weile sagte er: „In Ivalys Raum gibt es sicher Feuerstein und Zunder, bloß, wer weiß wo.“

„Wenn wir hier weggehen und mein Glygi zurückkehrt, wie soll er uns finden?“ wandte Sorla ein.

„Wenn er überhaupt zurückkommt. War er je zuvor so lange weg? Na also.“

„Wir müßten auch im Dunkeln zunächst den Weg zu Ivalys Zimmer finden.“

„Laßt mich hier bitte nicht allein!“ flüsterte Taina.

Alle schwiegen wieder und warteten weiter. Sorlas Magen begann zu knurren. Doch größere Sorgen als der Hunger machte Sorla der Durst; schon seit einiger Zeit klebte seine Zunge am trockenen Gaumen. Eben da sagte Horell: „Dort gibt es vielleicht auch was zu trinken.“ So, als ob das vorige Gespräch nicht schon lange zurückläge.

„Horell hat recht“, wisperte Taina. „Ich will auch über all diese Toten kriechen, wenn wir nur zusammenbleiben.“

Schon wollte Sorla sich fügen, da erstrahlte in hellblauem Schimmer der Glygi und schwebte, während sie vor Erleichterung fast weinten, langsam vor ihnen her zum Ausgang des Gewölbes, quer durch die Halle und hinüber zu der verschlossenen Doppeltür. „Diese Kammer ist doch leer!" wunderte sich Horell, schob aber den Riegel zurück und hielt einen der Türflügel auf, so daß Sorla und Taina hinter dem Gnomenstein hindurchtreten konnten. Er kam als letzter, die Tür fiel hinter ihm zu. „He!" rief Sorla erschreckt.

„Keine Sorge!" beruhigte ihn Horell. „Der Riegel öffnet von beiden Seiten. Laß uns jetzt den Ausgang finden, den dein Gnomenstein erkundet hat." Doch der Glygi schwebte reglos vor ihnen in der leeren Kammer. Sorla begann die Wände in Bodennähe abzusuchen.

„Irgendwo müssen doch auch die Ratten verschwunden sein", murmelte er.

„Sollen wir durch ein Rattenloch kriechen?" entgegnete Horell. Er setzte sich auf den Boden, zum Zeichen, daß weiteres Suchen zwecklos sei. „Dafür hätte dein Gnomenstein uns nicht so lange warten lassen müssen!" murmelte er noch, die Stirn auf die hochgezogenen Knie gestützt. Taina setzte sich zu ihm, und Lamponu kam unter Horells Mantel erst gar nicht mehr heraus. Sorla aber untersuchte jedes Stückchen der Wände, klopfte auf dem Boden herum – umsonst. „Ich verstehe das nicht", murmelte er. „Mein Glygi irrt sich doch sonst nicht!"

„Wir werden wohl hier verdursten", seufzte Horell.

„Ich gehe in Ivalys Raum, was zum Trinken suchen!" Sorla drückte einen der Türflügel auf. Das freundliche Licht des Glygi erhellte den Hallenboden draußen in weitem Umkreis – die Toten waren verschwunden!

❡

Horell eilte hinzu und schaute ungläubig. Taina klammerte sich an Sorla: „Was bedeutet das?" Dieser wußte keine Antwort.

„Niemand kann so schnell so viele Leichen wegräumen", überlegte Horell. „Daraus folgt, sie sind alle gleichzeitig fortgegangen. Das wieder bedeutet, jemand muß sie neu verzaubert haben, mit einem dieser Peitschchen beispielsweise." Und als die anderen ihn erschreckt ansahen, fügte er unerschüttert hinzu: „Die Wendeltreppe können sie nicht so schnell und lautlos hochgegangen sein, demnach verstecken sie sich entweder wieder in ihren Gewölben wie anfangs, oder sie lauern in den dunklen Bereichen der Halle, wohin das Licht von Sorlas Glygi nicht reicht."

„Und wo ist der mit dem Peitschchen?" flüsterte Sorla.

„Fort, hoffe ich. Sonst hätte er uns längst gesehen, wir sind ja gut beleuchtet."

Sofort steckte Sorla den Glygi in seine Tasche; es wurde stockdunkel. Er spürte, wie Horell nach seinem Arm griff, er selbst faßte Tainas Hand. So tasteten sie sich zusammen an der Wand entlang. Plötzlich stockte Horell. Sorla spürte, wie er sich bückte und den Boden untersuchte.

„Was ist?" flüsterte Sorla.

„Irgendwas stimmt nicht. Hier seitlich sind Stufen. Da scheint eine Treppe hochzuführen."

Sorla konnte sich nicht erinnern, außer der Wendeltreppe irgendwelche Stufen in der Halle bemerkt zu haben; aber die Wendeltreppe war in der Hallenmitte, nicht hier am Rand.

Plötzlich flüsterte Horell: „Dieser Knauf am Geländer – Sorla, fühle bitte mal und sag mir, was es ist." Er führte Sorlas Hand zu einem rundlichen Gegenstand, der ein Geländer zu zieren schien. Sorla tastete das Ding ab: die Rundung oben, die beiden Höhlungen vorne, die übrigen Kanten und Verzierungen …

„Es scheint ein Totenschädel aus Stein zu sein", flüsterte er.

„Ganz wie ich dachte!" Horell packte Sorlas Schultern und schüttelte sie in ungewohnter Gemütsaufwallung. „Ich weiß, wo wir sind; ich kenne diesen Totenkopf genau, auch das Geländer dazu. Hier müßte irgendwo Stein abgesplittert sein; richtig, da ist die Stelle!"

„Woher kennst du dich so gut in Ivalys Turm aus?"

„Das ist nicht Ivalys Turm." Horell ließ eine eindrucksvolle Pause folgen. „Wir sind in Stioustos Burg!"

Sorla brauchte einige Zeit, um das Gehörte zu verstehen. Schließlich fragte er: „Ist dies die Kurze Brücke, von welcher Stioustos Brief an Ivaly handelte?"

„Ja, aber als ich bei Stiousto arbeitete, dachte ich, es sei ein weiteres Gewölbe, um wandelnde Untote zu verwahren. Jetzt verstehe ich auch, weshalb dein Gnomenstein so lange auf sich warten ließ!

Er wurde hierher versetzt und versuchte dann quer durch halb Ailat zu dir zurückzufinden."

„Der Arme!" flüsterte Taina in der Finsternis hinter Sorla. „Er hätte doch wieder denselben Weg nehmen können!"

„Ich glaube, soweit denkt mein Glygi nicht", flüsterte Sorla. „Aber was tun wir jetzt? Du kennst dich ja aus, Horell."

Horell schlug vor, den Glygi wieder leuchten zu lassen, denn wer sollte sie hier überraschen? Stiousto war ja tot. Als der Glygi in hellblauem Schimmer erstrahlte, begann Lamponu zu schnattern; auch er erkannte den Ort. Gleich sprang er von Horells Schulter, eilte die Treppe hoch und davon. Wenige Augenblicke später hörten sie von ferne Platschen und Schmatzen. Schnell rannten sie hinterher. Die Treppe führte in einen Gang; da saß der Affe auf dem Rand eines in der Wand eingelassenen Beckens, in welches Wasser floß, und soff.

Auch die anderen löschten ihren Durst. Nun führte sie Horell durch verschiedene Gänge, bis sie schließlich von weitem einen schwachen Schimmer sahen. Sie öffneten eine Tür und betraten einen Saal, dessen Fenster in einen Innenhof führten. Die Augen schmerzten, so ungewohnt war das Tageslicht. Sorla atmete auf. Er sah auch, wie Taina lächelte. Nur Horell meinte sachlich: „Ich hoffe, daß wir etwas zu essen finden."

„In der Küche vielleicht?" schlug Taina vor.

„Es gibt hier keine Küche."

„Wieso nicht?"

„Stiousto lebte allein auf dieser Burg; abgesehen von mir weit und breit nur Berge, Wälder, Sümpfe. Wo soll man einkaufen?"

„Was habt ihr dann gegessen?" Taina sah ihn besorgt an.

„Wozu ist man Zauberer?" Horell lächelte stolz.

„Hast du das Essen herbeigezaubert?"

„Nein, Stiousto hatte einen dienstbaren Tisch, er muß irgendwo stehen, vermutlich im Saal gegenüber." Horell winkte ihnen; Lamponu, der etwas von „Essen" verstanden haben mußte, lief mit besonderer Aufmerksamkeit nebenher. Sie umrundeten den Innenhof, indem sie von Zimmer zu Zimmer gingen, treppauf, treppab, und schließlich in einem ähnlich großen, aber wohnlicher eingerichteten Saal ankamen, dessen Fenster sich ebenfalls zum Innenhof öffneten.

„Wieso gibt es keine Fenster nach draußen?“ fragte Sorla, der sich sehnte, die Wälder zu sehen, von welchen vorhin die Rede war.

„Ein Zauberer“, erklärte Horell, „liest, denkt, kapselt sich von allem Störenden ab; was sollte er seine Blicke schweifen lassen? Doch der eigentliche Grund ist wohl, daß Stiousto unliebsame Überraschungen befürchtete, einen weitsichtigen Späher, einen Pfeil durchs Fenster vielleicht.“

„Aber es gibt doch ein Tor nach draußen?“ fragte Sorla.

„Sicher. Es ist allerdings verschlossen. Stiousto öffnete es stets, indem er dieses Peitschchen schwenkte.“ Horell hielt es hoch.

„Atne sei Dank! Ich fürchtete schon, wir seien hier eingeschlossen!“ atmete Sorla auf.

Horell lächelte beruhigend und deutete auf einen kleinen, hübsch verzierten Tisch, auf dem zugedeckte silberne Platten und Karaffen standen: „Dies ist der dienstbare Tisch. Aber erst brauche ich das Buch.“ Damit rannte er fort, daß sein Mantel wehte, und kehrte bald mit einem dicken Wälzer zurück. Er räusperte sich und las daraus fremdartig klingende Worte. Danach fragte er: „Was also wollt ihr speisen?“

Da die beiden ihn unschlüssig ansahen, sagte er: „Ich schlage Wildschwein mit Preiselbeeren vor.“ Schwungvoll hob er den Deckel von der größten Platte. Sie war leer. Während er noch nachdenklich hinschaute, zupfte ihn Lamponu am Ärmel und hielt ihm den Zauberstab hin. „Ach, richtig“, murmelte Horell. Wieder las er die fremdartigen Worte, klopfte dann mit dem Zauberstab auf das Tischchen, doch bevor er den Deckel anheben konnte, kam ihm dieser schon entgegen, denn auf der Schüssel darunter wuchs der Kopf eines riesigen Keilers, der schnaubend um sich blickte. Schon sah man den borstigen Nacken, die Vorderläufe – das Tischchen begann zu zittern unter dem Gewicht – da fuchtelte Horell abwehrend mit dem Stab, das Tier verschwand mit lautem Knall.

„Ihr entschuldigt bitte“, Horell fuhr sich mit den Händen durch das Haar, „mir fehlt die Übung. Sonst machte das der Meister, ich meine Stiousto.“ Diesmal brauchte er nicht mehr ins Buch zu sehen, auswendig sagte er den Spruch auf, klopfte mit seinem Zauberstab auf das Tischchen und fragte: „Was also wollt ihr speisen?“

„Gebratenen Fisch!“ rief Sorla.

„Könnte ich etwas Obst haben?“ fragte Taina verlegen, denn sie traute der Sache nicht so recht.

Auch Lamponu schnatterte etwas.

Horell klatschte die Hände zusammen und hob den ersten Deckel. Die Platte wimmelte von fetten Maden. Lamponu stieß einen begeisterten Schrei aus, zog die Platte so hastig heran, daß die Maden über den Boden kollerten, und begann sich das Maul vollzustopfen.

Horell hob den zweiten Deckel hoch. Drei gebratene Forellen lagen da, duftend; sie zischten noch von heißem Fett. Während Sorla zulangte, ließ sich Lamponu von Taina bereits mit dem Obst aus der dritten Schüssel füttern. Jetzt erst merkte Horell, daß er sich selbst ganz vergessen hatte.

¶

Nachdem schließlich alle gesättigt waren und auch dem Tischwein zugesprochen hatten, zeigte Horell den beiden anderen sein Studierzimmer, das er hier einige Wochen bewohnt hatte. Auf dem Tisch lag noch aufgeschlagen das Buch des Großen Hersepoxul – Lamponu stürzte sich schnatternd darauf und ließ erst los, als Horell es in seinem Rucksack verstaute.

Das Zimmer war karg, doch wohnlich eingerichtet. Überall stapelten sich Bücher, in denen Horell gelesen, und Schriftrollen, an denen er gearbeitet hatte. Er entrollte eine Landkarte: „Wohin soll es jetzt gehen?“

„Nun, nach Brindhal“, sagte Taina und strich ihre goldenen Haare entschlossen zurück. „Sorla sagte mir, daß ich zur Familie der Liarstil gehöre. Also liegt meine Aufgabe dort. Ich kann nicht länger fliehen und mich verstecken, ich muß meinen Leuten helfen, so wie ihr mir geholfen habt. Die Kraft dazu werde ich finden.“

Horell nickte. Er reichte die Karte an Sorla weiter und begann, in den Büchern herumzusuchen, welche er unbedingt mitnehmen wollte. „Fast tut es mir leid, hier wegzugehen“, murmelte er wehmütig.

„Mein lieber Horell“, lächelte ihn Taina an, „ich sehe, daß dein Herz an den Büchern hängt. Willst du lieber hierbleiben? Du hast uns genug geholfen.“

„Aber dort braucht Ihr jede Hilfe!"

„Außerhalb von dieser Burg", sagte Sorla, „gibt es bloß Wälder und Berge. Da kenne ich mich aus. In solchen Gegenden bin ich aufgewachsen. Ich werde meine Mutter schon heil nach Sidhland bringen."

„Und wenn ihr angekommen seid? Atelbe soll sehr gefährlich sein." Horell machte ein zweifelndes Gesicht, aber es war deutlich, wie gerne er Tainas Vorschlag, hier zu bleiben, angenommen hätte. Zunächst, schlug er vor, sollten sie sich von den vergangenen Strapazen ausruhen, es sei ja auch schon Abend. Am nächsten Morgen könne man ja weiter darüber reden. Also legten sich alle, auch Lamponu, schlafen.

Sorla erwachte davon, daß jemand ans Burgtor hämmerte. Auch die anderen waren hochgeschreckt. Im trüben Licht der ersten Morgendämmerung sahen sie sich betroffen an. Wieder hämmerte es.

„Ich gehe nachsehen", sagte Horell. „Das war auch sonst meine Aufgabe."

„Können wir nicht einfach tun, als wären wir nicht da?" flüsterte Taina.

Horell schüttelte den Kopf. „Wer so klopft, kehrt nicht unverrichteter Dinge um. Wenn sie das Tor einrennen, wie sollen wir unsere Anwesenheit erklären?" Er warf sich den Mantel über, fühlte, ob Zauberstab und Stioustos Peitsche an ihrem Platz waren, und eilte die Treppen hinunter. Sorla folgte ihm leise.

„Los, das Tor auf!" ertönte von außen eine barsche Stimme.

„Stiousto läßt sich nicht von jedem stören", entgegnete Horell. „Wer seid ihr?"

„Das erste und achte Dutzend vom fünfzehnten Fähnlein im Heer der Kaltblütigen. Mit uns ist Atelbe, der Gütig-Gerechte, er will Stiousto sprechen."

„Ich gehe den Meister suchen." Horell schloß das Guckfenster. „Lauf zu Taina; bleibt in meinem Zimmer", flüsterte er. „Ich regle das. Atelbe war schon hier und kennt mich." Sorla nickte und eilte fort.

❡

Sorla und Taina hatten nicht lange in Horells Zimmer gewartet, da öffnete sich die Tür. Doch statt dem Freund stand ein Soldat mit gespanntem Bogen in der Tür, daneben ein zweiter, dessen Aussehen auf einen höheren Rang hindeutete, mit gezogenem Schwert.

„Hier sind wir richtig", sagte der Ranghöhere. Der Untergebene nickte grinsend und richtete den Pfeil auf Sorla.

„Das Messer!" sagte er. „Nimm es mit zwei Fingern, leg es auf den Boden. So! Du bist ein artiger Junge."

Als die beiden Soldaten den Raum betreten wollten, prallten sie nach zwei Schritten zurück. Der mit dem Bogen schaute verdutzt, der Vorgesetzte aber hob die Augenbrauen: „Hier ist das Amulett der Liarstil versteckt, oder ich will mich endgültig einsargen lassen!" Er winkte Taina: „Komm her, Hübsche!" Als sie zögerte, fügte er hinzu: „Oder der Junge da bekommt den ersten Pfeil ins Bein, den zweiten in den Bauch." Der mit dem Bogen nickte grinsend. Da ging Taina auf die Soldaten zu und wurde vom Ranghöheren festgehalten.

„Also hat die Hübsche das Amulett nicht", sagte er. „Junge, rück es raus."

„Welches Amulett?"

„Komm einen Schritt näher!" Und als Sorla zögerte, um sich nicht zu verraten: „Los, mach, oder die Hübsche hier kriegt Ärger!"

„Tu's nicht, Sorla!" rief Taina, da lachten die Soldaten. Der Ranghöhere sagte: „Das macht es uns einfach. Leg es auf den Boden, Junge; wir wissen jetzt, daß du's hast."

Sorla ging einen Schritt auf die beiden zu, sie wichen zurück. Aber der eine hielt Taina das Schwert quer vor das Gesicht: „Halt!" Sorla blieb stehen, denn er wußte, sie würden Tainas Gesicht entstellen. Er nahm das silberne Amulett vom Hals und legte es auf den Boden. Oh Atne, dachte er.

„Jetzt komm rüber, Junge, aber langsam!" Sorla und Taina wurden an den Händen gefesselt und dann die Treppen hinunter in einen der größeren Säle geführt.

Am Tisch saß, in dunklem Brustharnisch und weitem Umhang, ein Sidh: Atelbe. Trotz seiner weißen Haare wirkte er kraftvoll und gefährlich. Vor ihm lag ein Peitschchen. Ungefähr zwanzig Soldaten standen im Raum verteilt; zwischen zweien, in einiger Entfernung vom Tisch, auch Horell, der sich unglücklich beide Ellbogen festhielt.

Während der ranghöhere der beiden Soldaten berichtete, schaute Atelbe auf die Gefangenen. „Gut gemacht, Seik!“ lobte er dann, seine Stimme war dunkel und harsch. An Horell gewandt, höhnte er: „Erkläre mir dies Wunder, du Zauberlehrling! Wir suchen Stiousto und finden zwei Verbrecher!“

„Verbrecher, oh Gütig-Gerechter?“ stammelte Horell.

„Wieso sind sie hier?“

„Stiousto brachte sie gestern mit. Ich weiß nicht …“

Atelbe winkte ab: „Ich werde ihm deinen Tod erklären, du Lügner!“ und sah Sorla an: „Ivaly schickte mir Brieftauben mit deiner Beschreibung. Wer befahl dir, dich in die Geschäfte meines Bruders zu mischen?“

„Ich … ich verstehe nicht.“ Sorla kam sich hilflos vor.

„Du wirst es uns noch heute sagen. Seik versteht sich auf Verhöre.“ Die dunkle Stimme war ohne Drohung, so sicher war sich Atelbe.

Nun sah er Taina an. „Junge Liarstil“, begann er fast freundlich, „es war ein Fehler, die Gastfreundschaft meines Bruders zu fliehen und in meine Hände zu geraten. Mein Bruder ist ein guter Mensch; er tötet keine Frau, wenn es sich vermeiden läßt. Welche Mühe gaben sich Stiousto und Ivaly, dir den Aufenthalt angenehm zu gestalten. Ich habe ihn gerügt deshalb und recht behalten!“ Atelbe lehnte sich zurück und lächelte, daß es Sorla fror. Dann fuhr er fort: „Falls in Sidhland ruchbar würde, daß ein Sproß der Liarstil noch lebt, könnte das zu Unruhen führen. Ich werde den Fehler meines Bruders nicht wiederholen. Du verstehst, daß zum Wohle unseres Volkes du jetzt sterben mußt.“

Während Atelbe sprach, überlegte Sorla fieberhaft. Konnte Horell nicht seinen Benommenheitszauber versuchen wie bei Ivaly? Aber nein, es wäre nutzlos. Die Soldaten Atelbes waren nicht wie Ivalys Untote, stumm und ohne Verstand. Dieser Seik würde sofort den Befehl übernehmen. Sorla schaute gehetzt zu Horell hinüber, der den Kopf in den Mantel gesenkt hatte; er hatte wohl schon aufgegeben.

Eben war Atelbes dunkle Stimme verstummt. Seik trat vor: „Wo soll die Hinrichtung stattfinden, Herr?“

„Unten im Hof, Seik. Wir wollen unserem Freund Stiousto nicht die Räume verschmutzen."

In diesem Augenblick sprang aus Horells Mantel ein kreischendes Wesen quer durch den Raum, war mit zwei Sätzen auf Atelbes Tisch, riß das Peitschchen an sich; schon war Lamponu im Gang verschwunden.

„Hinterher!" brüllte Atelbe. Die nächststehenden Soldaten rannten in den Gang, weitere folgten, bis nur diejenigen übrig waren, welche Horell sowie Taina und Sorla bewachten. Sorla sah auf Horell, dessen Bewacher bloß Augen für die Tür hatten, durch welche der Affe verschwunden war. Horell war einen Schritt zurückgetreten, um ganz aus dem Blickfeld der neben ihm stehenden Soldaten zu gelangen, hielt den Zauberstab hoch über seinem Kopf auf Atelbe gerichtet und murmelte Beschwörungen. Beim letzten Wort, laut gerufen, glühte der Stab auf, doch sonst geschah nichts.

Atelbe wandte sich Horell zu. „Du versuchtest zu zaubern, du Narr!" grollte seine dunkle Stimme. „Deine Zauber können mich nicht treffen!"

„Seid ihr ein Untoter?" fragte Horell. „Ich dachte immer ..."

Da lehnte sich Atelbe lachend zurück. „Kleiner Zauberlehrling! So nahe dem Tod und immer noch neugierig! Wisse, daß ich mit meinen Soldaten einen Bund schloß: Sie haben teil an meinem Verstand und meinem Leben, solange sie bei mir sind. Treuere Soldaten als diese gibt es nicht. Ich aber kann wie sie von keinem Zauber verletzt werden und werde niemals altern."

„Das ist ein guter Handel", flüsterte Horell. „Er macht dich auch von Stiousto unabhängig."

„Beim Schwarzen Woul!" lachte Atelbe. „Da hast du recht. Schade um dein kluges Köpfchen!"

Eben jetzt erschien im Fenster der Affe, hielt das Peitschchen hoch, zerbrach es über seinem Kopf – bevor die Pfeile zischten, war er wieder verschwunden.

Keiner der Soldaten ging in die Knie. Im Gegenteil, Seik fluchte und packte Sorla fester. Horell schaute erst fassungslos, dann kniff er in schmerzlichem Verstehen die Lippen zusammen. Atelbe hatte es ja selbst erklärt, fiel Sorla ein: Diese Untoten hatten einen Handel mit Atelbe und teil an seinem Leben, solange sie bei ihm waren.

„Dein zweiter Fehler!" grollte Atelbes tiefe Stimme. „Daß du die Peitsche zerstörtest, wird dich Seik vor deinem Tode noch büßen lassen. Goul wird sich freuen!" Auf seinen Wink wurde Horell von seinen Bewachern gepackt; den Zauberstab entwanden sie ihm.

Sorla wollte nicht aufgeben. Wenn es gelänge, Atelbe von seinen Soldaten zu trennen, dann müßte das ihren Handel lösen. Man müßte ihn in den Raum der Kurzen Brücke locken ... Aber nein! Selbst die Soldaten in Brindhal, so fern sie waren, blieben mit Atelbe verbunden. Oh Atne, dachte er wieder. Du schickst mich von einer Prüfung in die nächste, doch dies hier ist wohl das Ende.

„Atelbe", rief da Horell, wobei er vergeblich versuchte, sich aus dem Griff seiner Bewacher zu befreien oder auch nur einen Schritt vorwärts zu tun. „Gütig-Gerechter! Wer kann dir Mächtigem widerstehen? Ich möchte dir helfen und mein Leben retten!"

Atelbe sah ihn an. „Wie glaubst du Narr, mir helfen zu können?"

„Ich kenne Pläne Stioustos, Ivaly zu vernichten."

„Ivaly?" Atelbe beugte sich vor. „Vielleicht wird dein Tod leichter, wenn du Vernunft zeigst. Was hast du zu sagen?"

„Ich müßte es aufzeichnen. Es hängt mit Ivalys unterirdischen Gängen zusammen."

Atelbe nickte den Wachen zu, Horell loszulassen. „Glaube nicht, mich täuschen zu können, Zauberlehrling!"

Horell schüttelte den Kopf und sagte: „Ihr habt mich eines Besseren belehrt, Gütig-Gerechter! Aber ein Stück Kreide möchte ich aus meiner Tasche holen dürfen, um den Plan aufzuzeichnen." Als Atelbe nickte, zog Horell ein Schnupftuch aus einer seiner Manteltaschen hervor, knotete es umständlich auf und holte die Kreide hervor. Er legte sie auf den Tisch, fiel dann überraschend auf die Knie und wimmerte: „Ach, Gütig-Gerechter! Könnt Ihr mir nicht das Leben lassen, wenn ich alles erzähle? Ihr habt meine Klugheit gelobt – darf sie Euch nicht dienen?"

„Narr! Sage, was du zu sagen hast. Dann wirst du den gerechten Lohn erhalten."

Sorla sah, wie Seik grinste. Einen deutlicheren Hinweis, welcher Lohn zu erwarten war, brauchte er nicht. Aber was hatte Horell vor? Er besaß ja nicht einmal mehr seinen Zauberstab!

Horell war wieder aufgestanden, murmelte Entschuldigungen,

wobei ihm der Schweiß von der Stirn rann, und begann auf dem Tisch Linien zu ziehen. Atelbe saß dabei und sah zu. Die Linien ergaben aber keinen Sinn, schon gar nicht sahen sie aus wie unterirdische Gänge. Atelbe runzelte die Brauen: „Was soll das werden?"

„Gleich ist es fertig, Gütig-Gerechter!" beschwichtigte ihn Horell und zeichnete hastig weiter, während er sprach. „Es ist schwer aufzumalen, weil es so viele Ebenen des Verständnisses umfaßt. Im Grunde stellt diese Zeichnung den Versuch dar, jemanden verschwinden zu lassen."

„Meinen Bruder verschwinden lassen?"

„Das wäre möglich, oh Gütig-Gerechter! Jetzt ist die Zeichnung fertig und sieht recht gelungen aus."

„Erkläre sie mir!" grollte Atelbes dunkle Stimme.

Horell nickte, legte die Kreide beiseite, atmete tief durch, schlug dann mit beiden Händen auf den Tisch und schrie zugleich: „Gute Reise, Atelbe!"

Niemand saß mehr in dem Stuhl, wo eben noch, weißhaarig und in dunklem Brustharnisch, Atelbe furchteinflößend gethront hatte. Und wie Sorla noch starrte, fühlte er sich rücklings zu Boden gezogen; gerade noch konnte er sich aus Seiks Händen befreien, bevor dieser zu Boden brach. Auch die anderen Soldaten lagen reglos.

Taina weinte. Horell wischte sich mit dem Ärmel den Schweiß von der Stirn und kam, um ihr und Sorla die Fesseln abzunehmen. Auch Lamponu erschien hinter einem Türrahmen und sprang auf Horells Schulter.

Horell streichelte ihm den kleinen Kopf. „Du erinnerst dich, Lamponu, an 'Die körperliche Versetzung in Urskals Reich ohne die Unbill, den Leib vorher zu töten'?" Der Affe schnatterte zustimmend und legte Horell die Arme um den Hals.

„Ich dachte", sagte Sorla schließlich, „man könne Atelbe durch Zauber nichts anhaben?"

„Habe ich ihn verletzt?" fragte Horell. Er saß erschöpft auf dem Tisch. „Habe ich ihm irgendwie körperlich oder geistig geschadet? Er ist nach wie vor gesund und bei Verstand. Ich bin nicht einmal sicher, ob dies Zauberei im gewohnten Sinne ist. Ich habe keinen Zauberstab gebraucht. Ihm wurde nur der Weg zu Urskals Reich bereitet."

„Kann er nicht mehr zurückkehren, dieser schreckliche Mensch?" flüsterte Taina.

„Ich glaube nicht", antwortete Horell. „Wer sollte ihm in Urskals Reich helfen? Er hat Woul gedient, da trägt er kein Licht in sich. Da findet ihn niemand, das weiß ich." Horell schluckte, seines Vaters eingedenk. Dann faßte er sich und sprach weiter: „Und wenn es ihm doch gelänge: Hier, im Reich des Lebens, würde er jetzt rasch altern. Er hat auch keine Soldaten mehr. Da ist nichts zu befürchten."

Er lächelte Sorla und Taina an: „Eine Bitte habe ich noch an euch, bevor ihr geht. Helft mir, die toten Körper vor die Burg zu tragen, daß wir sie verbrennen können."

„Also bleibst du hier", stellte Sorla fest, „und übernimmst Stioustos Burg und Bücher."

„Ich ahne, was du denkst, Sorla. Sei beruhigt, ich werde Stiousto nicht im Bösen nacheifern. Er war ein großer Zauberer, aber er liebte die Macht zu sehr. Ich will versuchen, einen besseren Weg zu gehen."

¶

Es dauerte noch zwei Tage, bis Taina und Sorla reisefertig waren. Sie standen vor dem Burgtor und sahen in den klaren Morgen. Die Sonne war längst über den Bergen hinter ihnen aufgegangen. Im Süden leuchtete herbstlich rot und gelb der Elbenwald von Rhosmea und dehnte sich bis zum Horizont. Sorla schaute hinüber, dachte an Nofheli und das herrliche Leben im Wald.

Vor ihnen aber, von Bodennebeln halb verborgen, lagen die berüchtigten Sümpfe von Rodnag. Dahinter aber, ganz in der Ferne, glitzerte silbern das Meer. Taina wies hinüber und flüsterte: „Dort liegt Brindhal."

Amadeus Firgau, Jahrgang 1943, Studium der Germanistik und Anglistik in Tübingen und West-Berlin, arbeitet als Lehrer an einem Gymnasium. Er lebt mit seiner Familie, einem Hund und seinem Computer in einer Altbauwohnung in Stuttgart. Bisherige Veröffentlichung: Sorla Flußkind (Verlag Stendel).

Glossar

Abradin: Autor mehrerer Standardwerke, die in keiner Bibliothek eines Zauberers, der auf sich hält, fehlen dürfen.
Aedh-Hiloiadh: Der alte Elfenname für Ailat. Früher lebten dort Elfen.
Agra: Hafenstadt in der kaburischen Bucht, an der Ostküste von Spakjo.
Ailat: Ein kleineres Land, benannt nach der Stadt Ailat. Es erstreckt sich von der Ailat-Bucht (mit der Hauptstadt) mit dem Fluß Eldran als Hauptverkehrsachse nach Norden bis zu den Grauen Bergen.
Aistiken: Tochter von Tannes, der in der Chrebilhöhle umkam, jetzt Vollwaise, lebt bei ihrer Tante Kräuter-Liska in Stutenhof. Sie ist in Sorlas Alter. Bemerkenswert sind unter anderem ihre rotbraunen Zöpfe.
Ak'men: Gott der Diebe und Akrobaten.
Alte Straße: Führt von der Ailat-Bucht am Fluß Eldran entlang nach Norden in die Grauen Berge. Wurde wohl schon benutzt, als hier noch Elfen lebten.
Altmutter Grauknolle: Die Sippenälteste in Muck Rotbocks Ombina-Dorf.
Amulett Tainas: Ein winziger Schild aus silberhellem Metall. Leuchtet im Dunkeln. Es schützt vor untoten Wesen.
Anod: Der Sonnengott. Sein Vater war der Riese Urskal.
Asing: Winzige Kupfermünze; siehe Münzsystem.
Atelbe: Ivalys Bruder in Brindhal.
Atne: Göttin des Glücks. Ihre Töchter sind Dana, Frena, Tara und Mala.
Atnes Hochzeit: Sommersonnwend, am zwölften Tag des Eichenmonats.
Balyrg: Ein Kriegsgott.
Batiflim: Es gibt dort eine Schatzkammer, und diese zu berauben ist Tok-aglurs höchstes Ziel.
Besser Ungenannte („Die Besser Ungenannten"): Uralte, schlimme Gewalten aus der Zeit vor den Göttern.
Bineraz: Wirt des „Bunten Pferdes" in Stutenhof. Seine Töchter heißen Pulve, Erwasen, Helvar und Dilislar.
Bortil: Einer der drei falschen Atne-Priester in Neu-Fellmtal.
Branntmalz-Getränk: Heute als Malzkaffee bekannt, gehört zur üblichen Tagesration des Soldaten. Oft mit gerösteter Zichorie verfeinert.
Brindhal: Hauptstadt von Sidhland, am östlichen Teil der Bucht von Rodnag gelegen.
Buntes Pferd („Zum Bunten Pferd"): Das Gasthaus in Stutenhof. Der Wirt heißt Bineraz und hat hübsche Töchter.
Cheruchtquale: Böse Flußgeister im Fluß Eldran. Sie dienen, so heißt es, dem Schwarzen Woul.
Chiels: Einer aus Oltops Bande.
Chrebil: Eine üble menschenähnliche Rasse, halb menschengroß, mit graugrüner Haut, tierischen Fratzen und roten Augen, die nachts glühen, das Tageslicht aber nicht ertragen.
Dana die Liebreizende: Göttin der Liebe und des Frühlings. Eine der vier Töchter Atnes, schlank wie eine Birke, mit langem Haar, weißer Haut und rotem Mund. Die weißrote Apfelblüte ist ihr Zeichen.
Dilislar: Die jüngste Tochter von Bineraz, dem Wirt des „Bunten Pferdes" in Stutenhof.

Dreiheit der Dunklen Gewalten: siehe „Schwarze Dreiheit".
Dremke: Schmaler Silberring; siehe Münzsystem.
Eflem: Goldmünze; siehe Münzsystem.
Eidwon der Blinde: Einflußreiches Mitglied der Diebesgilde in Seedorf. Innerhalb der Gilde wird er Meister Eidwon genannt.
Elbenwald von Rhosmea: Ein großes Waldgebiet zwischen Ailat und der Bucht von Rodnag. Dort leben noch heute Elfen.
Eldran: Ein großer Fluß, der in den Grauen Bergen entspringt, bei Fellmtal die Flüsse Norfell und Fregnas aufnimmt und im Süden bei Ailat-Stadt ins Meer mündet. Sein Wasser ist kalt und grau.
Elfensicht: Die Gabe der Elfen und Gnome, im Dunkeln besser zu sehen, als es Menschen möglich ist; eine Ausnahme bilden die Sidh, da sie Elfenblut in sich haben.
Elfenstraße: Eine E. führt z.B. am Norfell-Fluß entlang und über die Grauen und Weißen Berge bis zum Wald von Ramagon am Elbsee.
Enduhal: Gott der streitbaren Gerechtigkeit.
Erste Große Schlange: Nach Ansicht der Schlangen ist die Welt nichts als das Ei der Ersten Großen Schlange.
Erwasen: Die zweitälteste Tochter von Bineraz.
Fellmtal: Ort, wo Eldran, Fregnas und Norfell zusammenfließen. Der alte Teil liegt am Ostufer des Eldran, dort ist der große Pferdemarkt. Der neue Teil liegt am Westufer an der Alten Straße. Hier gibt es Gasthäuser etc.
Fest des Pferdebrennens: Großes Ereignis, wenn in Stutenhof und ähnlichen Ansiedlungen, die von der Pferdezucht leben, im Frühjahr die Pferde zusammengetrieben und den Fohlen die Zeichen ihrer Besitzer eingebrannt werden.
Fette (Die Fette): Eine Ratte in Markreskes Hütte.
Fim: Ein Stallwicht aus Stutenhof. Zeigt sich auch in Mausgestalt.
Finsteres Feuer: Der Aufenthaltsort der Schwarzen Shurloum, tief unter den Nebligen Tiefen Urskals.
Flasse: Im Sommer meist nackt, im Winter mit wunderlicher Pelzkleidung bedeckt. Hat langes, zotteliges braungraues Haar. Lebt einsam auf der Weideninsel des Eldran-Flusses. Er kann gut heilen und hat noch andere überraschende Qualitäten.
Flußtrollweib: Es gibt nur eines; siehe Squompahin-laschre.
Folt der Talglichtzieher: Ein Handwerker in Seedorf.
Fregnas: Dieser Fluß entspringt in den Grauen Bergen und fließt bei Fellmtal mit den Flüssen Eldran und Norfell zusammen. Sein Wasser ist trüb und braun.
Frena die klug Waltende: Göttin, Schützerin der Frauen und des Hauses. Tochter Atnes. Sie wird mit weiblichen Formen dargestellt. Ihr Zeichen ist der reife Apfel.
Gerdolnek: Pitraks Neffe; ein Kunde Markreskes aus Seedorf.
Gerkin der Wächter: Ein Pelkoll-Gnom; Girlims Freund.
Gilse die Hilfreiche: Gnomfrau im Pelkoll, dort verantwortlich für die Küche. Sehr geschickt im Umgang mit der Schleuder.
Gimkin der Vielseitige: Gnom aus dem Pelkoll und Tainas besonderer Freund.
Girlim der Schweigende: Ein Pelkoll-Gnom. Er könnte auch der Heiler heißen. Gerkins Freund.
Girsu der Dunkle: Gnom aus dem Pelkoll. Er und Sorla erleben gemeinsame Abenteuer südlich vom Kirsatten.
Glygi: Jeder Gnom bekommt bei seiner Geburt einen Gnomenstein, der ihn begleitet und mit seltsamen Eigenschaften versehen ist.

Gneli der Gewaltige: Sippenchef der Pelkoll-Gnome.
Gnome: Eine menschenähnliche Rasse, halb menschengroß, lebt z.B. in den Gnombergen östlich des Eldran. Braunes, faltiges Gesicht, helle, blitzende Augen, meist weißes Haar. Die zugespitzten Ohren verraten elfische Verwandtschaft.
Gnomenstein: siehe Glygi
Gnomfluß: Ein kleinerer Fluß, der bei Stutenhof in den Fluß Eldran mündet. Er entspringt im Bereich der Gnomberge Rück, Ralkoll und Persatten.
Golbi der Schreiber: Ein Pelkoll-Gnom, Experte für Bücher, Schriften und Sprachen. Sein zweites Interesse ist die Wissenschaft vom Auffinden edler Steine im Berg.
Goul (Der Schwarze Goul): Ein Dämon, wird zur Schwarzen Dreiheit gerechnet. Er treibt sein Unwesen im Totenreich.
Graskauz: Ein Ombi aus Muck Rotbocks Dorf.
Graue Berge: Gebirgskette im Norden des Landes Ailat. Dort entspringen die Flüsse Eldran, Norfell und Fregnas.
Greste: genannt Hauptmann Greste, später Greste der Wanderer. Ein Gnom aus dem Kirsatten.
Grommot: Eine Kröte, mit der Krolololobe sich unterhält.
Große Schlange: Sorla beruft sich auf sie, ohne wirklich zu wissen, was er da sagt. Siehe auch „Erste Große Schlange".
Großer Igel: siehe „Ischi".
Großzügig Nehmende: Der Name der Diebeszunft in Agra.
Gute Sprache der Berge: Gemeinsame Sprache der Gnome und Zwerge. Kehlig und wohlklingend.
Gwimlin: Ein Gnomkind aus dem Kirsatten, zur Lehre im Pelkoll. Er wird später Gwimlin der Wandelbare genannt.
Hafendis: Kaufmann in Ailat-Stadt. Seine Villa ist in der Tuchfärbergasse.
Hamkrik: In Stutenhof ansässiger Händler.
Haselmausohr: Ein Ombi-Kind aus Muck Rotbocks Dorf.
Heckenschreck: Ein Ombi aus Muck Rotbocks Dorf.
Heer der Kaltblütigen: Atelbes private Armee von Soldaten, die den Tod nicht fürchten, weil sie schon tot sind.
Helvar: Dritte Tochter von Bineraz, dem Wirt in Stutenhof.
Hemul: Gott der Schmiede.
Hende-raska: Das fliegende Pferd Anods, ein Geschenk Urskals.
Heril der Hengst: Einziger Mann auf einem Gehöft nördlich von Stutenhof. Lange blonde Haare, in Zöpfen geflochten, kräftiges Aussehen. Ein Barbar aus der Taipal-Steppe, den es an den Fluß Eldran verschlug.
Herl: Einer der jugendlichen Diebe in Seedorf.
Hersepoxul (Der Große Hersepoxul): Angeblich der berühmteste Geisterbanner und Wunderheiler von ganz Ailat und Rodnag zusammen.
Hochland-Ombina: Eine Sippe von Ombina in den Hohen Auen.
Hohe Auen: Das Quellgebiet des Norfell-Flusses am Südrand der Grauen Berge. Dort lebt die Sippe der Hochland-Ombina.
Honigseim: Eine Ombi aus Muck Rotbocks Dorf.
Horell: Ein Sohn Tlereseks; fünf Jahre älter als Sorla.
Hrudo: Ein abgedankter Soldat, zuständig für die Sicherheit in Stutenhof.
Hulwe: Ein Sohn Tebreigs aus Stutenhof.
Hurgil: Der zweitjüngste Sohn Nulwiks.

Ischi: Der Große Igel, ein von den Hochland-Ombina verehrtes göttliches Wesen. Er ist Anods Bruder.
Ivaly: Ein einflußreicher Mann in Seedorf.
Kaburische Bucht: Liegt östlich von der Halbinsel Spakjo. Der bedeutendste Hafen ist Agra.
Kalender: Bei den Menschen und menschenähnlichen Rassen gilt, zumindest im Bereich zwischen Ailat am Meer und dem fernen Nordland, folgender Kalender: Das Jahr hat dreizehn Monate mit je vier siebentägigen Wochen. Das sind 364 Tage. Dazu kommt der „Tag zwischen den Jahren". Die Monate werden bei den Gnomen mit Steinen, bei den Menschen, sofern sie naturverbunden leben, mit Bäumen in Verbindung gebracht. Dieser Baumkalender kennt die Monate Birke, Eberesche, Esche, Erle, Schlehe (Sorlas Geburtsmonat), Weißdorn, Eiche, Ilex, Apfel, Brombeere, Efeu, Schilf und als jahresletzten den Holunder.
Kasnatro: Ein großer Zauberer, gerühmt und gefürchtet. Lebt im Schwarzen Turm.
Kelgin: Ein Schmied in Neu-Fellmtal, der Vater von Kurfis.
Kennan-glai: Sorlas Hengstfohlen, welches er von Raghairom bekam.
Kerosi: Silbermünze; siehe Münzsystem.
Ketelik: Ein Mann aus Stutenhof, der Vater des von Markreske getöteten Kindes.
Khar: Gruppenführer in der Seedorfer Wachmannschaft.
Kirsatten: Ein Gnomberg nahe der Mündung des Gnomflusses in den Eldran. Pelkoll und Kirsatten sind in den Gnomlanden die beiden südlichsten Gnomberge.
Kräuter-Liska: Heilkundige Frau in Stutenhof.
Krewe der Sauhirt: Hütet die Schweine der Stutenhofer und züchtet große Hunde mit weißem Fell.
Kriteis: Hauptstadt von Kratos (westliche Provinz des hernostischen Reiches), berühmter Seehafen mit sehr alter Geschichte. Es soll hier geheime Katakomben geben, behauptet Tok-aglur.
Krolololobe: Ein Schamane in Seedorf.
Kurfis: Ein Sohn des Schmieds Kelgin in Neu-Fellmtal.
Kurze Brücke: Eine magische Verbindung zwischen zwei entfernten Orten.
Lamponu: Ein zutrauliches Äffchen.
Laschre: siehe Squompahin-laschre.
Lattichblüte: Eine Ombi-Frau aus Muck Rotbocks Dorf.
Letzte Reise: Die Reise des Toten ins Reich Urskals und Malas.
Liarstil: Das von Atelbe entmachtete Fürstengeschlecht Sidhlands.
Mai-arkharesg die Schöne: "Mai-arkharesg" heißt in der Elfensprache „Die Sternstrahlende". Diesen Namen trug Markreske früher bei den Elfen von Aedh-Hiloiadh.
Mala die Furchtbare: Göttin des Todes und der Ruhe. Eine der vier Töchter Atnes. Sie ist schwarzgekleidet und verschleiert, nur ihre bleichen Lippen sind zu erkennen. Sie herrscht mit Urskal über das Reich der Toten. Ihr Baum ist die immergrüne Eibe.
Mamet: Türsteher des Gewürzhändlers Pitrak in Seedorf.
Mark Senek: Ein Küstenstrich in der Bucht von Ailat, an der Grenze zwischen Ailat, dem es weitgehend angeschlossen ist, und Kasnatros Reich.
Markreske: Eine böse Alte mit zauberischen Kräften. Sie haust in ihrer Pfahlhütte bei Stutenhof.
Matik: Ein Sohn Pialsiks aus Stutenhof.
Melsek: Melsek und Pasik sind Zwillingsbrüder aus Stutenhof.
Mesjajet: Herils Nachfolger auf dem Hof.

Mhesekchakrek: Die Ziege Retlars und Fims Freundin.
Minzen-Muhme: Eine Ombi-Frau aus Muck Rotbocks Dorf. Sie verkauft Süßigkeiten auf dem Markt von Fellmtal.
Muck: bedeutet in der Sprache der Ombina „Clan-Ältester" oder „Der-für-andere-geradesteht".
Münzsystem im Fürstentum Ailat:
1 Asing (Kupfer, winzig). Drei Asing zahlt man z. B. für ein Kräuterbündel, eine Handvoll Möhren etc. Die kleinste Scheidemünze ist der Viertel Asing.
1 Polk (Kupfer, groß) = 60 Asing. Dafür bekommt man eine gute Flasche Wein oder im Gasthaus eine gute Mahlzeit. Der halbe Polk ist eine halbierte Kupfermünze derselben Größe.
1 Dremke (schmaler Silberring) = 10 Polk = 600 Asing. Soviel verlangt eine gute Hure in Ailat-Stadt. Die Männer von Ailat tragen ihn als Wohlstandsbeweis und Sippenzeichen am Finger.
1 Kerosi (Silbermünze massiv) = 5 Dremke = 50 Polk = 3000 Asing. Soviel kostet ein Esel oder ein Monat im Gasthaus mit Essen. Der halbe Kerosi ist eine kleinere Silbermünze.
1 Eflem (Goldmünze) = 2 Kerosi = 10 Dremke = 100 Polk = 6000 Asing. Ein gutes Pferd kostet etwa einen Eflem.
Ndwhiarre: Ein Elfenfürst von Aedh-Hiloiadh, der vor vielen hundert Jahren Markreske liebte.
Neu-Fellmtal: siehe Fellmtal.
Nofheli: Ein Elfenmädchen aus den Wäldern von Aedh-Hiloiadh, das Sorla bei Markreske kennenlernt. Sie hat ein braungebranntes Gesicht unter flachsblonden Haaren, die Augen sind grün.
Norfell: Dieser Fluß entspringt in den Hohen Auen der Grauen Berge und strömt bei Fellmtal mit den Flüssen Eldran und Fregnas zusammen. Sein Wasser ist grün.
Nufre: Hure, aus Ailat-Stadt, auch als die „Gütige Nufre" oder „Zwei-Dremke-Nufre" bekannt.
Nulwik: Fährmann in Stutenhof, Pialsiks Bruder und der Vater des kleinen Hurgil.
Oltop der Kahle: Anführer einer Bande von skrupellosen Glücksrittern. Sein Schädel ist kahlrasiert. Seine Lieblingswaffe ist eine Lederpeitsche, doch kann er auch gut mit dem Wurfmesser umgehen.
Ombina: Eine menschenähnliche Rasse, noch kleiner als Gnome, aber rundlicher und mit dichter Körperbehaarung.
Omschjull: Ein tierhafter Neffe Atnes, zuständig für Gedeih und Vermehrung der Schweine.
Onge: Ein Mann in Seedorf, der sich von Thesel geschädigt fühlt.
Pasik: Melsek und Pasik sind Zwillingsbrüder aus Stutenhof.
Pelkoll: Ein Gnomberg, liegt nahe der Mündung des Gnomflusses in den Eldran.
Penta: Die Frau, die auf Herils Hof die Macht hat. Ihre Töchter heißen Perte und Prata.
Perte: Eine der beiden Töchter Pentas.
Pialsik: Ein Einwohner Stutenhofs, der Bruder von Nulwik.
Pitrak: Gerdolneks Schwiegervater, Gewürzhändler in Seedorf.
Polk: Große Kupfermünze; siehe Münzsystem.
Potek: Retlars Kind, das Markreske zum Opfer fiel.
Prata: Eine der beiden Töchter Pentas.
Pulve: Älteste Tochter von Bineraz.

Rafell: Durchstreift die Gnomlande, singt und kann gut mit dem Speer umgehen.
Raghairom: Ein Kaufmann aus Agra, groß gewachsen und von auffällig gutem Aussehen.
Raijinke: Meister Eidwons hübsche Tochter.
Ramagon: Ein riesiges Waldgebiet am Elbsee nördlich der Weißen Berge. Dort leben noch Elfen.
Ramlok: Gott der Pferde und der Winde, aber auch der männlichen Kraft und der körperlichen Gesundheit, wird vorwiegend von den Reiterbarbaren in der Taipalsteppe verehrt, hat aber auch sonst verstreute Anhängerschaften. Normalerweise ein Männergott, wird aber in extremen Kulten (z.B. auf Herils Hof) zum Mittel einer Frauenherrschaft. Die Ulme ist ihm geweiht. Der Statthalter Ramloks (z. B. Heril) verbreitet „Ramloks Segen" - Kraft und Gesundheit - auf seinem Hof, bei seinem Vieh und natürlich auch bei seinen Frauen und deren Kindern.
Ramloks Pferdesegen: Es geht die Sage, daß Ramlok jemandem, der bei seinem ersten Pferd drei Nächte verbringt, eine wunderbare Gabe gewährt. Da aber niemand sich erinnern kann, dies je miterlebt zu haben, müssen wohl noch andere Bedingungen erfüllt sein, oder es ist eben nur eine Sage.
Raupenschön: Ein Ombimädchen aus Muck Rotbocks Dorf.
Retlar: Die Frau Keteliks aus Stutenhof.
Rhosmea: siehe Elbenwald.
Rodnag: Eine Bucht und das daran angrenzende Land westlich von Ailat und dem Elbenwald.
Rotbock: Muck Rotbock ist ein Sippenchef der Hochland-Ombina.
Schlangenzahn: Sorlas Wurfmesser, das früher Oltop gehörte.
Schneckenhirt: Ein Ombi aus Muck Rotbocks Dorf.
Schwarze Dreiheit: Auch die Dreiheit der Dunklen Gewalten genannt: der Schwarze Woul, der Schwarze Goul, die Schwarze Shurloum. Sie zählen zu den „Besser Ungenannten": Uralte Gewalten aus der Zeit vor den Göttern.
Schwarzer Turm: Der Turm des Großen Kasnatro, am Ostufer der Ailat-Bucht.
Schweinsberg: So nennen die Menschen den Pelkoll (siehe dort).
Seedorf: Eine Siedlung nördlich von Stutenhof, an einem See gelegen, dessen Ausfluß schließlich in den Eldran mündet.
Seik: Offizier in Atelbes Leibgarde.
Setoq: Ein Unsterblicher Held, der für seine Redlichkeit berühmt ist.
Shurloum (Die Schwarze Shurloum): Eine dämonische Gewalt, wird zur Schwarzen Dreiheit gerechnet.
Sidh: Elfenmischlinge; ein altes, mit den Elfen befreundetes Volk von hoher Kultur, aber wie die Elfen in ihrer Verbreitung in den letzten tausend Jahren sehr zurückgegangen. Am Ostrand der Bucht von Rodnag gibt es, angrenzend an den großen Elbenwald, das Königreich Sidhland.
Sinf-holoi: Ein Gott der Elfen.
Sorla: siehe Sorle-a-glach.
Sorle-a-glach: Sorlas eigentlicher Name; bedeutet „Molch ohne Vater". So nannte ihn Laschre in der Guten Sprache der Berge.
Spakjo-Wein: Kräftiger gewürzter Süßwein von der Halbinsel Spakjo.
Spakjo: Eine Halbinsel, welche die Bucht von Ailat von der kaburischen Bucht trennt.
Squompahin-laschre: (d.h. „alter, einsamer Fisch"), das Flußtrollweib am Oberlauf des Gnomflusses. Die Eltern waren ein Felsentroll und eine Flußnixe. Squompahin-la-

schre ist weit über hundert Jahre alt, was aber bei ihr nicht viel bedeutet.
Stiousto: Ein zwielichtiger Zauberer.
Stutenhof: Eine befestigte Siedlung an der Mündung des Gnomflusses in den Eldran. Hier werden Pferde und Schweine gezüchtet, auch kommen Flößer, Köhler und Holzfäller vorbei. Bekannt sind die Pferde von Stutenhof: robust, kleine Pferde mit grauem Fell.
Sümpfe von Rodnag: Sumpfiges Niemandsland von riesigen Ausdehnungen, grenzt im Westen an die Bucht von Rodnag, im Osten an die Südlichen Ausläufer der Grauen Berge und im Süden an den Elbenwald.
Taina: Sorlas Mutter; eine junge Sidh, wie man an den leicht zugespitzten Ohren erkennen kann. Sie hat hellblondes Haar und grüne Augen.
Taipalsteppe: Weites Grasland nördlich der Weißen Berge, östlich von Riesenheim.
Tannes: Bauer aus der Gegend bei Seedorf. Er kam in einer Chrebilhöhle um und hinterließ die Tochter Aistiken. Seine Schwester Kräuter-Liska lebt in Stutenhof.
Tara die Falkenäugige: Göttin der Jagd und des Heldenhaften Untergangs. Sie hat goldenes Haar und hüllt sich in ein Federkleid, wodurch sie als Falke fliegen kann. Besonders fürchtet man die „Nacht der Tara“, vom sechzehnten zum siebzehnten Tag des Schlehenmonats.
Tebreig: Ein Pferdezüchter in Stutenhof. Hulwe ist sein Sohn.
Thesel: Ein Vogelsteller mit undurchsichtigem Charakter.
Tise: Eine Stadt am Fluß Eldran, südlich von Fellmtal.
Tleresek: Mißgünstiger Nachbar Keteliks von Stutenhof. Ein Kunde Markreskes.
Tok-aglur: Ein Dieb, zugleich Prinz des Kaiserreichs von Hernoste. Trägt vorzugsweise dunkle Kleidung, hat schwarze Locken und auf dem Gesäß ein Mal, das einem umgekehrten Herz ähnelt. Er besitzt ein besonderes Seil.
Traumbeere: Daraus wird ein höchst wirksames Schlafmittel gewonnen.
Traumsaft: Einer von Markreskes Tränken, aus fragwürdigen Gründen sehr begehrt.
Tschjerk: Eine kluge Elster und eine von Fims nahen Bekannten.
Uglamesk: Atne-Priester in Neu-Fellmtal, ein Freund Flasses.
Umorgotham: Markreskes Sohn.
Unermüdliche: Untote, die Stiousto an Ivaly lieferte.
Unsterbliche Helden: Es gibt nur sehr wenige. Einer heißt Setoq.
Urskal, der Fürst der Nebligen Tiefen: Gott des Totenreichs und der Dunkelheit. Er ist Malas Gemahl. Anod und Ischi sind seine Söhne. Zumindest behaupten die Ombina das.
Verteiler des Reichtums: Der Name der Diebeszunft in Seedorf.
Vier Schwestern: Atnes vier Töchter Dana, Frena, Tara und Mala.
Vlanesh: Einer der drei betrügerischen Atne-Priester in Neu-Fellmtal.
Walddorf: Kleine Ansiedlung östlich von Seedorf. Dort lebte Aistiken, bevor sie ihre Eltern verlor.
Wasser der völligen Auslöschung: Es bildet die Grenze zum Totenreich.
Weiße Berge: Ein Gebirgskamm, der sich nördlich der Grauen Berge und parallel zu ihnen erstreckt.
Woul (Der Schwarze Woul): Ein Dämon, der von manchen Anhängern der Schwarzen Magie verehrt wird. Wird zur Schwarzen Dreiheit gezählt.
Zapfenheld: Ein Ombi aus Muck Rotbocks Dorf.

Das Märchenbuch mit
dem Ring aus Stein

Roland Kübler

DER MÄRCHENRING

140 S. – illustr.
ISBN 3-926789-11-5

Tief unter dem Drachengebirge liegen die Geheimen Grotten, und dorthin hat sich eine Schülerin des alten Märchenerzählers Oyano aufgemacht, um ihren Märchenstein zu finden.
Gleichzeitig nistet sich etwas Dunkles ein in Herzen und Seelen der Menschen. Es scheint, als ob diese Bedrohung ihren Ursprung in den Geheimen Grotten hätte.